KATHRIN WOLF (Hg.) | Blutiger Advent

Drei Fragen an die Herausgeberin Kathrin Wolf

In vier Geschichten bescheren Michael Koglin, Steffi von Wolff, Philip Tamm und Regula Venske dem Ermittler Wolf Gabriel eine blutige Adventszeit. Wie funktioniert das, wenn vier Autoren an einem Strang ziehen?
Ganz hervorragend, ich war ehrlich gesagt selbst überrascht. Denn obwohl jeder Autor *seinen* Kommissar natürlich ein bisschen anders sieht und jeder seine persönlichen Eigenheiten in die Geschichten mit hineinbringt, wirken die Texte auf mich an keiner Stelle zusammengepuzzelt, ganz im Gegenteil. Gerade diese Vielseitigkeit macht den Reiz an der ganzen Sache aus!

Kann Wolf Gabriel der Weihnachtszeit trotz Mord und Totschlag auch etwas Schönes abgewinnen?
Bestimmt, auch wenn er das natürlich nie offen zugeben würde. Aber allein die Tatsache, dass er eine so junge und fähige Assistentin zur Seite gestellt bekommen hat, dürfte ihm die Adventszeit gerettet haben. Denn auch wenn sich Gabriel erst mal an Sandra gewöhnen muss, wird das Verhältnis zwischen den beiden immer herzlicher.

Was wünschen Sie dem Kommissar für sein nächstes Weihnachtsfest?
Auf jeden Fall ein paar weitere spannende Fälle, denn ganz ohne Arbeit würde Gabriel Weihnachten dann wohl doch nicht überstehen. Und vielleicht gehen die nächsten Ermittlungen ohne Gehirnerschütterung und Übelkeit vonstatten – der arme Mann hatte einiges auszustehen! Aber mehr wird nicht verraten!

Zur Herausgeberin

Kathrin Wolf studierte Italianistik und Anglistik und war dann einige Jahre in mehreren Verlagen tätig, bis sie sich als freiberufliche Lektorin selbstständig machte. Sie lebt und arbeitet in München.

KATHRIN WOLF (Hg.)

Blutiger Advent

Vier Fälle für Kommissar Gabriel

Diana Verlag

MIX
Papier aus verantwortungsvollen Quellen
FSC® C014496
FSC
www.fsc.org

Verlagsgruppe Random House FSC-DEU-0100
Das für dieses Buch verwendete
FSC®-zertifizierte Papier *Holmen Book Cream*
liefert Holmen Paper, Hallstavik, Schweden.

Originalausgabe 11/2011

Umschlaggestaltung | © t. mutzenbach design, München
Umschlagmotiv | © shutterstock
Satz | Leingärtner, Nabburg
Druck und Bindung | GGP Media GmbH, Pößneck
Printed in Germany 2011
978-3-453-35648-1

www.diana-verlag.de

EIN BLICK HINTER DIE KULISSEN …

Vorwort der Herausgeberin

Vier Morde an vier Adventssonntagen? Das war eine Idee ganz nach meinem Geschmack! Denn es ist ja kein Geheimnis, dass die Weihnachtszeit so besinnlich nicht ist: verstopfte Einkaufspassagen, Matschwetter und die liebe Verwandtschaft, die trotz aller Bespaßungsmaßnahmen sauertöpfisch rumsitzt, »weil das doch eh alles ein total verlogener Konsumscheiß ist«. Ist es da ein Wunder, wenn dem ein oder anderen auf seiner weihnachtlichen *Tour de Force* Mordgedanken kommen?

Nein, fand der Verlag und hatte eine Geschichte vor Augen, in der ein schlecht gelaunter Kommissar, der in der Adventszeit nichts lieber täte als sich zu verkriechen, plötzlich aus seiner Lethargie gerissen wird und vier Fälle zu lösen hat. Das allein wäre noch nichts Außergewöhnliches, doch als besonderes Extra sollten es vier Autoren sein, die jeweils ein Verbrechen schildern und dem Kommissar ihre ganz persönliche Brille aufsetzen.

Ein Experiment, ohne Zweifel, und wir waren alle sehr gespannt, wie sich diese Patchwork-Idee in die Tat umsetzen lässt. Mit Michael Koglin, Steffi von Wolff, Philip Tamm und Regula Venske hat sich ein wunderbares Autorenteam zusammengefunden, das sofort Feuer und Flamme für das Projekt war. Unsere vier Kandidaten, allesamt in Hamburg ansässig, haben sich zusammengefunden, Ideen gesammelt und die inhaltlichen Einzelheiten festgelegt. Ich konnte es kaum erwarten, zu lesen, was dabei herausgekommen ist, denn ganz so einfach war das Unterfangen ja nicht: Kann ein Kommissar, so habe ich mich gefragt, der vier verschiedene Sichtweisen in sich vereint, wirklich als durchgängige Hauptfigur auftreten? Noch dazu, wenn er von zwei Männern und zwei Frauen beschrieben wird? Und kann man sich bis in jede noch so kleine Einzelheit absprechen?

Heute weiß ich: Man könnte es vielleicht, aber man muss es gar nicht, denn gerade diese Vielseitigkeit hat das Projekt für mich so interessant gemacht. In vier Geschichten werden die Schwerpunkte jedes Mal neu gesetzt, immer wieder erscheinen andere, unterhaltsame Charaktere auf der Bildfläche, und auch in den Details sind dem Ideenreichtum unserer Autoren keine Grenzen gesetzt. Zu seinem Handy beispielsweise hat Gabriel ein eher zwiespältiges Verhältnis: Mal geht es ihm tierisch auf die Nerven, mal wird es zum Lebensretter, und wenn der Kommissar nicht vergessen hat, es aufzuladen, dann ertönt als Klingelton ein Song von Metallica oder das Bellen eines Hundes.

Trotz aller Unterschiede haben sich die Geschichten zu einer stimmigen Einheit zusammengefügt, ja mehr noch, der Text profitiert von der Vielschichtigkeit seiner Autoren: Michael Koglin ist es mit seinem reduzierten Stil gelungen, die Szenerie gestochen scharf zu umreißen und uns Gabriel in seiner ganzen Muffligkeit sympathisch werden zu lassen.

Steffi von Wolff, die wir bislang noch nicht als Krimiautorin kannten, hat einen spannenden Plot entwickelt, der in seiner Unmittelbarkeit beinahe filmisch anmutet und in dem (natürlich!) auch der Humor nicht zu kurz kommt.

Philip Tamm, auch er ein Autor, den wir ursprünglich nicht aus dem Krimi kennen, entführt uns mitten in Hamburg in die exotische Welt Japans und beschreibt ganz wunderbar, wie sich der eigenbrötlerische Gabriel langsam für seine neue Assistentin Sandra erwärmt.

Und *last but not least* Regula Venske, die unsere Geschichtensammlung zu einem gelungenen Abschluss gebracht hat und den Mörder dabei selbst zu Wort kommen lässt.

Mir persönlich hat das Projekt sehr viel Spaß gemacht, und ich hoffe, dass Sie alle, Weihnachtshasser oder Weihnachtsfans, mit Kommissar Gabriel ein paar spannende und unterhaltsame Festtage erleben – ich wünsche gute Unterhaltung!

Ihre Kathrin Wolf

Erster Advent

MICHAEL KOGLIN

O du tödliche …

I

»Es gibt fleischfressende Pflanzen, und es gibt Weihnachtsbäume«, sagte Wolf Gabriel. Der Labrador hob leicht den Kopf und spitzte die Ohren. »Nimm dich vor den Weihnachtsbäumen in Acht, Mutter. Sie fressen die Seele.«

Der Hund stieß ein wohliges Knurren aus und rollte sich wieder auf seiner Decke zusammen.

Gabriel blickte auf den Aktenstapel, der sich im Archivkeller des Präsidiums neben seinem Schreibtisch türmte. Seit er vor knapp zwei Jahren zwangsversetzt worden war, versuchte er jeden Tag vor Arbeitsbeginn abzuschätzen, wie lange er noch brauchen würde, um sich durch die Papierberge zu arbeiten. Bis zur Pensionierung hatte er gut zu tun. Wenn er sich ranhielt.

Aufarbeiten von Altfällen. Wichtige Daten in die Suchmaske eines Computerprogramms eingeben, damit sie in der digitalen Datenbank der Polizei verwendet werden konnten. Tötungsdelikte, Vermisstenanzeigen, Fahrerflucht, Erpressung, Missbrauch … alles, was seit den Nachkriegsjahren an Gewaltdelikten angefallen war. Eine Sisyphusarbeit. Wie gemacht für Kriminalhauptkommissare, die man der Korruption beschuldigte und die ihre Unschuld nicht beweisen konnten.

Gleich vier Kleingangster und ein zwielichtiger Geschäftsmann hatten ihn der Bestechlichkeit bezichtigt und fingierte Beweise vorgelegt. Irgendwann hatte er aufgegeben. Die paar Jahre bis zur Pension würde er eben in dieser Höhle absitzen. Es gab Schlimmeres. Sollten sich seine Kollegen mit der internen Ermittlung herumschlagen. Er wollte seinen Frieden.

Gabriel sah in den Spiegel, den er an eine Verstrebung genagelt hatte. Prüfend fuhr er sich durch die kurz geschnittenen Haare, die an einigen Stellen grau wurden. Er warf seinem Spiegelbild ein zynisches Grinsen zu und entblößte eine Reihe regelmäßig gewachsener, aber etwas zu klein geratener Zähne. Vielleicht hätte er sich noch den stoppeligen Bart rasieren sollen, doch ein wenig Verwegenheit würde nicht auffallen, wenn er aus den Tiefen des Archivkellers auftauchte.

Gabriel griff zu der Einladungskarte, die zwischen den Papierstapeln lag und einen mit Handschellen geschmückten Weihnachtsbaum zeigte. An der Spitze, wo sonst ein Weihnachtsstern prangte, war eine Sig Sauer acht Millimeter abgebildet.

Er wusste, dass seine Kollegen aus den beiden Mordkommissionen, der Sitte und dem Betrugsdezernat, niemals damit gerechnet hatten, dass er tatsächlich zu der sonntäglichen Weihnachtsfeier erscheinen würde. Aber genau das würde er tun. Er würde seinen Hund Mutter im Keller des Präsidiums warten lassen, während er selbst drei Stockwerke nach oben fuhr, um warmen Sekt zu trinken und irgendeine Ungenießbarkeit vom kalten Buffet runterzuwürgen.

»Mutter, du bleibst schön hier. Wenn du Hunger hast oder sonst auf irgendeine Art protestieren willst, dann zerkau ein paar Akten. Aber piss mir nicht in die Ecke.« Gabriel tätschelte den Kopf seines Hundes und verließ den Aktenkeller.

Als er den geschmückten Raum betrat, der sonst für Pressekonferenzen genutzt wurde, schlug ihm gedämpftes Stimmengemurmel entgegen.

Eine Kollegin von der Sitte stand auf einem Stuhl und befestigte Strohsterne an einer Schnur. Der Kollege neben ihr, er arbeitete in der Mordkommission, öffnete die ersten Sektflaschen und warf eine CD in den Player. Die ersten Takte erklangen, und Gabriel stöhnte auf: »White Christmas«. Die werten Kollegen ließen es an diesem ersten Advent so richtig krachen. In drei Stunden würden sie sich in hoffnungslos besoffenem Zustand Bilder von ihren Carports und Gartenterrassen zeigen.

Als er den Raum durchquerte, spürte er ihre entgeisterten Blicke im Rücken. Ja, er erschien auf dieser Adventsfeier wie ein urzeitliches Monster, das aus den Tiefen des Erdreichs aufgestiegen war. Godzilla gegen die Cops.

»Mensch, Gabriel«, sagte Sinnkötter vom Raubdezernat. »Du als Erzengel bist heute natürlich der Ehrengast.« Allgemeines Gelächter. Sollten sie. Er hoffte, dass er im

Laufe des Abends die Gelegenheit bekommen würde, ihnen ihre verfluchte Weihnachtsstimmung vor die Füße zu kotzen.

»Warum tust du dir das an?«, fragte Sven Lesser. »Bist du wahnsinnig?« Er setzte sich neben ihn auf die Ledercouch, die man schon am Nachmittag in den Raum geschoben hatte. Lesser war einer der wenigen Kollegen, die in der letzten Zeit zu ihm gehalten hatten. Und er war der Einzige, der ihm ab und an einen Besuch in seiner Gruft abstattete und ihm Kaffee brachte.

»Lass mich raten, du übst für deine Familienfeier«, sagte Lesser.

»Erinner mich nicht daran«, erwiderte Gabriel. Wie jedes Jahr hatte ihn seine Exfrau Anne zu einer Weihnachtsfeier eingeladen. Und wie jedes Jahr suchte er händeringend nach einer Entschuldigung, um nicht in dem Poppenbüttler Reihenhaus auflaufen zu müssen, wo sie mit ihren beiden gemeinsamen Kindern wohnte. Lara, die vor zwei Jahren noch auf seinen Schoß geklettert war, motzte mit ihren dreizehn Jahren ständig rum, während der fünfzehnjährige Max keine Gelegenheit ausließ, ihm zu zeigen, wie sehr er sich langweilte. Und dann war da noch Annes neuer Lover, dessen Namen er immer wieder vergaß. Dazu kam das Sodbrennen, das wie eine Eruption immer dann in ihm aufstieg, wenn es besonders feierlich wurde.

»Was gibt's zu essen?«, fragte Gabriel mit gespielt fröhlicher Stimme.

»Catering-Service.«

»Im Ernst? Seit wann …«

»Unsinn«, sagte Lesser. »Pizzadienst. Der Chef bezahlt

und darf dafür den Belag aussuchen. Würde mich nicht wundern, wenn überhaupt nichts drauf ist.«

»Stimmt, die ist wahrscheinlich ungenießbar …«

»Apropos Essen, hast du nicht wieder mal Lust, für uns zu kochen?«, unterbrach ihn Lesser. »Dein Entrecôte ist genial, und wenn du willst, lass ich meine Frau zu Hause.«

Gabriel lachte und nippte an seinem Sekt. Wie erwartet: viel zu warm und viel zu süß.

Nach Ansprachen über Kollegialität, die brennenden Autos in der Stadt und die interne Erfolgsstatistik für das noch nicht zu Ende gegangene Jahr, tauchten tatsächlich drei Pizzaboten im Konferenzraum auf. In ihren orangefarbenen Uniformen stapelten sie Schachteln auf einen frei geräumten Tisch, an dem bereits zwei Kolleginnen und ein Kollege mit Schneiderollen darauf warteten, die wagenradgroßen Teigfladen zu zerteilen.

Gabriel griff sich einen Teller und reihte sich in die Schlange ein. Einen Anstandshappen konnte er schlecht verweigern. »Was ist das?«, fragte er, als er den Belag aus Ananas, Schinken, Salami und einer undefinierbaren, grauen Masse vor sich liegen sah.

»Keine Ahnung, Gabriel, stammt wohl aus der Asservatenkammer«, sagte der Kollege, der wie ein Dirigent seine Gabel in die Höhe hielt. »Was ist? Willst du jetzt ein Stück, oder nicht?«

Als Gabriel seine Nase über die Pizza senkte, begann sein Magen zu rumoren. Dem Geruch nach musste es sich um die Überreste eines Thunfischs handeln, der vor vielen vielen Jahren durch die Weltmeere geschwommen war. Er zog seinen Teller zurück und holte sich ein Bier aus dem Kühlschrank. Während sich die Kollegen riesige Pizzastücke in den Mund schoben und einander zuprosteten, bemühte sich Gabriel, seinen Magen mit kleinen Schlucken zu beruhigen. Er dachte an das Handschellenspiel, das laut Festkomitee nach dem Essen beginnen sollte. Dabei wurden zwei Kollegen aneinander gefesselt und auf einen Hindernisparcours geschickt. Ja, das waren sie, die alljährlichen Freuden des Weihnachtsfests … Sehnsüchtig wanderten seine Gedanken zu den drei Rouladen, die er in weiser Voraussicht für den heutigen Abend vorbereitet hatte. Nach einem französischen Rezept und mit einer äußerst raffinierten Füllung. Wenn er innerhalb der nächsten Stunde aufbrach, konnte er mit Mutter noch einen gemütlichen Abend verbringen.

Auch der Hund liebte seine in Barolo geschmorten Rouladen. Allerdings, die Füllung aus Steinpilzen würden bei ihm wieder einige Winde in Fahrt bringen. Andererseits, wenn er Mutter eine Mahlzeit verweigerte, konnte sie über Tage die beleidigte Leberwurst spielen. Sogar ein demonstratives Protesturinieren auf die Fußmatte hatte Gabriel schon erlebt. Der Hund war eindeutig zu sensibel.

Ein bereits zu dieser Stunde schwer angetrunkener Kollege hielt zwei brennende Wunderkerzen in der Hand und begann mit rutschender Hose »My Way« zu singen. Wahrscheinlich hatte der Mann schon am Nachmittag ein wenig vorgeglüht.

Nach einer weiteren halben Stunde stellte Gabriel seine leere Flasche Bier in eine Kiste und war im Begriff zu gehen, als der Sturm losbrach. Als Erstes traf es eine Kollegin aus der Sitte, die plötzlich in Richtung der Waschräume rannte und sich auf dem Weg in einen Papierkorb erbrach. Es folgten zwei Kollegen der Mordkommission, die auf den Boden sanken und sich mit schmerzverzerrten Gesichtern zusammenkrümmten. Immer mehr Partygäste ließen sich zu den Klängen von »Jingle Bells« kreidebleich auf ihre Stühle fallen. Auch Sinatra hatte seine Singerei inzwischen eingestellt und erbrach sich im Liegen. Panisch lief eine der Sekretärinnen zum Telefon und alarmierte die Feuerwehr und den Notarzt. Gabriel leerte ein paar Papierkörbe, um sie neben einem schwer angeschlagenen Kollegen zu platzieren. Die Sekretärin war inzwischen dazu übergegangen, drei anderen sich in Krämpfen windenden Partygästen Mut zuzusprechen.

Eine Viertelstunde später trafen Notärzte, Krankenwagen und ein Großraumbus der Feuerwehr ein. Einer der Ärzte organisierte den Abtransport der fünfunddreißig Kollegen in die umliegenden Krankenhäuser. Dann wies er einen Sanitäter an, Proben von der Pizza einzusammeln und in kleinen Plastiktüten zu verstauen. »Sie haben nichts gegessen?«, fragte er Gabriel. Der bestätigte dies und sah auf die Uhr. Mutter war sicher schon ungeduldig.

»Ich mache gerade eine Diät«, sagte die Sekretärin beinahe entschuldigend, während sie dem Arzt die Adresse des Pizzaservice überreichte.

Gabriel griff sich eine weitere Flasche Bier. Der Konferenzraum sah aus wie ein Schlachtfeld. Aufgerissene Verpackungen von Spritzen, Vinylhandschuhe, Pizzaschachteln und dazwischen ein trotzig klingelndes Telefon.

»Gabriel, Sie sind in Ordnung?«

Er drehte sich überrascht um. Vor ihm stand der sichtlich fassungslose Kriminalrat Becker. »Wir müssen ... wir brauchen ... verfluchte Sauerei!« Kopfschüttelnd sah Becker dem Chef der Ersten Mordkommission nach, der gerade auf einer Trage in Richtung Fahrstuhl geschoben wurde. »Fischvergiftung«, sagte er und ließ sich schwer auf einen Stuhl fallen. Sein Blick irrlichterte durch den Raum. Ganz so, wie ein erschöpfter Feldherr, der eine Schlacht verloren hatte und erst jetzt, im Angesicht der sich krümmenden und kotzenden Kollegen, das ganze Ausmaß der Katastrophe zu begreifen schien. »Wir haben gerade eben einen Anruf erhalten«, sagte er. »In der Nähe der Reeperbahn hat es einen Mord gegeben. Und da außer Ihnen alle außer Gefecht sind, mache ich Sie zum verantwortlichen Ermittler.«

Gabriel blickte ihn entgeistert an. »Aber ... ich bin unten unabkömmlich, außerdem ...«

»Reden Sie keinen Scheiß, Sie übernehmen die Mordkommission.«

»Die aus wem besteht?«, fragte Gabriel.

»Das werden Sie noch früh genug erfahren«, sagte Becker und griff zum Telefon. Gabriel konnte nicht verstehen, was er sagte, doch plötzlich hörte er ihn in den Hörer brüllen: »Jetzt! Natürlich jetzt! Was glauben Sie, was hier los ist? Holen Sie sie aus dem Bett, aus dem Kino oder zerren Sie sie von ihrem Lover. Sofort, verstehen Sie!« Dann wandte er sich an Gabriel: »Ich weiß, es ist der erste Advent und es ist schon Feierabend ... aber ich kann es leider nicht ändern. Sie haben wirklich nichts von dem Thunfisch gegessen?«

Gabriel verneinte, und Becker drückte ihm einen Zettel in die Hand. Mit einer Adresse ganz in der Nähe der Reeperbahn. »Die uniformierten Kollegen haben alles abgesperrt und warten auf Sie. Unterstützung ist unterwegs. Nun los.«

»Ich müsste meinen Hund …«

»Herrgott noch mal, Sie sind Polizist!«, herrschte Becker ihn an. Und gleich darauf: »Tut mir leid, Gabriel. Ich bin einfach überfordert.« Nach einer Pause fügte er hinzu: »Nehmen Sie Ihren Kläffer von mir aus mit. Hauptsache, er scheißt uns nicht auf den Tatort.«

2

Vier Streifenwagen hatten den Zugang zum Lokal weiträumig abgesperrt. »O nein«, stöhnte Gabriel, als er sah, dass es sich um das stadtbekannte Edelrestaurant Benediktus handelte. Deshalb also hatte Becker einen derartigen Druck gemacht! Der Fall würde für mächtiges Aufsehen sorgen.

Viele der uniformierten Kollegen waren vor der eisigen Kälte in ihre Wagen geflohen. Erste Schneeflocken rieselten vom Himmel. Sie tanzten vor den Straßenlaternen und Glasscheiben der Bars auf und ab, bis sie sich auf den vereisten Gehwegen niederließen. »Stille Nacht, heilige Nacht«, sagte Gabriel. Der Labrador sah neugierig zu ihm auf, und auch der Polizist, der an der Eingangstür von einem Bein auf das andere trat, blickte irritiert in seine Richtung.

»Wo genau liegt der Mann?«, fragte Gabriel.

»Na, direkt vor dem Aquarium.«

»Mögen Sie Hunde?«, erwiderte Gabriel unvermittelt.

»Was?«

»Mögen Sie Hunde? Soll ich Ihnen die Frage aufschreiben?«

Der Polizist zuckte zusammen und sagte: »Ich hatte als Kind mal zwei Meerschweinchen …«

»Gut, sehr gut«, unterbrach ihn Gabriel und drückte ihm die Hundeleine in die Hand. »Sie gehen einfach mit ihm die Reeperbahn hoch und dann wieder zurück.«

»Aber ich muss doch … und …?«

»Ja?«

»Wie sieht das denn aus, wenn ich in Uniform …«

»Passt es Ihnen farblich nicht, oder was?« Gabriel machte einen Schritt auf die Tür zu, blieb dann noch einmal stehen und kramte in seiner Manteltasche. Er zog drei Beutel zum Einsammeln von Hundekot heraus und reichte sie dem verdutzten Polizisten.

Drei Mitglieder der Spurensicherung bückten sich in ihren Overalls über die Holzdielen des Restaurantbodens. Einer von ihnen fotografierte fein verteilte Blutflecke, während die beiden anderen mit einer Pinzette Fusseln und Haare zusammentrugen.

Als Gabriel die Leiche sah, zuckte er unwillkürlich zusammen. Auf diesen Anblick war er nicht vorbereitet: Der Tote saß an einem Tisch, sein nackter Oberkörper war gegen eine Säule gelehnt. Seine Brust wies schwere Schnittverletzungen auf, Blut war von einer Stirnwunde in seinen Dreitagebart gelaufen und dort verkrustet. Auf dem Kopf trug er einen Adventskranz mit vier Kerzen. Eine von ihnen war leicht heruntergebrannt. Da musste es noch jemanden in der Stadt geben, dem dieses ganze Advents- und Weihnachtsbrimborium gehörig auf die Nerven ging.

»Gabriel, wer hat Sie denn aus dem Keller gelassen?«, fragte der Gerichtsmediziner, der plötzlich hinter ihm stand. Gabriel brummte ein unwilliges »ha ha, sehr witzig« und betrachtete den Leichnam.

»Sieht aus wie der gemarterte Jesus, was?«, sagte der Gerichtsmediziner. »Sind aber alles oberflächliche Schnittwunden, und genug Blut hatte er auch noch im Tank. Wir müssen die Obduktion abwarten. Dem Fortschreiten der Leichenstarre und der Entwicklung der Totenflecken nach zu urteilen, ist der Tod vor ungefähr vier bis fünf Stunden eingetreten.«

»Und was ist das?«, fragte Gabriel und deutete auf die weißen Krümel, die in den Mundwinkeln des Toten klebten.

Der Gerichtsmediziner nahm eine Pinzette, entfernte einen der Brösel und sah ihn sich mit der Lupe an. »Kuchen«, sagte er. »Oder Weihnachtskekse.« Als er sich dem Kopf des Toten näherte und an dessen Mundöffnung roch, fügte er hinzu: »Ich tippe auf Weihnachtsstollen.«

»Mein Gott, der arme Junge«, sagte eine ältere Frau, die sich von der Eingangstür näherte.

»Wie kommen Sie denn hier rein?«, herrschte Gabriel sie an.

»Wieso? Die Tür ist offen.«

Himmel, der Idiot, der Mutter spazieren führte, hatte nicht daran gedacht, einen Kollegen mit der Bewachung der Tür zu beauftragen! »Und was wollen Sie? Sind Sie die Putzfrau?«

»Ich bitte Sie, ich bin eine Zeugin. Die Polizei sucht doch immer nach Zeugen, nicht wahr?« Die Frau trug einen abgewetzten Wintermantel und war um die siebzig. Dabei rüstig und mit energischem Blick. Ihre halblangen Haare waren blondiert. Ihrem Teint nach zu urteilen kam sie entweder aus dem Urlaub oder von der Sonnenbank.

»Sie haben den Mord gesehen?«

»Nein, aber ich kannte Ben. So ein netter junger Mann.«

»Und was haben Sie dann gesehen, Frau …?«

»Krafft. Hannelore Krafft. Wir haben uns oft getroffen und geplaudert …«

»Das protokollieren wir später«, sagte Gabriel und reichte ihr ein Kärtchen. »Ein Kollege wird Ihre Personalien aufnehmen, und wir rufen Sie dann an.« Gabriel bat einen uniformierten Kollegen, Frau Krafft nach draußen zu begleiten. Kurz bevor die beiden die Tür erreichten, stürmte eine junge Frau von vielleicht dreißig Jahren herein. Ihre Haare waren leuchtend blau gefärbt und ihre Lederjacke mit einer aufgemalten weißen Zielscheibe versehen.

»Wer sind Sie denn jetzt?«, fragte Gabriel genervt. »Auch Sie warten bitte draußen, wir versuchen hier, unsere Ermittlungen durchzuführen.«

»Aber …«

»Raus! Ein Kollege wird Sie befragen und Ihre Personalien aufnehmen.«

Stumm drehte sich die Frau zur Tür und verließ das Restaurant.

»Wenn wir nicht aufpassen, latscht demnächst halb St. Pauli durch unseren Tatort«, sagte Gabriel ärgerlich.

Der Gerichtsmediziner nickte und drehte den Leichnam leicht zur Seite. Einer der Forensiker schoss zwei Fotos, die den unverletzt gebliebenen Rücken des Toten zeigten.

»Was ist denn nur passiert?«, fragte Gabriel. »Ein Toter mit nacktem Oberkörper und zerschnittener Brust sitzt an eine Säule gelehnt. Was soll man sich darauf für einen Reim machen?«

»Und das in einem Nobelrestaurant«, ergänzte einer der Forensiker.

»Ist die Besitzerin schon alarmiert?«

»Paola Benedikt sitzt in der Küche und heult sich die Augen aus dem Kopf. Ein Kollege hat ihr eine Beruhigungsspritze gegeben.«

»Sie heult?«

»Unser toter Weihnachtsengel hier ist ihr Sohn. Er heißt Ben Benedikt.«

»Da haben wir ja alles für ein paar schöne Schlagzeilen zusammen«, murmelte Gabriel, als sein Handy klingelte.

»Hallo?«

»Hier ist Polizeimeister Hansen.«

»Was wollen Sie?«

»Ich steh vor der Tür.«

»Großer Gott, wen interessiert das?«

»Äh, also hier neben mir steht Ihre Kollegin Frau Berger, sie würde gern …«

»Himmelherrgott schicken Sie sie rein, bin ich hier im Irrenhaus gelandet, oder was?« Ärgerlich drückte Gabriel den Anrufer weg. Das musste die Verstärkung sein, die Polizeirat Becker ihm zugesagt hatte. Als er sich umdrehte, stand die Punkerin mit den blauen Haaren wieder in der Tür und sah ihn fragend an.

»Sie schon wieder?«

»Sandra Berger. Herr Becker schickt mich und …«

»Was?«, sagte Gabriel. »Kommen Sie von einer karnevalistischen Adventsfeier oder laufen Sie immer so rum?«

»Genau genommen komme ich von der Polizeischule, ich bin erst ein Jahr dabei und …«

»Was soll das Outfit?«

»Ich war zu Hause und hab mich gerade fertig gemacht …«

»Beckers letztes Aufgebot, was?«

Sandra Berger zog die Schultern hoch und sagte nichts.

»Entschuldigung, aber die Zielscheibe auf Ihrer Lederjacke macht mich nervös«, sagte Gabriel. Mit wenigen Sätzen wies er sie in den Tatort ein. Ihrem Gesicht war anzusehen, dass sie an den Anblick von Leichen nicht gerade gewöhnt war.

»Gehen Sie zu den Leuten, die vor der Tür herumstehen, und fragen Sie, ob jemand etwas beobachtet hat. Das Lokal hat ja durchaus Fenster und …«

»Vorhänge«, sagte Sandra.

»Sehr gut beobachtet. Ach, noch was: Was halten Sie von der ganzen Sache? Ich meine, Ihr erster Eindruck?«

»Mein …«

»Kommen Sie, Ihr allererster Eindruck! Was ist das hier? Womit haben wir es zu tun?«

»Mit einer Beziehungstat«, sagte Sandra.

»Und wie kommen Sie darauf?«

»Neunzig Prozent aller Tötungsdelikte sind Beziehungstaten. Außerdem …«

»Jetzt bin ich aber gespannt«, sagte Gabriel.

»Die Verletzungen. Das sieht nach einem Kampf aus. Vielleicht ein Streit, Eifersuchtsdrama …«

»Nur, dass der Mann nicht mit einem Messer umgebracht wurde.«

»Nicht?«

»Nein«, sagte Gabriel. »Wir haben keine tiefen Stichwunden, keine Würgemale am Hals, keine Strommarken.«

»Blutverlust?«

»Der Mediziner sagt Nein.«

»Nach einem Herzinfarkt sieht es aber auch nicht gerade aus«, erwiderte Sandra. »Dafür wäre er auch noch viel zu jung.«

Gabriel lieh ihr sein Notizbuch und ging dann in Richtung Küche, um mit Frau Benedikt zu sprechen. Die berühmte Paola Benedikt. Man konnte den Fernseher schon gar nicht mehr einschalten, ohne ihr Gesicht zu sehen. Kochshows, Talkrunden, Beratungen für verzweifelte Restaurantbetreiber, Charity-Veranstaltungen. Frau Benedikt hier und Frau Benedikt da. Außerdem hatte sie etliche Kochbücher geschrieben, die zugegebenermaßen nicht zum Schlimmsten gehörten, was am Buchmarkt so auftauchte.

Sie saß an einem Tisch und hatte die Arme aufgestützt. Neben ihr stand eine Polizistin, die ihre Hand hielt. An der Spüle lehnte eine junge Frau, die ihrer Kleidung nach hier kellnerte. Auch sie hatte verweinte Augen. Die Küche war penibel aufgeräumt. Soweit Gabriel das beurteilen konnte, nur bestes Kochgeschirr. Fast wie in einer der sattsam bekannten Fernsehküchen.

»Frau Benedikt?«

»Ja?«

»Hauptkommissar Gabriel. Es tut mir sehr leid.«

Sie nickte, und erneut rollten Tränen aus ihren Augen. Langsam löste sie ihre Hand aus der der Polizistin. Sie wirkte schlanker als im Fernsehen. Und auch kleiner, zerbrechlicher.

»Ich müsste Ihnen ein paar Fragen stellen.«

Sie zog ein Papiertaschentuch aus einer Packung.

»Sie haben das Opfer, äh … Sie haben Ihren Sohn gefunden?«

Frau Benedikt nickte erneut und sagte: »Wer hat ihn so zugerichtet, Herr Kommissar? Ben war doch … warum?«

»Ich verspreche Ihnen, wir werden das herausfinden.«

Gabriel stellte die üblichen Routinefragen und erhielt keine sehr aufschlussreichen Antworten: Nein, es gäbe keine Feinde, jedenfalls wisse sie nichts davon. Und nein, sie habe keinen Verdacht. Am Tatort habe sie nichts verändert, lediglich seinen Puls gefühlt. Ja, sie habe ihren Sohn aufrecht sitzend vorgefunden und gleich die Polizei gerufen.

»Hat er sich in letzter Zeit vielleicht bedroht gefühlt? War er verändert?«

Softdrink 1,0 L

1,80 €

Monster

2,55 €

Tüte 0,10 €

Haribo tüten 1,29

Gr. Tüten 2,19

Paketinhaltsschein

Kunden-Nr.: 40518871
Ute`s Kiosk
Gläser, Ute
Gladbacher Str. 168
50189 Elsdorf

Kart

A 1114931942

Sie schüttelte den Kopf. Gabriel bemerkte, wie die junge Frau an der Spüle ihren Blick abwandte. Im selben Moment betrat ein junger Koch die Küche und blickte in ihre Richtung. Auch er war leichenblass.

»Ich werde Sie jetzt nach Hause fahren lassen«, sagte Gabriel. »Alle weiteren Fragen können bis morgen warten.«

Dann wandte er sich an die junge Frau, die sich noch immer an der Spüle abstützte. »Und Sie sind …?«

»Carla Renard. Ich arbeite hier.« Auch sie, so erklärte die Kellnerin, habe nichts gesehen, sondern bei ihrem Eintreffen die völlig aufgelöste Paola Benedikt vorgefunden. Fünf Minuten später hätten die ersten Streifenwagen vor der Tür des Lokals gebremst.

Gabriel notierte sich ihren Namen und ihre Adresse und kehrte dann in den Gastraum zurück. Zwei Mitarbeiter der Gerichtsmedizin standen mit ihrem Leichensack und einer Trage am Tresen und sahen ihn fragend an.

»Nehmen Sie ihn mit«, sagte Gabriel. »Und tüten Sie den Adventskranz ein, der muss zur Spurensicherung.«

Vor der Tür wartete Sandra und hielt ihm einen Zettel entgegen. »Ich habe hier die Adresse einer älteren Dame, die eine Aussage machen möchte.«

»Hannelore Krafft«, stöhnte Gabriel. »Und warum haben Sie ihre Aussage nicht einfach ins Protokoll genommen und sie dann abgewimmelt?«

»Sie sagt, sie spricht nur mit Ihnen.«

»Auch das noch«, murrte Gabriel. »Weitere Zeugen?«

»Fehlanzeige. Niemandem ist etwas aufgefallen.«

»Na dann lassen wir es für heute gut sein. Wir sehen uns morgen um acht im Präsidium«, sagte Gabriel und blickte sich nach dem Polizisten um, dem er seinen Hund anvertraut hatte. Er entdeckte ihn im Schatten eines Hauseingangs, gleich neben dem Lokal. Ihm war deutlich anzusehen, dass er die Situation überaus peinlich fand. Die Hundeleine lag wie ein eben aufgesammeltes Kondom in seiner Hand.

»Und?«, fragte Gabriel.

»Zweimal«, sagte der Polizist. »Kurz hintereinander.«

3

Gabriel sah sich im Büro um. Die Kollegen der Ersten Mordkommission hatten es noch nicht einmal geschafft, ihre Computer herunterzufahren. Er kam sich vor wie in einem dieser Science-Fiction-Streifen, in denen alle Menschen urplötzlich verschwunden waren und der Held allein – oder vielmehr mit Hund – durch das Labyrinth der Betonfassaden stolperte. Zumindest hatte er freie Schreibtischwahl. Er entschied sich für einen Tisch in der Nähe des Fensters und probierte anschließend die Bürosessel aus. Das Modell mit den breiten Armlehnen und der Kippautomatik zum Zurücklehnen erschien ihm am bequemsten.

In einem der Schränke fand er eine Wolldecke, die er neben den Schreibtisch legte. Sofort rollte sich der Hund darauf zusammen.

Eines der Telefone klingelte. Nach kurzem Zögern nahm Gabriel das Gespräch auf seinem Apparat an.

»Becker hier, wie sieht es aus?«

»Alles klar, wir beginnen mit den Befragungen, sobald Sandra Berger eingetrudelt ist.«

»Das freut mich zu hören, ich hoffe, Sie beide finden etwas heraus«, sagte Becker. »Lassen Sie sich von Frau Bergers naivem Auftreten nicht täuschen. Die Frau hat noch keine Erfahrung, ist aber wohl ziemlich clever.«

»Wer sagt das?«

»Ihre Ausbilder. Außerdem: Wir haben keine Wahl. Alle anderen Kollegen sind bis auf Weiteres außer Gefecht gesetzt. Schwere Fischvergiftung, wie schon vermutet. Bei einigen ist der Zustand sogar kritisch. Stellen Sie sich das mal vor, an einer Pizza zu sterben! Den Lieferanten knöpfen wir uns später vor.«

»Und sonst können Sie niemanden mobilisieren? Wir kriegen keine weitere Unterstützung?«

»Ich werde sehen, was sich machen lässt«, sagte Becker. »Bis dahin vertraue ich ganz auf Sie.«

Nachdem Gabriel den Hörer aufgelegt hatte, öffnete er die interne Datenbank und gab den Namen des Opfers ein. Als das Vorstrafenregister erschien, pfiff er durch die Zähne. Ben war gleich mehrfach aktenkundig geworden: als Jugendlicher mit räuberischer Erpressung, Einbruch und Drogenhandel. Später dann Autodiebstahl und schwere Körperverletzung. Zwei Jahre hatte er in der JVA Billwerder eingesessen. Der Rest war auf Bewährung ausgesetzt.

In diesem Moment schwang die Tür auf, und Sandra betrat das Büro. Ihre Haare waren wie durch Zauberhand erblondet, und auch ihre Kleidung war um einiges seriöser als am Vortag. Schwarze Bluse, Jeans, dunkle Halbschuhe. Flexibilität konnte man ihr nicht absprechen.

»Tut mir leid, ich musste mich noch kurz umorganisieren«, sagte sie. »Dieser Einsatz kam etwas überraschend. Wo soll ich mich hinsetzen?«

»Wo Sie wollen. Entspannen Sie sich und trinken Sie einen Kaffee. In einer halben Stunde fahren wir zu unserer Sterneköchin.« Gabriel druckte das Vorstrafenregister aus und legte es Sandra auf den Schreibtisch.

»Schon ganz ordentlich für sein Alter«, sagte sie. »Bekomme ich eine Waffe?«

»Haben Sie das Schießtraining und die Waffenkunde abgeschlossen?«

»Sicher«, sagte sie.

»Dann lassen Sie sich in der Waffenkammer so ein Ding geben, obwohl … na ja, egal.« Gabriel wählte die Nummer der Pathologie und fragte, ob es bereits erste Ergebnisse gäbe.

»Nein, bis jetzt noch nicht. Und eigentlich müssen Sie bei der Sektion anwesend sein«, antwortete der Mediziner. »Können Sie denn niemand anderen zum Tatort fahren lassen?«

Gabriel erklärte ihm die Situation und bat um schnellstmöglichen Rückruf. »Komm, Mutter«, sagte er und warf sich seinen Mantel über. Sandra griff ebenfalls zu ihrer Jacke.

Als sich die Fahrstuhltür öffnete, stand Hannelore Krafft vor ihnen. »Guten Morgen, Herr Kommissar! Ich bin gekommen, weil Sie doch heute mit mir sprechen wollten. Und da hab ich gedacht, ich nehm Ihnen den Weg ab«, sagte sie und strahlte Gabriel erwartungsvoll an. Der fluchte innerlich und bemühte sich, höflich zu bleiben. Schließlich sollte man eine Zeugin nicht schon vor der ersten Vernehmung verärgern. Er räusperte sich und sagte, dass er gerade leider keine Zeit habe, er und seine Kollegin aber später bei ihr zu Hause vorbeikommen und ihre Aussage aufnehmen würden.

»Sicher, sicher«, murmelte Hannelore Krafft enttäuscht und sah zu, wie Gabriel und dessen Kollegin zu ihr in den Aufzug stiegen. Gemeinsam fuhren sie drei Stockwerke nach unten.

»Das ist typisch«, sagte Gabriel, als er und Sandra die Tiefgarage betraten. »Diese Alten tauchen bei fast jedem Fall auf. Sie sind einsam und nutzen jede Möglichkeit, ein wenig unter Menschen zu kommen.«

»Und Sie meinen, die alten Leute finden keine bessere Gesellschaft als die Polizei?«, widersprach Sandra.

»Das ist denen gleichgültig. Besonders während dieses Weihnachtsgedusels, wo sich alle Welt so furchtbar lieb hat. Dabei sind die meisten damit beschäftigt, zu Hause ihre Hoffnungen und Wünsche zu begraben. Mit Eierlikör, Korn und vergilbten Fotoalben. Da bin ich lieber als Geisterfahrer unterwegs.«

Gabriel bat seine junge Assistentin, seinen weinroten VW Golf zu fahren. Dann telefonierte er mit dem Revier in der Davidstraße und befahl zwei seiner Kollegen, in Sichtweite des Restaurants Benediktus Posten zu beziehen.

»Sie gehören nicht zur regulären Mordkommission?«, fragte Sandra.

»Paola Benedikt wohnt am Hans-Albers-Platz«, erwiderte Gabriel statt einer Antwort.

Wenige Minuten später fanden sie einen Parkplatz vor einem Dönerladen. Gabriel zog einen Hunderiegel aus der Manteltasche, wandte sich zur Rückbank um und hielt ihn Mutter vor die Schnauze. »Du bleibst schön hier und passt auf«, sagte er und drehte die Standheizung an.

Sie klingelten an der Haustür, und als der Summer das Schloss freigab, kam ihnen die Kellnerin Carla Renard entgegen. Sie sah nicht so aus, als hätte sie geschlafen. Ihre Augen waren immer noch geschwollen, die Haare strähnig und schlecht frisiert.

»Sie wohnen hier?«, fragte Gabriel.

»Ich war bei Frau Benedikt. Es gibt viel zu besprechen.«

»Was denn?«, fragte Gabriel.

»Na Dienstpläne, ihre Anwesenheit im Restaurant und so.«

»Fein, wir müssen dann auch noch mit Ihnen reden. Sind Sie später zu Hause?«

»Nein, ich muss mich um die Einkäufe kümmern. Sie finden mich in der Küche des Restaurants, Sie müssen allerdings hintenrum rein.«

»Kein Problem«, sagte Gabriel.

»Ach, da ist noch etwas.«

»Ja?«

»Hier im Haus ist der Fahrstuhl kaputt. Sie müssen die Treppe hoch. Die Wohnung von Frau Benedikt ist im vierten Stock.«

Gabriel fluchte leise. Durch die Arbeit in seiner Archivgruft war er nicht mehr in Form. Dazu kam das Alter. Wusste der Teufel, wie weit er schon abgebaut hätte, wenn ihn Mutter nicht zu regelmäßigen Spaziergängen nötigen würde. Immer wieder nahm er sich vor, in einem Fitnessstudio etwas für seine unterforderten Muskeln zu tun, doch die Aussicht auf den Geruch von Männerschweiß und den seltsam leeren Blick dieser Sportfanatiker hatte ihn immer wieder daran gehindert, es zu versuchen. Für das neue Jahr hatte er sich wöchentliches Schwimmen verordnet.

Als sie das Treppenhaus hinaufstiegen, merkte er deutlich, dass Sandra sich Mühe gab, ihn ihre körperliche Fitness nicht spüren zu lassen. Betont langsam nahm sie Stufe um Stufe. Seine Unterlegenheit ärgerte ihn maßlos. Der überladene Weihnachtsschmuck, der an den Wohnungstüren angebracht war, machte die Sache nicht besser. Adventskränze, Weihnachtsmänner, Weihnachtsengel, ausgeschnittene Sterne, Strohgebinde. »Und hinter der Tür verdrischt der Ehemann seine holde Angetraute. Verlogener Scheiß«, murrte Gabriel.

»Ich hab's auch nicht so mit Weihnachten«, erwiderte Sandra. »Aber manches ist doch ganz romantisch.«

»Wenn unsere Zusammenarbeit den ersten gemeinsamen Tag überstehen soll, dann verschonen Sie mich damit. Ich habe eine tannengrüne Allergie.«

Paola Benedikt stand in einem schwarzen Kleid in der Wohnungstür. Die flüchtig aufgetragene Schminke konnte nicht verhehlen, wie sehr der Tod ihres Sohnes sie mitgenommen hatte.

»Guten Tag, Frau Benedikt, vielen Dank, dass Sie sich für uns Zeit nehmen«, sagte Gabriel höflich. »Das hier ist meine Kollegin Sandra Berger.«

»Kommen Sie bitte«, erwiderte die Köchin und führte sie in ein vielleicht achtzig Quadratmeter großes Wohnzimmer. Eine voll verglaste Wand gab den Blick auf den schmuddeligen Hans-Albers-Platz frei. Gabriel betrachtete das Denkmal des in Hamburg besonders beliebten Volksschauspielers, das genau in der Mitte platziert war. In der rechten Hand hielt er ein bronzenes Schifferklavier. Zu seinen Füßen sah man große Müllcontainer und herumliegende Flaschen und Becher.

»Entschuldigen Sie, aber meine Zunge ist ein wenig schwer. Der Arzt hat mir Medikamente verschrieben.«

»Wir werden Sie nicht lange belästigen. Hatte Ihr Sohn in letzter Zeit mit irgendjemandem Ärger? Vielleicht Schulden? Streitereien, Drohungen? Ist ihnen in der Zwischenzeit noch etwas eingefallen?«

»Davon weiß ich nichts.«

»Aber Sie wissen schon, dass Ihr Sohn kein unbeschriebenes Blatt bei uns ist?«

Frau Benedikt nickte. »Ja, er hatte oft Schwierigkeiten, aber im Grunde war er ein guter Mensch. Jemand, der half, wenn es nötig war. Und er konnte zuhören.« Tränen schossen ihr in die Augen.

»Wie steht es mit Freundinnen?«, fragte Sandra.

Gabriel bemerkte ein kurzes Blitzen in den Augen der Restaurantbesitzerin.

»Ich weiß nicht. Die kamen und gingen.« Frau Benedikt fing plötzlich an, heftig zu schluchzen. Sie entschuldigte sich und verließ das Zimmer. Sandra warf Gabriel einen bedeutungsvollen Blick zu und begann, sich gründlich in dem Zimmer umzusehen. Die Wohnung strahlte eine edle und keineswegs überladene Eleganz aus. Tische und Stühle waren mit schwarzem Klavierlack überzogen und die Couch in einem dezenten Grau gehalten. Die geschmackvollen Lampen und Lüster sahen aus, als hätten sie schon das Waldorf Astoria in den Dreißigerjahren ausgeleuchtet. Das Bücherregal war mit Reiseführern und schweren Bildbänden bestückt, und in dem mit Marmorsteinen umrahmten Kamin lag ein halb verbranntes Holzscheit.

»Mit der Frage nach Bens Freundinnen scheinen Sie *den* wunden Punkt getroffen zu haben«, sagte Gabriel.

»Ich weiß«, erwiderte Sandra und machte sich eine Notiz. Dann erhob sie sich und überflog hastig die Papiere, die auf dem kleinen Schreibtisch ausgebreitet waren.

Als Paola Benedikt zurückkehrte, war ihre Wimperntusche stark verwischt. »Sie müssen entschuldigen, aber ich weiß einfach nicht, wie es jetzt weitergehen soll«, sagte sie.

»Hat Ihr Sohn Ihnen in den letzten Tagen vor seinem Tod irgendetwas Besonderes anvertraut?«

»Nein, es war alles wie immer«, erwiderte sie.

Gabriel sah, wie Sandra ihren Block beiseite schob und sich langsam erhob. Sie machte einen Schritt auf Paola Benedikt zu und sagte: »Ihr Sohn wäre bald Vater geworden, nicht wahr?«

Die Restaurantbesitzerin hob ruckartig den Kopf und sah sie ungläubig an. »Um Himmels willen, woher wissen Sie das?«

4

Eigentlich hatte Gabriel vorgehabt, sich als Nächstes die Wohnung des Opfers anzusehen, doch auf diese Enthüllung hin brauchte er erst mal einen Schnaps. Er dirigierte seine Assistentin durch die Silbersacktwiete. Vorbei ging es an einem Waschsalon und einem SM-Club. Auf einem Plakat im Fenster war tatsächlich eine Domina im Weihnachtskostüm abgebildet. Sie schwang eine Peitsche, an der scharfkantige Sterne befestigt waren.

»Sollen die sich ruhig mit Weihnachtsschmuck verdreschen«, murmelte Gabriel und schob Sandra in den Silbersack. Verwundert sah sie sich in der Seemannskneipe um. »Scharf«, sagte sie dann.

»Hier ist seit der Nachkriegszeit nicht mehr renoviert worden«, sagte Gabriel und deutete auf die historischen Hamburgszenen, die auf den nikotindurchtränkten Wänden gerade noch zu erkennen waren.

Am Tresen hielt sich ein Gast an einem querlaufenden Gestänge fest. Seinem Zustand nach zu urteilen, hatte er wahrscheinlich die ganze Nacht hier verbracht. Die Wirtin hinter dem Tresen war betagt und hatte dem hier oft verkehrenden Hans Albers noch persönlich seinen Cognac eingeschenkt. So hatte Gabriel es in einem Zeitungsartikel gelesen. Auch, dass der Schauspieler einer drängelnden weiblichen Besucherin, die lautstark ihre vor zehn Minuten bestellte Bockwurst eingefordert hatte, seinen Penis auf einem Teller dargeboten hatte. Mit Senf. Alte Geschichten.

Und nun standen sie hier und hatten inmitten der im Weihnachtstaumel versinkenden Stadt einen Mord aufzuklären. Mit einem Opfer, dem der Täter einen Adventskranz auf den Kopf gesetzt hatte, und einer Mordkommission, die aus gerade mal zwei Leuten bestand. Und nicht zu vergessen, einem leitenden Ermittler, der nach der Arbeit in seiner Archivgruft eine Turbobeförderung hingelegt hatte. Aber so war es nun mal.

Gabriel bestellte zwei Korn und wandte sich dann an Sandra: »Raus damit, wie sind Sie auf diese Schwangerschaftsnummer gekommen?«

»Mir war sofort klar, wer die Mutter des Kindes ist«, antwortete sie.

»Aha, und wer soll das sein?«

»Carla Renard, die Kellnerin.«

»Und Sie sind im Nebenberuf Frauenärztin, oder was? Oder habe ich es mit einer Hellseherin zu tun?«

»Als Sie mit ihr im Hausflur standen, ist sie sich ständig mit der Hand über den Bauch gefahren. So, als wollte sie das Kind da drin beruhigen. Das Gleiche im Restaurant. Das hat was mit Schutzinstinkten zu tun.«

»Und mit Magenschmerzen.«

»Quatsch, das machen Frauen nur bei einer Schwangerschaft. Außerdem …«

»Außerdem?«

»Der Blick nach innen. Werdende Mütter blicken nach innen.«

»Schön. War's das?«

»Nicht ganz«, sagte Sandra. »Als Frau Benedikt aus dem Zimmer gelaufen ist, hab ich mir ihren Schreibtisch angesehen. Unter einem Blatt lag eine Ultraschallaufnahme. Kaum was zu erkennen, aber oben stand der Name Carla Renard.«

»Na sagen Sie das doch gleich.« Gabriel stürzte seinen Schnaps hinunter.

Ein Gast kam aus einer der Holzkojen, in denen man sich auf Bänken gegenübersaß. Er trug eine Pudelmütze mit dem Totenkopfemblem des FC St. Pauli. Er beugte sich zu Gabriel hinunter und sagte: »Inne zweite Liga wolln wir nich mehr spielen, was?«

»Warum nicht? Da gewinnen sie wenigstens mal.«

»Ha«, grölte der St.-Pauli-Fan. »Da hassu recht. Und wer recht hat, gibt einen aus.«

Gabriel bestellte zwei weitere Korn.

»Du biss eine Seele von Mensch, bissu. Wie heissu denn?«

»Gabriel.«

»Du bisses«, johlte er, und noch einmal: »Du bisses, du bisses!« Mit seinem Schnapsglas drehte er sich begeistert im Kreis. Dann hielt er plötzlich inne, machte ein ernstes Gesicht und schob es dicht vor Gabriels. »Ich wusste, dass ich eines Tages dem Erzengel begegne. Ich wusste es.« Plötzlich rollte eine Träne über seine Wange.

»Was haben Sie denn?«, fragte Sandra bestürzt.

Der Mann riss sich die Pudelmütze vom Kopf und gab den Blick auf ein paar graue Haarbüschel frei. Dann begann er, hemmungslos zu schluchzen. »Endlich, endlich treff ich den Erzengel, und dann hab ich nich mal genug Geld in der Tasche, um ihm einen auszugeben!«

»Das kann passieren«, sagte Gabriel.

Der Mann nickte in die Ferne und sagte: »Nee, mein Leben hätte anders laufen sollen. Ich weiß nicht wie, aber anders.«

Gabriel begleitete den Mann zurück in dessen Holzkoje, wo eine Plastiktüte auf ihn wartete. Dort setzte der Mann sein Selbstgespräch fort, bis er erschöpft über seinen verschränkten Armen einschlief.

»Selbst die Penner bringt diese verdammte Weihnachtsstimmung um«, sagte Gabriel. »Das hält ja keiner aus.«

Sandra zog es vor, nicht zu antworten.

»Sie glauben also an eine Beziehungstat? Aber wieso wird ein zukünftiger Vater umgebracht?«, nahm Gabriel den Faden wieder auf, während sie das Lokal verließen.

»Weil er nicht zu seiner Vaterschaft steht? Die Frau verlassen hat? Eine andere Geliebte das spitzgekriegt hat? Da gibt es jede Menge Möglichkeiten.«

»Sandra, Sie glauben, dass eine werdende Mutter den Vater ihres Kindes umbringt?«

»Warum nicht? Angst vor Einsamkeit, Angst davor, dem Leben schutzlos ausgeliefert zu sein. Enttäuschung. Hass.«

Sie holten den Hund aus dem Wagen und gingen die kurze Strecke zu Bens Wohnung zu Fuß.

Vor dem Tivoli hatte ein Weihnachtsmarkt nur für Erwachsene geöffnet. Gleich daneben stand eine Traube von Menschen um einen Glühweinstand. Den Boden hatten die findigen Besitzer mit Stroh ausgelegt, damit sich niemand kalte Füße holte. Das Trinken im Freien hatte selbst bei diesen arktischen Temperaturen Hochkonjunktur. Auch dies war für Gabriel eine der Gewohnheiten, die Weihnachten so anstrengend machten. Erst hetzte man durch die Geschäfte, um Geschenke zu kaufen, die möglichst viel hermachen, aber wenig kosten sollten, und anschließend war man so fertig von dem Mist, der an Werbung und Gefühlen auf einen herabrieselte, dass man sich die Rübe wegschießen musste. Alles nur, um diesen klebrigen Überfall aus Weihnachtsstimmung, schlechtem Gewissen, Hektik und verkorkstem Magen loszuwerden. Kling, Glöckchen, klingeling.

Bens Wohnung lag direkt gegenüber Deutschlands berühmtester Tankstelle. Rund um die Uhr geöffnet, versorgte sie Besucher, Nachtschwärmer und Punks mit allem, was zum Überleben auf dem Kiez nötig war. Viele Jahre galt sie als die am häufigsten überfallene Tankstelle, doch inzwischen schreckten Dutzende von Kameras selbst die durchgedrehtesten Spinner ab.

Gabriel hatte einige Mühe, die Wohnungstür mit seinem Dietrich zu öffnen. Er war aus der Übung. Doch die Zeit, auf den Hausverwalter zu warten, hatten sie nicht. Ben selbst hatte keinen Wohnungsschlüssel bei sich gehabt, als er gefunden wurde. Warum eigentlich nicht? Dabei fiel Gabriel ein: Bens Hemd hatten sie auch nicht gefunden. Im Restaurant jedenfalls war es nicht. Dafür dieser absurde Adventskranz auf seinem Kopf. Mit einer angebrannten Kerze. Eine Verhöhnung.

Das Innere der Wohnung erwies sich als wildes Durcheinander. Kleidungsstücke lagen über Sesseln und auf dem Boden, Essensreste samt Aluverpackungen auf dem Wohnzimmertisch, in der Küche Berge von dreckigem Geschirr.

»Wenn hier jemand herumgeschnüffelt hätte, würde man es nicht mal merken«, sagte Sandra.

Eine durchgelegene Matratze mit einem fleckigen Laken lag auf dem Boden. An den Wänden war ein indisch anmutender Teppich angebracht.

»Das Kontrastprogramm zur lieben Mama«, sagte Gabriel.

»Sie hat ihn kurzgehalten«, erwiderte Sandra, während sie die Schubladen einer Kommode aufzog.

»Falsch«, sagte Gabriel und deutete auf einen kleinen Beistelltisch, auf dem ein Taschenspiegel lag und deutliche Kokainreste zu sehen waren. »Er hat sein Erbe durch die Nase gezogen.«

Damit wurden alle Drogendealer der Stadt zu Verdächtigen, und die Schnittwunden auf Bens Oberkörper erschienen weniger rätselhaft. Möglich, dass man ihn gefoltert hatte, um an Geld zu kommen.

Sandra pfiff durch die Zähne. Sie kramte eine Pinzette aus ihrer Gesäßtasche und zupfte einen kleinen Zettel aus einem ungeordneten Papierhaufen neben dem Spiegel. »Lass Deine dreckigen Finger von Carla«, las sie laut vor.

»Na, das wird ja immer schöner. Eifersucht, Drogenhandel, in welche Richtung sollen wir denn noch ermitteln?«, stöhnte Gabriel.

Sandra hielt den Papierfetzen gegen das Licht. »Sehen Sie das?«

»Flecke.«

»Fettflecke. Und die Nachricht wurde mit einem dicken Bleistift geschrieben. So wie er von Zimmermännern benutzt wird.«

»Genau wie dieser Investitionsplan hier.« Gabriel fingerte eine Plastiktüte aus seinem Jackett und beförderte das Papier, das er eben aus dem Haufen herausgezogen hatte, vorsichtig hinein. »Wenn ich das Gekritzel richtig verstehe, wollte Benedikt zweihunderttausend Euro in einen Laden investieren.«

»Und wie passt das bitte schön in dieses Chaos?«, fragte Sandra.

»Vielleicht hatte er ein Geschäft am Laufen. Ein für ihn tödliches Geschäft.«

Nach einer guten Stunde verließen sie die Wohnung und versiegelten die Tür. Draußen schien eine fahle Nachmittagssonne. Der Wetterdienst hatte neue Schneefälle vorausgesagt. Schneidender Wind zog vom Hafen her über die Reeperbahn. Vereinzelte Gruppen standen bereits um den Glühweinstand vor dem St. Pauli Theater. Auch in den Holzbuden des Erwachsenenweihnachtsmarkts bereitete man sich auf die ersten Kunden vor.

»Und, was ist Ihr Eindruck?«, fragte Gabriel.

»Die verwahrloste Wohnung eines Koksers, ein paar teure Kleidungsstücke, Hip-Hop-Musik. Typisches Söhnchen aus reichem Elternhaus. Unfähig zur Selbstständigkeit.«

»Ich sollte Sie zur Profilerin ausbilden lassen«, sagte Gabriel. »Aber eins haben Sie übersehen. Es fehlt was. Und zwar sowohl am Tatort als auch in der Wohnung des Toten.«

In diesem Augenblick ertönte »Unforgiven« von Metallica in seiner Tasche. Gabriel zog das Handy heraus, blickte auf die Telefonnummer und nahm das Gespräch an.

»Hannelore Krafft hier, Sie wollten doch vorbeikommen.«

Himmel, die alte Nervensäge hatte er ganz vergessen! Eigentlich erwartete er sich keine verwertbaren Hinweise von ihrer Aussage, dennoch versprach er ihr, gleich morgen gegen neun Uhr vorbeizukommen. Als er das Gespräch beendet hatte, fixierte er Sandra, die ihn mit gerunzelter Stirn ansah: »Ich verstehe kein Wort. Was ist nicht da und müsste unbedingt zu finden sein? Hinweise auf eine berufliche Tätigkeit? Bilder von Frauen? Ich weiß nicht, was Sie meinen.«

»Das Handy«, sagte Gabriel bedächtig. »Es gibt kein Handy. Und das ist seltsam.«

5

Gabriel stand in der Küche seiner Zweizimmerwohnung in St. Georg. Sein kleiner Balkon, der von hier aus abging, bot Platz für einen Klappstuhl und ein Tischchen. Wenn sich Mutter mit hinausdrängte, wurde es eng.

Gabriel ließ Olivenöl in die Pfanne laufen und heiß werden. Dann briet er Kapern und zwei Rosmarinbüschel an. Eine kleine Vorspeise zu dem T-Bone-Steak. Heute musste es schnell gehen. Er bestrich die beiden Fleischstücke mit Olivenöl und setzte eine zweite Pfanne auf den Herd. »Mutter, blutig oder medium?«, fragte er den Labrador. Der legte als Antwort den Kopf auf den Boden.

»Roh«, stöhnte Gabriel. »Du weißt wirklich nicht, was gut ist.« Zunächst war es nur eine fixe Idee gewesen, als er den Hund als Welpen aus dem Tierheim geholt hatte, doch mit den Jahren hatte ihn immer stärker das Gefühl beschlichen, der Labrador sei so etwas wie die Wiedergeburt seiner Mutter. Eigentlich hatte er das lange Zeit als Unsinn abgetan, aber der Blick, die Art, wie der Hund ihn ansah, wenn er das Zimmer verließ, und das ausdruckslose, penetrante Herumstehen, wenn er etwas von ihm wollte, hatten ihn immer wieder zu der gleichen Schlussfolgerung gezwungen. Mal ganz abgesehen von dem ständigen Beleidigtsein, das der Hund an den Tag legte. Und wie mit seiner Mutter früher, musste er ständig mit ihm spazieren gehen.

»Du wirst noch etwas warten müssen«, sagte er. Der Hund drehte sich um und verschwand im Wohnzimmer.

Gabriel säuberte eine Handvoll frischer chinesischer Pilze und würfelte eine Schalotte dazu. Nach einer Viertelstunde setzte er sich mit dampfenden Töpfen an den Tisch und tat so, als hätte er das Essen für den Labrador ganz vergessen. Der Hund trottete in die Küche, stellte sich neben ihn und bellte entrüstet.

»Genau«, sagte Gabriel. »Essen ist nicht selbstverständlich. Und auch nicht, dass ich immer für dich jagen gehen muss.«

Er holte das Porzellanschälchen aus der Küche, in das er das grob gewürfelte Fleisch gefüllt hatte. An der Seite lagen etwas Petersilie und ein Rest Leberwurst. Vorsichtig beugte sich der Hund über den Napf und schnappte sich einen ersten Brocken.

»Ich werde dir mal wieder das Video mit den Schlittenhunden zeigen müssen. Damit du endlich begreifst, was für ein Luxusleben du hier führst. Oder soll es die Kassette mit dem Weltraumhund Laika sein, hm?« Mutter schaute betroffen zu Boden und legte sich demütig vor ihren reichlich gefüllten Napf.

Gabriel seufzte. Diesen Montagabend hatte er sich wahrlich anders vorgestellt. Aber wer hätte ahnen können, dass er von jetzt auf gleich in einer handfesten Mordermittlung stecken würde? Dabei wusste er, dass er für die Polizeibosse nur eine Notlösung war, schließlich konnte man einen Mörder nicht frei herumlaufen lassen, nur weil sich die gesamte Kriminalpolizei eine Fischvergiftung zugezogen hatte. Wenn sie könnten, würden sie ihn sicher mit Freuden wieder ausbooten.

Von seiner Kollegin Sandra hingegen war er angenehm überrascht. Sie hatte einen wachen Blick und zog die richtigen Schlussfolgerungen. Bis jetzt hatte sie sich ganz gut gehalten.

Den Nachmittag und den frühen Abend hatten sie im Präsidium mit weiteren Hintergrundrecherchen verbracht. Der Filialleiter der Bank, in der Ben ein Konto hatte, war sofort zur Kooperation bereit gewesen. Das Konto sei mit vierzehntausend Euro überzogen und gesperrt worden. Miete, Strom und Telefongebühren habe der Kunde direkt überwiesen.

Sandra war auf die Idee gekommen, sich Bens Facebook-Account anzusehen und seine dort auftauchenden Freunde zu notieren. Außerdem hatte sie im Archiv des *Hamburger Abendblatts* nach Artikeln gesucht, in denen Ben erwähnt worden war. Bis auf eine Schlägerei, in die er verwickelt war, fand sie vier Artikel mit Berichten zu seiner Mutter, in denen er nur beiläufig genannt wurde. Offensichtlich steckte Paola Benedikt in schwierigem finanziellem Fahrwasser. Ihr Restaurant lief zwar gut, doch die Margen, die mit einer Sterneküche zu verdienen waren, wuchsen nicht gerade in den Himmel. Die

Fernsehauftritte waren in letzter Zeit weniger geworden, und auch ihre Bücher kletterten nicht mehr auf die Bestsellerränge. Außerdem hatte sie sich mit einer Investition in ein Berliner Restaurant übernommen.

Sandra hatte Gabriel die Artikel gezeigt und mit ihm gemeinsam Mutmaßungen angestellt: Hatte es Auseinandersetzungen zwischen Mutter und Sohn gegeben? Ging es um Geld? Ben hatte ja sicherlich auf ein sattes Erbe spekuliert. Oder hatte sie ihn ebenfalls in finanzielle Schwierigkeiten gebracht, sodass er seinen Dealer nicht mehr bezahlten konnte? Hatte sie ihm die zweihunderttausend Euro zugesagt, mit denen er munter seine Pläne durchkalkuliert hatte? Geld, das sie jetzt nicht mehr flüssig hatte? Und was war mit dieser Drohung auf dem Zettel?

Gabriel wandte sich dem Labrador zu, der sich gerade wohlig die Schnauze leckte: »Mutter, die Liebe und die Gier sind die stärksten Motive für einen Mord. Ich weiß, dich interessiert nur die Gier.« Er sah auf die Uhr und beschloss, noch auszugehen. Ein wenig Abstand konnte nicht schaden. Er zog sich sein Jackett und seinen Mantel über und löschte das Licht in der Küche. Im Wohnzimmer ließ er die Stehlampe brennen. Der Hund sprang auf und stellte sich erwartungsvoll vor die Tür.

»Natürlich«, sagte Gabriel. »Da hast du mal recht.«

Nach einer Viertelstunde, in der der Hund sich ausgiebig Bewegung verschafft hatte, standen sie vor der Eingangstür des Alten Ritter. Von innen war lautes Stimmengemurmel zu hören. »Auch das noch. Dart-Abend«, stöhnte Gabriel.

Als er die Tür öffnete, verschwand der Hund sofort hinter dem Tresen. Gabriel hatte die Wirtin im Verdacht, Mutter süchtig zu machen. Bislang hatte er ihr allerdings nichts nachweisen können. Jedes Mal schwor sie mit verschmitztem Gesichtsausdruck Stein und Bein, dass sie dem Hund nichts gab, doch seltsamerweise roch der Labrador anschließend aus dem Maul, und zwar nach billiger Salami!

Gabriel musste an seine verstorbene Mutter denken, die sich vor lauter Frust, dass ihr Mann abgehauen war, mit allem vollgestopft hatte, was der Supermarkt an Fettem und Süßem hergegeben hatte.

Gabriel sah sich nach Johannes um, doch er konnte ihn nirgends entdecken. Sein Schachpartner lebte drüben in einem Altenstift in der Koppel. Im Sommer spielten sie ihre Partien an der nahen Alster, im Winter hier im Ritter.

Gabriel hatte gerade die Hälfte seines Biers getrunken, als sein Handy klingelte.

»Schlossgärtner von der Gerichtsmedizin.«

»Um diese Zeit noch?«

»Entschuldigung, aber wir können die Leiche von Ben Benedikt nicht in sauer einlegen.«

»Und?«, fragte Gabriel.

»Den genauen Toxbefund aus dem Labor müssen wir noch abwarten, aber ich hab schon mal einen Schnelltest mit seinem Mageninhalt gemacht.«

»Ja, und?«

»Blausäure«, sagte Schlossgärtner. »Was wir da rausgeholt haben, riecht nach Bittermandel.«

»Aber wie kommt Blausäure in den Kerl?«

»Ich tippe mal auf Zyankali, das verwandelt sich in Wasser und im Magen in Blausäure.«

»Und wo bekommt man das?«

»Das wird in Metall verarbeitenden Fabriken gebraucht oder fällt dort an. Die Firmen müssen allerdings Buch darüber führen.«

Gabriel hielt inne, als er einen Mann im Weihnachtsmannkostüm die Kneipe betreten sah. Der Typ bestellte ein Herrengedeck und kippte den Schnaps sogleich hinunter. Um seinen Hals baumelte ein Stethoskop.

Gabriel wollte sich angeekelt abwenden, als ihm der Weihnachtsmann freundlich zunickte, während er seinem Schnaps das Bier hinterherschickte. »Generalprobe«, sagte er. »Hat alles prima geklappt.«

»Was bitte?«, fragte Gabriel irritiert und drückte das Gespräch weg. Von Schlossgärtner würde er sowieso nichts Wissenswertes mehr erfahren.

»Ich bin da in dieses Hochhaus rein, mit dem Fahrstuhl nach oben gefahren und hab das Stethoskop an die Tür gehalten. Man konnte fast alles verstehen.«

»Und wofür soll das gut sein?«

»Das ist mein neuer Service, Mann! Wenn die Leute mich als Weihnachtsmann buchen, halte ich, bevor ich den Raum betrete, immer erst mal ein Stethoskop an die Tür. Dann hör ich, worüber die da drin reden, und kann das nachher in meine Performance einbauen. Das kommt total authentisch rüber. Weltidee.«

»Und die anderen Parteien in dem Hochhaus? Haben die nichts davon mitgekriegt?«

»Irgend so'n Typ hat die Bullen gerufen, aber die haben mich laufen lassen. Ich hab ja nix mitgehen lassen, oder so.«

Gabriel nickte stumm. Man sollte die schlimmsten Fälle von Weihnachtswahn einfach festnehmen und in eine Art Adventsschutzhaft stecken. *Das* wäre mal eine Weltidee, dachte er und verlangte die Rechnung. Die Wirtin quittierte das mit einem nöligen »Jetzt schon?«

»Ja, jetzt. Bitte.« Höchste Zeit, dass er ins Bett kam. Die Spuren im Fall des toten Ben waren noch heiß. Sicher, irgendetwas in ihm sehnte sich zurück nach seinem ruhigen Archivkeller, aber wenn es ihm gelänge, diesen Fall zu lösen, würde er eine Marke hinterlassen. Und das würde nicht die Marke eines Losers sein.

Als er am nächsten Morgen um halb neun, den Hund an der Leine, die Tür zu seinem Büro aufstieß, saß Sandra bereits am Computer. »Morgen, Chef«, sagte sie. Ohne sich nach ihm umzudrehen, erhob sie sich und ging zum Fenster. Neben den in der trockenen Büroluft vor sich hinvegetierenden Büropflanzen stand eine rote Kaffeemaschine. Auf der Tasse daneben waren in einem Herz Prinz William und Kate Middleton, die jetzige Duchess of Cambridge, abgebildet. »Ich hatte die Maschine noch zu Hause«, sagte Sandra, füllte die Tasse mit Kaffee und hielt sie Gabriel hin. »Was unseren Fall betrifft, habe ich schon den ganzen Morgen recherchiert. Auf die zweihunderttausend Euro kann sich niemand einen Reim machen. Die Bank sagt, dass sie nichts von einem Kreditwunsch wisse.«

»Drogenhandel?«, fragte Gabriel, während er zurückzuckte. Der Kaffee war noch heiß, und er hatte sich die Zunge verbrannt.

»In solchen Mengen? Da müsste er schon ein großes Geschäft an der Angel gehabt haben.«

»Wir müssen das ... großer Gott!« Der Kaffee schwappte beinahe über, als Gabriel auf die Uhr sah.

»Chef?«

»Ich hab die Zeugin vergessen! Ich muss da sofort hin! Bleiben Sie in der Zwischenzeit hier und versuchen Sie herauszufinden, ob jemand im Drogendezernat die Weihnachtsparty überlebt hat, und wenn ja, ob ihm oder ihr was zu Ben Benedikt einfällt. Und alles, was nichts mit uns zu tun hat, bitte abwimmeln.« Gabriel stellte die Tasse ab, nahm seinen Mantel vom Garderobenständer und drehte sich um. Er sah zu seinem Hund, der keine Anstalten machte, sich von seiner Decke zu erheben. Gabriel schüttelte tadelnd den Kopf und sagte: »Sandra, geben Sie ihm eine Schale Wasser, bitte.«

Hannelore Krafft wohnte am Alten Fischmarkt. Gründerzeithäuser, Restaurants und in der Mitte ein gepflasterter Platz, auf dem nicht nur der berühmte Fischmarkt, sondern auch Wochenmärkte abgehalten wurden.

Nach drei Minuten fand Gabriel das gepflegte Mietshaus. Mit dem Fahrstuhl fuhr er in den vierten Stock.

»Ziehen Sie bitte die Schuhe aus?«, begrüßte ihn die Seniorin. Gabriel zögerte kurz und machte sich dann die Schnürsenkel auf.

»Pünktlich sind Sie ja nicht gerade.«

»Na ja, Sie müssen verstehen ... Wir sind an diesem Mordfall dran und in den ersten Stunden und Tagen ...«

»... ist die Spur noch heiß«, ergänzte Frau Krafft, die ihm, ohne zu fragen, eine Tasse Kaffee auf den Küchentisch stellte. »Ich kenne das aus den Fernsehkrimis. Ich gehöre nicht zu den Tattergreisen, die sich diesen Volksmusikmist ansehen. Damit bringen sie uns ins Grab. Das tötet die Hirnzellen.«

»Ja, nur in unserem Fall …«

»Ach ja, das ist schon alles sehr schlimm«, sagte sie nachdenklich. »Der arme Junge, ich kann das immer noch nicht glauben.«

»Sie kannten ihn also?«

»Er hat mich oft besucht.«

»Sind Sie mit ihm verwandt? Kennen Sie die Familie?«

»O nein, ich hab ihn auf einer Parkbank kennengelernt. Sie wissen, in meinem Alter hat man viel Zeit. Er war sehr traurig … deprimiert sagt man wohl. Und da hab ich ihm geholfen.«

»Wie?«

»Na, mit Geld. Eine kleine Summe, aber er sagte, ich hätte ihm das Leben gerettet.«

»Sie wussten, dass er eine bekannte Mutter hat?«

»Ach die. Die hat sich doch nie richtig um ihn gekümmert. Gehen Sie mir weg mit diesen Karrierefrauen.«

»Haben Sie sich noch öfter getroffen?«

»Er hat mich regelmäßig besucht.«

»Was war er für ein Mensch?«

»Mit Ecken und Kanten, aber auf seine Art liebenswert. Sehen Sie?« Sie deutete auf eine Meißener Porzellantasse, die sie auf ein Regal gestellt hatte. »Hat er mir mitgebracht. Einfach so. Und manchmal gab es Blumen oder Pralinen. Er hat sich große Mühe mit mir gemacht. Die ganzen zwei Jahre über.«

»So lange hat er Sie besucht?«, fragte Gabriel.

»O ja, er war eine treue Seele. Und er hatte große Pläne. Er wollte einen Rock-Coffeeshop eröffnen. So was für junge Leute. Mitten auf der Reeperbahn. Aber ich glaube, seine Mutter wollte das nicht. Die hat ihn kleingehalten. Diese Übermütter, man kennt das ja.«

»Hat er sich bedroht gefühlt?«

»Nicht, dass ich wüsste. Manchmal war er etwas bedrückt. Wegen dem Kind.«

»Sie wissen von dem Kind?«

»O ja, deshalb wollte er sich ja etwas für die Zukunft aufbauen. Aber er wusste nicht so genau …«

Gabriel beugte sich nach vorn. »Was wusste er nicht so genau?«

»Na, ob er der Vater war. Es gab da noch jemanden, der infrage kam. Die jungen Leute heutzutage haben es auch nicht leicht.«

6

Als Gabriel sein Büro betrat, lagen zwei Nachrichten auf seinem Schreibtisch. Die erste lautete: »Ich geh mal eben mit dem Hund vor die Tür«, und die zweite: »Dringend Kriminalrat Becker zurückrufen.«

Gabriel packte den Wasserkocher aus, den er eben noch in einem Kaufhaus erstanden hatte, und stellte ihn neben die Kaffeemaschine. Dann öffnete er eine Packung mit Earl-Grey-Teebeuteln, die er gleich dazu gekauft hatte, und platzierte sie neben einer Pflanze, die seine Mutter Fette Henne genannt hatte. Mit ihren hängenden Ästen sah sie allerdings eher nach einem Verreckenden Huhn aus.

Nachdem er sich einen Tee aufgebrüht hatte, blickte er auf die leeren Schreibtische, die immer noch in dem gleichen Zustand waren, in dem sie von den Kollegen kurz vor der Weihnachtsfeier verlassen worden waren. Er hatte zwei Möglichkeiten: Entweder gab er den eifrigen Polizeidiener, der auf eine Rehabilitation von höherer Stelle hoffte, oder er ermittelte einfach in dem festen Wissen weiter, dass er nichts zu verlieren hatte. Den Archivkeller oder die Pension konnten sie ihm sowieso nicht mehr wegnehmen. Allerdings, das musste er zugeben, hatte es ihm schon gefehlt, wieder einmal draußen zu ermitteln und mit Menschen zu tun zu haben.

Gabriel wählte die Nummer des Kriminalrats. Die Sekretärin stellte ihn sofort durch.

»Na, schon erste Festnahmen?«, fragte Becker vergnügt.

»So weit sind wir noch nicht.«

»Ach kommen Sie! Wir haben Advent! Das ist *die* Zeit für Ehekrach, Stress und notorische Geldknappheit! Da kriegen sich die Leute innerhalb der Familie in die Haare. Suchen Sie da. Mensch, Gabriel, Sie haben doch Erfahrung!«

»Es gibt leider eine ganze Reihe möglicher Motive«, sagte Gabriel und setzte Becker die Ermittlungslage auseinander.

»Das klingt in der Tat kompliziert. Drogen, Raub, Mutter-Sohn-Stress und dann auch noch ein uneheliches Kind. Eine Menge Scheiße, die Sie da an den Hacken haben.«

»Wann kehren denn die ersten Kollegen zurück? Wir sind nach wie vor nur zu zweit und genau genommen … nun ja, Sandra ist Polizeischülerin.«

»Ich weiß, ich weiß«, sagte Becker. »Aber Sie bleiben auf sich allein gestellt, zumindest vorerst. Wir haben schwere Vergiftungen, bei einigen Kollegen ist die Leber geschädigt, wir müssen die Zeit irgendwie überbrücken.«

»Überbrücken«, wiederholte Gabriel.

»Tun Sie, was Sie können. Halten Sie die Sache am Laufen. Die Leute sind in der Weihnachtszeit nervös. Zeitungsartikel über die Untätigkeit der Behörden können wir nicht brauchen. Der Innensenator reißt mir den Arsch auf.«

Ermittlungen am Laufen halten, dachte Gabriel erbost. Bürokratengewäsch. Noch hatte die Presse nichts über den Tod von Ben gebracht. Doch das würde sich rasch ändern.

Eine Viertelstunde später betrat Sandra das Büro.

»Na, Mutter«, sagte Gabriel, doch der Hund beachtete ihn nicht weiter, sondern ließ sich direkt neben Sandras Schreibtisch auf den Boden plumpsen.

Hurenhund, dachte Gabriel. Wahrscheinlich hatte die Berger ihm eine Bratwurst zum Fressen gegeben. Dafür war das Vieh immer zu haben. Nein, auf Loyalität durfte man bei Mutter nicht hoffen. Andere Hunde wichen ihren Herrchen nicht von der Seite, und seinen Köter konnte man mit einer lächerlichen Bratwurst kaufen!

»Die Presse hat angerufen«, sagte Sandra.

»Um Gottes willen, was haben Sie denen gesagt?«

»Nichts, ich hab sie an die Pressestelle verwiesen. Aber hier, ich hab eine Schufa-Auskunft eingeholt. Die ganze Familie Benedikt ist pleite.«

»Das verstehe ich nicht. Das Restaurant ist doch immer voll und die Köchin sehr gefragt?«

»Ja, aber um richtig Geld zu verdienen, muss man Merchandising betreiben. Das ist das Geschäft. Am besten mit einem Foto von der Sterneköchin vorn drauf und irgendeinem Aufdruck à la gesund, italienisch oder bio.«

»Und was ist mit den Leuten aus den Kochshows? Viele von denen vertreiben keine Produkte ...«

»Aber sie machen Werbung. Für Telefongesellschaften, Bäckereiketten ... Damit kommt Geld rein.«

Gabriel machte um Filialgeschäfte einen möglichst großen Bogen. Er kaufte bei den letzten verbliebenen Schlachtern, Bäckereien und Fischhökern. Und Obst auf dem Wochenmarkt. Bei einem Gemüsebauern aus dem Alten Land.

Nicht, dass er es nicht versucht hätte, aber bei Brötchen aus den Bäckereifilialen oder dem Fleisch aus der Supermarkttheke bekam er Halluzinationen von Industriearbeitern, die mit Gummistiefeln durch Lebensmittelberge stapften. Schuld daran war zweifellos seine Mutter, die ihm mit diesem Fraß, den sie auch noch völlig zerkochte, die Kindheit vergällt hatte.

»Wir müssen zu Paola Benedikt«, sagte Gabriel unvermittelt. »Sie muss aufhören, uns Märchen über sich und ihren wunderbaren Sohn zu erzählen.«

»Was ist mit Hannelore Krafft?«, fragte Sandra.

»Sie hatte interessante Sachen zu berichten. Zumindest zeigen Sie den jungen Mann in einem anderen Licht.«

»Sie hat übrigens angerufen«, sagte Sandra. »Vorhin.«

»Ach tatsächlich? Das muss jetzt warten. Wir müssen uns erst um die Mutter kümmern.«

»Um Ihren Hund?«

Sandra steuerte den Wagen am Fernsehturm vorbei und summte eine Ballade mit. »Mumford & Sons: After The Storm«. Mit den Fingern trommelte sie den Takt auf das Lenkrad. Gabriel wurde nicht schlau aus dieser Frau. Er hatte das Gefühl, als würde Sandra sich insgeheim über ihn lustig machen. Wusste sie von seiner Arbeit im Archiv des Polizeipräsidiums? Davon, dass man ihn der Korruption bezichtigt und abgeschoben hatte? War es möglich, dass einer der Kollegen gequatscht hatte? Vielleicht sogar Becker?

Nach und nach war ihm der Verdacht gekommen, dass sie den Auftrag bekommen hatte, ihn im Auge zu behalten. Damit er keine Dummheiten anstellte. Ja, er hätte gern gewusst, woran er mit ihr war. An ihrer Arbeit hatte er bist jetzt nichts auszusetzen. Sie setzte neue Ermittlungsmethoden ein und kannte sich mit Suchmaschinen, sozialen Netzwerken und Datenrecherche aus. Selbst mit ihrem Handy, einem iPhone, konnte sie auf das Internet zugreifen, um rasch an Informationen zu kommen. Das, zusammen mit seiner Asphaltmentalität, mit der er überall hinfahren und den Tatort leibhaftig untersuchen musste, war schon eine perfekte Kombination. Unter anderen Umständen hätten sie ein gutes Team werden können. Doch sie waren nichts weiter als eine Urlaubs- … pardon, Krankheitsvertretung. Ersatzbankspieler, die man jederzeit abrufen konnte.

Paola Benedikt öffnete die Tür zu ihrer Wohnung und sah sie überrascht an. Gabriel spürte die Veränderung sofort. Vor ihm stand nicht mehr die trauernde Mutter. Es war die Geschäftsfrau, die wieder von ihr Besitz ergriffen hatte.

»Was machen Sie denn hier?«, fragte sie. »Ich habe gar nicht mit Ihnen gerechnet. Meine Agentin ist hier, wir sprechen über ein Buchprojekt.« Als sie Gabriels fragenden Blick bemerkte, sagte sie: »Das müssen Sie verstehen. Arbeit lenkt mich ab.«

»Wir müssten Sie unter vier Augen sprechen«, sagte Gabriel.

»Kein Problem«, antwortete Frau Benedikt, »wir sind ohnehin fertig.«

Nachdem sich die Agentin verabschiedet hatte, sah Gabriel hinüber auf den Schreibtisch, auf dem bei ihrem letzten Besuch die Ultraschallaufnahmen gelegen hatten.

»Haben Sie den Täter?«, fragte Frau Benedikt und setzte sich.

»Dazu bräuchten wir auch von Ihnen eine wahrheitsgemäße Aussage«, sagte Sandra.

»Sie haben uns belogen«, nahm Gabriel den Faden auf. »Dieses innige Mutter-Sohn-Verhältnis, von dem Sie fantasiert haben, das ist blanker Unsinn.«

»Was meinen Sie?«

»Sie hatten Streit.«

Frau Benedikts Augen füllten sich mit Tränen. »Ben ist … Ben war nicht einfach. Ich hab ihm alle Wege geebnet. Sie wissen nicht, wie das ist. Von einem Internat aufs nächste, dann eine Kochausbildung, die er abgebrochen hat ... Irgendwann hat er mit den Drogen angefangen.«

»Und mit einer ganze Latte von Vorstrafen«, sagte Sandra.

Paola Benedikt nickte.

»Weswegen haben Sie gestritten?«, fragte Gabriel.

»Meistens ging es um Geld. Das wollen Sie doch hören, oder? Ja, ja, ja, es ging um Geld.«

»Und da haben Sie die Geduld verloren?«, fragte Sandra.

Gabriel zuckte zusammen. Das war zu früh, viel zu früh.

Die Sterneköchin erhob sich von der Couch und sah Sandra wütend an. »Ich?«, sagte sie. »Ich soll meinen Sohn erstochen haben? Sind Sie wahnsinnig?«

»Wie viel wollte er denn von Ihnen?«

»Diesmal waren es tausend Euro. Und ich hätte sie ihm ja auch gegeben, aber meine Therapeutin ...«

»Sie machen eine Psychotherapie?«

»Bei der Dame, die eben gegangen ist. Sie ist meine Therapeutin, und sie hatte mir abgeraten. Sie sagte, so würde mein Sohn nie von den Drogen wegkommen. Ich dürfe ihm die Sucht nicht finanzieren.«

»Der Gedanke ist nicht schlecht«, sagte Gabriel. »Aber Sie haben uns verschwiegen, dass Sie in finanziellen Schwierigkeiten stecken.«

»Unsinn«, sagte Frau Benedikt. »Ein Engpass.« Sie erhob sich und zog einen Ordner aus einem Regal. Gabriel überflog die erste Seite. Ein Werbevertrag für eine Nudelsorte, ihr Bild sollte auf der Packung erscheinen. Dafür verpflichtete sie sich, das Produkt in ein paar Werbespots zu empfehlen.

»Sehen Sie sich die Zahl an. Auf der dritten Seite«, sagte Frau Benedikt mit herausfordernder Stimme.

»Vierhunderttausend Euro«, sagte Gabriel.

»Sieht so etwa eine Pleite aus? Abgesehen davon verhandle ich noch mit einem italienischen Fleischwarenversand.«

»Und Ihr Sohn?«

»… hätte das Geld für Drogen auf den Kopf gehauen. Unten im Schafott hat er sich immer mit seinem Dealer getroffen.«

»Wissen Sie etwas von den zweihunderttausend Euro, die Ihr Sohn investieren wollte?«

Frau Benedikt schüttelte energisch den Kopf und sagte: »Hirngespinste. Woher sollte Ben so viel Geld haben? Ganz ausgeschlossen.«

»Was ist mit der Vaterschaft?«

»Kümmern Sie sich lieber um diesen scheiß Drogendealer. Jens Riemer heißt der Mann.«

Als sie wieder auf der Straße standen, bat Gabriel Sandra, sich mit der Drogenfahndung in Verbindung zu setzen und nach Riemer zu fragen. Während Sandra telefonierte, betrachtete er die Auslagen eines italienischen Feinkostgeschäfts. Die Waren stammten aus Apulien und waren in den meisten anderen, eher folkloristisch organisierten Fachgeschäften nicht zu bekommen. Er betrat den Laden und kaufte zwei Packungen schwarzer Nudeln, die ihre Farbe durch Sepiatinte erhielten, sowie Gebäck aus der Region.

»Und?«, fragte er, als er mit einer Plastiktüte wieder vor dem Laden stand.

»Jens Riemer ist ein Kleindealer. Vier Festnahmen, zwei Verurteilungen.«

»Adresse?«

»Gerhardstraße. Direkt über dem Schafott.«

Sie erreichten die Kneipe nach fünf Minuten. Wie es aussah, hatte sich die Inneneinrichtung seit den Sechzigerjahren nicht mehr verändert. Lediglich ein neues Namensschild war über dem Eingang angeschraubt und eine Musikanlage hinter der Bar installiert worden. Im Inneren roch es säuerlich. Nach abgestandenem Tabakrauch und schalem Bier. Eingestaubte Plastikblumen standen neben fleckigen Biergläsern. Ein angeschlagener Kühlschrank verbarg das Flaschenbier, und über dem Tresen baumelte ein Lebkuchenherz. »Wer ficken will, muss freundlich sein«, stand darauf.

»'n Bier?«, fragte die verblühte Schönheit hinter dem Tresen. Es klang eher nach einer Drohung als nach einer Frage.

»Jens Riemer, kennen Sie den?«

»Sind wir das Einwohnermeldeamt?«

Gabriel zückte seinen Dienstausweis. Die Bedienung warf einen flüchtigen Blick darauf.

»Sie wollen doch keinen Ärger? Mit der Schanklizenz?«, fragte Gabriel drohend.

»Die kommt meistens abends vorbei«, antwortete sie ungerührt.

Gabriel nickte Sandra zu. Sie gingen nach draußen und läuteten an der Klingelleiste gleich neben dem Lokal. Niemand reagierte. Wie es schien, hatten sie sich die falsche Uhrzeit für ihre Ermittlungen ausgesucht.

Als sie eine halbe Stunde später das Büro betraten, wartete Kriminalrat Becker bereits auf sie. »Na, was haben Sie für mich?«, fragte er. »Die Presse dreht richtig auf, pausenlos klingelt das Telefon. Ich brauche einen Ermittlungsfortschritt. Irgendwas.«

»Wir hören uns gerade im Drogenmilieu um«, sagte Gabriel. Er würde dem Kriminalrat nicht noch einmal auseinandersetzen, dass sie dabei waren, in einem Labyrinth aus Motiven und Verdächtigungen herumzuirren.

»Das ist doch was«, sagte Becker. »Drogenmilieu, sehr gut. Was Handfestes? Verdächtige? Jemanden, den wir mit dem mobilen Einsatzkommando aufmischen und der Presse servieren können?«

»Morgen«, versprach Gabriel.

7

Die Lichtreklamen der Bars, Shops und Imbisse tauchten St. Pauli in ein grelles Licht. So hell, dass der Dreck, das Elend und die brüchigen Fassaden übertüncht wurden. Das Viertel war zur Partyzone geworden, durch die Tausende von Menschen zogen, auf dem Weg zu ihrer Weihnachtsfeier, dem erlösenden Rausch oder zu einem der Musikläden, in denen der letzte Rest Melancholie von Discokugeln und rollenden Bässen vertrieben wurde.

Gabriel hatte sich nach dem Büro noch für zwei Stunden aufs Ohr gelegt. Jetzt betrat er das Heavy-Metal-Lokal Night Life und setzte sich an den Tresen. Mutter hatte er zu Hause gelassen. Die herumliegenden Scherben auf St. Pauli waren einfach zu gefährlich. Nur zwei Metal-Freaks in martialischer Lederkleidung standen am Tresen und tranken Bier. So wild sie auf die Entfernung auch aussahen, so freundlich waren ihre Gesichtszüge bei näherer Betrachtung. Ja, die Heavy-Metal-Szene war der letzte Hort wahrer Romantiker. Gabriel war fasziniert von den Tätowierungen, die einer der beiden auf dem Handrücken trug: Spinnennetze, die sich bis in die Finger verzweigten und in denen achtbeinige Totenköpfe hingen.

Einige Minuten später betrat eine junge Frau den Laden. Ihre blonden Haare fielen über ihre Lederjacke. Sie trug Kontaktlinsen, die ihren Augen etwas Katzenhaftes verliehen. Gabriel musste an Carla Renard denken. Später würde er in Frau Benedikts Restaurant vorbeischauen und sehen, ob er die Kellnerin noch einmal befragen konnte. Besser, er lud sie nicht vor. Er wollte keine lang vorher ausgedachten Geschichten hören, die er Stück für Stück zerpflücken musste. Seiner Erfahrung nach waren spontan angesetzte Vernehmungen um einiges effektiver. Die Atmosphäre im Verhörraum war angsteinflößend und nicht gerade redeförderlich. Wahrscheinlich, weil die Verdächtigen schon einen Vorgeschmack auf die Zelle bekamen, die sie unter Umständen erwartete.

Als »White Christmas« in einer Hardrock-Version aus den Boxen zu dröhnen begann, verließ Gabriel fluchtartig das Lokal.

Im Schafott drängten sich die Gäste. Aus der Musikbox dröhnte Lady Gaga und dann, noch bevor Gabriel den Tresen erreicht hatte, Udo Jürgens' »Griechischer Wein«. Voller Inbrunst grölten die Gäste den Refrain mit und hoben die Hände. Die Tresenbedienung sah in der Nacht zehn Jahre jünger aus als sonst. Gabriel schrie ihr eine Frage entgegen, und als Antwort deutete sie auf einen Mann mit blondem Pferdeschwanz und krummer Nase. Gabriel arbeitete sich an ihn heran und tippte ihm auf die Schulter. »Herr Riemer, können wir kurz rausgehen? Ich habe ein paar Fragen.«

Der Mann schien nicht weiter überrascht, als Gabriel ihm seinen Dienstausweis zeigte, sondern folgte ihm gleichgültig ins Freie. »Filzen Sie mich«, sagte er, als sie vor der Tür standen.

»Ich bin nicht interessiert«, sagte Gabriel. Er zog ein Bild von Ben aus seinem Jackett und sagte: »Kennen Sie den?«

»Ein Arschloch«, sagte Riemer.

»Ein Kunde, nicht?«

»Kein Geschäft, keine Kunden, was wollen Sie?«

»Wieso so sauer auf den Mann?«

»Er schuldet mir Geld. Seit Wochen. Kommt immer mit neuen Ausreden und kaut mir die Ohren ab.«

»Tausend Euro, nicht?«

»Fünfhundert, aber das ist schließlich auch Geld. Ich habe meine Auslagen. Mann, es ist so scheiße, immer hinter seinem Geld herrennen zu müssen. Die ganze Dealerei bringt überhaupt keinen Spaß mehr.«

»Sie haben Ben Benedikt nicht zufällig … nun sagen wir … überzeugt? Also, von den Drogen?«

»Wieso? Was ist mit dem Spinner? Ist er eingefahren? Ist mir recht. Werfen Sie den Schlüssel weg.«

»Haben Sie ihn getötet?«

Riemer schluckte und sah ihn überrascht an. »Das Arschloch ist tot? Ist das Ihr Ernst?«

»Sieht so aus.«

»Scheiße, Mann, da kann ich mir schon wieder fünfhundert Tacken in die Haare schmieren. Erst letzte Woche ist so ein Kerl vom St.-Pauli-Turm gehüpft, ohne seine Schulden bei mir glatt zu stellen. Hinten am Nobistor. Das ist doch zum Kotzen, Mann, die Leute machen 'nen Abflug, und der Nachlass ist ihnen scheißegal. Kennen Sie eigentlich das Ding mit dem ehrbaren Hamburger Kaufmann?«

Gabriel ging nicht darauf ein. »Wo waren Sie letzten Sonntag? Am frühen Nachmittag?«

»Sagen Sie mir lieber, wie ich mein Geld wiederkriege«, sagte Riemer und sah ihn angriffslustig an.

»Soll ich's Ihnen überweisen? Also, raus damit, wo waren Sie am letzten Sonntag?«

Riemers Gesicht hellte sich auf. »Im Puff«, sagte er. »Neben der Davidswache. In der Roten Laterne, da können Sie gerne nachfragen. War 'ne Weihnachtsfeier. Die Mädchen stehen da drauf. Mit Julklapp, also diesem Geschenkeverteilen, und allem Drum und Dran. Ich hab den Weihnachtsmann gegeben und durfte dafür umsonst 'ne Rute wegstecken. War toll.«

»Tolles Alibi«, sagte Gabriel.

»Nein, Moment ... die Feier war Samstagnacht.«

»Ich hab Sie nach Sonntag gefragt.«

»Eben. Auf der Feier gab's Ärger, und plötzlich waren

die Bullen … 'tschuldigung, Ihre Kollegen da und haben mir einen Tag in der Arrestzelle in der Davidstraße beschert. Nett, was?«

Gabriel zuckte resigniert die Schultern. So kamen sie nicht weiter. Die Drogenspur hätte Frau Benedikt zwar gut ins Konzept gepasst, aber Riemers Alibi war wasserdicht. Außerdem wäre er nie so widerstandslos mit vor die Tür gekommen, wenn er tatsächlich etwas mit Bens Tod zu tun gehabt hätte. Vielleicht war er, Wolf Gabriel, inzwischen zu alt für diese Arbeit? Fehlender Biss. Ließ sich etwas vormachen. Gut möglich, dass man keinen Respekt mehr vor ihm hatte. Er dachte an die Tresenfrau. Früher waren die Leute zusammengefahren, wenn er seinen Dienstausweis gezeigt hatte. Heute nötigte ihnen das gerademal ein beiläufiges Nicken ab. Anscheinend hatte sich in der Ermittlungsarbeit einiges geändert, und ihm fiel das erst jetzt auf, weil er in letzter Zeit nur noch mit Akten zu tun gehabt hatte. Selbst die Kriminellen wirkten professioneller, kühler. Ein Drogendealer, der ihm etwas vom ehrbaren Hamburger Kaufmann erzählte, wo gab's denn so was?

»Gut«, sagte er zu Riemer. »Das war's. Sie können gehen.«

Riemer grinste ihn an, drehte sich auf dem Absatz um und ging wieder ins Schafott zurück.

Gabriel betrachtete die Auslagen eines Geschäfts, das neben Jeans, Touristentand, Militärklamotten, Messern und Schuhen auch erotische Stiefel, Unterwäsche und Gummikorsagen verkaufte. Die High Heels, die im Fenster aufgestellt waren, hätten eigentlich unter das Waffengesetz fallen müssen. So mancher Türsteher hatte mit diesen Dingern unliebsame Bekanntschaft gemacht. Vielleicht war das ein Grund, warum sie ungern Frauen abwiesen, dachte Gabriel. Respekt vor Schuhen und Nagelfeilen.

Keine dreißig Meter von ihm entfernt lungerten vier junge Punker und zwei Hunde auf dem Bürgersteig. Sie hatten Decken ausgebreitet, auf denen sie sich niederließen. Einer der Jugendlichen unterhielt sich wild gestikulierend mit einer Punkerbraut, die sich vor ihnen aufgebaut hatte und eine Flasche Schnaps in der Hand hielt. Plötzlich warf die junge Frau die Flasche auf den Boden. Zwei der Männer sprangen auf und rissen sie an ihrer Lederjacke. Gabriel rannte auf die Gruppe zu und warf sich dazwischen, doch er konnte nicht verhindern, dass ein Faustschlag erst die Frau und dann auch ihn voll erwischte.

»Ich bin … verfluchte Scheiße.« Ausgerechnet heute Abend hatte er die Dienstwaffe im Präsidium gelassen! Er hielt die Punkerin fest, die wild entschlossen schien, sich zu wehren. Auch die Hunde bellten und wurden von dem dritten Jungen auf der Decke mit aller Kraft zurückgehalten. Noch.

Der Blitz eines Fotoapparats hinterließ schwarze Flecken auf Gabriels Netzhaut. Schemenhaft erkannte er eine Gestalt, die er vorher im Eifer des Gefechts nicht wahrgenommen hatte und die sich eilig entfernte. Als er nach ein paar Sekunden wieder sehen konnte, war die Gestalt verschwunden. Gabriel wandte sich der Punkerin zu und zuckte zurück.

»Sie …?«

Er traute seinen Augen nicht, beeilte sich aber, seinen Satz zu beenden: »Sie sind festgenommen.« Hastig zog er die junge Frau zur Seite. Viel zu spät hatte er seine Kollegin Sandra erkannt.

»Ey 'n Bulle!«, rief einer der Punker. Er streckte seinen halb rasierten Schädel nach vorn, und seine Freunde schienen sich wortlos mit ihm gegen den Feind zu verbünden.

Sandra zog Gabriel zur Seite, und sie begannen zu laufen. Hinter einer Häuserecke brachten sie sich in Sicherheit.

»Scheiße«, sagte Gabriel. »Was soll das?«

»Ich hab recherchiert«, sagte Sandra Berger. »Und 'ne Menge rausbekommen.«

»Bei den Punkern?«

In wenigen Sätzen berichtete Sandra, was sie in Erfahrung gebracht hatte. Den Jugendlichen zufolge war Benedikt als Kleinkrimineller unterwegs gewesen. Immer wieder habe er versucht, gestohlene Handys zu verticken, Schmuck bei Hehlern anzubieten, und daneben eine Menge Betrügereien durchgezogen. Eine Zeit lang habe er sich sogar als Zuhälter versucht, bis ihm ein albanischer Familienclan eine gehörige Abreibung verpasst habe.

»Nicht auch noch die Kiezmafia«, stöhnte Gabriel.

»Glaub ich nicht«, sagte Sandra. »Die wollen hier in Ruhe ihren Geschäften nachgehen. Der tote Sohn eines Promis stört da nur. Sie sind nervös, haben Angst, dass Razzien Unruhe in ihre Puffs und illegalen Spielsalons bringen.«

»Keine Toten, der Grundpfeiler des ehrbaren Kiezkaufmanns«, grummelte Gabriel und schüttelte den Kopf.

»Seit ein paar Monaten war Benedikt auf der Suche«, sagte Sandra.

»Nach was? Nach einem Kitaplatz oder was?«

»Nach einem Laden, er wollte tatsächlich ein Café aufmachen. Er muss fest mit diesen zweihunderttausend Euro gerechnet haben.«

8

Schon als Gabriel in der Langen Reihe mit Mutter am ersten Zeitschriftenkiosk vorbeikam, sprangen ihm die Schlagzeilen ins Auge: »Sohn der Sterneköchin Benedikt hingerichtet.« Er kaufte eine Zeitung und schlug sie auf. Neben dem Artikel war ein Foto über drei Spalten abgedruckt, das zeigte, wie er, Gabriel, sich zwischen seine Assistentin und den halb geschorenen Punker warf. Daneben der fett gedruckte Text: »Polizeikommissar G. ermittelt … und die Mörder Benedikts laufen frei herum.« Gabriel zeigte seinem Hund das Foto und sagte: »Siehst du, Mutter, ich werde noch berühmt.«

Kriminalrat Becker fing ihn noch vor dem Fahrstuhl ab und wedelte mit der Zeitung vor seinem Gesicht herum. »Sind Sie wahnsinnig, Mann? Wenn rauskommt, dass die Punkerin Ihre Kollegin ist, dann gnade uns Gott! Dann kann ich Ihnen da unten im Archiv Gesellschaft leisten.«

»Sie wollten schnelle Ergebnisse.«

»Aber doch nicht so! Wenn die jetzt auch noch spitzkriegen, dass Sie der einzige verfügbare Mann in der Mordkommission sind, dann sind wir geliefert.« Beckers Tonfall bekam etwas Weinerliches. »Wer hat diesen … diesen Undercovereinsatz eigentlich abgesegnet? Sandra Berger ist doch noch so unerfahren. Nicht auszudenken, was da hätte passieren können!«

»Sie hat eine Menge herausbekommen.«

»So?«

»Der Mord hatte nichts mit dem Drogenmilieu zu tun.«

Für einen Monat glaubte Gabriel, dass Becker tatsächlich gleich zu heulen anfangen würde.

»Kein Mord im Drogenmilieu?«, fragte er. »Was soll ich denn jetzt der Presse sagen? Vor einer halben Stunde ist die Mitteilung an die Redaktionen rausgegangen, in der steht, dass wir in Richtung Drogenmilieu ermitteln. Gabriel, warum hassen Sie mich so? Was habe ich Ihnen getan?«

»Wir sind dicht dran am Täter«, entgegnete Gabriel genervt, drehte sich auf dem Absatz um und ließ seinen Vorgesetzten stehen. Das Schlimmste, was ihm passieren konnte, war ja sowieso bereits eingetroffen: trostlose Tage im Archiv.

Sandra hatte sich über Nacht wieder in eine ordentliche Polizistin verwandelt. Als Gabriel das Büro betrat, reichte sie ihm einen Becher Kaffee und lächelte.

»Was ist so komisch?«, fragte er. »Wenn Sie wüssten, was unser Chef gerade in seinem Kopf bewegt …«

»Es ist toll, mit Ihnen zu arbeiten«, sagte sie. »Auf der Polizeischule laufen so ein paar nassforsche Bübchen herum, aber Sie …«

»Sparen Sie sich den Honig, den Sie mir da gerade ums Maul schmieren. Haben Sie Ihre ›Erkenntnisse‹ schon zu Papier gebracht?«

»Nein, aber ich habe den Frauenarzt gefunden, bei dem Carla Renard in Behandlung ist.«

»Na und, was soll uns das nützen? Was ist mit der ärztlichen Schweigepflicht?«, fragte Gabriel.

»Ich habe mich als Carlas Schwester ausgegeben und gefragt, ob mit dem Kind alles in Ordnung ist und wie es nun weitergehen soll …«

»Das ist strafbar«, stöhne Gabriel.

»Stimmt«, erwiderte Sandra unbekümmert. »Also, sie ist im vierten Monat, als Vater hatte sie zunächst Ben angegeben. Vor zwei Wochen wollte sie dann plötzlich einen Vaterschaftstest …«

»Bei einem Embryo?«

»Geht rein theoretisch alles, doch der Frauenarzt hat wegen Gefährdung des Kindes abgelehnt. Bei zehn Prozent dieser Untersuchungen wird eine Fehlgeburt ausgelöst.«

»Also gab es tatsächlich einen zweiten Mann«, sagte Gabriel. Er machte sich daran, Sandras Ermittlungsergebnisse in einem Bericht zusammenzufassen, als das Telefon klingelte.

»Hannelore Krafft, hier. Spreche ich mit Hauptkommissar Gabriel?«

»O nein, äh ja, aber jetzt ist es ganz schlecht.«

»Soll ich vorbeikommen?«

»Sagen Sie mir doch lieber gleich am Telefon, worum es geht.«

»Diese Kellnerin, Carla Renard …«

»Was ist mit ihr?«

»Sie wollte Ben ein Kind andrehen. Ein Kuckuckskind, wenn Sie verstehen, was ich meine.«

»Und das wissen Sie woher?«

»Er hat es mir gesagt. Der Junge war völlig durch den Wind.«

»Woher er die zweihunderttausend Euro bekommen sollte, die er bereits fest verplant hatte, wissen Sie nicht zufällig?«

»Zweihunderttausend Euro? Das kann nicht sein! Das hätte er mir erzählt!«

Gabriel bedankte sich für den Anruf, schloss den vorläufigen Bericht ab und schickte ihn an Becker. Vorgesetzte liebten es, wenn sie mit einbezogen wurden. Warum sollte er ihm diese Freude verwehren? Damit würde er zunächst beschäftigt sein und nicht weiter stören.

Am Nachmittag brachen sie mit Gabriels VW zum Restaurant Benediktus auf. Als sie ankamen, sahen sie Carla Renard, die Kisten mit frischem Gemüse von der Ladefläche eines Kombis in die Restaurantküche schleppte. »Ich habe wenig Zeit«, sagte sie, als Gabriel und Sandra sie ansprachen.

»Die werden Sie sich nehmen müssen.«

»Sie sind schwanger, nicht wahr?«

Carla Renard stellte die Kisten ab und ging mit ihnen in den Gastraum. Sie setzen sich an einen Tisch, der neben dem Tresen stand und als Ablage für die Speisekarten genutzt wurde. »Ja«, sagte sie. »Und jetzt wächst mein Kind ohne Vater auf.«

Der Koch steckte seinen Kopf durch die Tür. »Carla …«, sagte er und unterbrach sich, als er den Kommissar und seine Assistentin erkannte.

»Aber sicher sind Sie nicht, dass Ben der Vater ist, richtig?«, fragte Gabriel.

»Wie kommen Sie darauf?«

»Warum sonst würden Sie einen Vaterschaftstest machen wollen?«

»Ich bin mir sicher«, sagte sie, während sich ihre Augen mit Tränen füllten.

»Ist sie nicht«, sagte der Koch, der sich als Sascha Klages vorstellte.

»Schön, dass Sie da sind. Ich wollte Sie schon zu uns rufen«, sagte Gabriel. »Könnten Sie …«

»… Ihnen etwas zu Ben erzählen?«, ergänzte Klages. »Mit dem größten Vergnügen. Er hat sie mir weggenommen. So wie er alles zerstört hat, was ihm in die Hände fiel. Wie ein tödliches Virus.«

»Das ist doch nicht wahr«, sagte Carla Renard. »*Ich* hab mich in ihn verliebt.«

»Du hast dich in dieses Restaurant verliebt, in die Aussicht, dass dieser Laden bald dir gehören könnte.«

»Das musst du gerade sagen«, erwiderte sie. »Wer ist denn der Liebling der Chefin, der Tausendsassa, hä? Du bist ihr doch in den Arsch gekrochen.«

»Was hat das damit zu tun? Ich habe hier meine Arbeit gemacht. Etwas, von dem dein toller Ben noch nie was gehört hat.«

Gabriel sah den Koch an. »Es gab Streit, nicht wahr?«

»Es gab immer Streit.«

»Doch irgendwann sind Sie ausgerastet …«

»Unsinn«, erwiderte Klages.

»Dann lassen Sie uns doch mal in die Küche gehen.«

»Und was sollen wir da?«

»Dort zeigen Sie mir Ihre Messer.«

Hintereinander betraten sie die Küche. Sascha Klages zog einen Messerblock zu sich heran, nahm die Messer heraus und legte sie nebeneinander auf ein Schneidebrett.

»Messer sind die Heiligtümer des Kochs, nicht wahr?«, fragte Gabriel und begutachtete die Klinge des ersten Messers. Sarazener Stahl, aus mehreren Lagen geschmiedet und ziemlich teuer. Zwei der Messer waren gleichlang, das dritte wies eine andere Verarbeitung auf.

»Und wo ist Ihr Tranchiermesser? Erzählen Sie nicht, dass Sie keines haben.«

Klages blickte mit bleichem Gesicht auf eine der Wände.

»Sie werden mitkommen müssen«, sagte Gabriel.

9

Er hatte mitten ins Wespennest gestochen. Und jetzt war es Zeit, diesen Klages etwas in Untersuchungshaft schmoren zu lassen. Sandra hätte ihn am liebsten gleich verhört, doch Gabriel hatte abgelehnt. Der junge Koch hatte Ben zweifellos mit dem Tranchiermesser malträtiert, die Wunden passten genau auf die Tatwaffe, doch das erklärte noch nicht das Zyankali. Es war eher unwahrscheinlich, dass Sascha erst auf Ben einstach, um ihm dann eine Kapsel unterzujubeln.

Mit dem angeleinten Labrador schlenderte Gabriel über den Ökowochenmarkt an der Langen Reihe. Frisches Gemüse war in dieser Jahreszeit kaum zu bekommen. Er entschied sich für Rosenkohl mit Kartoffelgratin und ein Stück Schweinefilet. Während er den Kohl und die Kartoffeln in eine Tüte packte, riss der Labrador sich los. Gabriel zahlte eilig und folgte dem Hund, der gemächlich zu einem Verkaufswagen am Rand des Marktes stolzierte. »Hundeköstlichkeiten«, las Gabriel und sah, wie Mutter sich wie selbstverständlich neben einen Schäferhund setzte, der zwei Meter vor dem Verkaufstresen mit Pansen, Schweineohren und Schlachtabfällen Platz genommen hatte. Aufmerksam musterten die beiden Hunde den Verkäufer, der gerade dabei war, einem Kunden eine Plastiktüte zu überreichen.

»Mutter, das ist nicht dein Ernst«, sagte Gabriel.

Mit einem Grinsen sah der Verkäufer auf die Hunde und warf ihnen zwei Schweineohren zu. Bevor Gabriel Mutter an der Leine wegziehen konnte, begann der Labrador, auf dem Ohr herumzukauen.

»Ich weiß nicht, warum ich überhaupt noch koche«, sagte Gabriel und zog Mutter mit sich. Er wusste, dass es ein nutzloses Unterfangen gewesen wäre, zu versuchen, dem Hund das stinkende Stück wegzunehmen.

Als Gabriel das Filet eine Stunde später aus dem Ofen zog, klingelte sein Handy.

»Verflucht, wo bleiben Sie?«, schrie ihm Becker durch das Telefon entgegen. »Nicht mal Ihre Assistentin weiß, wo Sie stecken. Gibt es eine Festnahme?«

»Den Koch.«

»Sind Sie sicher, dass er …«

»Keineswegs, aber er ist … sagen wir: beteiligt.«

»Sie wissen schon, dass der junge Mann den zweiten Rang bei der Weltmeisterschaft der Jungköche belegt hat?«

»Nein, aber …«

»Wenn Sie nicht sicher sind, dann müssen wir ihn umgehend verhören. Also, wo stecken Sie?«

»Ich füge gerade die letzten Puzzlesteine zusammen«, sagte Gabriel und prüfte, ob der Rosenkohl nun so weit durch war, dass er noch über etwas Biss verfügte. Dann gab er etwas Kümmel dazu. »Sobald ich hier alles zusammenhabe, knöpfe ich mir Ihren Weltmeister vor«, sagte er und drückte das Gespräch weg. Er schnitt drei Scheiben von dem Filet ab, pürierte den Rosenkohl und drei Löffel Kartoffelgratin und füllte einen kleinen Teil der Masse in eine Porzellanschüssel und stellte sie Mutter vor die Nase. »Eine Vorspeise hast du ja schon gehabt, nicht wahr?«

Der Hund zerrte an seinem Napf und zog dann den Kopf zurück.

»Dir ist schlecht, nicht wahr? Ich hab's dir ja gleich gesagt. Dieses fettige Schweineohr … das ist eklig.«

Der Hund legte den Kopf schief und nahm einen vorsichtigen Happen aus der Schüssel.

»Wie du da gestanden hast! Bettelnd, sabbernd. Das war peinlich, Mutter, wirklich peinlich.«

Nach dem Essen spülte Gabriel das Geschirr ab, schnappte sich Mutters Hundeleine und fuhr zusammen mit dem Labrador ins Präsidium. Im Wagen telefonierte er mit dem Untersuchungsgefängnis und bat darum, dass Sascha Klages zum Verhör ins Präsidium gebracht werden sollte.

»Das haben wir schon vor einer Stunde gemacht«, sagte der Beamte. »Auf Anordnung von Kriminalrat Becker.«

In dem Moment, als Gabriel am Verhörraum vorbeiging, trat Becker aus der Tür.

»Keine Lust mehr?«, fragte Gabriel.

»Nichts, der Mann sagt nichts.«

»Verhören Sie ihn doch noch ein bisschen. Ich scheine hier ja überflüssig zu sein.«

»Gabriel, nun spielen Sie nicht die beleidigte Leberwurst! Was meinen Sie: War es der Koch, oder nicht? Sie nehmen den Mann doch nicht auf einen vagen Verdacht hin in Untersuchungshaft!«

Gabriel antwortete nicht, sondern bat einen uniformierten Kollegen, Klages in sein Büro zu bringen.

Sandra sah von ihrem Computer auf und sagte kein Wort.

»Sind Sie böse?«, fragte Gabriel.

»Ich finde, ich sollte schon wissen, wo Sie sind. Becker ruft alle zwei Minuten an, mal ganz abgesehen davon, dass ich die Presse abwimmeln muss.«

In diesem Augenblick wurde Sascha in den Raum geführt. Gabriel wies ihm einen Platz zu. »Wir sollten die Spielereien ab jetzt lassen«, begann er. »Vielleicht können wir uns dann vernünftig einigen.«

»Ich weiß nicht, was Sie von mir wollen.«

»Sie haben an Ben herumgeschnippelt, nicht wahr? Das gibt eine Anklage wegen Körperverletzung.«

»Er ist gestorben.«

»Aber nicht an den Schnittverletzungen. War das so eine Art Zweikampf? Zwei Ritter und ein Burgfräulein?«

Statt einer Antwort krempelte Klages seine Hemdsärmel hoch. Seine Arme waren zerschnitten und mit Verbänden versehen. »Wir sind mit dem Messer aufeinander los, aber ich hab nicht zugestochen. Ich schwöre es! Als ich weg bin, ging's ihm noch gut. Aber wer soll mir das glauben?«

»Ich«, sagte Gabriel, und Klages sah ihn überrascht an. »Worum ging's?«, fuhr Gabriel ungerührt fort.

»Ich hab ihn zur Rede gestellt. Er hat Carla beschissen behandelt und lächerlich gemacht. Wir haben gestritten, und irgendwann ist die Situation eskaliert.«

»Und auch er hat nicht zugestochen?«

»Nein, er war zwar ziemlich aggressiv, aber schwere Verletzungen … nee.«

»Zwei Machos, die sich gegenseitig ritzen, na super«, sagte Sandra. »Das klingt ziemlich durchgeknallt.«

»Als ich aus dem Lokal raus bin … er hat gelebt. Hat sich auf einen Stuhl gesetzt und Wasser getrunken.«

»Wer war noch in dem Lokal?«, fragte Gabriel.

»Als ich ging? Niemand.«

»Das heißt, wenn die Gerichtsmediziner irgendwann mal so weit sind, werden sie auch Ihre Blutspuren finden?«

»Ja. Er hat mich zur Weißglut gebracht. Er hatte so eine Art …«

»Aber Sie glauben, dass es Ihr Kind sein könnte, dass Carla Renard da im Bauch trägt?«

Klages schüttelte den Kopf. »Ich hab noch mal nachgerechnet. Es haut nicht hin. Aber er wollte sie verlassen. Er hat immer alle Leute angeschissen.«

»Was ist mit den zweihunderttausend Euro?«

»Welchen zweihunderttausend Euro?«

»Sie wissen davon nichts? Aber was meinen Sie, könnte er damit vorgehabt haben? Eine kleine Erpressung vielleicht? Ben war, was das betrifft, ja nicht gerade zimperlich.«

Am Ende der Vernehmung, die ohne große Enthüllungen vonstatten gegangen war, räusperte sich Gabriel und sagte: »Nun gut, wir sind fertig. Aber warten Sie bitte noch ein paar Minuten im Verhörraum, ein Beamter wird sich gleich um Sie kümmern.«

Als Klages in der Tür stand, drehte er sich noch einmal um und sagte: »Was gibt es für Körperverletzung?«

»Wenn die Forensiker Ihre Zweikampfdarstellung bestätigen, kommen Sie mit Bewährung davon. Das hängt jetzt alles von der Spurenlage ab. Und ob Sie mir Ihr Kräutergeheimnis für die Bouillabaisse verraten. Der, mit der Sie den zweiten Platz bei dieser verdammte Weltmeisterschaft gewonnen haben.«

Sascha sah ihn verwirrt an.

Als wenige Minuten später ein Uniformierter in Gabriels Büro trat, winkte der Kommissar ihn zu sich heran: »Sascha Klages wartet im Verhörraum. Bringen Sie ihn in die Gerichtsmedizin, die sollen seine Wunden dokumentieren.«

Als sie wieder allein waren, legte Sandra ihm einen

Zettel auf den Schreibtisch. »Der Terminkalender aus der gynäkologischen Praxis im Schanzenviertel«, sagte sie. »Mit einem sehr speziellen Beratungstermin für Carla Renard.«

»Schwangerschaftsabbruch«, las Gabriel laut vor. »Woher haben Sie das?«

»Hat mir eine Arzthelferin aus der Klinik rübergefaxt. Sie konnte sich genau daran erinnern, dass ein Mann diesen Termin ausgemacht hat. Das sei höchst ungewöhnlich, meinte sie.«

Gabriel griff zum Telefonhörer und bat in der Einsatzzentrale darum, zwei Kollegen zu Carla Renard zu schicken und sie im Präsidium vorzuführen.

»Sie glauben tatsächlich …«, fragte Sandra.

»Natürlich will ich es nicht glauben. Aber im Moment sieht alles nach einer Beziehungstat aus.«

10

»Was soll ich mit ihr machen?«, fragte der Kollege vom Empfang. Gabriel erkundigte sich nach einer freien Arrestzelle.

»Sie wollen, dass wir das Ömchen einsperren?«

»Ja, wegen Behinderung polizeilicher Ermittlungen.«

»Na gut«, sagte der Mann.

»Meine Güte, das war ein Witz. Ein Witz!«

»Aber wo sollen wir denn mit dieser Hannelore Krafft hin?«

»Ich hab jetzt keine Zeit, stecken Sie sie in einen freien Verhörraum und sagen Sie ihr, es würde noch ein wenig dauern. Das kennt die bestimmt von ihrem Arzt.«

Zehn Minuten später führte eine Kollegin Carla Renard in Gabriels Büro. Ihre Augen flackerten, die Wangen waren eingefallen. Gabriel konnte deutlich erkennen, wie ihre Knie zitterten. Sandra wandte sich ihrem Computerschirm zu. Gabriel hatte sie angewiesen, sich nicht am Verhör zu beteiligen. Solidaritätsbekundungen zwischen zwei jungen Frauen, das hätte ihm gerade noch gefehlt.

»Nun setzen Sie sich erst mal und holen tief Luft. Und dann erzählen Sie uns, wie es wirklich war. Sie wollen das doch bestimmt auch loswerden.«

Keinerlei Regung, kein Nicken, kein Protest. Ein Kollege steckte den Kopf ins Büro und hielt eine graue Dose in der Hand. »Wir sammeln für den Julklapp«, sagte er.

Gabriel machte eine ärgerliche Handbewegung. »Sandra«, sagte er, »erschießen Sie den Mann. Bitte.«

Sandra sah ihn überrascht an. Carla Renard verzog keine Miene, und der Kollege schloss murrend die Tür.

Gabriel wandte sich wieder der Kellnerin zu. »Glauben Sie mir, es wird leichter, wenn Sie mir alles sagen, Frau Renard. Hat Ben Sie beleidigt? Ihnen gedroht sie zu verlassen?«

Carla Renard sagte nichts und schüttelte langsam den Kopf.

»Es gab keinen Streit, keine Auseinandersetzungen?«

»Nein.«

»Sie haben ihm auch keine zweihunderttausend Euro versprochen?«

»Ich bin Kellnerin.«

»Und Managerin, wenn die Chefin nicht da ist, stimmt's?«

»Schon.«

»Sehen Sie mich bitte mal an.«

Sie hob ihr verweintes Gesicht und knetete dabei ein Tempotaschentuch.

»Haben Sie Ben vergiftet?«

»Vergiftet?«

In diesem Augenblick stürmte Frau Benedikt in Begleitung einer Polizistin in Gabriels Büro, »Ich war das, hören Sie?«, sagte sie. »Ich habe meinen Sohn getötet.«

II

Gabriel bat die uniformierte Kollegin, bei Frau Benedikt und Frau Renard zu bleiben, und winkte Sandra zu sich. Gemeinsam gingen sie in das gegenüberliegende Büro. Er schloss die Tür und setzte sich auf die Kante eines Schreibtischs. »Wir müssen jetzt sehr vorsichtig sein«, sagte Gabriel. »Was meinen Sie, warum dieses Geständnis?«

»Frau Benedikt will Carla Renard schützen.«

»Und warum? Die Frau ist eine Angestellte. Zwar mit ihrem Enkel im Bauch …«

»Genau deshalb, ja. Sie denkt, sie schützt Carla, bis die das Baby entbunden hat. Die Frau ist ein Muttertier und ihr Enkelkind das Einzige, was ihr von ihrem Sohn geblieben ist.«

»Was machen wir, wenn beide gestehen?«, fragte Gabriel. »Jeder Richter haut uns den Antrag auf die Ausstellung eines Haftbefehls um die Ohren.« Er blickte sich um. Den Fahndungsplakaten nach waren sie hier in der Abteilung Trickbetrug gelandet. Die Kollegen waren augenscheinlich nicht von der Thunfischvergiftung betroffen.

Auf einem Schreibtisch drehte sich ein Engel aus dem Erzgebirge. Statt Kerzenwärme trieb ein Motor die Plastikimitation an. Ein anderer Kollege hatte eine aus Holz geschnittene Engelschar auf einer hellblauen Holzwolke drapiert. Sie spielten Instrumente und hielten ihren Blick auf einen Dirigenten gerichtet. Gabriel wandte sich angewidert ab.

»Sehen Sie sich das an«, sagte Sandra. »Die Phantomzeichnung da, das ist doch …«

»Ben«, sagte Gabriel und sackte in sich zusammen.

12

»Ihr Sohn wird als Trickbetrüger gesucht«, sagte Gabriel.

»Ich weiß«, sagte die Sterneköchin.

»Das hätte Ihrer Karriere endgültig das Aus beschert.«

»Ja, deshalb habe ich ihn umgebracht. Er hätte alles zerstört. Einfach alles.«

Carla Renard sah sie entsetzt an. Alle Kraft schien aus ihrem Körper gewichen.

»Und wissen Sie, was seine Masche war?«, fragte Gabriel. »Der Enkeltrick. Er hat alten Frauen vorgemacht, dass er ein Freund ihres Enkels sei, und dass dieser dringend Geld benötige. Das ist so ziemlich das Mieseste …«

Hannelore Krafft war von allen unbemerkt ins Zimmer getreten. Sie stellte einen blauen Koffer ab und lächelte Gabriel an. »Enkeltrick, schön gesagt. Aber ich habe den Spieß umgedreht.«

Gabriel sprang von seinem Stuhl auf. »Sie haben …«

»Er hat es bei mir versucht. Ich habe ihm hundert Euro gegeben und viel viel mehr versprochen.«

»Zweihunderttausend Euro?«, fragte Gabriel.

»Genau, ich hab ihm gesagt, ich müsse meine Wertpapiere erst noch zu Geld machen. Und das würde etwas dauern.«

»Das hat er Ihnen abgenommen?«

»Ich beherrsche die Rolle der gutgläubigen Alten sehr gut. Ich war mal Souffleuse am Thalia-Theater.«

»Er hat geglaubt, er bekommt zweihunderttausend Euro von Ihnen?«

»Ja, und dann ist er irgendwann ungeduldig geworden.«

»Aber was hat er an seinem Todestag im Restaurant seiner Mutter gesucht?«

»Er wollte Druck ausüben. Mir weismachen, dass er schon viel investiert habe und mein Geld dringend brauche. Er hat mich für doof gehalten. So wie die jungen Leute nun mal sind.«

»Er war dort mit Ihnen verabredet?«

»Er stand da mit zerschnittenem Oberkörper und hat mir vorgemacht, dass seine Schuldner ihr Geld verlangten. Und dann hat er mir gedroht.«

»Womit denn?«

»Na, dass er mich nicht mehr besuchen kommen würde.«

»Und das hat Ihnen Angst gemacht?«

»Natürlich«, sagte sie. »Sitzen Sie mal allein zu Hause rum. Tag für Tag. Und niemand klingelt an der Tür. Niemand trinkt mit Ihnen einen Kaffee oder schickt Ihnen eine Weihnachtskarte. Das bringt einen um. Ganz langsam, aber es bringt einen um. Außerdem hat Ben es verdient, schließlich wollte er mich ausnehmen.«

»Sie haben ihm also Gift …«

»… in ein Stück Stollen geträufelt. Er mochte meinen Stollen wirklich.«

»Wo haben Sie das Zeug her?«

»Ich hatte noch ein paar Ampullen Zyankali von meinem Onkel. Der war ein hohes Tier bei den Nazis und brauchte das Zeug nicht mehr. Ist an einem Herzinfarkt gestorben. Jedenfalls haben wir im Benedikt nett beieinandergesessen, er hat Kaffee gekocht, und ich hab den Kuchen ausgepackt.«

»Und was haben Sie mit seinem Handy gemacht? Seinem Wohnungsschlüssel?«

Hannelore Krafft wühlte in ihrer Tasche, zog beides heraus und legte es auf Gabriels Schreibtisch. »Ich wollte sehen, ob ich in seinem Freundeskreis einen netten Menschen finde, der mich anstelle von Ben besuchen kommt. Hat aber nicht geklappt.«

Carla Renard und Paola Benedikt sahen die Frau mit offenem Mund an. Sandras Augen flackerten.

»Aber … Ich verstehe das nicht«, sagte Gabriel. »Was haben Sie denn davon, wenn Sie Ben vergiften? Tote kommen doch auch nicht auf einen Weihnachtskeks vorbei.«

»Na, deshalb hab ich ihm doch den Adventskranz aufgesetzt. Ich wollte, dass Sie, Herr Kommissar, und ich … ich wollte, dass wir uns ein wenig unterhalten. Über dieses Rätsel. Und was es bedeutet. So wie in den Fernsehkrimis. Aber Sie haben ja nicht mal angerufen.«

Gabriel ließ sich schwer auf seinen Stuhl sinken.

»Und jetzt haben Sie Ihren Koffer dabei, weil …«, setzte Sandra an.

»Na, für das Gefängnis! Wissen Sie, ich freu mich darauf. Da gibt es Mitgefangene und Rundgänge auf dem Innenhof. Da hat man Zeit sich anzufreunden. Das ist doch wirklich besser, als allein zu Hause rumzusitzen!« Sie griff in ihre Tasche und zog ein Stück Stollen heraus. »Sie können das ja im Labor prüfen lassen …«, sagte sie und warf es Gabriel zu. Doch bevor er reagieren konnte, war sein Hund aufgesprungen und hatte sich den Stollen geschnappt. Mit einem kräftigen Happs schluckte er das Stück hinunter und sah Gabriel schuldbewusst an. Der sprang entsetzt auf und griff zu einer Flasche Wasser, die neben dem Schreibtisch stand. Er riss den Verschluss herunter und öffnete dem verdutzten Hund das Maul. »Trink, verdammt noch mal, trink!« Er tätschelte Mutters Bauch und fühlte ihren Herzschlag. »O Gott«, sagte Gabriel. »O Gott.«

Vielleicht konnte er den Hund dazu bringen, sich zu erbrechen. Andererseits, Zyankali wirkte in Sekunden. Er stirbt, er stirbt, hämmerte es in seinem Kopf. Der Hund zeigte keine Zuckungen. Hatte das Gift bei Hunden am Ende gar keine Wirkung? Unsinn. Während er dem Labrador weiter Wasser einflößte, sah dieser ihn verwundert an.

»Meine Güte«, sagte Hannelore Krafft, die das Schauspiel amüsiert beobachtet hatte. »Glauben Sie, ich werfe vergiftete Kuchenstücke durch die Gegend? Das ist doch gefährlich! Aber Ihr Labor kann doch trotzdem etwas damit anfangen, oder? Gleiche Konsistenz wie im Magen des Opfers. Allerdings ohne Gift. Das sieht man doch immer bei CSI, nicht?« Sie streckte ihre Arme nach vorne, ballte die Hände zu Fäusten und legte sie aneinander. »Jetzt kommen die Handschellen, nicht? Können wir dann fahren? Ich meine, ins Gefängnis? Wenn wir uns beeilen, schaffe ich es noch zum Nachmittagskaffee.«

Zweiter Advent

STEFFI VON WOLFF

Nuttendiesel

Um eine wirklich gute Consommé zuzubereiten, musste man in der richtigen Stimmung sein, und Gabriel war in der richtigen Stimmung. Er stand vor dem großen Kupfertopf und sah dem Blubbern darin zu. Sie würde gut werden, denn er hatte viel Zeit. Die Rinderknochen ließ er stundenlang kochen, schöpfte immer wieder den Schaum ab und wartete. In frühestens vier Stunden würde er das klein geschnittene Gemüse und die Zwiebeln dazugeben. Im Radio dudelte Weihnachtsmusik, die er hasste, weil er Weihnachten hasste. Alles Lügerei.

Gabriel war müde. Er hatte eine anstrengende Woche hinter sich. Wenn man knapp zwei Jahre im Archiv der Kripo gesessen und nur Akten gewälzt hatte, kam manch einem ein Mord bestimmt gerade recht. Ihm nicht. Er war aus seinem Alltag gerissen worden, weil die komplette Belegschaft der Ersten Mordkommission seit der Weihnachtsfeier mit einer Lebensmittelvergiftung im Bett lag.

Gabriel hatte diesen Pizzabringdiensten noch nie getraut. War es denn ein Wunder, dass der Thunfisch nicht mehr gut gewesen war? Er hatte als Einziger nichts davon gegessen. Die anderen hatten ihn mal wieder als schrulligen Kauz abgetan, aber das machte ihm schon lange nichts mehr aus. Das hatten sie nun davon. Gabriel neigte nicht dazu, hämisch zu sein, aber er musste feststellen, dass er sich insgeheim darüber freute, dass der eine oder andere geschätzte Kollege nun brachlag. Jedes Kind wusste doch, wie diese Kettenpizzabäcker arbeiteten. Außerdem hatte Gabriel einen Bekannten, der einen Bekannten hatte, dessen Bekannter mal erzählt hatte, die Pizzabäcker würden auf die Pizza spucken, wenn sie schlechte Laune hätten. Und darauf hatte er keine Lust. Im Prinzip hatte er auf gar nichts Lust. Die blöde Fischvergiftung seiner Kollegen hatte ihn zwar aus dem noch blöderen Archiv herausgebracht, aber das war eben der springende Punkt: Gabriel hatte zu lange zu wenig getan, und die Ereignisse der letzten Woche hatten sein phlegmatisches Wesen aus dem Gleichgewicht gebracht.

Aber nun war auch das wieder vorbei. Der Mord war aufgeklärt, und er konnte sich wieder seiner Brühe widmen. Wunderbar.

»Siehst du, Mutter«, sagte er zu seinem Labrador, der gelangweilt in der Ecke lag. »Das hättest du nicht gedacht, dass ich eine Consommé hinkriege, was?«

Der Hund antwortete nicht. Dafür klingelte Gabriels Handy. Bevor Ben Benedikt letzte Woche tot in dem Restaurant gefunden worden war, hatte es so gut wie gar nicht mehr geklingelt. Gabriel mochte keine Handys und auch keine Menschen, die sie benutzten, weil sie grundsätzlich reinbrüllten, außerdem hatte er sich ziemlich zurückgezogen, seit er ins Archiv versetzt worden war. Als er das Ding gerade neu bekommen hatte, hatte ihm sein

Sohn »Unforgiven« von Metallica draufgeladen, das jetzt aus den kleinen Lautsprecherboxen dröhnte. Das war immerhin besser, als diese unsäglich genormten Klingeltöne, bei denen immer alle Leute gleichzeitig ihre Handys zückten.

Manchmal rief eine alte Frau aus einem Seniorenstift an, die seine Nummer aus irgendwelchen Gründen abgespeichert hatte, und erzählte ihm, dass sie einsam sei oder es Hühnerfrikassee zum Mittagessen gegeben habe. Mit Erbsen. Einmal hatten sie Rezepte ausgetauscht, und Gabriel hatte das Gulasch nachgekocht, das sie ihm empfohlen hatte. Ein altes Rezept ihrer Urgroßmutter. Im Gegenzug hatte Gabriel ihr erklärt, wie man flambierte, woraufhin ihn am nächsten Tag einer der Pfleger angerufen und gebeten hatte, so etwas künftig zu unterlassen, Frau Sternhagen habe nämlich fast das ganze Heim in Brand gesteckt.

»Hm«, sagte er. Er machte gerne mal »Hm«, wenn er ans Telefon ging. Weil er keine Lust hatte, von einem Marktforschungsunternehmen zugetextet zu werden. Wenn er Frau Sternhagens Nummer sah, sagte er hingegen immer »Hallo«.

Aber es war nicht Frau Sternhagen, sondern Sandra, seit Neuestem seine Mitarbeiterin beziehungsweise Assistentin. Im Archiv hatte er keine gebraucht, aber jetzt, wo immer noch alle brachlagen, schon.

Er mochte ihre quirlige Art, obwohl sie ihn damit in der letzten Woche ziemlich nervös gemacht hatte. Gabriel war sein Archiv gewohnt, von morgens um halb acht bis nachmittags um vier. Danach war er nach Hause und mit dem Hund rausgegangen, was er während der Bürozeit nur kurz schaffte, hatte gekocht und ansonsten den lieben Gott einen guten Mann sein lassen.

Doch nun war alles anders. Der Mord war aufgeklärt, aber noch tausend Sachen waren zu erledigen. Außerdem musste er ungefähr zwanzig Kollegen vertreten. Natürlich war diese Zahl übertrieben, aber ihm kam es so vor. Gabriel fühlte sich wie jemand, der zehn Jahre auf dem Sofa gelegen hatte und es nun als Zumutung empfand, dass man ihn bat, aufzustehen, um den Müll runterzubringen.

»Hallo«, sagte Sandra. »Schauen Sie mal aus dem Fenster.«

Er tat es. »Ja und?«

»Der Regen hat aufgehört. Jetzt schneit es, es ist Sonntag, und wir haben beide frei. Was sagt uns das?«

»Mir sagt das nichts.« Gabriel ging mit dem Handy zum Radio und schaltete es aus. Wenn er noch einmal »Drivin' Home for Christmas« von Chris Rea hören musste, würde er so kotzen wie seine Kollegen nach dem Pizzaessen. Diese Texte nervten ihn. Wussten die Interpreten eigentlich, was das alles auf Deutsch hieß?

»Ich fahr' über Weihnachten nach Hause. Kann's kaum abwarten, wieder die ganzen Gesichter zu sehen! Schnurstracks fahr' ich die Straße entlang. Ist lange her, aber diesmal werde ich rechtzeitig da sein. Und während ich so fahre, sing' ich dieses Lied, um mir die Zeit zu vertreiben.

Bestimmt wird die Fahrt noch 'ne Weile dauern, aber ich komme, ich komme ganz bestimmt! O Mann, warum kommt die Autoschlange denn nur so langsam vorwärts, und dann auch noch eine rote Ampel nach der anderen. Aber gleich muss ja die Schnellstraße kommen, und dann kann ich mit meinem Fuß endlich wieder heiligen Boden betreten.«

Wie dämlich war das denn, bitte? In seiner Zeit im Archiv hatte Gabriel hin und wieder englische Songtexte ins Deutsche übersetzt und sich im Prinzip nur aufgeregt.

»Ich finde, wir sollten einen Spaziergang machen und alles noch mal besprechen«, schlug Sandra vor.

»Was denn?«, brummte Gabriel und rührte in seinem Topf herum.

»Na, die Ereignisse von letzter Woche«, sagte Sandra immer noch fröhlich. »Immerhin war das mein erster Mord und Ihr erster seit langer Zeit.«

»Das können wir doch auch noch am Montag machen.« Gabriel hatte keine Lust, jetzt womöglich den Weihnachtsmarkt am Hamburger Rathaus zu besuchen und sich von der vorweihnachtlichen guten Laune seiner Mitmenschen anstecken zu lassen. Das fehlte noch, dass ihn jemand zwang, gebrannte Mandeln zu essen oder sich ein Lebkuchenherz schenken zu lassen, auf dem so was wie »Du bist der Beste« oder »Lausbub« stand.

»Keine Widerrede, ich hole Sie ab, und wir fahren ein bisschen raus«, sagte Sandra. »Ich finde, das ist eine gute Idee.« Und dann legte sie einfach auf.

Gabriel wollte zurückrufen, aber da klingelte das Handy schon wieder, und Frau Sternhagen wollte wissen, ob er auch so schlecht geschlafen habe und ob es sein könnte, dass sie eine neue Matratze brauche.

»Ach, ich liebe diesen Geruch.« Sandra blieb stehen und schloss die Augen. »Ein bisschen Salz, ein bisschen Diesel und ein bisschen große weite Welt. Und natürlich frische Luft! Außerdem: Wenn man mit der S-Bahn fährt, sieht man viel mehr von der Umgebung.«

»In der Tat«, knurrte Wolf, der Bahnfahren hasste. Aber Sandra war schon ohne Auto gekommen und hatte ihn überredet, seines ebenfalls stehen zu lassen.

»Lassen Sie uns doch mal nach Wilhelmsburg fahren, da war ich noch nie«, hatte sie gesagt. »Außerdem überlegt mein Bruder, dort eine Wohnung zu kaufen. Ich wollte mir das immer schon mal ansehen.«

Schließlich hatte Gabriel nachgegeben.

Jetzt standen sie mitten im Neubaugebiet des Wilhelmsburger Hafens, einem Stadtteil Hamburgs, den man lange Zeit als schlimm bezeichnet hatte. Aber nun standen überall Gerüste, neue Gebäude würden entstehen, und aus Wilhelmsburg sollte ein modernes Neubaugebiet werden, nach dem sich die Neureichen die Finger leckten. Wenn es nach den Bauherren ginge, wäre die Hafencity bald schon out und die Wohnungen hier in. Aber noch sah alles relativ heruntergekommen aus, zumindest hier. Ein paar Kutter und Motorboote dümpelten in der Elbe vor sich hin, verrostete Tanker und ein uraltes Hausboot warteten darauf, endlich verschrottet zu werden. Auf dem Wasser schwamm ein öliger Teppich. Die Sonne schien, es war kalt, und wenigstens Mutter fühlte sich wohl. Sie rannte schwanzwedelnd herum und sprang über alte Reifen und ausrangierten Schrott.

»Ich bin froh, dass der ganze Kram rum ist«, sagte Gabriel. »Und ich hoffe, dass bald alle Kollegen wieder an ihrem Platz sind.«

»Das wird noch dauern«, sagte Sandra. »Mit einer Fischvergiftung ist nicht zu spaßen. Aber auch sonst sollte man vorsichtig sein. Ich hab mir mal den Magen an einer Consommé verdorben. Eine Woche lang lag ich flach.«

»Das würde Ihnen bei mir nicht passieren.« Gabriel musste grinsen.

»Sie meinen, Sie würden mich nicht vergiften?«

»Nein, mit meiner Consommé. Nur frische Zutaten.«

»Wollen wir irgendwo einen Kaffee trinken gehen?«, fragte Sandra statt einer Antwort.

»Von mir aus. Aber nur, wenn es da keinen Stollen gibt und keine Tannenzweige.«

»Das wird schwierig«, sagte Sandra. »Aber wir können es versuchen. Kommen Sie, ein bisschen Erholung wird uns guttun. Die letzte Woche war anstrengend genug.«

Langsam machten sie sich auf den Rückweg. Auf einmal blieb Sandra stocksteif stehen. »O Gott …«, sagte sie. »Das wird wohl nichts mit der Erholung.«

»Wieso?«, fragte Gabriel.

»Darum.« Sie deutete auf einen leblosen Körper, der unter einem Stück Blech lag.

»Scheiße«, sagte Gabriel. »Da wäre mir Stollen doch lieber gewesen.«

»Ich kann es nicht genau sagen«, wiederholte der Gerichtsmediziner nun zum dritten Mal. »Erst nach der Obduktion.«

»Ungefähr«, wiederholte Gabriel nun zum vierten Mal. Er mochte Heribert Schlossgärtner nicht, dem er erst einmal persönlich begegnet war. Wie lange war das eigentlich her? Lange, denn damals hatte Schlossgärtner noch Haare gehabt, jetzt nicht mehr.

»Ich rufe Sie an«, sagte der Mediziner genervt und wandte sich ab.

»Dumm gelaufen«, sagte eine Stimme hinter ihnen. Gabriel und Sandra drehten sich um. Vor ihnen stand ein Mann, der aussah, als sei er ungefähr sechshundert Jahre alt, mit einer Kapitänsmütze und einer Pfeife im Mund. Er erinnerte Gabriel an eines dieser billigen Ölgemälde, die man für drei Euro auf dem Flohmarkt kaufen konnte. Neben ihm stand ein altes Fahrrad.

»Ich bin kein Gaffer oder so«, sagte der Mann. »Ich komme immer zum Hafen und mach meine Runde. Hab früher hier gearbeitet.« Er blickte auf die Leiche und sagte: »Unangenehme Sache, das Ganze.«

»Wie meinen Sie das?«, wollte Gabriel wissen.

Der Mann grinste. »Na ja, war doch klar, dass das nicht gutgehen konnte.« Er drehte sich um und wollte gehen.

»Einen Moment!« Sandra stellte sich ihm in den Weg. »Was konnte nicht gutgehen?«

»Ist wohl Ihre Aufgabe, das rauszufinden.« Der Mann schob Sandra zur Seite. »War ja nur 'n Spruch«, fügte er dann noch hinzu.

Sandra hielt ihn am Ärmel fest. »So einfach geht das nicht«, sagte sie. »Ich habe ein paar Fragen an Sie.«

»Ich hab auch jede Menge Fragen.«

Gabriel baute sich vor ihm auf. »Das kann schon sein. Ich nehme aber an, nein, ich bin mir sicher, dass unsere Fragen momentan wichtiger sind! Ein Mensch ist gestorben!«

Die Tote hieß Karen Scherff, war fünfundvierzig Jahre alt und verheiratet gewesen, und außerdem die Leiterin des Come Inn in Wilhelmsburg.

»Lustiger Wortwitz«, sagte Gabriel zu einem der Polizisten. »Wie lange gibt's den Schuppen schon?«

Der Polizist wurde rot. »Äh, noch nicht so lange. War ein Edelpuff.«

»Woher wissen Sie das? Verdienen Sie so gut, dass Sie sich einen Besuch in dem Laden leisten können?«, fragte Gabriel.

»Äh«, machte der Polizist erneut, und sein Gesicht sah aus, als würde es gleich explodieren.

Gabriel grinste und ging zu Schlossgärtner zurück, der gerade seine Einweghandschuhe auszog.

»Eins ist schon mal klar: Ein Profi war das nicht. Wenn Sie mich fragen, hatte der Täter nicht besonders viel Erfahrung.« Er machte eine Pause und sah Gabriel erwartungsvoll an.

»Wenn Sie mir noch ein bisschen mehr erzählen könnten, wäre das wunderbar.«

»Später. Ich muss mir erst ganz sicher sein. Am besten kommen Sie nachher zu mir in den Keller. Dann weiß ich bestimmt mehr«, sagte Schlossgärtner. Dann sah er Gabriel mit einem wehleidigen Ausdruck an. »Ach, und das an einem Sonntag! Meine Familie sitzt zu Hause, isst Kipferl, zündet Kerzen an und hat es gemütlich, und ich muss mich in der Kälte herumtreiben! Gerecht ist das nicht.«

Gabriel atmete tief ein und aus. So war Schlossgärtner schon immer gewesen. Dann fing er an, über seinen Rücken zu klagen. Zahn-, Augen- und Nierenprobleme hatte er auch schon gehabt. Angeblich. Er war ein kleiner Hypochonder.

Gabriel beschloss, sich Sandra anzuschließen und die Umstehenden ein bisschen genauer unter die Lupe zu nehmen. Die Tatsache, dass es eine Tote gab, schien sich in Wilhelmsburg schnell herumgesprochen zu haben, mindestens fünfzig Personen befanden sich hinter dem rotweißen Band, und es wurden immer mehr. Komisch, dachte Gabriel, während er auf die Menschenansammlung zuging. Niemand hier wirkte emotional mitgenommen oder erschrocken. Die Leute sahen irgendwie *zufrieden* aus, und das fand er merkwürdig.

❄

»Was meinen Sie?« Sandra saß im sogenannten Spiegelzimmer auf dem Rand eines überdimensionalen ovalen Betts im Schneidersitz und wirkte so klein wie ein Zwerg. Mittlerweile war es schon spät, und sie waren kein Stück weitergekommen. Die anwesenden Damen hielten sich bedeckt und behaupteten, dass ihnen nichts Merkwürdiges aufgefallen sei. Sie waren betroffen und auch durcheinander, und alle sagten, dass Karen Scherff eine gute Chefin gewesen sei.

Sandra schaute sich um. »Warum haben erwachsene Menschen Stofftiere?«, fragte sie und schüttelte den Kopf. »Das kann ich einfach nicht begreifen. Und dann auch noch so viele.«

»Stimmt«, sagte Gabriel, der auf einem samtbezogenen Hocker saß. Nachdenklich blickte er auf die unzähligen Stofftiere, die um ihn herum auf Regalen und grazilen Tischen saßen. »Verstehe ich auch nicht. Vielleicht brauchen die Nutten etwas, das sie tröstet. Geborgenheit oder so, keine Ahnung.« Er zögerte. Irgendwas kam ihm komisch vor, aber er wusste nicht, was. »Hm«, machte er immer wieder. »Hm.« Und dann ließ er den Tag noch mal Revue passieren.

Die Wilhelmsburger waren kein mitteilsames Völkchen. Um es auf den Punkt zu bringen, sie hatten so gut wie gar nichts von sich gegeben. Noch nicht mal so was wie »schlimme Sache« oder »das tut mir so leid« oder »wie entsetzlich«.

»Das war abzusehen«, hatte eine Mittfünfzigerin fast hämisch erklärt. »Wir haben ja gleich gesagt, dass das nicht gutgehen kann.«

»Genau«, ihre Freundin hatte genickt. »So was passt einfach nicht hierher zu uns.«

Damit hatten sie ein Stück weit recht. Das Come Inn war in der Tat ein Edelschuppen. Auf sechshundert Quadratmetern war alles zum Thema Sex zu finden. Und, so hatte eine der Mitarbeiterinnen erzählt, jeden Abend sei es proppenvoll gewesen.

»Ich gehe noch mal runter.« Gabriel stand auf.

»Soll ich mitkommen?«, fragte Sandra.

»Nein. Befragen Sie mal weiter die Damen. Ist vielleicht besser, wenn wir nicht wieder im Doppelpack auflaufen. Die waren vorhin schon so irritiert.«

»Na gut.« Sandra stand ebenfalls auf. Sie war müde und starrte auf das große Bett. Warum hatte sie Gabriel nur zu diesem Spaziergang überredet? Wenn sie zu Hause geblieben und alle Telefone ausgeschaltet hätte, würde sie jetzt gemütlich auf dem Sofa liegen und »Sissi« oder irgendwas anderes Kitschiges im Fernsehen anschauen. Aber so musste sie ihre Zeit in diesem Puff totschlagen und versuchen, aus den Damen etwas herauszubekommen. Wenn sie wenigstens einen kleinen Anhaltspunkt hätten! Aber da war gar nichts.

❄

»Nein. Wie ich schon sagte.« Michelle schob eine Flasche mit Wasser und ein Glas über den Tresen zu Gabriel. »Lola war wie immer.«

»Mit Lola meinen Sie Karen Scherff?«, fragte Gabriel.

»Ja, sicher. Wir haben hier alle andere Namen.«

Gabriel schenkte sich Wasser ein. »Warum eigentlich?«, wollte er wissen. Die Frage hatte er sich schon öfter gestellt. Warum gaben sich Nutten grundsätzlich andere Namen?

»Das klingt erotischer«, sagte Michelle.

»Wie heißen Sie dann in Wirklichkeit?«

»Dörte«, sagte Michelle.

»Oh«, sagte Gabriel. »Und jetzt Michelle. Ja, das ist nachvollziehbar.« Er trank einen Schluck.

Michelle beugte sich über den Tresen, und ihre riesige Oberweite kam auf dem Holz zum Liegen. »Es klingt nicht so doll, wenn ein Kunde ruft: Du bist so geil, Dörte. Wenn er rufen kann: Du bist so geil, Michelle, ist das gleich was ganz anderes.«

»Da haben Sie recht. Haben Sie hier eine Überwachungskamera?«

Michelle sah ihn an, als habe er sie gefragt, ob sie Erfahrung in der Aufzucht von Koi-Karpfen hätte.

»Nein«, sagte sie dann. »Wir sind ein diskretes Haus. Und wir haben überwiegend Stammkunden. Man kennt sich.«

»Aber so lange existiert das Come Inn doch noch gar nicht«, warf Gabriel ein.

Michelle nahm einen Lappen und begann, den Tresen zu putzen. »Einige Mitarbeiterinnen haben ihre Kunden von anderen Clubs mitgebracht«, sagte sie hoheitsvoll.

»Aber es gibt doch bestimmt auch Kunden, die nur einmal kommen?«

»Selten.« Michelle schien stolz auf diese Tatsache zu sein.

»Was heißt selten?«

»Höchstens, wenn ich nicht da bin.«

»Aha. Zurück zu den Stammkunden. Sind das bekannte Männer?«

»Natürlich«, sagte Michelle leicht angesäuert. »Stammkunden sind immer bekannt.«

»So meine ich das nicht. Sind es stadtbekannte Männer?«

»Das weiß ich nicht«, sagte Michelle, die plötzlich verschlossen wirkte. »So etwas fragen wir nicht. Es interessiert auch niemanden.«

»Aha«, sagte Gabriel wieder. »Aber kommen Ihnen einige der Männer bekannt vor?«

»Nein. Auf so was achten wir auch nicht.«

»Ich denke, man kennt sich?«

»Ja, aber es wird nicht gefragt. Gar nichts wird gefragt.«

»Das heißt, keiner Ihrer Stammkunden sitzt vor oder nach einem … Rendezvous mit einer der Damen hier am Tresen, um sich zu unterhalten?«

»Doch, schon.«

»Und Sie stehen dann hinterm Tresen?«

»Wenn ich da bin, ja.«

»Natürlich wenn Sie da sind. Und was wird da so geredet?«

»Das Übliche eben.«

»Könnten Sie etwas genauer werden?«

»Nein«, sagte Michelle. »Das geht bei mir zum einen Ohr rein und zum anderen raus. Tut mir leid.«

Gabriel wurde langsam sauer. »Ich darf Sie darauf hinweisen, dass Sie verpflichtet sind, mir die Wahrheit zu sagen?!«

»Aber ich sage doch die Wahrheit.« Michelle legte den Lappen ordentlich zusammen. »Nichts als die Wahrheit.« Sie lächelte. »Das wurde mir von klein auf beigebracht. Und daran halte ich mich immer.«

»Standen Sie Frau Scherff sehr nahe?«

»Was heißt nahe? Sie war meine Chefin, mehr nicht. Natürlich hat man sich mal unterhalten, Bescheid gesagt, wenn man zum Friseur oder zum Zahnarzt ging. Aber das war's auch schon.«

»Sie war also keine Freundin von Ihnen?«

»Nein«, sagte Michelle. »Eine Freundin war sie ganz sicher nicht. Privat hatte niemand von uns mit ihr zu tun.«

»Frau Scherff war verheiratet. Kannten Sie ihren Mann?«

»Sie war verheiratet? Das wusste ich nicht. Den Mann kenn ich nicht. Über so was haben wir uns nie unterhalten. Interessiert mich auch nicht.«

»Er war also nie hier?«

»Ich kann nur sagen, dass er nie hier war, wenn ich hier war.« Michelle wurde unwirsch.

»Frau … wie heißen Sie eigentlich mit Nachnamen?«, fragte Gabriel, der ebenfalls am Rande seiner Nerven war.

»Was spielt das für eine Rolle?«

Gabriel stand auf. »Ein Mensch ist gestorben. Da spielt ziemlich viel eine Rolle. Ihren Nachnamen also bitte.«

»Radeberg. Dörte Radeberg.«

»Danke, Frau Radeberg. Sehr nett von Ihnen. Sie haben mir sehr geholfen«, sagte Gabriel, aber Dörte schien seinen Sarkasmus nicht zu bemerken. Der Kommissar stellte sein Wasserglas ab und verließ grußlos den Raum. Wenn hier alle so mitteilsam waren wie Michelle, würde es dauern.

❄

Wie er diesen Geruch hasste! Er war noch schlimmer als Glühwein und frisch gebackene Weihnachtsplätzchen. Gabriel zog sich einen Plastikkittel und Latexhandschuhe an und trat neben Schlossgärtner, der humpelnd seine Instrumente bereitlegte.

»Meine Rückenschmerzen sind weg«, sagte er giftig.

»Das ist doch schön«, erwiderte Gabriel.

»Dafür macht sich mein Knie bemerkbar. Arthrose. Ich hätte es schon längst operieren lassen müssen.« Er schob den Sezierwagen mit den Instrumenten neben die Leiche. »Aber sagen Sie mir, wann? Wann hätte ich mein Knie richten lassen sollen?«

»Lassen Sie sich doch krankschreiben«, schlug Gabriel vor.

»Sind Sie wahnsinnig? Soll ich alles dem da überlassen?« Er deutete mit seinem behandschuhten Zeigefinger auf einen jungen Mann, der unbeholfen in der Gegend rumstand und sich nicht wohlzufühlen schien.

»Jetzt stehen Sie da nicht blöd rum, Müller! Wir sind hier nicht beim »Tatort«! Bei uns wird noch richtig gearbeitet!«

»Nja«, nuschelte Müller und rückte einen Zentimeter näher. Ganz offenbar hatte er seinen Kopf nicht unter Kontrolle, der dauernd nach rechts und links zuckte. Vielleicht hatte Müller Tourette und würde gleich noch »Arschloch, Arschloch!« rufen.

»Dann mal ran an den Speck.« Schlossgärtner setzte seine Brille auf und nahm ein Diktiergerät zur Hand. Müller zuckte noch mehr. Gabriel wünschte sich weit weg und fragte sich, ob Sandra mit Mutter zurechtkam. Er hatte ihr den Hund anvertraut, weil er ihn nicht mit in die Rechtsmedizin hatte nehmen können. Und Sandra war noch im Come Inn geblieben.

❄

»Fassen wir zusammen.« Sandra und Gabriel saßen im Nothafen, einer Wilhelmsburger Kneipe, und gähnten. Gabriel lehnte sich zurück. »Die Scherff ist gestern Abend zwischen zweiundzwanzig Uhr und Mitternacht umgebracht worden. Todesursache: mehrere Stiche ins Herz. Das Come Inn gibt es seit gut zwei Monaten. Sie war dort Geschäftsführerin. Wem gehört noch mal der Schuppen?«

»Einer Firma namens Bungart & Holzmann mit Sitz in der Innenstadt. Neuer Wall.«

»Haben Sie dort angerufen?«

»Ja, aber natürlich niemanden erreicht. Schließlich ist Sonntagabend. Aber ich habe die Kollegen schon gebeten, die Nummer des Inhabers rauszufinden. Sie wollten sich bei mir auf dem Handy melden. Hoffentlich tun sie das heute noch.«

»Gleich morgen früh gehen wir da hin«, beschloss Gabriel und sah auf seinen Notizblock. »Schlossgärtner sagt, aufgrund der Erdspuren unter ihren Fingernägeln sei es möglich, dass die Scherff nicht am Fundort getötet wurde. Die Spusi konnte allerdings keine wirklich befriedigende Aussage machen.«

Sandra nickte und blickte ebenfalls auf ihren Block. »Ich habe übrigens noch mit dem Mann von Frau Scherff gesprochen.«

»Was?«, rief Gabriel. »Und wieso sagen Sie das denn erst jetzt?«

»Weil es total unergiebig war. Der gute Mann heißt Martin Scherff. Achtunddreißig Jahre alt, Elektriker in einem kleinen Betrieb in Finkenwerder, glücklich verheiratet, wie er mehrfach betonte, keine Kinder. Er wusste, was seine Frau beruflich machte, und hatte nichts dagegen. Auch das hat er mehrfach wiederholt.«

»Und?«

»Was und?«

»Glauben Sie ihm?«

»Was tut das zur Sache? Letztlich kommt es auf die Beweise und das Alibi an.«

»Hat er eins?«

»Ja. Er hatte Bereitschaftsdienst und war seit Freitagabend im Einsatz. Seine Kollegen, fünf insgesamt, können das bestätigen. In halb Finkenwerder war der Strom ausgefallen.«

»Das wäre ja auch zu einfach gewesen.« Gabriel streckte sich. »Gehen wir die einzelnen Personen noch mal durch.«

»Ich habe mit sieben der Prostituierten gesprochen«, erklärte Sandra. »Kaum zu glauben, aber es hörte sich so an, als hätten die alle ihren Text eins zu eins auswendig gelernt.«

»Haben Sie sie zusammen oder einzeln befragt?«

Sandra sah beleidigt aus. »Einzeln natürlich. Kann ich bitte noch ein Bier haben?«, rief sie der Bedienung zu, einer ziemlich alten Frau, die dicke Socken und Hausschuhe trug. Diese nickte mürrisch und schlurfte in Richtung Zapfhahn. Kurze Zeit später brachte sie das Bier. »Sie sind von der Polizei.« Die Frau schaute erst nach rechts, dann nach links, aber außer zwei Rentnern, die auf dem Tresen ein Nickerchen machten, war die Kneipe leer. Klar, am zweiten Advent hatte ein Großteil der Hamburger Bevölkerung Besseres zu tun, als sich in einer Kneipe volllaufen zu lassen.

Sandra lächelte ihr freundlich zu. »Das sind wir. Warum?«

»Ich hatte noch nie was mit der Polizei zu tun«, sagte die Frau stolz und wischte ihre biernasse Hand an der Kittelschürze ab. »Noch nie.«

»Das freut mich für Sie.«

Die Wirtin beugte sich nach vorn und knurrte: »Ich wollte schon immer mal was mit der Polizei zu tun haben. Aber ich hab's nie geschafft. War wohl zu ehrlich. Noch nicht mal einen Apfel hab ich geklaut. Noch nicht mal das.«

»Wie leid mir das tut«, sagte Sandra und bemühte sich, betroffen auszusehen. »Wollen Sie sich vielleicht zu uns setzen?«

Die Wirtin überlegte. »Hm«, machte sie dann. »Wenn ich mich zu Ihnen setze, dann hab ich ja sozusagen was mit der Polizei zu tun, oder?«

»Sozusagen«, sagte Gabriel.

Eine Sekunde später hockte die Wirtin neben ihnen auf einem Stuhl.

»Wie lange wohnen Sie schon in Wilhelmsburg?«, fragte Sandra, um ein Gespräch in Gang zu bringen.

»Schon immer. Bin hier geboren«, sagte die Frau. »Bin jetzt einundachtzig. Hab nie Urlaub gemacht, war immer nur hier.«

»Nur in Hamburg?«, fragte Sandra mitfühlend.

»Nee, nur in Wilhelmsburg«, sagte die Wirtin.

»Ach«, sagte Sandra, die sich vorzustellen versuchte, wie man sein ganzes Leben lediglich in einem einzigen Stadtteil verbringen konnte.

»Der Hafen wird ja sehr schön«, sagte Gabriel und trank sein Bier leer. Er überlegte, wie er eine nützliche Information aus der Frau herausbringen konnte, ohne dass sie sich ausgefragt fühlte.

»Ich heiße Walburga«, sagte die Wirtin, als würde das alles erklären. »Und wenn Sie mich fragen, hätte der Hafen schön werden können, wenn die nicht diesen Sündenpfuhl da hingebaut hätten.«

»Das Bordell?«

Walburga rülpste. »Nennen Sie's mal ruhig beim Namen. Den Puff! So was wollen wir hier nicht. Hab ich gleich von Anfang an gesagt, dass das nicht gutgehen kann. Wir sind hier welche, wo mit ihren Händen arbeiten, wir wollen hier keine Schlipskerle mit ihren dicken Autos, die kommen und so tun, als würde ihnen die Welt gehören!«

»Ein Drama«, nickte Sandra mitfühlend.

»Und der arme Kurti«, lamentierte Walburga weiter und zupfte an ihrem Damenbart herum. »Das hat hier alle mitgenommen, was mit dem Kurti passiert ist.«

»Was ist denn mit ihm passiert?«

Schnell drehte sich Walburga um und prüfte die Lage. Doch die beiden Männer am Tresen schliefen immer noch.

»Der hockt jetzt inner Klapse und hört Stimmen«, sagte sie empört. »Stimmen! Einfach so. Stimmen. Angeblich.« Sie setzte sich auf. »Aber mir kann niemand was erzählen! Ich hab die Sturmflut miterlebt und den Krieg. Erzählen kann mir niemand was.«

»Reden Sie weiter«, sagte Gabriel. »Das ist alles sehr spannend.«

»Ja«, sagte Sandra erwartungsvoll.

»Dem Kurti gehörte das Haus.« Walburga kratzte sich an ihrer Nase. »Das Haus, in dem jetzt der Puff ist. Deswegen hockt er inne Klapse.«

Sandra überlegte kurz, ob es eine rechtliche Grundlage dafür gab, dass jemand wegen eines Immobilienbesitzes in die Psychiatrie wanderte. Aber nein, das konnte nicht sein. Es musste mehr dahinterstecken.

Walburga stand auf. »Ich hol mal was zu trinken.«

❄

»Scheiße. Scheiße. Scheiße.« Gabriel hielt sich an Sandra fest, während der Hund in Deckung ging, um nicht von ihm überrannt zu werden.

»Atmen«, sagte Sandra beruhigend. »Einfach atmen.«

»Das ist nicht so einfach!« Gabriel keuchte. »Das war viel zu viel Alkohol durcheinander.«

»Es hat Sie keiner gezwungen, Herr Gabriel«, sagte Sandra, die zwar beschwipst war, aber nicht so sternhagelvoll wie ihr Chef. Sie schaute auf die Uhr. Halb zwei. Na toll. Morgen um sieben mussten sie im Präsidium auf der Matte stehen.

»Wir müssen zu diesem Kurti«, lallte Gabriel. »Jetzt.«

»Klar«, sagte Sandra, die versuchte, von Gabriels Gewicht nicht auf den Boden gedrückt zu werden. »Eine gute Idee. Wir fahren jetzt in die geschlossene Psychiatrie Ochsenzoll, voll wie die Eimer, und vernehmen einen Insassen wegen eines Mordfalls. Die behalten uns doch gleich da.«

»Von mir aus.« Gabriel sah Sternchen. »Dann können sie mich gleich entgiften. Ich werde sterben.«

»So schnell stirbt man nicht.«

»Ach nein? Und was ist mit der Scherff?«

»Auch wieder wahr. Jedenfalls fahren wir heute nicht mehr nach Ochsenzoll. Das machen wir morgen. Vielleicht. Ich versuche jetzt, ein Taxi zu bekommen.«

»Hahaha«, kicherte Gabriel hysterisch. »Haha! Ein Taxi!« Er machte eine ausschweifende Handbewegung. »Wo soll denn hier ein Taxi sein?«

Und er hatte recht. Die Straßen lagen wie ausgestorben vor ihnen, weiß vom Schnee. Kein Mensch war zu sehen, bis auf die diffusen Lichter der Straßenlaternen war alles dunkel.

Sandra wollte nach ihrem iPhone greifen und stellte fest, dass sie ihre Tasche in Walburgas Kneipe vergessen hatte.

Mist.

»Ich bin gleich wieder da.« Sie parkte Gabriel an einer Laterne, die er dankbar umklammerte, und ging zum Nothafen zurück. Walburga musste noch wach sein, sie hatten sich ja erst vor ein paar Minuten verabschiedet.

Doch das Lokal war geschlossen und eine Klingel gab es nicht. Sandra bummerte gegen die schwere Eichentür. Nichts.

»Walburga!«, rief sie. »Walburga!«

Oben wurde ein Fenster geöffnet.

»Ein Glück, Sie sind ja noch wach!«, sagte Sandra erleichtert. »Ich habe meine Tasche in der Kneipe vergessen.«

Walburga beugte sich aus dem Fenster. »Machen Sie mal nicht so 'nen Krach«, sagte sie böse. »Und hier kann gar nichts vergessen worden sein. Heute war nämlich nicht offen.«

»Aber …«

»Und jetzt fort mit Ihnen! Wer sind Sie überhaupt? Ich kenne Sie nicht.« Dann knallte sie das Fenster wieder zu.

Sandra verstand überhaupt nichts mehr. Stirnrunzelnd ging sie zurück zu der Laterne, um gleich die nächste Überraschung zu erleben: Gabriel war fort.

Und dann bemerkte sie das Auto, das ohne Licht auf sie zugerast kam. Mutter, die sie an der Leine mit sich geführt hatte, und die in der Kneipe brav geschlafen hatte, war genauso hellwach wie sie.

❄

»Sind Sie wahnsinnig geworden?«, schrie Sandra ihren Chef an, der zwei Millimeter vor ihr bremste und die Fahrertür öffnete.

»Schnell. Steigen Sie ein. Nun machen Sie schon!«

»Nein, ich steige nicht in dieses Auto! Schon gar nicht, wenn Sie fahren. Sie sind doch total betrunken!«

»Das ist doch jetzt egal!«, rief Gabriel aufgebracht. »Außerdem bin ich gar nicht mehr betrunken. Ich bin glasklar im Kopf! Tun Sie, was ich Ihnen sage. Schnell!« Er beugte sich zur Beifahrerseite und drückte die Tür auf. Sandra schüttelte den Kopf. Sofort, nachdem sie eingestiegen war, raste Gabriel los wie der junge Michael Schumacher. Er düste die Straße entlang, um dann links abzubiegen.

»Das ist eine Sackgasse«, stellte Sandra fest.

»Mist.« Gabriel schlug aufs Lenkrad. »Der Typ ist aber hier entlanggelaufen.«

»Welcher Typ denn?«

»Der mir aufs Maul hauen wollte.«

»Was?«

»Was, was? Was gibt's denn daran nicht zu verstehen?«

»Nichts.«

»Jedenfalls ist er weg.«

»Und Walburga behauptet, mich nicht zu kennen.«

»Was?«

»Was, was?«

»Sehr witzig.«

»Was Sie können, kann ich auch. Manchmal zumindest …«, fügte Sandra versöhnlich hinzu. So lange arbeitete sie schließlich noch nicht für Gabriel, und sie wollte nicht zu weit gehen. Andererseits hatte ihr auf der Polizeischule niemand erklärt, wie man sich zu verhalten hatte, wenn der eigene Vorgesetzte sturzbetrunken in einem fremden Auto herumkurvte.

»Was genau ist denn jetzt passiert?«, fragte sie, während Gabriel im Rückwärtsgang aus der Sackgasse herausfuhr.

»Ich musste kotzen«, sagte Gabriel, obwohl es ihm unangenehm war. »Und plötzlich sitzt da dieser Typ im Auto. Er bremst, steigt aus und kommt auf mich zu. Erst dachte ich, er will mich nach dem Weg fragen, aber dann fiel mir auf, dass er die Scheinwerfer ausgeschaltet hatte. Außerdem sah er nicht so aus, als hätte er sich verfahren.«

»Wie sah er denn aus?«

»Wenn ich das wüsste. Er hatte eine Strumpfmaske über dem Gesicht.«

»O mein Gott!« Sandra schlug die Hand vor den Mund. »Und dann?«

»Er hat sich in seine Hosentasche gegriffen, und da hab ich dann endlich reagiert. Hier!« Er hielt Sandra eine Pistole vor die Nase. »Interessant, was? Er hat noch versucht, irgendwelche Karategriffe anzuwenden, aber dann hat er glücklicherweise kapiert, dass er ohne Waffe den Kürzeren zieht, und ist abgehauen. Eben in diese verdammte Sackgasse!«, sagte Gabriel und rammte vor lauter Wut einen Müllcontainer. »Aber ich habe sein Kennzeichen. Lassen Sie es doch bitte überprüfen.«

Sandra grinste schief. »Das geht leider nicht. Mein iPhone ist doch noch in der Kneipe.«

»Ob es hier irgendwo eine Telefonzelle gibt?«

»Glaub ich nicht. Nehmen wir doch einfach Ihr Handy.«

Gabriel fummelte das Handy aus seiner Hosentasche. Na bravo, jetzt war genau das eingetreten, was er befürchtet hatte. Der Akku war leer und das Display erloschen. »Das ist mir sehr unangenehm. Ich habe wohl vergessen, das Ding aufzuladen.«

»Professionell«, sagte Sandra. »Sehr professionell.«

»Vorsicht …«, sagte Gabriel.

»Entschuldigen Sie. Ich …«

»Nein, das meinte ich nicht. Da war ein Schlagloch, und ich wollte nicht, dass Sie sich den Kopf stoßen. Verdammt, ich sehe kaum was.«

»Vielleicht sollten Sie einfach mal das Licht anschalten.«

»Das ist eine gute Idee.« Gabriel fuhr weiter die menschenleere Straße entlang. »Ich glaube, das können wir vergessen«, sagte er nach ein paar Minuten.

Sandra nickte. »Lassen Sie uns zur nächsten Wache fahren, da können wir das Kennzeichen überprüfen.«

Mutter hechelte zustimmend und rekelte sich behaglich auf der Rückbank, um noch ein paar Minuten zu dösen.

❄

»Das ist aber merkwürdig«, sagte Gabriel und runzelte die Stirn. »Das Fahrzeug ist auf eine Walburga Brenner zugelassen.«

»Die Walburga aus der Kneipe?«

»Vom Alter her würde es passen. Allerdings sieht mir diese Walburga nicht so aus, als könne sie Auto fahren.«

»Nicht wirklich.« Sandra schüttelt den Kopf. »Außerdem kann sie gar nicht am Steuer gesessen haben. Ich hab doch noch vor ein paar Minuten mit ihr am offenen Fenster gesprochen.«

»Wir müssen noch mal zurück in die Kneipe. Das ist alles sehr merkwürdig«, sagte Gabriel und schaute fast böse auf seinen beleibten Kollegen, der gerade eine neue Adventskerze im Kranz anzündete, der auf einem Tisch vor ihm stand.

»Ist das nicht schön?«, fragte der Kollege und deutete auf einen Plätzchenteller. »Ich liebe Weihnachten. Da ist der Nachtdienst doch nur noch halb so schlimm.«

»Ich hasse Weihnachten«, sagte Gabriel mürrisch.

»Aber warum denn?«, fragte der Kollege traurig und knabberte an einem Spekulatius. »Alles ist besinnlich, die Menschen finden zu sich und …«

»Und es gibt Tote, zum Beispiel hier in Wilhelmsburg«, unterbrach ihn Gabriel, und Sandra musste fast kichern.

Nun war der Kollege beleidigt. »Uns hat man ja nicht an den Fall rangelassen«, sagte er. »Na ja, immer die höheren Herren von oben, nicht wahr?«

»Hat denn niemand mit Ihnen gesprochen? Immerhin kommen Sie doch von hier und kennen viele Leute. Apropos, wie heißen Sie überhaupt?«, fragte Gabriel und ärgerte sich, dass er nicht gleich zu Beginn überprüft hatte, ob die Beamten der örtlichen Wachen zu dem Mord befragt worden waren. Aber es war alles so hektisch gewesen.

»Ich heiße Hans«, sagte der Kollege. »Nein, mit uns hat niemand gesprochen. Man hat uns quasi verboten, überhaupt vor Ort zu sein. Die Kollegen, die vorbeigeschaut haben, wurden wieder weggeschickt.«

Das war ebenfalls sehr merkwürdig. Immerhin wollten sie doch alle dasselbe: einen Mord aufklären.

»Dann setzen wir uns doch mal«, sagte Gabriel. »Sandra, Sie fahren bitte zu dieser Walburga und klingeln Sie sie aus dem Bett, wenn es sein muss.«

Hier passte nichts zusammen. Aber das war gar nicht so schlecht. So langsam fand Gabriel wieder Geschmack an seinem Beruf. Früher oder später hätte er bei dieser ganzen Aktensortiererei im Archiv sowieso eine Staublunge bekommen.

Davon mal ganz abgesehen hatte er mittlerweile rasende Kopfschmerzen, was vom Alkohol herrührte, und er hatte entsetzlichen Hunger. Aber wenn er jetzt ein Plätzchen essen würde, wäre es vorbei mit seinen Prinzipien.

»Kann ich ein Spekulatius haben?«, fragte Gabriel.

»Aber ja«, freute sich Hans und schob ihm die Schale hin. »Hat meine Frau gebacken. Sie macht alles selbst. Ihren Stollen müssten Sie mal probieren. Da können sich die aus dem Supermarkt eine Scheibe von abschneiden, im wahrsten Sinne des Wortes, hahaha. Meine Frau macht einen Mohnstollen, da legen Sie sich flach hin, das verspreche ich Ihnen. Das Geheimnis ist …«

»Das freut mich sehr für Ihre Frau und natürlich für Sie«, sagte Gabriel und schluckte seinen Keks hinunter. »Aber ich würde jetzt wirklich gerne mit Ihnen über den Mord sprechen.«

Hans wirkte beinahe enttäuscht. Er setzte sich, und Gabriel nahm ihm gegenüber Platz. Es duftete nach frischem Tannengrün und Kerzenwachs. Könnte fast schön sein, dachte der Kommissar. Wenn es nicht so grauenvoll wäre.

»Ich bin im Kirchenchor«, erzählte Hans, froh, endlich mal wichtig zu sein. »Da kriegt man einiges mit.«

»Was denn so?«, Gabriel nahm sich einen Zimtstern. Er schmeckte wirklich gut, das musste er zugeben.

»Eigentlich alles.«

»Dann wäre es schön, wenn Sie mir jetzt alles erzählen könnten.« Wilhelmsburg könnte eigentlich auch Wilhelmsdorf heißen, dachte er müde. Er hätte ins Bett gehört, zumal er in ein paar Stunden schon wieder im Einsatz sein musste.

Das Telefon auf Hans' Schreibtisch klingelte.

»Ja?«, sagte Hans und hielt den Hörer von seinem Ohr weg. Gabriel hörte jemanden schreien, konnte die Worte aber nicht verstehen.

Zögernd brachte Hans den Hörer wieder näher an sein Ohr und reichte ihn dann an Gabriel weiter. »Für Sie«, wisperte er. »Ein Bäcker.«

»Ein Bäcker?«, fragte Gabriel konsterniert.

»Ja.« Hans nickte. »Vielleicht haben Sie was bei einem Bäcker vorbestellt?«

»So ein Unfug.« Dieser Hans schien nicht der Hellste zu sein. Gabriel nahm den Hörer.

»Hallo?«

Sein Ohr explodierte fast. Es war Becker, Gabriels Vorgesetzter.

»Sind Sie eigentlich irre oder was?«, brüllte der Kriminalrat und schnaufte dabei wie ein wilder Stier. »Seit Stunden versuche ich Sie anzurufen! Haben Sie schon mal was davon gehört, dass man Mobiltelefone auch anschalten kann?«

»Ja«, sagte Gabriel und versuchte ruhig zu bleiben. Auf

gar keinen Fall würde er Becker auf die Nase binden, dass er sein Handy nicht geladen hatte.

»Bei Ihrer Assistentin habe ich auch schon angerufen, aber da geht ständig eine Walburga dran, die behauptet, ich würde ihre Nachtruhe stören und solle mich zum Teufel scheren. Was ist hier eigentlich los?«

»Die Tote …«, begann Gabriel.

»Ich weiß, dass es eine Tote gibt, stellen Sie sich das mal vor!«, kreischte Becker. »Oder glauben Sie, ich rufe an, weil ich mit Ihnen am Sonntag in den Adventsgottesdienst gehen und Lieder singen will?«

Hoffentlich passiert das nie, dachte Gabriel, der sich für einen Sekundenbruchteil sein altes Leben im Archiv zurückwünschte.

»Also, lieber Herr Gabriel, könnten Sie mich freundlicherweise auf den neuesten Stand Ihrer Ermittlungen bringen?«, fragte Becker. »Ich wäre Ihnen zutiefst verbunden!«

Gabriel informierte ihn in kurzen Sätzen über die Sachlage, was den Kriminalrat noch wütender zu machen schien. »Was soll das heißen, keiner will was wissen?«, brüllte er in den Hörer. »Wofür haben Sie denn Ihre Ausbildung gemacht? Hat man Ihnen da keine Befragungsmethoden beigebracht?«

Er schien zu vergessen, dass Gabriel erst vor Kurzem einen Mordfall gelöst hatte, nachdem er zwei Jahre lang nur vor staubigen Akten gehockt hatte.

»Herr Gabriel!«, schrie Becker. »Antworten Sie mir! Das ist Ihre verdammte Pflicht!«

Gabriel legte auf. Becker konnte ihn mal. Es war mitten in der Nacht, er hatte eigentlich gar keinen Dienst mehr und saß hier in dieser Wache rum, obwohl er schon längst im Bett hätte sein können. Der Hund, der vor ihm lag, schaute ihn aus großen braunen Augen an.

»Wir gehen bald nach Hause, Mutter«, sagte Gabriel leise, und der Labrador legte den Kopf zwischen die Pfoten.

»Alles in Ordnung mit dem Bäcker?«, fragte Hans und grinste müde. »Diese Nachtdienste machen einen fertig. Man hat überhaupt keine sozialen Kontakte mehr. Meine Familie weiß schon gar nicht mehr, wie ich aussehe. Na ja, ist vielleicht auch besser so. Schließlich bin ich jetzt sechsundfünfzig. Lange mache ich das nicht mehr, das kann ich Ihnen sagen.«

Gabriel rieb sich die Augen.

»Möchten Sie vielleicht einen Kaffee?«

»Nein, danke. Dann kann ich gar nicht mehr schlafen.«

»Mein Kaffee ist sehr gut«, sagte Hans. »Alle lieben ihn. Ich mahle ihn selbst, wissen Sie? Ich habe eine Kaffeemühle hier. Fertig gemahlener Kaffee kommt mir gar nicht erst ins Haus. Da können Sie die Kollegen fragen. Der Hans mahlt seinen Kaffee selbst.« Zufrieden lehnte er sich zurück und trank einen Schluck seines grandiosen Gebräus.

»Der Chor«, sagte Gabriel. »Sie wollten mir doch von Ihrem Chor erzählen und was man da so alles mitkriegt.«

»Richtig«, sagte Hans und nickte. »Das war natürlich Stadtgespräch, als das Come Inn geplant wurde. Wissen Sie, die Wilhelmsburger sind ein Völkchen für sich. Bodenständige Menschen, die noch mit ihren Händen arbeiten. Die wissen, was Arbeit bedeutet. Einmal Wilhelmsburger, immer Wilhelmsburger. Und dann kamen diese Bauherren und planten über unsere Köpfe hinweg.«

»Was für Männer waren das?«

»Aus der Stadt von so einer Baufirma. Anzugträger. Seidenkrawatten. Teure Schuhe, falls Sie verstehen, was ich meine.«

Gabriel nickte.

»Die kamen hier an und taten so, als würde ihnen die Welt gehören«, sagte Hans böse. »Und dem Kurti haben sie die Hölle heißgemacht. Der wollte nämlich nicht verkaufen.«

»Wer ist denn dieser Kurti?«, fragte Gabriel, der sichergehen wollte, dass Walburga die Wahrheit gesagt hatte.

»Na, der Eigentümer. Der halbe Hafen unten gehört ihm. Der Kurti heißt eigentlich Kurt Wiedemann und ist natürlich auch Wilhemsburger.«

»Natürlich«, sagte Gabriel.

»Er hat das alles geerbt und wollte den Hafen nach und nach renovieren«, erzählt Hans weiter. »Aber dann kamen diese Herren und haben behauptet, das Gelände sei gar nichts wert, weil der Boden verseucht sei.«

»Ach«, sagte Gabriel.

»Als Beweis haben Sie dem Kurti Gutachten vorgelegt und wollten ihn zwingen, das Gelände für einen Spottpreis an sie zu verkaufen. Aber der Kurti war ja nicht blöd. Nee, blöd war der nicht. Er hat ein Gegengutachten in Auftrag gegeben.«

»Ach«, sagte Gabriel erneut.

»Aber jetzt kommt's«, erwiderte Hans. »Das Gegengutachten hat die Verseuchung bestätigt, obwohl der zuständige Gutachter schon vor Ort gesagt hatte, dass da hundertprozentig nichts zu finden sein würde. Er hatte dem Boden wohl eine Vorabprobe entnommen, so eine Art Schnelltest. Nachdem er das Gegengutachten ausgestellt hatte, ist er auf Nimmerwiedersehen verschwunden. Sehr seltsam das Ganze. Und dann ist der Kurti total ausgeflippt und hat anonyme Briefe mit Morddrohungen geschrieben. Also an die Gutachter. Man hat die Texte auf seinem Computer gefunden. Dann waren da plötzlich drei Männer, die haben behauptet, der Kurti habe sie angegriffen. Und dann kam noch ein Arzt ins Spiel, der den Kurti mir nichts, dir nichts für krank erklärt hat. Das war ein Zirkus. Sie haben ihn zu Hause abgeholt und in so ein Ding gesteckt, wie heißt das noch, so was, wie der Hannibal Lecter in ›Das Schweigen der Lämmer‹ getragen hat, als er mit dieser Senatorin gesprochen hat … Was war denn das nur?«

»Sie meinen sicher eine Zwangsjacke«, stellte Gabriel fest.

Hans nickte. »Richtig, eine Zwangsjacke! Der Kurti hat getobt und gebrüllt, aber es hat nichts genützt. Weg war er. Jetzt sitzt er in Ochsenzoll.«

Walburga hatte also die Wahrheit gesagt. Jetzt mussten sie nur noch herausfinden, warum die Wirtin Sandra vor der Tür stehen gelassen hatte. Und dann war da noch die Sache mit dem Auto, aber Gabriel hielt es für besser, nicht zu viel auf einmal zu fragen, um Hans nicht zu überfordern. Er musste schließlich bei Laune gehalten werden. »Wie ging es dann weiter?«, wollte er wissen.

»Das kann man sich wohl denken. Es gab zwei Gutachten, die beide besagten, das Gelände sei nichts wert. Irgendwas wegen dem Grundwasser, so genau weiß ich das nicht. Diese Firma aus Hamburg, ich glaube Bungart heißt die, hat den Grund dann gekauft. Der Kurti ist ja für unzurechnungsfähig erklärt worden.«

»Das stinkt doch zum Himmel!«, sagte Gabriel. »Man erklärt jemanden doch nicht mir nichts, dir nichts für verrückt! Da müssen doch Psychiater ran! Das geht nicht von heute auf morgen.«

»Das sagen Sie«, nickte Hans und faltete die Hände vor dem Bauch. »Und ich sag das auch. Aber werden wir gefragt? Nein.«

Gabriel wunderte sich, wie diese ganze Geschichte so komplett an ihm hatte vorbeigehen können. Immerhin gab es das *Hamburger Abendblatt*, und er war ein eifriger Zeitungsleser. Der Fall hätte doch durch die Presse gehen müssen!

»Jetzt fragen Sie sich bestimmt, warum nichts davon in der Zeitung gestanden hat.« Hans schien seine Gedanken zu lesen.

»In der Tat«, sagte Gabriel, der das alles unglaublich fand.

»Wie man hört, wurde die Presse geschmiert.« Hans nickte mit bedeutungsvoller Miene. »Da ist nichts nach außen gedrungen. Es gab wohl einen Volontär, der sich mit der Sache befasst hat und auch die richtigen Fragen gestellt hat und dann plötzlich seinen Job los war. Komisch, was? Dann hat er auf eigene Faust weiterrecherchiert, und wissen Sie, was dann passiert ist?«

»Ich ahne es«, sagte Gabriel.

Hans nickte wieder. »Er hat jetzt ein paar Zähne weniger und kann sich merkwürdigerweise an nichts erinnern.«

»Wie heißt denn der junge Mann?« Gabriel holte einen Stift und einen Block aus seiner Tasche.

»Moment.« Hans stand auf und ging zu einem anderen Schreibtisch. »Da hab ich's. Moritz Ingwersen. Wohnt in Winterhude. Ich hab auch eine Handynummer.«

»Danke.« Gabriel notierte sich alle Details und fragte dann: »Haben Sie eine Ahnung, wer die Frau getötet haben könnte?«

»Schwer zu sagen«, antwortete Hans. »Ich will niemanden verdächtigen, aber im Prinzip könnte es jeder gewesen sein. Dieser Puff war ja erst der Anfang. Die wollen hier so 'ne richtige Sündenmeile etablieren. Erotik-Shop, Swingerclub, Flatrate-Sex und so weiter und so fort.«

»Was ist denn das?«

»Flatrate-Sex?« Hans grinste. »Einmal zahlen und so oft kommen, wie man will. Clever, was?«

»Das kann man so oder so sehen«, sagte Gabriel. »Gehe ich richtig in der Annahme, dass die Wilhelmsburger dieses Vorhaben nicht so toll finden?«

»Aber hallo! Da liegen Sie goldrichtig.« Hans schnaubte. »Der Stadtteil hat sowieso einen schlechten Ruf, das ist ja bekannt. Und jetzt das noch. Aber der Kurti wollte alles anders machen.«

Gabriel wechselte das Thema. »Kennen Sie eigentlich die Wirtin vom Nothafen?«

»Walburga? Klar. Die kennt doch jeder.«

»Ist sie vergesslich?«

»Walburga und vergesslich? Nee. Die kriegt alles mit und vergisst nichts. Auch keine unbezahlten Rechnungen. Da kann sie ganz schön grantig werden.«

Die Tür ging auf, und Sandra kam herein. »Oh, Kekse! Darf ich?«

»Natürlich.« Hans sprang auf. »Möchten Sie auch einen Kaffee? Ich mache nämlich sehr guten Kaffee. Ich mahle ihn …«

»Gern.« Sandra setzte sich. »Wenn ich es nicht besser wüsste, würde ich sagen, dass ich verrückt bin.«

»Inwiefern?«, fragte Gabriel, während Hans in die Küche ging, um eine Tasse zu holen.

»Walburga wollte ums Verrecken nicht aufmachen. Erst als ich ihr angedroht habe, die Tür aufbrechen zu lassen, ist sie zu mir nach unten gekommen. Sie behauptet nach wie vor steif und fest, dass sie mich noch nie gesehen hat und dass wir heute Abend nicht in ihrer Kneipe gewesen seien.«

»Aber Sie haben doch Ihre Tasche dort liegen gelassen.«

Sandra nickte. »Die hat sie mir in die Hand gedrückt und gesagt, ich könne nicht beweisen, dass die Tasche jemals auf einem ihrer Stühle gelegen habe.«

»Moment mal«, sagte Gabriel. »Das können wir sehr wohl! Becker hatte auf Ihrem Handy angerufen und gesagt, Walburga sei drangegangen.«

»Ach«, sagte Sandra. »Das ist ja interessant. Aber was soll uns das nützen? Becker hat das Gespräch ja wohl nicht aufgezeichnet.«

»Das stimmt.« Gabriel nickte und schaute auf die Uhr. Vier. Es lohnte sich nicht, noch mal ins Bett zu gehen. »Was ist mit den beiden Männern, die am Tresen geschlafen haben?«

»Die waren nicht mehr da. Davon abgesehen bin ich

mir sicher, die beiden würden bei näherer Befragung einem wundersamen Gedächtnisschwund zum Opfer fallen, zumal Walburga nach wie vor behauptet, die Kneipe sei heute geschlossen gewesen. Die scheinen hier alle zusammenzuhalten, was ja nicht das Schlechteste ist. Aber in unserem Fall bringt es uns nicht weiter. Wir bräuchten mal Leute, die reden. Danke.« Letzteres galt Hans, der ihr einen gefüllten Kaffeebecher reichte. »Der schmeckt gut«, sagte sie dann und lächelte.

Hans wurde rot. »Er ist auch mit Liebe zubereitet. Ich mahle ja den Kaffee …«

»Ich finde, wir fahren nachher erst mal nach Ochsenzoll und dann zu dieser Baufirma am Neuen Wall«, unterbrach ihn Gabriel.

»Meinen Sie, wir werden in Ochsenzoll einfach so reingelassen?«, fragte Sandra skeptisch. »Braucht man da nicht Anträge oder irgend so was?«

»Wir versuchen es«, sagte Gabriel. »Und dann müssen wir zusehen, dass wir diesen Moritz ausfindig machen.«

»Wer ist das?«

Gabriel informierte sie in aller Kürze über die Sachlage.

»Ach«, sagte Sandra genau wie Gabriel, nachdem sie die Geschichte gehört hatte.

Das Telefon auf Hans' Tisch klingelte erneut.

»Es ist wieder dieser Bäcker«, wisperte Hans nach einem Blick auf das Display.

»Sagen Sie ihm, dass ich nicht mehr da bin«, erwiderte Gabriel. »Sagen Sie ihm, ich sei in der geschlossenen Psychiatrie.«

Das war ja noch nicht mal gelogen. So. Und nun würde

er sich von den Wilhelmsburger Kollegen einen Dienstwagen leihen und nach Ochsenzoll fahren. Und Hans und seine Kollegen sollten den Wagen von Walburga nach Spuren durchsuchen.

❄

»Nein heißt nein.« Die Empfangsdame schüttelte bedauernd den Kopf. »Hier kann man nicht einfach vorbeikommen wie in einem Hotel. Das hier ist eine Klinik mit kranken Menschen. Unerwartete Besucher stören den Therapieablauf.«

Gabriel hielt ihr seine Dienstmarke vor die Nase. »Wir sind von der Kriminalpolizei.«

»Na und?«, fragte die Frau. »Haben Sie einen Antrag gestellt?«

»Nein«, gab Gabriel zähneknirschend zu.

»Sehen Sie. Ohne den läuft hier gar nichts. Der Antrag muss eingereicht werden. Mit Begründung natürlich. Dann entscheidet der behandelnde Arzt zum Wohle des Patienten.«

»Vielleicht möchte der Patient ja mit uns sprechen?«, versuchte es Sandra freundlich. »Man könnte ihn doch einfach mal fragen.«

»Ohne Antrag läuft hier nichts«, wiederholte die Empfangsdame. »Wenn Sie einen Antrag bringen, wird dieser geprüft. Sonst kann ich leider nichts machen.«

»Vielen Dank. Sie haben uns sehr geholfen.«

»Dafür nicht«, sagte die Frau. »Dafür bin ich ja da.« Und dann widmete sie sich wieder irgendwelchen Akten. Die Audienz war beendet.

Gabriel schaute sich um. Das Gebäude war so hermetisch abgeriegelt wie einst Alcatraz. Man konnte nicht einfach zur Tür hineinspazieren und mit dem Fahrstuhl ins nächste Stockwerk fahren. Die gläserne Tür ging nur auf, wenn die Empfangsdame einen Summer betätigte, und das schien sie nicht oft zu tun. Hinter dem Eingangsbereich liefen hektische Ärzte in weißen Kitteln, überforderte Krankenschwestern und ein paar Pfleger herum, die aussahen wie ehemalige Wrestler.

»Was machen wir jetzt?«, fragte Sandra und gähnte. Es war halb sieben.

»Nachdenken«, sagte Gabriel. »Wie kommen wir hier rein?«

»Keine Chance. An dem Drachen kommen wir nicht vorbei.«

»So schnell gebe ich nicht auf. Lassen Sie uns mal rausgehen.«

»Da ist es aber kalt.«

»Ich habe eine Idee.«

❄

»Ach kommen Sie, das können Sie! Brabbeln Sie einfach ein bisschen wirres Zeug vor sich hin und lachen Sie irre. Das kann doch nicht so schwer sein!«

»Ich bin doch nicht verrückt«, sagte Sandra.

»Nur für ein halbes Stündchen«, bat Gabriel sie. »Jetzt kommen Sie, setzen Sie sich in diesen Rollstuhl!«

»Sie wissen schon, dass das verboten ist? Immerhin verschaffen wir uns unbefugten Zugang in eine geschlossene Anstalt.«

»Wenn wir erwischt werden, sagen wir einfach, wir hätten Gedächtnisschwund«, erwiderte Gabriel, als sei das die normalste Sache der Welt. »Wir erinnern uns an nichts. Wie Walburga.«

»Na schön, aber auf Ihre Verantwortung«, sagte Sandra und ließ sich in den Rollstuhl sinken.

Gabriel zog einen Kittel an, den er in einem offenen Krankenwagen auf dem Klinikgelände gefunden hatte. Passte wie angegossen. Um nicht erkannt zu werden, zog er sich noch eine Mütze auf, die er auf der Beifahrerseite gefunden hatte, und dann eine Hornbrille, die ebenfalls in dem Wagen gelegen hatte.

»Wie sehe ich aus?«, fragte er stolz. »Wie ein Arzt?«

»Eher wie ein Patient. Die Brille steht Ihnen nicht. Man erkennt Sie kaum wieder.«

»Sehr gut«, sagte Gabriel. »Jetzt aber los! Üben Sie schon mal.«

Sandra verdrehte die Augen und begann, sinnfreie Laute von sich zu geben. Und tatsächlich – der Drachen drückte den Summer, ohne von seinem Sudoku-Heft aufzublicken.

»Wie finden wir jetzt diesen Kurti?«, fragte Gabriel als sie den Eingangsbereich passiert hatten. Er stoppte den Rollstuhl. »Wir haben ja keine Ahnung, wie er aussieht. Wir wissen nur, dass er Kurt Wiedemann heißt.«

»Hätten Sie sich das nicht vorher überlegen können?«, fragte Sandra, die kurz ihr Brabbeln unterbrach.

Gabriel schob sie nachdenklich weiter. Es musste doch irgendwo ein Patientenverzeichnis geben. Oder eine Verwaltung. Natürlich! Er musste zur Verwaltung! Er blieb vor einer großen Tafel stehen, auf der die einzelnen Abteilungen eingezeichnet waren. Ein roter Punkt markierte ihren aktuellen Standpunkt, die Verwaltung befand sich zwei Gänge weiter auf der rechten Seite. Bingo.

»Darf ich Sie mal was Blödes fragen?«

»Nur zu«, sagte Gabriel. »Hier ist der perfekte Ort, um blöd zu sein.«

»Warum holen wir uns nicht einfach so einen Antrag und gehen den offiziellen Weg?«

»Weil das zu lange dauert«, antwortete Gabriel, der aus bitterer Erfahrung sprach. »Wir haben keine Zeit, wochenlang auf ein Ja oder Nein zu warten. Das werden Sie noch lernen.«

»Ist ja gut. Kann ich jetzt aufhören mit dem Gezucke?«

»Nein, machen Sie noch ein bisschen weiter. Schauen Sie, dort drüben ist die Verwaltung.« Gabriel parkte den Rollstuhl an einer Wand. »Aber wieso ist niemand da?«

»Weil es noch nicht mal sieben Uhr ist. Vor acht taucht hier bestimmt keiner auf.«

»Stimmt. Dann machen wir es eben anders.« Gabriel schob Sandra weiter, bis sie in den nächsten Gang kamen, wo sich offenbar die Patientenzimmer befanden. Auf der Scheibe eines verglasten Raums stand »Station I«.

»Hier sind wir richtig«, sagte Gabriel, der sich freute, dass weit und breit kein Personal zu sehen war. Und das Tollste: Es gab einen PC. Und das Allertollste: Er war nicht passwortgeschützt. Eine halbe Minute später wussten sie, dass Kurt Wiedemann im vierten Stock lag.

❄

»Nein.« Kurti schüttelte den Kopf. »Ich weiß gar nichts.«

»Herr Wiedemann«, versuchte es Gabriel erneut. »Es gab einen Mord. Bitte helfen Sie uns bei der Aufklärung. Sie wissen doch etwas! Sie müssen etwas wissen!«

»Ich bin aber nicht wahnsinnig«, sagte Kurti, was angesichts seiner momentanen Situation etwas unpassend war, wie Gabriel fand.

»Wenn alles gut läuft, bin ich in ein paar Monaten hier draußen. Ich habe keine Lust, mir dann die Radieschen von unten anzuschauen. Da ist mir Ihre Tote relativ egal.«

»Das verstehen wir ja«, sagte Sandra. »Wenn wir Ihnen unsere Zusage geben, dass alles vertraulich behandelt wird und …«

»Auf Zusagen gebe ich gar nichts mehr«, wiegelte Kurti ab. »Überhaupt nichts.«

»Vor wem haben Sie Angst?«, fragte Gabriel.

»Das werde ich Ihnen gerade auf die Nase binden! Gehen Sie jetzt bitte. Wenn jemand mitkriegt, dass Sie hier waren, könnte das schlecht für mich ausgehen.«

Resigniert standen Sandra und Gabriel auf. Es war sinnlos.

»Einen Tipp habe ich für Sie«, sagte Kurti, als sie schon an der Tür waren.

»Und welchen?«

»Ich sag nur *Stofftiere*«, erwiderte Kurti, drehte sich in seinem Bett um und schloss die Augen.

»Was könnte er damit gemeint haben?«, fragte Sandra, nachdem sie die Tür zu seinem Zimmer geschlossen hatten und wieder auf dem Gang standen.

»Keine Ahnung. Vielleicht fantasiert er, weil er unter starken Medikamenten steht«, sagte Gabriel ratlos.

»Den Eindruck hatte ich nicht. Er wirkte ziemlich klar im Kopf.«

»Auch wieder wahr. Aber jetzt verschwinden wir erst mal von hier.«

Sie verließen das Gebäude durch einen Seiteneingang der Notaufnahme, der ihnen, hätten sie ihn vorher bemerkt, das Theater mit dem Rollstuhl erspart hätte.

»Warten Sie mal.« Sandra blieb stehen. »In den Separees vom Come Inn lagen doch jede Menge Stofftiere herum!«

»Stimmt, ich erinnere mich.«

»Vielleicht war es das, was Kurti meinte? Wir sollten uns den Puff noch mal genauer ansehen.«

Ihr Handy klingelte. Sandra nahm den Anruf entgegen und sagte ein paar Mal »ja«, »danke« und dann »auf Wiederhören«. Mit einem Blick auf Gabriel sagte sie: »Das war Schlossgärtner.«

»Wieso ruft der bei Ihnen an und nicht bei mir?«, wollte der Kommissar beleidigt wissen.

»Schon vergessen, dass Ihr Handy leer ist? Schlossgärtner ist mit seinen Untersuchungen fertig und hat sich erlaubt, ein paar Stunden zu schlafen, bevor er uns anruft.«

»Wie nett von ihm. Das Wichtigste zuerst«, sagte Gabriel böse.

»Jedenfalls ist er sich hundertprozentig sicher, dass der Fundort der Leiche nicht der Tatort ist.«

»Sondern?«

»Das müssen wir sehen. Schlossgärtner empfiehlt, den Puff nach Spuren abzusuchen.«

»Das macht die Spusi doch schon.«

»Dann sollten wir uns mit der Spusi in Verbindung setzen«, schlug Sandra vor.

»Die hätten sich auch mal von selbst melden können.«

»Wie denn?«, fragte Sandra. »Die haben doch meine Nummer nicht. Und Ihr Handy …«

»… geht nicht, ich weiß«, unterbrach Gabriel sie ungeduldig. »Wir müssen übrigens mit Mutter um den Block. Und gefrühstückt hat sie auch noch nicht.«

»Ich auch nicht«, sagte Sandra.

»Dann sollten wir das tun. Danach fahren wir zu diesem Moritz.«

Sandra schaute auf ihre Armbanduhr. »Ich rufe ihn mal an.«

Gabriel nickte und gab ihr den Zettel, auf dem er Nummer und Adresse notiert hatte.

Sie kamen an dem leeren Notarztwagen vorbei, und Gabriel legte die geliehenen Sachen wieder hinein. Den Rollstuhl parkte er auf dem Gehweg. Nicht dass man ihn noch verdächtigte, Krankenhauseigentum zu klauen.

»Das sind sie! Hundertprozentig!«, hörte er plötzlich eine Stimme hinter sich. Sandra und er drehten sich um. Zwei grimmig aussehende Pfleger und die Empfangsdame kamen in schnellen Schritten auf sie zu.

»Ich wusste doch, dass das kein Arzt ist!«, rief die Frau aufgeregt. »Das ist der Mann von der Polizei, der vorhin hier rein wollte. Ohne Beschluss, ohne Beschluss!«

»Bleiben Sie stehen!«, rief einer der Pfleger, in dem Gabriel den ehemaligen Wrestler erkannte.

»Nichts wie weg!« Glücklicherweise war das Auto nicht weit. Mutter schaute anklagend durchs Fenster.

»Du musst noch warten«, sagte Gabriel, drückte aufs Gas und fuhr den Pflegern und der Empfangsdame davon.

❄

»Die haben mir die Zähne ausgeschlagen«, sagte Moritz und trank beziehungsweise schlürfte seinen Tee durch einen Strohhalm. »Es ist immer noch nicht gerichtet. Das ist eine monatelange Prozedur beim Kieferchirurgen, das kann ich Ihnen flüstern. Und dann diese Schmerzen!« Er lehnte sich zurück und schloss kurz die Augen. »Ich hatte sogar einen Milzriss«, fügte er hinzu.

»Das tut mir leid.« Sandra nickte mitfühlend. »Fühlen Sie sich denn fit genug, um mit uns zu sprechen?«

»Ja. Das schon«, sagte Moritz und stöhnte, als er sich aufrichtete. »Die Frage ist nur, was das bringen soll.«

Wenn Moritz genauso redselig war wie Kurti, hatten sie schlechte Karten. Andererseits hatte Gabriel Verständnis für den jungen Mann. Wer verzichtete schon freiwillig auf seine Zähne? Und wer wollte es nach so einer Abreibung riskieren, dass ihm noch mehr passierte?

»Es ist wohl besser, wenn ich meine Klappe halte.« Moritz grinste schief.

Mist, dachte Gabriel. Laut sagte er: »Seien Sie sicher, wir wollen nicht, dass Ihnen noch etwas zustößt. Aber es hat einen Mord gegeben, und möglicherweise sind Sie der einzige Zeuge, der uns helfen kann, den Täter zu finden.«

»Ich? Ich bin kein Zeuge«, sagte Moritz und schüttelte den Kopf. »Um ehrlich zu sein, bin ich gar nichts mehr.

Abgesehen von meinen Zähnen habe ich auch meinen Job verloren. Man hat mich fristlos entlassen, und wissen Sie warum? Weil ich Interna ausgeplaudert haben soll. Die angeblichen Beweistexte hat man in meinem Schreibtisch und auf meinem PC gefunden. Lustig, was? Als würde ich so was nicht besser verstecken, wenn ich es getan hätte.« Er sog an seinem Strohhalm. »Im Journalismus kriege ich keinen Fuß mehr auf den Boden. Dafür haben die schon gesorgt.«

»Wer sind *die*?«, wollte Gabriel wissen.

»Die halt«, sagte Moritz, und es war klar, dass sie nicht mehr aus ihm herausbekommen würden.

In diesem Moment öffnete sich die Tür, und eine junge Frau betrat den Raum.

»Hallo, Berit«, sagte Moritz.

»Hallo«, erwiderte die Frau, offenbar die Freundin von Moritz, und stellte ihre Einkaufstüten ab. Wie Moritz war sie ungefähr fünfundzwanzig, mittelgroß, schlank mit langen, blonden Haaren und grauen, sehr große Augen. Sie fuhr sich ununterbrochen mit der Zunge über ihr Oberlippenpiercing, was Sandra schon nach ein paar Sekunden nervös machte.

Gabriel stellte sich und Sandra vor.

»Freut mich«, sagte Berit. Und dann: »Ich hab Lachs gekauft. Der muss in den Kühlschrank.« Sie nahm die Tüten und ging zur Tür.

»Wo ist denn hier die Toilette?«, fragte Sandra, die unbedingt mit der jungen Frau allein sein wollte.

»Kommen Sie mit, ich zeige es Ihnen.«

❄

»Ich weiß, dass Moritz Ihnen nichts sagen wird«, sagte Berit, nachdem Sandra von der Toilette wiedergekommen war und nun bei ihr in der geräumigen Wohnküche stand. »Er hat viel zu viel Angst. Mit diesen Leuten ist nicht zu spaßen.«

»Das glaube ich.« Sandra nickte.

Berit bearbeitete ihr Piercing. »Aber dass Moritz nichts sagt, heißt ja nicht, dass ich nichts sage.« Sie machte eine kurze Pause, und Sandra blickte sie erwartungsvoll an.

»Ich weiß alles«, sagte Berit dann.

»Und Sie wären bereit, es mir zu erzählen?«

»Ja«, sagte Berit. »Aber nicht hier. Moritz ist sicher schon misstrauisch. Können wir uns später irgendwo treffen?«

Sandra fragte sich, ob sie in diesem Leben jemals wieder zum Schlafen kommen würde, schob diesen Gedanken aber rasch beiseite. »Natürlich. Wann und wo immer Sie wollen.«

»Gut«, sagte Berit. »Dann um drei an den Landungsbrücken. Da ist so viel los, dass wir nicht auffallen.«

»In Ordnung.«

»Wir sollten noch Nummern austauschen für alle Fälle«, überlegte Berit. »Es kann ja immer was sein.«

Das sah Sandra genauso.

❄

»Ich tippe gerade den Bericht«, sagte Schlossgärtner mit wehleidiger Stimme. »Mein dämlicher neuer Assistent kriegt ja nichts auf die Reihe. Er hat mich allen Ernstes gefragt, wo der Computer steht. Als ob ich einen

Computer benutzen würde! Nein, ich habe meine alte Schreibmaschine, und die funktioniert tadellos. Es gibt überhaupt keinen Grund, sich so etwas Neumodisches anzuschaffen. Außerdem brauchen Computer keine Farbbänder, und ich habe hier noch zwanzig liegen, die ich mal bei einer Rabattaktion gekauft habe. Das war noch zu D-Mark-Zeiten.«

Gabriel glaubte ihm aufs Wort und war gleichzeitig unglaublich dankbar, dass er nicht oft mit Schlossgärtner zu tun haben musste. Der Assistent tat ihm leid. Sein Leben musste furchtbar sein. Wahrscheinlich wurde der arme Mann ununterbrochen fertiggemacht.

»Könnten Sie mich trotzdem auf den neuesten Stand bringen?«, fragte Gabriel, der von Sandras Handy angerufen hatte, höflich.

»Jetzt macht mir das andere Knie auch noch zu schaffen. Ich bin vorhin kaum aus dem Bett gekommen.«

»Das ist wirklich unangenehm.«

»Sie sagen es.«

»Der neueste Stand …«, versuchte Gabriel es erneut.

»Es befinden sich keine Erdspuren unter den Nägeln«, sagte Schlossgärtner schließlich widerwillig. »Und das, obwohl ganz offensichtlich ein Kampf stattgefunden hat. Dafür haben wir andere Partikel gefunden. Teppichfasern und Spuren von Holz.«

»Das heißt, man kann jetzt sicher sein, dass Karen Scherff nicht am Fundort getötet wurde?«

»So ist es. Sie war definitiv tot, als sie da hingelegt wurde. Außerdem hatte sie keine Jacke an. Und niemand geht bei diesen Temperaturen ohne Jacke aus dem Haus.«

Gabriel hörte sich die Erklärungen noch eine Weile

an, nickte immer wieder und verabschiedete sich dann von Schlossgärtner, der es nicht müde wurde zu betonen, dass Gabriel ihm ruhig mal ein bisschen mehr Dankbarkeit zeigen könne.

Kurz nachdem der Kommissar das Gespräch beendet hatte, zeigte Sandras Handy einen neuen Anruf an. Es war Becker, der wieder mal in den Hörer brüllte und wissen wollte, was zur Hölle er jetzt der Presse sagen solle.

»Nichts«, antwortete Gabriel ruhig. »Noch gar nichts. Wir müssen erst weiterermitteln.«

»Wird das ein Jahr dauern oder drei?«, fragte Becker süffisant, und Gabriel platzte endgültig der Kragen.

»Ich weiß ja nicht, wann Sie zum letzten Mal geschlafen haben«, fauchte er ins Telefon. »Ich kann nur von mir sprechen, und ich weiß es beim besten Willen nicht mehr! Wir sind hier seit Stunden im Einsatz, und alles, was wir von Ihnen hören, sind Vorwürfe! Und wenn ich sage, dass die Presse noch nicht informiert werden soll, dann hat das seine Gründe. Ich habe nämlich keine Lust, dass Spuren verwischt oder irgendwelche Leute gewarnt werden, bloß damit Sie Ihr Gesicht mal wieder in eine Kamera halten können!«

»Was bilden Sie sich ein?«, schrie Becker. »Als ob ich so wild auf Presse wäre!«

»Nein, kein bisschen«, sagte Gabriel, und seine Stimme troff vor Sarkasmus. »Gibt es sonst noch was?«, fragte er schließlich in ruhigerem Ton.

»Nein.« Becker legte beleidigt auf.

»Auch Ihnen einen schönen restlichen Tag.« Gabriel drückte den Aus-Knopf.

»Ein netter Mann, dieser Becker«, sagte Sandra.

»O ja. Immer wieder ein Vergnügen. Was ist nun mit der Spusi? Wollen Sie die mal anrufen?«

»Die werden sich doch bestimmt melden, wenn es was Neues gibt.«

»Aber ich will irgendwas tun.«

»Wir haben immer noch nicht gefrühstückt.«

»Na gut. Suchen wir uns ein Café. Und wir müssen endlich mal mit dem Hund Gassi gehen.«

❄

»Das sind doch keine frischen Eier«, meckerte Gabriel und stocherte in dem gelben Brei auf seinem Teller herum. »Das ist bestimmt Pulver aus der Tüte.«

»Das hier ist ja auch kein Fünfsternecafé«, antwortete Sandra.

»Rührei ist Rührei, und das da ist kein Rührei«, beharrte Gabriel, während er mit dem Messer anklagend auf seinen Teller deutete. »Und der Kaffee ist auch nicht besonders gut.«

»Sie hätten mal den Kaffee vom Kollegen heute Nacht trinken sollen«, sagte Sandra. »Der mahlt den Kaffee nämlich …«

»… selbst, ich weiß, sehr witzig. Die Brötchen hier sind auch nicht frisch, die sind zum Aufbacken.« Gabriel nahm ein Stück abgepackte Butter. »Abgelaufen, schon seit einer Woche. Wollen die uns vergiften?«

»Nun hören Sie schon auf und lassen Sie Ihre schlechte Laune nicht an mir oder der Butter aus«, sagte Sandra leicht genervt. »Wir sollten lieber überlegen, was wir als Nächstes tun.«

»Das kann ich Ihnen sagen: Sie fahren zu dieser Baufirma in die Stadt, und ich fahre noch mal ins Come Inn.«

»Wir haben aber nur ein Auto, und das ist auch nur geliehen.«

»Dann fordern wir eben noch eins an. Die Kollegen sollen es herbringen.« Gabriel schaufelte das Essen in sich hinein, als wollte er es einfach hinter sich bringen.

»Fassen wir noch mal zusammen«, sagte er dann. »Walburga gibt vor, uns noch nie im Leben gesehen zu haben. Kurti und Moritz lassen aus Angst nichts raus. Es gibt zwei gefälschte Gutachten und diese Firma am Neuen Wall in der Stadt. Karen Scherff ist nicht am Hafen getötet worden, sondern an einem uns unbekannten Ort. Der Mörder war wahrscheinlich kein Profi. Und die Wilhelmsburger sind nicht wirklich traurig, dass eine Prostituierte dran glauben musste. Das war's. Viel ist das nicht, da könnte ich Becker fast recht geben.« Gabriel räusperte sich und fuhr dann fort: »Also, versuchen wir, die Dinge zu beschleunigen. Sie treffen sich mit dieser Berit und schauen vorher noch bei Bungart & Holzmann vorbei. Ich fahre in der Zwischenzeit ins Come Inn und versuche da mein Glück. Vielleicht ist die Spusi sogar noch da. Dann ruf ich bei den Kollegen wegen des Autos von Walburga an.«

Sandra nickte. »So machen wir es.«

Gabriel legte Geld auf den Tisch und hielt Mutter seinen halbvollen Teller hin. Der Labrador schlang die Reste gierig in sich hinein. »Du hast wirklich keinen Geschmack«, murmelte Gabriel ärgerlich. »Unfassbar, wenn man bedenkt, was ich dir sonst so auftische.«

Sandra rief bei den Kollegen an und bat um einen weiteren Dienstwagen. Danach standen sie auf und gingen nach draußen. Es war entsetzlich kalt, und Gabriel bereute es, keinen Schal und keine Handschuhe dabei zu haben.

Wieder klingelte Sandras Handy. »Schlossgärtner. Er will Sie sprechen.« Sie hielt ihm das Telefon hin.

»Ja?«

»Es ist etwas Merkwürdiges passiert«, sagte der Gerichtsmediziner. »Ich habe gerade einen anonymen Anruf erhalten.«

»Von wem?«, fragte Gabriel und hätte sich im gleichen Moment am liebsten auf die Zunge gebissen. Wie blöd war das denn?

Glücklicherweise war Schlossgärtner so aufgeregt, dass er den Fauxpas gar nicht bemerkt hatte.

»Es war ein Mann, der sagte, wir sollten die Leiche von Karen Scherff umgehend zur Einäscherung freigeben, sonst würden wir es bereuen.«

»Was?«, fragte Gabriel entgeistert. »Und warum?«

»Keine Ahnung. Was soll ich denn jetzt machen?«

»Ich komme«, sagte Gabriel und legte auf.

❄

»Hatschi, hatschi!«, machte Müller, Schlossgärtners Assistent, und suchte verzweifelt nach einem Taschentuch.

»Er ist allergisch«, sagte Schlossgärtner wütend. »Die ganze Zeit geht das schon so. Man sollte meinen, dass mir ein nicht allergischer Mitarbeiter zugestanden hätte.«

»Er kann ja nichts dafür«, versuchte Gabriel den jungen Müller zu verteidigen, der aussah, als hätte er drei

Nächte am Stück durchgeheult, weil er eine Sechs in Mathe geschrieben hatte.

»Wissen Sie eigentlich«, sagte Schlossgärtner, »dass zwischenzeitlich noch ein Anruf kam?«

»Wieder anonym?«

»Exakt. Nun soll die Leiche heute schon eingeäschert werden. Unverzüglich sozusagen.«

»Und wenn nicht?«

»Angeblich passieren dann schlimme Dinge.«

»Hatschi«, machte Müller.

»Das Problem ist, dass dieser Typ auch bei meiner Frau zu Hause angerufen hat.«

»Und?«

»Ihr wurde gedroht. Ganz ehrlich, Gabriel. Das ist mir zu heiß. Ich geb die Leiche frei.«

»Auf gar keinen Fall! Wo kämen wir denn da hin, wenn sich die Polizei von Kriminellen erpressen ließe?«

»Die Obduktion ist doch so weit abgeschlossen und der Bericht getippt. Und zwar auf der Schreibmaschine«, sagte Schlossgärtner, als würde das den Text noch wertvoller machen.

»Nein.« Gabriel schüttelte den Kopf. »Hier wird gar nichts freigegeben. Erst wenn der Staatsanwalt sein Okay gibt.«

»Der hat sein Okay schon gegeben«, sagte Schlossgärtner.

»Wie das?«

»Er hat mich angerufen, als Sie auf dem Weg hierher waren.«

»Das gibt's doch nicht«, sagte Gabriel.

»Wie es aussieht schon.«

»Moment, Moment, Moment!« Gabriel griff sich an die Schläfen. »Ich bitte Sie um eines: Tun Sie vor allen Beteiligten so, als würde die Leiche eingeäschert, aber machen Sie es auf keinen Fall! Irgendwas muss an der Frau sein, das nicht ans Tageslicht kommen darf. Haben Sie denn genau und präzise obduziert?«

Natürlich war diese Frage für Schlossgärtner eine immense Beleidigung. Statt einer Antwort blickte er Gabriel mit waidwundem Blick an.

»Na schön, Entschuldigung, ich bin sicher, Sie haben hervorragend gearbeitet«, sagte der Kommissar. »Haben Sie die Möglichkeit, die Scherff irgendwo reinzuschieben? In ein Kühlfach?«

»Was glauben Sie denn?«

»Dass das geht.«

»Natürlich geht das.«

»Hatschi«, machte Müller.

»Himmel noch mal, Müller! Können Sie sich vielleicht mal zusammenreißen! Das hält ja kein Mensch aus!«, schrie Schlossgärtner.

»'tschuldigung«, knirschte Müller. »Die Allergie. Die verdammten Gräser.«

❄

Gabriel fuhr zum Come Inn, während der Labrador auf der Rückbank schlief. Der Kommissar dachte nach und kam auf keinen grünen Zweig. Das war alles so verworren und undurchsichtig, man würde Wochen brauchen, um Licht in dieses verdammte Dunkel zu bringen, wenn nicht bald von irgendwoher ein entscheidender

Hinweis kam. Vielleicht hatte Sandra ja mehr Glück mit dieser Berit.

Gabriel war müde, und seine Augen brannten. Er konnte sich kaum noch konzentrieren. Wenigstens hatte Becker keinen Zugriff auf ihn. So ein leeres Handy konnte doch manchmal ganz hilfreich sein.

Gabriel schaltete das Radio ein und hoffte, dass die Nachrichten nichts über den Fall bringen würden. Die Anlage war auf den CD-Player geschaltet, und wer auch immer vorher in diesem Wagen gesessen hatte, musste auf volle Lautstärke gedreht haben. Mozarts »Zauberflöte« dröhnte aus den Lautsprechern, und Papageno sang sich gerade die Seele aus dem Leib. Gabriel summte leise mit. Mit seiner Exfrau hatte er sich vor langer Zeit eine Aufführung der »Zauberflöte« angeschaut, und er erinnerte sich gut an die farbenprächtigen Kostüme der Darsteller. Gerade Papageno hatte großartig ausgesehen.

Mit einem Mal durchfuhr ihn ein Geistesblitz. Natürlich! Warum hatte er nicht schon viel eher daran gedacht! Gabriel trat auf die Bremse und fuhr rechts ran.

❄

»Wir sind so weit fertig«, sagte einer von der Spusi. »Es hat ein bisschen länger gedauert. Wir haben viele Krankheitsfälle momentan.«

»Wie bei uns«, sagte Gabriel, und tätschelte Mutter den Kopf, die hechelnd um ihn herumlief.

»Ja, hab schon gehört, bei euch gab's Lebensmittelvergiftungen. Bei uns war es eher eine Alkoholvergiftung. Die Weihnachtsfeier ist ziemlich ausgeartet.«

»Das kommt vor. Gibt es erhellende Erkenntnisse?«

»Einige liegen wie gesagt immer noch flach. So ein paar Flaschen Aquavit haben es in sich.«

»Nein«, sagte Gabriel. »Ich meine bei der Spurensicherung.«

»Ach so.« Der Kollege wurde rot. »Natürlich. Wir haben überall Spermareste gefunden, sowohl auf dem Teppich als auch auf dem Holzboden, da befinden sich auch Kratzer. Wo genau die herrühren, lässt sich nicht mehr zurückverfolgen. Könnten Fingernägel sein. Dann war da noch überall Parfüm, diverse Stofffasern. Und Federn.«

»Federn?«

»Ja.« Der Kollege von der Spusi deutete auf die Stofftiere. »Da sind auch Vögel dabei.«

»Aha.« Gabriel lächelte kryptisch. »Ich Narr vergaß der Zauberdinge. Erklinge Glockenspiel, erklinge! Ich muss mein liebes Mädchen sehn. Klinget, Glöckchen, klinget! Schafft mein Mädchen her! Klinget, Glöckchen, klinget! Bringt mein Weibchen her!«, summte er vor sich hin. Die ›Zauberflöte‹ hatte schon was.

»Wie bitte?« Der Spusikollege wirkte irritiert.

»Mozart«, informierte Gabriel ihn. »Papageno singt im Wechsel mit den drei Knaben.«

»Aha.« Der Kollege wirkte noch irritierter und ging einen Schritt zurück.

»Kann ich mich jetzt mal umschauen? Sind Sie ganz fertig?«, fragte Gabriel, und der Mann von der Spusi nickte und streifte seine Latexhandschuhe ab. »Was wollen Sie denn noch hier? Wir haben ganz bestimmt nichts übersehen«, sagte er angesäuert.

»Das bezweifle ich nicht. Aber ich mache das immer so«, antwortete Gabriel. Und dann war er endlich alleine.

Er befand sich in dem Spiegelzimmer, in dem er kürzlich noch mit Sandra gesessen hatte und das offensichtlich eine Vielzahl von Kunden beherbergt hatte.

Langsam ging er den Raum ab, Mutter schwänzelte um ihn herum und fing laut an zu bellen. Schließlich blieb Gabriel vor einem der Stofftiere stehen. Behutsam strich er ihm mit dem Finger über den Kopf. Der Papagei öffnete die Augen, und Gabriel lächelte. Bingo.

❄

»Manchmal sollte man die Dinge einfach ruhen lassen.« Friedrich Holzmann wippte auf seinem lederbezogenen Drehstuhl hin und her. Er war wie aus dem Ei gepellt und wirkte wie einer der typischen *Herren*, die die Puffdamen so anschaulich beschrieben hatten. Er trug einen faltenfreien dunklen Anzug, handgenähte Schuhe, eine Seidenkrawatte und ein Einstecktuch. Seine Haut war leicht gebräunt und duftete nach teurem After Shave. Seine Nägel – perfekt manikürt. An seinem linken Ringfinger steckte ein Siegelring. Holzmann trug keine Armbanduhr, sondern holte eine antik wirkende Taschenuhr aus seinem Jackett, wahrscheinlich, um Sandra zu beeindrucken.

»Was genau meinen Sie damit?« Sandra kam sich in dem riesengroßen Büro, das vor Sauberkeit blitzte, völlig fehl am Platz vor. Wann sie das letzte Mal geduscht hatte, wusste sie nicht. Sie wusste nur, dass sie dringend saubere Klamotten, ein Deo und eine Haarbürste brauchte.

Holzmann musterte sie von oben bis unten, und Sandra hatte das Gefühl, dass er sich über sie lustig machte.

»Ich würde Ihnen wirklich gern helfen, glauben Sie mir«, sagte er und hob beinahe verzweifelt die Hände. »Aber ich kann nicht.«

»Ach nein? Ich denke schon! Sie werden mir bitte sämtliche Unterlagen über den Kauf der Grundstücke zeigen. Inklusive Bodenproben. Alles.«

»Sehr gerne, aber wie gesagt: Ich kann nicht.« Holzmann beugte sich über den blank gewienerten Glastisch und drückte auf einen Knopf. Eine hochgewachsene Brünette mit perfekt sitzendem dunkelgrünem Kostüm und High Heels betrat den Raum.

»Frau Stenzel, erzählen Sie doch bitte der netten Frau Kommissarin, was bei uns passiert ist.«

»Wieso erzählen Sie mir das nicht selbst?«, fragte Sandra verwundert.

»Ach, ich dachte, es ist besser, wenn ich einen meiner Anwälte sprechen lasse. Es wird einem ja so viel in den Mund gelegt.« Er machte eine Handbewegung in Frau Stenzels Richtung. Diese wandte sich mit perfekt geschminkten, blutroten Lippen an Sandra: »Es ist wirklich tragisch«, sagte sie und zuckte mit den Schultern. »Bei meinen Mandanten wurde eingebrochen und fast alles entwendet. Sogar die Grünpflanzen, ist das zu fassen?«

»Ach.« Sandra glaubte ihr kein Wort.

»Selbst die Sicherungskopien sind verschwunden. Und alle möglichen Akten. Es wird Monate dauern, bis auch nur einigermaßen klar ist, in welcher Höhe sich der Verlust bewegt.«

»Aber Sie können mir doch mit Sicherheit die Namen und Telefonnummern Ihrer Geschäftspartner geben?«

»Die hätte ich selbst gern«, lachte Holzmann. »Aber ich hab ein Gedächtnis wie ein Sieb.«

»Vielleicht haben Sie die Nummern ja in Ihrem Handy gespeichert?«

»Das ist leider auch weg.« Er sah sie mit geheucheltem Bedauern an. »Da hat es jemand überhaupt nicht gut mit mir gemeint.«

Sandra war wütend. Nun gut, sie würde die Nummer von Holzmanns Handy rauskriegen und seine Einzelverbindungsnachweise prüfen. Andererseits war er sicher nicht so blöd, wichtige Namen und Rufnummern auf seinem Firmenhandy abzuspeichern. Wahrscheinlich hatte er neun verschiedene Nummern mit Prepaid-Karten, und sie würden gar nichts herausfinden. Am liebsten hätte Sandra ihn in sein dümmlich grinsendes Gesicht geschlagen.

Sie schaute auf ihr Telefon, weil eine SMS eingegangen war. Es war Berit, die fragte, ob sie sich gleich treffen könnten. Sandra simste »Okay, bin in zwanzig Minuten da« und verabschiedete sich von Holzmann und seiner arroganten Anwältin, die sie zur Tür begleiteten. Während Sandra den Flur entlangging, hatte sie den Eindruck, die beiden hämisch lachen zu hören.

❄

Gabriel kam sich vor wie der letzte Vollidiot. Seit einer Viertelstunde versuchte er, etwas aus dem Papagei herauszulocken. Aber der saß nur auf seiner Stange und glotzte ihn an. Offenbar war er schon sehr alt, denn er schien permanent zu schlafen und bewegte sich dabei keinen Millimeter. Das Vieh war ihm bereits zu Beginn der Ermittlungen komisch vorgekommen, als Sandra ihn gefragt hatte, warum hier so viele Stofftiere herumsaßen. Da hatte er schon so ein merkwürdiges Gefühl gehabt, das er nicht hatte deuten können. Jetzt wusste er, was es war: der Geruch. Seine Großmutter hatte auch einen Papagei gehabt, und zwar genau so einen wie diesen hier. Einen Amazonaspapagei. Und die hatten einen so intensiven Eigengeruch, dass man ihn nie mehr vergaß. »Wenn ein Papagei riecht wie eine verwesende Leiche, dann ist er gesund«, hatte seine Großmutter immer gesagt. Makaber.

Er musste den Vogel unbedingt zum Sprechen bringen! Irgendwann gingen er und Mutter nach unten, wo Michelle am Tresen stand und Gläser polierte.

»Wann können wir eigentlich wieder aufmachen?«, fragte sie mürrisch.

»Bald«, sagte Gabriel. »Der Papagei da oben im Spiegelzimmer …«

»Eddi«, sagte Michelle. »Was ist mit ihm?«

»Wie bringt man ihn zum Reden? Oder kann er das nicht?«

»Natürlich kann Eddi reden. Sie brauchen nur Knoblauch.«

»Wie bitte?«

»Eddi liebt Knoblauch mehr als sein Körnerfutter«, sagte Michelle.

»Wem gehört er?«

»Es war Karens Papagei. Ist besser als jeder Wachhund. Wenn ein Freier mal zudringlich werden sollte, was selbstverständlich noch nicht vorgekommen ist«, beeilte sie sich zu versichern, »dann schreit Eddi Zeter und Mordio.«

»Scheint ein intelligenter Vogel zu sein«, sagte Gabriel.

»O ja, das ist er.«

»Und warum haben Sie uns bis jetzt nichts von Eddi erzählt?«

Michelle glotzte ihn an. »Warum denn? Was hat ein Papagei mit einem Mord zu tun?«

»Bei einem Mord ist alles wichtig. Und Sie wurden doch schließlich von uns befragt.«

Michelle knallte den Lappen auf den Tresen. »Keiner hat mir gesagt, dass ein Papagei wichtig sein könnte! Sonst hätte ich schon die passende Antwort gegeben.«

»Manchmal ist Mitdenken hilfreich«, sagte Gabriel süffisant. »Kann ich jetzt vielleicht eine Knoblauchzehe haben?«

»Mit einer Zehe kommen Sie bei Eddi nicht weit. Er ist sehr verfressen.« Michelle bückte sich und holte mehrere Zehen unter dem Tresen hervor. »Und passen Sie auf Ihre Finger auf. So ein Papageienschnabel ist ganz schön scharf. Und Eddi fackelt nicht lange, wenn's ums Fressen geht. Bei Knoblauch dreht er durch.«

»Danke.« Gabriel nahm die Zehen, schaute sich nach Mutter um und ging gemeinsam mit ihr wieder nach oben.

❄

»Es ist mir lieber, wenn wir ganz ungestört sind«, sagte Berit und reichte Sandra die Hand, um ihr beim Aufsteigen zu helfen.

»Ist das Ihr Boot?«

»Ja. Also eigentlich gehört es meinem Vater. Aber der hat nie Zeit.«

Sandra hatte sich schon gewundert, denn das Boot war recht groß. »Kommt das im Winter nicht aus dem Wasser?«, fragte sie.

»Diesmal nicht«, sagte Berit, sprang auf den Steg, löste eine Leine und kam dann wieder an Bord, um die andere loszumachen. Dann manövrierte sie das Motorboot aus der Box auf die Elbe. »Manchmal, wenn die Sonne scheint, fahre ich damit raus. Wenn man sich warm genug anzieht, geht das schon. Außerdem gibt es unter Deck eine Heizung.«

Sandra rieb sich die Hände. »Schön ist es«, sagte sie dann, um gleich darauf zum Thema zu kommen. »Also, dann schießen Sie mal los.«

❄

»Schau mal, Eddi, schau mal, lecker Knoblauch.« Gabriel war froh, dass außer Mutter keiner hier war. Wenn ihn jemand gesehen hätte, hätte man ihn vermutlich sofort zurück nach Ochsenzoll gebracht.

Eddi legte den Kopf zur Seite und blinzelte Gabriel keck zu. Der Kommissar hielt ihm den Knoblauch hin. »Lecker, lecker, lecker.«

Eine Sekunde später schoss Eddi nach vorne und schnappte nach der Zehe.

»Verdammte Scheiße!«, rief Gabriel und steckte sich seinen blutenden Zeigefinger in den Mund. Dieses Mistvieh. Er überlegte, wann er seine letzte Tetanusimpfung bekommen hatte und meinte sich zu erinnern, dass es vorletztes Jahr gewesen war. Hoffentlich.

Mutter knurrte ungeduldig, als der Papagei plötzlich wild mit den Flügeln zu schlagen begann. »Karen tot!«, rief er. »Karen tot!« Und dann: »Leon, bitte nicht! Leon, bitte nicht, Leon, Leon, LEON!«

❄

»Ich kann Ihnen gar nicht sagen, wie leid mir das tut.« Sandra strich über Berits Arm. Die junge Frau hatte Tränen in den Augen.

»Ich weiß auch nicht, warum ich Ihnen das erzähle, aber ich möchte doch auch, dass herausgefunden wird, wer der Täter ist«, sagte sie.

»Das kann ich verstehen.« Wenn Sandra doch nur Gabriel hätte erreichen können! Dieses verdammte Handy!

❄

»Wer ist Leon?«, fragte Gabriel. Michelle war immer noch am Polieren.

»Keine Ahnung.« Sie zuckte mit den Schultern. »Ein Stammgast jedenfalls nicht, das wüsste ich. Ich habe ein gutes Namensgedächtnis.«

»Versuchen Sie sich zu erinnern«, bat Gabriel. »Es ist wichtig, sehr wichtig.«

Mutter kläffte bekräftigend.

»Moment.« Michelle runzelte die Stirn. »Leon … doch, letztens war ein Leon hier. Ein junger Kerl, das Alter kann ich schwer schätzen. Er wollte zu Karen. Irgendwas besprechen. Als er wieder runterkam, musste er dauernd niesen und meinte, er habe eine Allergie. Irgendwelche Gräser.«

Gabriel hätte fast aufgeschrien. Verdammt noch mal! Gräser im Winter? Das gab es doch gar nicht! Dieser Leon war gegen etwas ganz anderes allergisch. Und mit einem Mal hatte Gabriel keine Zweifel mehr, um wen es hier ging. »Geben Sie mir ein Telefon«, sagte er. Und dann rief er Schlossgärtner in der Rechtsmedizin an.

❄

»Papa ist natürlich total ausgerastet, als er das hörte«, sagte Berit, während sie die Elbe entlangfuhren. Die Sonne bahnte sich einen Weg durch die Wolken, aber der Fahrtwind sorgte dafür, dass es eisigkalt war.

»Ihre Mutter hat sich also heimlich als Leiterin für das Come Inn anstellen lassen. Aber wie konnte das funktionieren? War denn Ihr Vater nicht auch für das Personal zuständig?«, fragte Sandra.

»Nein, der hat ja für alles seine Leute. Jedenfalls hat er es erfahren und Mama zur Rede gestellt. Und sie meinte bloß, er solle sie in Ruhe lassen. Sie würde es nicht zulassen, dass er mit seinem miesen Plan durchkomme.«

»Wie alt waren Sie, als Ihre Mutter die Familie verlassen hat?«

»Fünf. Ich kann mich kaum noch an sie erinnern. Es gibt natürlich Fotos, die habe ich mir alle angeschaut. Deswegen habe ich sie auch wiedererkannt.«

»Wie haben Sie denn herausgefunden, wer Ihre Mutter ist und womit sie ihr Geld verdient?«

»Ich hab mehrere Telefonate belauscht«, erzählte Berit. »Da fielen immer wieder die Worte Come Inn und Wilhelmsburg. Irgendwann bin ich hingefahren. Karen Scherff war hundertprozentig meine Mutter, da gab es keinen Zweifel.«

»Haben Sie sie angesprochen?«

»Nein, ich hab mich nicht getraut. Ich hatte Angst, dass sie nichts mit mir zu tun haben wollte.«

»Und Sie sind bei Ihrem Vater aufgewachsen?«

»Eigentlich war ich die meiste Zeit im Internat«, sagte Berit. »Papa hatte ja nie Zeit und immer neue Frauen, die ich alle nicht mochte. Er war auch nur ganz kurz mit Mama verheiratet.« Sie drehte sich zu Sandra. »Es ist nun an der Zeit«, sagte sie, und plötzlich sah sie ganz anders aus als noch vor ein paar Minuten.

❄

»Der ist weg für heute. Wieso sollte ich etwas über sein Privatleben wissen?«, herrschte Schlossgärtner Gabriel an. »Wo kämen wir denn da hin, wenn ich über jeden Medizinstudenten Protokoll führen und ein polizeiliches Führungszeugnis anfordern müsste? Dann würden meine Leichen ewig auf mich warten.«

»Es hätte Ihnen wenigstens auffallen können, dass man mitten im Dezember keine Gräserallergie haben kann«, knurrte Gabriel zurück.

»Mir doch egal, gegen was der Bengel allergisch ist«, sagte Schlossgärtner.

»Gegen Gräser ist man im Sommer allergisch«, erwiderte Gabriel. »Da schwillt die Haut an, und die Atemwege verstopfen. Aber so was hat man doch nicht im Winter! Mensch Schlossgärtner! Von einem Mediziner hätte ich mir mehr erwartet!«

»Ist ja schon gut«, antwortete Schlossgärtner mürrisch.

»Leon ist allergisch gegen Federn. Gegen Papageienfedern, um genau zu sein.«

»Von mir aus. Und?«

»Ich brauche seine Nummer!«, brüllte Gabriel. »Auf der Stelle!«

❄

»Sie hat uns gehasst«, sagte Berit tonlos.

»Uns?« Sandra verstand nicht ganz.

»Papa hat uns alles erzählt: Dass sie uns eigentlich nie wollte. Dass sie einfach nur leben wollte, ohne blöde Kinder. Er hat uns Briefe gezeigt, in denen stand, dass sie hoffte, uns niemals wiederzusehen.«

»Und trotzdem sind Sie zu ihr gegangen, um sie zu treffen?«

»Das war, bevor uns Papa die Briefe gezeigt hat.«

»Wer ist *uns*, Berit?«, fragte Sandra.

»Mir und meinem Bruder«, sagte Berit und grinste böse. »Leon.«

»Guten Tag«, sagte jemand, und Sandra sah einen jungen Mann von unten durch die Einstiegsluke kommen. Ihr wurde unwohl. Ziemlich unwohl sogar. Was hatten die beiden vor?

❄

Leons Handy klingelte und klingelte, aber niemand hob ab. Eine Mailbox gab es auch nicht. Gabriel hatte bestimmt fünfzig Mal angerufen, ohne Erfolg. Er telefonierte mit der Zentrale und bat die Kollegen, das Handy zu orten und herauszufinden, wie der Teilnehmer hieß.

Zwei Minuten später hatte er erfahren, dass Leon nicht Müller zum Nachnamen hieß und dass er sich mitten auf der Elbe befand, in Höhe der Ausflugsgaststätte Strandperle.

Scheiße, dachte Gabriel und ließ sich über die Auskunft die Nummer von Holzmann geben.

»Wie bitte?«, fragte Holzmann konsterniert, als Gabriel ihn über die Sachlage informierte. »Ich komme sofort dahin«.

Sie verabredeten sich am Hafen, und Gabriel rief die Wasserpolizei an. Er beschloss, Mutter bei Michelle zu lassen, lieh sich ein Handy und verließ das Come Inn.

❄

»Sie wissen nicht, wie das ist«, sagte Berit ruhig. Das Boot dümpelte im trägen Wasser der Elbe vor sich hin. »Unsere Mutter war ein schlechter Mensch. Sie hat versucht, Papa alles zu nehmen, aber uns wollte sie nicht.«

Sandra bemühte sich nach Kräften, ruhig zu bleiben und sich ihre Panik nicht anmerken zu lassen. Immer wieder blickte sie sich nach allen Seiten um. War denn hier niemand, den sie zu Hilfe holen konnte?

»Mama hatte einen neuen Mann, der Schulden hatte. Papa hat versucht, mit ihr zu reden, damit sie unser Erbe nicht verbraucht, aber Mama hat sich auf nichts eingelassen. Wir seien ihr egal, hat sie gesagt. Papa hat uns ihre Briefe und Mails gezeigt.«

»Und das haben Sie ihm einfach so geglaubt?«

»Wir hatten es ja schriftlich.«

»Und Sie haben sich keine Gedanken darüber gemacht, dass Ihr Vater Sie anlügen könnte?«

»Warum sollte er das tun? Dass Mama in diesem Bordell als Geschäftsführerin gearbeitet hat, hat er ja erst viel später rausgefunden. Sie hatte erst vor Kurzem wieder neu geheiratet, und wir wussten nicht, dass sie jetzt Scherff heißt«, sagte Berit.

»Und wir wollen auf gar keinen Fall, dass irgendjemand erfährt, dass unsere Mutter eine Puffbesitzerin und Lügnerin war.«

»Deswegen werden Sie jetzt mal schick Ihren netten Kollegen anrufen und herbeordern«, sagte Berit. »Mitwisser brauchen wir keine.«

»Sein Akku ist leer«, sagte Sandra und kam sich dämlich vor. Selbst in ihren Ohren klang das nach einer billigen Ausrede.

»Sehr witzig«, sagte Berit. »Rufen Sie ihn an.«

In diesem Moment klingelte Sandras Handy.

»Kann ich rangehen?«

Berit nickte. »Falls es Ihr Boss ist, sagen Sie ihm, er soll an die Anlegestelle Teufelsbrück kommen, da kann er an Bord gehen. Und tun Sie so, als sei alles in Ordnung.«

Sandra nickte.

»Hallo«, sagte sie in ihr iPhone.

»Sandra!«, rief Gabriel. »Ist alles okay?«

»O hallo, Herr Schlossgärtner! Alles wunderbar, danke der Nachfrage!«

»Wieso Schlossgärtner? Was ist denn mit Ihnen los?«

»Wirklich, alles in Ordnung, mir macht nur meine blöde Lebensmittelvergiftung zu schaffen. Ich hab Ihnen doch davon erzählt. Ich hätte einfach keine Thunfischpizza essen sollen.«

»Ich weiß, wo Sie sind«, flüsterte Gabriel. »Ich komme da jetzt hin.«

❄

»Gute Güte!«, sagte Holzmann. »Gute Güte! Hoffentlich tun die beiden nichts Unbedachtes.«

»Darüber hätten Sie sich vorher mal Gedanken machen müssen«, blaffte Gabriel, während sie mit einem kleinen Motorboot die Elbe entlangbrausten. »Was stimmt denn nun und was nicht?«

Holzmann hatte ihm wirres Zeug von irgendjemandem erzählt, war aber nicht imstande gewesen, einen klaren Satz zu formulieren. Aber Gabriel ließ nicht locker. Und schließlich erzählte Holzmann ihm alles.

❄

»Leon! Berit! Bitte macht keinen Unsinn!« Gabriel und Holzmann kurvten um das größere Motorboot herum. »Lasst uns in Ruhe miteinander reden!«

»Es gibt nichts mehr zu reden, Papa!«, rief Leon von oben zurück. »Es wird alles gut. Niemand wird etwas erfahren.«

Gabriel schaute sich um, aber die Polizei war nirgends zu sehen.

»Wieso sind Sie eigentlich mit diesem Moritz zusammen? Aus Liebe?«, versuchte Sandra Berit abzulenken.

»Quatsch. Ich will nur nicht, dass er auf die Idee kommt, seine Recherchen noch mal aufzunehmen.«

»Dann haben Sie und Leon also letzte Nacht in dem Auto gesessen und Gabriel beinahe überfahren?«

»Ja«, sagte Leon schlicht. »Keine Zeugen. Alles wird gut.«

»Leon!« Das war wieder Holzmann.

»Bist du stolz auf mich, Papa?«, fragte sein Sohn und wedelte mit einer Pistole herum, die er aus einer Tasche gezogen hatte.

»Natürlich bin ich stolz auf dich!«, rief Holzmann verzweifelt. »Aber ich muss euch beiden etwas sagen!«

»Was denn?«, fragte Berit.

»Ich ... ich habe euch angelogen«, sagte Holzmann, und Gabriel sah, dass er schwitzte. »Ich bitte euch, macht jetzt keinen Fehler.«

»Was meinst du?« fragte Leon.

Holzmann schloss die Augen. »Die Briefe und Mails ... sie waren nicht von eurer Mutter«, sagte er schließlich. »Ich habe sie geschrieben, weil ich euch gegen Karen aufhetzen wollte. Eure Mutter wollte nie, dass ich sie verlasse. Das war meine Entscheidung. Ich wollte nicht, dass ihr Kontakt zu ihr habt. Ich wollte alles allein haben.«

»Wie meinst du das?«, fragte Leon wieder.

Holzmann schluckte. »Ihr bin nicht euer Vater«, sagte er dann. »Aber das durfte nicht rauskommen. Wegen des Geldes. Deswegen musste eure Mutter sterben.«

Leon hob die Waffe und zielte auf den Mann, von dem er jahrelang geglaubt hatte, er sei sein Vater.

Geistesgegenwärtig zog Gabriel seine Dienstwaffe und richtete sie auf Leon. Berit schrie etwas und wollte dazwischengehen, doch Sandra riss sie zu Boden.

❄

»Mein Gott«, sagte Sandra und nippte an ihrem Rotwein. Sie hatte es sich mit Mutter auf dem Sofa bequem gemacht und versuchte, sich zu entspannen. Gabriel saß ihr gegenüber, ebenfalls mit einem Glas in der Hand, und streckte sich. »Was für eine Familie«, seufzte er.

»Eben keine Familie«, korrigierte Sandra ihn, und beide hingen für einen Augenblick ihren Gedanken nach.

Nachdem Leon die Waffe gezogen hatte, war er auf einer feuchten Leine ausgerutscht und gestürzt. Sandra hatte ihn kurz darauf überwältigen können. Niemandem war etwas passiert. Zum Glück.

Im Präsidium hatte Holzmann die ganze Geschichte noch einmal erzählt: Er hatte Karen damals geheiratet, als die Kinder klein waren. Zunächst hatte Karen gar nicht gewusst, wie reich sie war, weil sie jeglichen Kontakt zu ihrer Familie abgebrochen hatte.

Irgendwann hatte sich ihr Bruder Kurti bei ihr gemeldet und von dem Gelände berichtet, das der Vater ihnen beiden hinterlassen hatte. Die habgierige Walburga, Karens Mutter, hatte auf ihre alten Tage noch das große Geld gewittert. Doch Karen hatte sie vor vollendete Tatsachen gestellt: Es gab zwei Kinder, die erbberechtigt waren.

Da Walburga nichts Gutes über Karens Ehe gehört hatte, wähnte sie Holzmann auf ihrer Seite und unterbreitete ihm ein finanzielles Angebot, eine Änderung in ihrem Testament und eine Schenkung – natürlich zum Besten für sie beide. Holzmann, der seine Frau schon lange nicht mehr liebte und nach Strich und Faden betrog, steckte zu dieser Zeit in immensen finanziellen Schwierigkeiten und ging auf Walburgas Vorschlag ein. So konnte er zwei Fliegen mit einer Klappe schlagen.

Als Nächstes hatten sie Kurti unschädlich gemacht und in die geschlossene Anstalt gesteckt. Dann aber hatte sich Karen in das neu eröffnete Bordell eingeschlichen und Erkundigungen eingeholt, was Holzmann natürlich überhaupt nicht passte.

»Überlass das mal mir, ich werde mit ihr reden«, hatte Walburga gesagt und Karen eines Abends aufgesucht. Durch einen Hintereingang war sie in den Club gekommen und hatte oben im Spiegelzimmer mit ihrer Tochter verhandelt. Doch Karen hatte sich auf nichts eingelassen, sondern war kurz davor gewesen, die Polizei zu rufen und ihr ein paar prekäre Informationen über Walburgas und Holzmanns Machenschaften zu verraten, die sie über einen Privatdetektiv herausgefunden hatte.

Womit an diesem Abend aber keiner gerechnet hatte, war Leon, der plötzlich im Come Inn auftauchte und seine Mutter zur Rede stellen wollte. So kam eines zum anderen. Karen schrie, sie würde sich nicht als Lügnerin beschimpfen lassen und schon gar nicht als schlechte Mutter. Leon hatte angefangen zu heulen, und Karen hatte daraufhin dauernd »Leon!« gerufen und versucht, ihn in den Arm zu nehmen.

Schließlich war Walburga eine Sicherung durchgebrannt – und der Rest war bekannt. Die alte Dame hatte erstaunliche Kräfte an den Tag gelegt, als es darum ging, die Tote an den Hafen zu schleppen.

»Ohne den Papagei hätten wir den Fall nicht gelöst«, sagte Sandra.

»Ja, und Gott sei Dank war's nicht Leon«, erwiderte Gabriel. »Er und seine Schwester haben jahrelang eingeimpft bekommen, ihre Mutter sei ein schlechter Mensch. Und sie haben es beide hingenommen, ohne die Anschuldigungen je zu hinterfragen. Dass Holzmann gar nicht ihr Vater ist und letztlich er das Schwein war, wird sie sicher noch lange belasten«, sagte Gabriel und dachte an die beiden jungen Leute, die sich seit heute in psychologischer Betreuung befanden. Ob sie sich je von den Ereignissen erholen und ein einigermaßen normales Leben führen würden, blieb fraglich.

»Wie kann man nur so habgierig sein?«, fragte Sandra und schüttelte den Kopf.

»Das verstehe ich auch nicht«, antwortete Gabriel. »Aber wenn es keine habgierigen Menschen gäbe, hätten wir weniger zu tun.«

»Was nicht das Schlechteste wäre«, sagte Sandra und streichelte Mutter. »Ich habe übrigens Hunger. Wollen wir uns eine Pizza bestellen?«

Gabriel verzog verächtlich das Gesicht. »Nichts da. Wir hören jetzt die ›Zauberflöte‹, und dann gibt's was wirklich Leckeres.« Er lächelte. »Die Consommé, die ich Sonntagmorgen aufgesetzt habe, müsste eigentlich fertig sein.«, sagte er. »Übrigens …«

»Was denn?«, fragte Sandra.

»Wollen wir uns nicht endlich mal duzen? Ich bin der Wolf.«

Dritter Advent

PHILIP TAMM

Grüner Tee

Sonntag

Weihnachten war einfach undemokratisch. Niemand hat ihn je gefragt, ob er es eigentlich wollte. Ob er es aushielt. Weihnachten war einfach da. Und raubte ihm den letzten Nerv.

Gabriel warf einen müden Blick auf den Wecker, der auf seinem Nachttisch stand. Viertel nach sechs. Sonntagmorgen. Der dritte Advent. In knapp vierzehn Tagen war Heiligabend. Ekelhaft. Ach, na ja. Das war übertrieben. Nicht ekelhaft. Aber überflüssig.

Der Kommissar drehte sich mit einem Seufzen im Bett um und zog sich die Decke über die Schultern. Mutter, die sich am Fußende eingerollt hatte, hob den Kopf und schaute ihn hoffnungsvoll an. Gabriel spürte die Blicke der Hündin, auch ohne hinzusehen. »Vergiss es, Mutter. Es gibt nichts zu fressen. Schlaf weiter.«

Wenn Labradore lächeln könnten, hätte Mutter es jetzt getan. Sie kannte ihr Herrchen gut genug, um zu wissen, wie es weiterging. Es würde sehr wohl etwas zu fressen geben. Bald schon.

Zunächst jedoch versuchte Gabriel mit einer trotzigen Verbissenheit wieder einzuschlafen. Er presste die Augen zu, atmete betont langsam und gleichmäßig und blieb still liegen. Das musste doch funktionieren! Wenigstens eine halbe Stunde. Bitte. Dieser Tag durfte nicht unnötig früh beginnen.

Zehn Minuten später gab er auf. Er warf die Decke zurück und setzte sich im Bett auf. Auch die Hündin streckte und rekelte sich. Gabriel warf ihr einen liebevollen, und zugleich vorwurfsvollen Blick zu. »Ist ja gut. Du hast gewonnen, Mutter.«

Der Kommissar schlüpfte in seine Pantoffeln, die ordentlich nebeneinander vor dem Bett standen, zog seinen weißen Frotteemorgenmantel über und schlurfte in die Küche. Die Kaffeemaschine, die rechts neben dem Fenster auf dem Küchenbord stand, wirkte wie ein Fremdkörper in der modernen und sorgfältig eingerichteten Küche. Es war ein einfaches, altmodisches Gerät aus Plastik, in einem langsam verblassenden Siebzigerjahregrün. Gabriel genügte es. Er brauchte keinen Vollautomaten mit Kegelmahlwerk und Milchaufschäumdüse. Er wollte einfach nur Kaffee.

Er schlug die Falze einer Melittatüte um, setzte den Filter ein und gab einen Messlöffel Kaffeepulver dazu. Er schaltete die Maschine an und wartete kurz, bis das typische Röcheln zu hören war, an dem er erkennen konnte, dass heißes Wasser über das Pulver tröpfelte.

Er ging ins Badezimmer und ließ in einer etwas albernen Geste den Bademantel zu Boden gleiten. Gerade als er in die Dusche treten wollte, klingelte das Telefon. Es war noch nicht einmal sieben Uhr. Aus irgendeinem Grund musste er sofort an Johannes denken. Vielleicht war es ja Frau Kron, die Leiterin des Stiftes, die ihm mitteilen würde, dass sein alter Freund die Nacht nicht überlebt hatte? Oder war es der alte Junge selbst? Weil er mal wieder ewig lange aufgeblieben war, um ihre letzte Schachpartie nachzuspielen? Vielleicht wollte er ihm jetzt erklären, wo er, Gabriel, die dümmsten Fehler begangen hatte?

»Ja?!«, meldete sich Gabriel in einem Tonfall, der die meisten Menschen dazu bewogen hätte, wieder aufzulegen.

»Guten Morgen, lieber Wolf. Schön, dass du schon auf bist! Es ist herrliches Wetter draußen. Kalt, aber schön. Lohnt sich, vor die Tür zu gehen.«

Sandra. Ihre Stimme war gut gelaunt wie an einem strahlenden Frühlingstag. Ausgeschlafen, tatendurstig, voller Lebensfreude. »Was gibt's?«, fragte er mürrisch.

»Bitte, Wolf. Sag wenigstens Guten Morgen.«

»Guten Morgen«, erwiderte Gabriel grummelnd. Dann räusperte er sich. »Also, was willst du, Sandra? Arbeit?«

»Natürlich. Was sonst?«

Junge Frauen. Die hatte er noch nicht mal leiden können, als er selbst noch jung war. Na ja, mit einer Ausnahme. Anne. Eigentlich schön, dass die jetzt nicht mehr jung war. Nützte aber auch nichts.

»Und?!«, fragte der Kommissar.

»Ich denke, du solltest dir was ansehen«, sagte Sandra.

»Und was?«

»Einen Tatort. Die Spusi ist auch schon unterwegs.«

»Wozu soll ich dann noch kommen?«

»Na, weil du mein Vorgesetzter bist, Wolf. Ein umsichtiger, kluger Kollege, dessen erfahrenem Blick nichts entgeht. Ich brauche dich hier.«

»Und du bist eine hoffnungsvolle junge Kriminalbeamtin. Talentiert. Das schaffst du alleine.«

»Ein Toter. Und seltsame Umstände, wenn du mich fragst.«

»Aha«, sagte Gabriel, aber das genügte Sandra, um zu wissen, dass sie seine Neugier geweckt hatte. Einmal Bulle, immer Bulle.

»Wo?«, fragte er.

In wenigen Sätzen erklärte sie ihm, wie er zum Tatort gelangen konnte, und schob noch ein schmeichelndes »bitte, Wolf. Komm einfach her. Ich brauch dich« hinterher.

»Was ist mit Lesser? Oder Olmers?«, erkundigte sich Gabriel nach den Kollegen vom Dezernat. Diejenigen, die ihm diesen Dezember versaut hatten.

»Krank.«

»Immer noch? Wegen dem bisschen Pizza?!«

»Nicht die Pizza. Verdorbener Thunfisch, weißt du doch. Das dauert. Und beeil dich jetzt bitte, Wolf. Mir ist kalt.«

Gabriel dachte, dass er ohnehin mit Mutter rausmusste, und sagte: »Also schön. Ich bin in einer halben Stunde da.« Dann legte er auf, sah Mutter an und sagte: »Scheiße.«

Gabriel fuhr zum Dammtorbahnhof und ging von dort zu Fuß zum sogenannten Rosengarten. Das von weißen Mauern eingerahmte Areal bildete einen Teil der

Planten un Blomen, einer großen, sich über siebenundvierzig Hektar erstreckenden Grünanlage im Herzen von Hamburg. Grünanlage, dachte Gabriel, während er forsch ausschritt und dabei dampfende Atemwolken ausstieß wie eine Lokomotive. An einem Wintertag wie diesem war es eher eine Weißanlage. Sogar die Seen, auf denen in den Sommermonaten die berühmten Wasserorgelaufführungen stattfanden, waren gefroren. Und das schon im Dezember.

Auch der Tote war von einer weißen Reifschicht überzogen, so als hätte man ihn in Mehl oder Puderzucker getaucht. Seine dünnen Lippen waren blau gefroren, die Hände ebenfalls blau und seltsam verkrampft, die mandelförmigen Augen geschlossen. Ein Asiate. Um die fünfzig, schätzte Gabriel. Er steckte in einem dunkelblauen Kamelhaarmantel, aus dem der feine Zwirn eines Anzuges hervorlugte. Ein gut gekleideter, toter Asiate.

Aber das registrierte Gabriel mehr am Rande. Sein missmutiger Blick galt in erster Linie den Kollegen der Spurensicherung, Wollermann und Sager. Klaus und Heiner. Gute Leute. Eigentlich. Nur dass sie sich an diesem Morgen nicht entblödet hatten, rote Nikolausmützen mit Pelzbesatz zu ihren weißen Arbeitsoveralls zu tragen. Auch Sandra hatte natürlich wieder einmal mitmachen müssen. Und sie sah auch noch gut damit aus, wie Gabriel sich widerwillig eingestehen musste. Junge Frauen. Ach ja, ein paar Vorzüge hatten sie wohl doch. Jedenfalls fürs Auge.

Als Sandra ihn begrüßte, zog sie eine weitere Nikolausmütze aus ihrer Tasche und hielt sie ihm mit einem

Lächeln entgegen. »Hier, für dich, Wolf. Weil doch der dritte Advent ist. Als kleiner Trost, weil uns das hier die Stimmung so versaut.«

»Stimmt, das tut's«, sagte er und tat sein Bestes, ihre ausgestreckte Hand mit der Mütze zu ignorieren.

Sandra schüttelte irritiert den Kopf. Aber worüber sollte sie sich beschweren? Sie kannte Gabriel inzwischen ja gut genug. Weihnachten war für ihn dasselbe wie für andere Menschen Fußpilz.

Der Asiate lag unweit eines kleinen Pavillons in einem Beet. Gabriels Blick fiel auf seine Schuhe. Fein gearbeitetes Leder, schwarz, Budapester Muster. Teuer. Überhaupt, der Mann hatte Stil. Gehabt. Jetzt war er tot. Tiefgefroren.

»Chinese?«, fragte der Kommissar.

Sandra zuckte mit den Schultern. »Von der Klamotte her eher Japaner, wenn du mich fragst.«

»Die Chinesen haben inzwischen auch Geld.«

»Stimmt auch wieder.«

»Mensch, Gabriel!«, rief Wollermann wütend zu ihnen herüber. »Ruf deinen Köter zurück. Der trampelt uns durch die Spuren!«

»Was? Welcher Köter?«

»Na dein Vieh! Soll verschwinden!«

Gabriel zuckte mit den Schultern und rief halbherzig: »Mutter! Aus!«

Der Labrador hielt in der Bewegung inne, drehte den Kopf und blickte sein Herrchen an. Gabriel klopfte sich auf den Oberschenkel und wartete, bis Mutter auf ihn zugerannt kam. Er leinte die Hündin an und knotete das andere Ende der Leine um einen Baumstamm.

Sandra sah ihn kopfschüttelnd an und unterdrückte ein Grinsen. Gabriel machte eine Handbewegung in Richtung der Leiche und setzte seine Arbeitsmiene auf. »Was wissen wir bis jetzt?«

»Nicht viel. Der Tote ist heute am frühen Morgen von einer Spaziergängerin gefunden worden. Sie hat die Kollegen alarmiert.«

»Name? Nummer?«

»Eine alte Dame, ziemlich aufgewühlt. Kommt hier jeden Morgen her, seit dreißig Jahren. Aber so etwas sei ihr noch nie passiert, hat sie gesagt. Blabla. Wenn du mich fragst, wird sie uns nicht weiterhelfen können. Sie hat übrigens übers Handy angerufen.«

Gemeinsam mit Sandra nahm Gabriel die Umgebung in Augenschein. Wollermann und Sager hatten ein paar Spuren markiert und schossen Fotos.

»Habt ihr irgendwas?«, fragte Gabriel.

»Nicht wirklich. Der Boden ist zu hart. Der einzige brauchbare Abdruck ist schätzungsweise von dem Toten selbst. Sonst Fehlanzeige. Geh doch mal näher ran, dann wirst du es schon merken.«

Gabriel trat in das Beet, in dem der Tote inmitten einiger zurückgestutzter und mit Torf abgedeckter Rosenstauden lag. Erst jetzt bemerkte er die Lache Erbrochenes neben der Leiche. Ebenfalls durchgefroren. Gabriel erkannte Reste von Fleisch und Pilzen, dazu ein paar undefinierbare Klumpen. Grün, gelb, braun.

»Sieht nach einem Ragout aus. Könnte Kalb sein. Sind das Spargelspitzen? Um dieses Jahreszeit? Gott, dass die Leute immer alles durcheinander essen müssen. Na ja, immerhin sieht's nicht nach Chop Suey aus.«

»Magst du kein Chinesisch?«, fragte Wollermann.

»Geht so«, erwiderte Gabriel. »Zu fettig, zu stark gewürzt. Die Teigtaschen sind gut. Das können sie.«

»Wollt ihr wirklich über Rezepte sprechen?«, fragte Sandra mit deutlicher Missbilligung in der Stimme.

»Davon versteht Gabriel mindestens so viel wie von Toten«, antwortete Wollermann.

»Danke«, sagte Gabriel.

»Schluss jetzt«, fuhr Sandra resolut dazwischen.

Sager tippte sich an die Nase, woraufhin sich Gabriel tiefer zu dem Toten hinunterbeugte. Er verzog angewidert das Gesicht, als er den strengen Geruch von Alkohol wahrnahm. »Respekt! Zwei Promille hat der mindestens. Das kann ich euch auch ohne Gerichtsmedizin garantieren.«

»Die Wette halte ich«, antwortete Sager. »Ich sage, maximal anderthalb. Die Asiaten vertragen doch nichts.«

»Wie viel?«

»Zehn Euro?«

»Topp«, sagte Sager.

»Ihr wollt allen Ernstes wetten?«, fragte Sandra.

»Irgendwie muss man sich ja bei Laune halten«, sagte Sager.

»Ihr seid widerlich.«

Die Männer grinsten.

»Wart ihr schon an ihm dran?«, fragte Gabriel seine beiden Kollegen.

»Nein, die Ehre wollten wir dir zuteilwerden lassen«, antwortete Wollermann.

»Zu gütig«, sagte Gabriel. Er sah Sandra fragend an. »Willst du?«

Sie schüttelte den Kopf. »Nein, danke, ich verzichte gerne.«

Gabriel zog seine Lederhandschuhe aus und schlüpfte in die Latexhandschuhe, die Wollermann ihm entgegenhielt. Er hockte sich neben den Toten, befühlte die Taschen von dessen Mantel und schüttelte den Kopf. Nichts. Er knöpfte den Mantel auf und tastete den darunterliegenden dunkelblauen Anzug ab. Die Innentaschen waren leer. Als er seine Hand vorsichtig in die Außentasche gleiten ließ, zog er eine Visitenkarte mit dem Namen eines japanischen Restaurants hervor.

»Also doch ein Japaner, unser Freund«, sagte der Kommissar und reichte die Karte an Sandra weiter, die sie in einen Plastikbeutel steckte. Gabriel fuhr fort, die Taschen des Toten zu durchsuchen, fluchte und sagte: »Nichts. Gar nichts. Keine Brieftasche, kein Geld, keine persönlichen Gegenstände. Wir wissen also nicht, mit wem wir es zu tun haben.«

Zum Schluss untersuchte er den Hals des Toten, warf einen Blick auf dessen Hände und befühlte kurz das Genick. Keine Wunden, keine Würgemale. Er zuckte mit den Schultern. »Den Schädel eingeschlagen hat man ihm jedenfalls nicht.«

»Darf ich auch noch mal gucken?«, fragte Sandra.

Gabriel sah sie überrascht an. »Du meinst, ich …«

»Ich meine gar nichts, Herr Kommissar«, unterbrach ihn Sandra und zog die Augenbrauen hoch. Sie streifte sich ebenfalls ein Paar Latexhandschuhe über, beugte sich über den Toten und knöpfte ihm das Jackett auf. Ein weißes, gestärktes Hemd kam zum Vorschein, aus dessen Brusttasche die Spitze einer Papierserviette hervorlugte.

Sandra zog sie vorsichtig heraus und hielt sie in die Höhe. Auf dem weißen, groß geschöpften Papier glitzerte feiner, grünlicher Staub.

Gabriel schnalzte mit der Zunge. »Gut gemacht, Frau Kollegin.«

Sandra lächelte. »Danke.«

»Bis vor ein paar Minuten hätte ich gesagt, dass wir es mit einem klassischen Fall von Trunksucht zu tun haben. Zu viel gesoffen, im Freien eingeschlafen, erfroren. Fall abgeschlossen.«

»Aber wer, bitte schön, geht mit leeren Taschen spazieren?«, erwiderte Sandra.

»Korrekt. Das ist der Punkt.«

»Raubmord?«

»Möglich. Jedenfalls haben wir einen Fall.«

»Siehst du, darum wollte ich, dass du herkommst! Ich hab's geahnt!«

»Braves Mädchen«, sagte Gabriel.

Wenn Blicke töten könnten, hätte Sandra ihn auf der Stelle ins Grab befördert. »Wie geht's also weiter?«, fragte sie unwillig.

»Ganz einfach. Du wartest hier, bis die Gerichtsmedizin da war. Dann lässt du dir von Wollermann ein Foto abziehen und versuchst die Identität des Toten zu klären.«

»Heute noch?«

»Natürlich heute noch.«

»Und du?«

»Ich? Wieso ich?«

»Wieso nicht du?«

Gabriel zuckte mit den Schultern. »Ich gehe wieder

ins Bett, meine Liebe. Ich bin ein alter Mann, und mir ist kalt.«

Sie schüttelte lachend den Kopf. »Tut mir leid, Wolf, aber du bist dreiundfünfzig. Du bist nicht alt.«

»Aber ins Bett gehe ich trotzdem«, sagte er und freute sich über ihr Kompliment.

Als Gabriel in seine Wohnung zurückkehrte, war es später Vormittag. In der Küche roch es noch immer nach Kaffee. Die übrig gebliebene Brühe in der Kanne schmeckte inzwischen reichlich mies, also schmiss Gabriel seine Maschine noch einmal an.

Er war altmodisch, was seinen Kaffee anging. Deutsch, wenn man so wollte. Er mochte keinen Espresso, keinen Latte macchiato, nichts, was nach Lifestyle klang. Einfach nur Kaffee. Schwarz, stark, flüssig, ohne Zucker und ohne Milch. So konnte der Tag beginnen. Oder weitergehen. Wie auch immer.

Als das Wasser durchgelaufen war, verzog sich Gabriel mit seiner Sonntagszeitung ins Bett. Aufmerksam las er einen Artikel über Weinreisen in Frankreich und studierte dann die wöchentliche Kochkolumne. Gefüllte Kalbsbrust. Warum lag ein Japaner tot in Planten un Blomen? Dazu Röstgemüse aus Zwiebeln, Karotten und Sellerie. Falls er überhaupt Japaner war. Sellerie war so eine Sache – sehr gesund, aber für viele Gerichte zu dominant. Und was hinterließ grünlichen Staub auf einer Papierserviette?

Nicht, dass Gabriel bewusst über den Fall nachgedacht hätte. Aber irgendetwas ließ ihm keine Ruhe. Sein Instinkt war geweckt. Einmal Bulle, immer Bulle.

Mutter schlich um das Bett herum und sah ihr Herrchen aus großen, traurigen Augen an. Gabriel schüttelte den Kopf. »Vergiss es. Du darfst hier nicht rauf.« Die Hündin, die die Inkonsequenz ihres Herrchens nur allzu gut kannte, sprang aufs Bett und rollte sich am Fußende zusammen. Zärtlich kraulte Gabriel sie mit dem Fuß am Bauch und sagte mahnend: »Dass du auch nie auf das hörst, was ich dir sage, Mutter. Ich weiß nicht, was ich mit dir machen soll. Hundeschule vielleicht? Aber nein, so weit kommt's noch.«

Und wenn es nur Zufall war? Eben doch der Klassiker? Der Mann war betrunken, ging mitten in der Nacht spazieren, stolperte, blieb liegen, erfror. Kam öfter vor, als man dachte. Gerade in den letzten Jahren. Meistens waren es Russen oder Polen. Gehörte irgendwie zur Kultur. Trinken und erfrieren. Aber in Japan? Und warum hatte der Mann nichts bei sich? Kein Geld, keinen Ausweis, keinen Schlüssel, nichts?

Den frühen Nachmittag verbrachte Gabriel in der Küche. Er spickte das Lammkarree, das er gestern besorgt hatte, mit Knoblauch und Kräutern und machte sich Gedanken über die Beilage. Thymiankartoffeln, so viel stand fest. Aber was noch? Pasternaken? Nein, zu erdig. Wie wäre es mit etwas Fruchtigem? Zum Beispiel Schalotten und Orangenstücke? Nein, zu verspielt. Also klassisches Mittelmeer? Zucchini, Tomaten, Aubergine? Oder einfach nur Salat?

Gabriel fragte Mutter nach ihrer Meinung, aber die fiel wie üblich einseitig aus: Fleisch. Nichts dazu.

Schließlich warf er einen Blick auf die große Küchenuhr und seufzte resigniert. Er würde nicht drumherum kommen. Es war Zeit aufzubrechen.

Pünktlich um vier Uhr nachmittags klingelte Gabriel an der Tür des Reihenhauses in Poppenbüttel, an der sein eigener Name stand. Anne hatte das Schild an der dunkel gebeizten Haustür nach seinem Auszug nicht ersetzt. In der Mitte stand der Familienname, Gabriel, und drum herum in bunten Farben: Anne, Lara, Max. Und eben Wolf. Es war sein eigener Vorschlag gewesen. Es sei psychologisch günstiger, möglichst viele männliche Vornamen an der Tür stehen zu haben. Schreckte Einbrecher ab. Anne hatte ihn nur kopfschüttelnd angesehen. Bulle.

Lara öffnete die Tür. Sie lächelte. Aber die Zeiten, in denen ihm sein Mädchen um den Hals flog und ihn mit Küssen bedeckte, waren vorbei.

»Hi, Dad«, sagte sie.

Immerhin bekam er noch einen Kuss auf die Wange. Gott, sie wurde immer hübscher. »Hallo, Engelchen. Wie geht's dir?«

»Was?«

»Wie es dir geht?«

»Ach so, ja. Okay. Selbst?«

»Danke.«

»Was?«

Er musste wohl Zeichensprache lernen, wenn er sich weiterhin mit seinen Kindern verständigen wollte. Lara hatte Knöpfe im Ohr. Rihanna, vermutlich. Immerhin kannte er solche Namen. Er sparte sich jeden Kommentar. Er war nicht hier, um zu streiten. Jedenfalls nicht mit seinen Kindern.

»Hast du den Kuchen?«, fragte Anne zur Begrüßung. Sie stand lächelnd in der Küchentür und blickte demonstrativ auf Gabriels Schuhe, damit er nicht zu viel Schnee und Eis von draußen mit hereinschleppte.

»Wieso Kuchen?«

»Wieso wieso? Du wolltest den Kuchen für unseren Adventskaffee mitbringen! Sehe ich das richtig, dass du mal wieder …«

»Ich …«

»… nicht daran gedacht hast? Du wirst dich nie ändern, Wolf.«

»Du hast nichts davon gesagt.«

Sie lächelte immer noch, was die Situation nicht gerade besser machte. Gabriel hätte schwören können, dass sie nichts von einem Kuchen gesagt hatte. Typisch Anne. Er hatte keine Chance. Wenn er es abstritt, würde sie ihm eine Szene machen. Und wenn er den Fehler zugab, wäre sie ebenfalls sauer. Die Scheidung hätten sie sich sparen können. Im Prinzip hatte sich nichts geändert.

»Ich gehe noch mal los. Der Bäcker hat ja noch auf.« Er sah sich nach seiner Tochter um. »Begleitest du mich, Lara?«

»Warum sollte sie?«, fragte Anne.

»Weil sie mich liebt und weil sie gerne mit ihrem Vater zusammen ist?«, antwortete Gabriel.

Er sah seine Tochter an, die auf dem Sofa lümmelte, und wurde nicht enttäuscht. Lara sprang auf und sagte: »Klar, komme ich mit. Gerne.«

Annes Lippen wurden schmal. Gabriel lächelte.

Der Nachmittag verlief erstaunlich harmonisch. Lara erzählte von der Schule, Max von seiner neuen Freundin. Sie fragten ihn nach ein paar neuen spannenden Fällen, und Gabriel schüttelte den Kopf. Doch die Kinder bedrängten ihn so lange, bis er den toten Japaner erwähnte. Anders als sonst, hörte sogar Anne zu. Sie stand auf Japan. Tolle Menschen, tolle Kultur. Vor ein paar Jahren hatte sie ihm einen Gutschein für einen Ikebana-Kurs zum Geburtstag geschenkt. Ein Bulle beim Blumenstecken? Er hatte sich veralbert gefühlt, aber sie hatte gemeint: »Würde dir guttun, Gabriel. Innere Ruhe. Harmonie und so.«

»Genau darum koche ich.«

»Ja, das sieht man.«

»Ich bin eben kein junger Mann mehr.«

»Rechtfertigt man so sein Übergewicht?«

»Du hast da kein Mitspracherecht mehr.«

Geplänkel, damals wie heute. Es würde wohl nie aufhören.

Als er gegen sieben Uhr nach Hause kam, erwartete ihn Mutter voller Ungeduld. Er kraulte die Hündin und fragte sie: »Sag selbst, Mutter, ist es gut oder schlecht, wenn man sich nicht mehr erinnern kann, warum man eine Frau mal geliebt hat?« Das Problem war, er konnte sich erinnern. Ziemlich genau sogar.

Den Montag verbrachte Gabriel in seinem Büro im Präsidium. Routineaufgaben. Berichte schreiben, Briefe, Anträge, Reisekosten. Ablage. Begründen, warum er wieder nicht bei der Schießübung war. Anrufe bei Lesser, Olmers und den anderen Kollegen, die von der Thunfischpizza gegessen hatten. Feststellen, ob sie immer noch krank waren. Ob sie *wirklich* immer noch krank waren.

Irgendwann ging Gabriel runter ins Archiv zu seinem Kollegen Haffner, der ihn die vergangenen zwei Jahre beim Aktenwälzen unterstützt hatte, bis Gabriel vor drei Wochen wieder fürs Morddezernat reaktiviert worden war. Haffner schien der Arbeit nicht nachzukommen. Weil er ihr nicht nachging. Er saß da und löste Sudoku-Aufgaben. Selbst Gabriels überraschendes Auftauchen ließ ihn nicht zusammenzucken. So egal konnte einem die Arbeit sein. Beneidenswert.

»Tag, Haffner. Wie geht's?«

»Hey, Gabriel, haben sie dich oben entlassen? Kommst du jetzt wieder zu mir runter?«

»Schön wär's.«

»Weißt du eigentlich, dass alle anderen das hier als Strafe empfinden? Und du sehnst dich in dieses Kellerloch zurück?«

»Nicht nach dem Loch. Aber nach der Ruhe.«

Haffner, der genau wie Gabriel strafversetzt worden war, grinste. »Aus irgendeinem Grund kaufe ich dir das nicht ab.«

»Solltest du aber.«

»Ich kenne dich, Gabriel. In Wirklichkeit bist du froh,

dass du wieder jagen darfst. Bist halt ein Bulle, kein Sesselfurzer.«

Gabriel sah den Kollegen gedankenverloren an. Dann zuckte er mit den Schultern. »Das hat meine Frau auch immer gesagt. Bis sie mich rausgeschmissen hat.«

Sie plauderten noch eine Weile und schlugen ihre gar nicht mal so schlecht bezahlte Zeit tot.

Gabriel war gerade in sein Zimmer zurückgekehrt, als das Telefon klingelte. Es war Horst Gätjens aus dem kriminaltechnischen Labor.

»Na, Gabriel, immer noch im Einsatz?«

»Ja. Und immer noch ohne Unterstützung.«

»Das Leben ist eben doch gerecht und treibt einen dorthin, wo die eigenen Talente benötigt werden«, sagte Gätjens.

»Nettes Kompliment, Horst. Aber ich glaube nicht, dass das stimmt. Sonst wäre die Welt in einem besseren Zustand. Nein, die meisten Talente werden schonungslos ignoriert oder verschwendet. Aber egal, was hast du Neues für mich?«

»Also, euer angebliches grünes Gift ist keins. Fehlanzeige.«

»Oops«, sagte Gabriel, ein Ausruf, den er sich von Lara abgeschaut hatte und der aus seinem Mund albern klang. Alle merkten das, nur Gabriel selbst nicht. »Was ist es dann?«

»Halt dich lieber fest«, sagte Gätjens.

»Komm schon, sag's einfach.«

»Tee.«

»Und dafür soll ich mich festhalten?!«

»Das war ein Witz. Aber egal, es handelt sich um grünen Tee, oder, besser gesagt, um sehr fein zermahlenes Teepulver. Ich habe unsere Praktikantin drauf angesetzt, und die hat sich umgehört. Man nennt das Zeug Matcha. Verwenden die Japaner bei ihrer Teezeremonie. Ziemlich edel und teuer.«

»Und? Kann man daran sterben?«

Gätjens lachte. »Nein, bestimmt nicht. Soll angeblich sogar gesund sein.«

»Was ist dann das Problem?«

»Thallium«, sagte Gätjens daraufhin. »Der Tee ist damit versetzt. Und zwar hoch dosiert. Und daran stirbt man, und zwar hundertprozentig.«

»Also hatten wir im Prinzip doch recht. Unser Mann ist vergiftet worden.«

»Sieht ganz danach aus. Die Kollegen von der Medizin sollten ihn sich mal ansehen.«

»Danke, Gätjens. Das bringt uns weiter.«

»Gerne, Wolf. Wir sollten mal wieder einen trinken gehen.«

»Sollten wir«, bestätigte Gabriel und legte auf.

Der Kommissar blieb einige Minuten regungslos am Schreibtisch sitzen. Thallium. Ein Giftmord. Schon wieder. Am ersten Advent Ben Benedikt und jetzt das. Aber irgendetwas passte nicht. Er konnte nicht sagen, was, aber irgendwie leuchtete ihm das Ganze nicht ein. Warum der Alkohol? Und wieso im Park? Gift wurde selten in der Öffentlichkeit eingesetzt. Eher zu Hause, im Verborgenen. Eine alte, sieche Großmutter, der man beim Sterben half. »Beschleunigtes Erben«, nannten sie das unter Kollegen. Ein lästiger Ehemann, eine eifersüchtige

Frau. Gift benutzten Täter, denen die Nerven für Waffen fehlten. Oder die Kräfte.

Mittags besuchte Gabriel die Kantine. Eine fünfundvierzigminütige Beleidigung seiner Geschmacksknospen. Hackbraten mit Petersilienkartoffeln. Dazu eine braune Soße, welche die Konsistenz von flüssigem Asphalt hatte und nach Heilerde mit zu viel Salz schmeckte. Immerhin, die Vanillecreme, die es als Dessert gab, war annehmbar.

Gabriel stocherte lustlos in seinem Essen und fragte sich, warum er sich eigentlich nicht hierfür bewarb. Kantine. Spätestens wenn die Kollegen wieder gesund waren, würde er in den Innendienst zurückkehren. Aber musste es das Archiv sein? Warum nicht das hier? Gabriel stellte sich sein offizielles Bewerbungsgespräch beim Polizeipräsidenten vor. Nein, er bringe keine offizielle Qualifikation für den Job mit. Aber kochen könne er wirklich. Ob sich der Herr Präsident das vorstellen könne: Die einzige Polizeikantine der Welt, die mit einem Stern ausgezeichnet würde!

»Wolf? Irgendwer zu Hause?« Sandra riss ihn aus seinen Gedanken, stellte ihr Tablett auf den Tisch und setzte sich. Wie so oft warf sie Gabriel ein strahlendes Lächeln zu.

»Darf ich dir mal was sagen, Sandra?«

Sie sah ihn misstrauisch an. »Was kommt denn jetzt?«

»Ich hoffe, dein Freund weiß, was er für eine hübsche Freundin hat.«

Sandra lachte laut auf. Wenn sie es richtig verstand, war das ein Kompliment. Mal abgesehen von dem Tonfall, der nicht mürrischer hätte sein können, wenn man dem Kommissar faule Eier vorgesetzt hätte. Gabriel halt. Doch sie freute sich und gab sich keine Mühe, das zu verbergen. »Das kommt ein bisschen überraschend, aber … danke.«

Sandra aß ihren Salat, während Gabriel Kantinenkaffee trank und ihr von seinem Gespräch mit Gätjens berichtete. Die erhoffte Wirkung blieb allerdings aus. Sandra nickte nur nachdenklich. »Thallium?«, fragte sie dann in einem Tonfall, als handelte es sich um etwas Unanständiges.

»Genau. Ein Gift. Wird zurzeit gern genommen, sagt Gätjens.«

»Das ist mir bewusst, Wolf. Aber Gätjens hat nur den Tee untersucht, oder? Nicht die Leiche?«

»Natürlich nicht. Die ist in der Gerichtsmedizin.«

»Eben.«

Gabriel sah seine junge Kollegin verständnislos an. Er mochte es nicht, wenn sie so mit ihm sprach. So … selbstsicher. »Worauf willst du hinaus?«, fragte er.

»Auf gar nichts.«

»Ach komm, jetzt sag schon.«

»Na ja, also Folgendes. Die Spuren von dem vergifteten Tee waren auf einer Serviette, die der Tote bei sich trug. So weit, so gut. Aber wie lange schleppt man so eine Serviette mit sich herum? Und dann auch noch in der Hemdtasche? Einen Tag, zwei?«

»Eher einen. Das Hemd war sehr sauber.«

»Eben. Thallium, meistens in Form von Thalliumsulfat, weist eine deutliche Wirkungsverzögerung auf. Der Vergiftete merkt zuerst einmal gar nichts. Nach drei Tagen wird er krank, nach einer Woche geht's ihm richtig schlecht, und erst nach zwei Wochen setzt der Exitus ein.« Sandra spulte ihre Worte ab, als hätte sie ein Lehrbuch auswendig gelernt.

»Oops«, machte Gabriel und entlockte ihr ein Lächeln.

»Tja. Frag lieber jemanden, der sich mit so etwas auskennt.«

»Und wieso kennt sich ein Küken wie du mit so etwas aus?«

Sandra lächelte sauertöpfisch. »Weil das Küken seine Hausaufgaben gemacht hat. Anders als der alte Hahn.«

Gabriel nickte anerkennend. »Möglich, dass der Hahn sich gerade freut, das Küken an seiner Seite zu haben.«

»Möglich, dass das Küken sich über diese netten Worte freut. Zumal sie selten sind.«

»Andererseits ist es ja möglich, dass unser Toter das Gift mehrfach verabreicht bekommen hat. Die Autopsie wird es aufklären. Aber egal, was ist mit dir? Bist du weitergekommen? Weißt du, wer unser Opfer ist?«

Sandra schüttelte den Kopf. »Leider nicht«, sagte sie schlicht.

»Das heißt?«

»Fehlanzeige. Es gibt so einen Zirkel mit in Hamburg lebenden Japanern, Nihonjinkai, heißt der. Die haben eine Kopie des Fotos und wollen ihre Mitglieder fragen. Im Konsulat wusste man auch nichts, aber sie machen mit dem Foto eine Faxaktion bei den ansässigen Firmen. Mit ein wenig Glück kommt da also etwas.«

»Glück?!«

»Hast du eine bessere Idee?«, fragte Sandra beleidigt.

»Habe ich. Was machst du nach Feierabend?«

»Nichts.«

»Lust, Essen zu gehen?«

Sandra sah ihn misstrauisch an. Er konnte es ihr nicht verübeln. Normalerweise war er ungenießbar. Und jetzt gab er sich Mühe. War wohl ziemlich überraschend.

»Ich möchte etwas gutmachen, Sandra. Du hast es verdient. Ich bin nicht gerade einfach, oder?«

»Nein, bist du nicht.«

»Also?«

»Ich nehme gern an. Und wie ich dich kenne, wird uns das Rendezvous auch in unserem Fall weiterbringen, oder?«

Gabriel nickte.

Gegen neunzehn Uhr machten sie sich auf den Weg. Auf die Rückseite der Visitenkarte, die sie aus der Tasche des Toten gezogen hatten, war eine kleine Skizze gedruckt. Gabriel, der am Steuer saß, ließ sich von Sandra navigieren. Sie fuhren den Glockengießerwall hinunter in Richtung City-Süd und bogen in der Nähe der Markthallen zum Hafen ab. Dort folgten sie einer kopfsteingepflasterten Straße in Richtung HafenCity. Sie bogen ein letztes Mal um eine Ecke und fanden sich vor dem Eingang des Daruma wieder, einem unscheinbaren, kleinen japanischen Restaurant, das sich im Erdgeschoss eines mächtigen Kontorhauses befand.

Das Innere des Restaurants war einfach gehalten, so ganz anders als die meisten anderen japanischen Restaurants, die ihre saftigen Preise mit aufwendigem Dekor rechtfertigten. Hier dagegen: einfache Tische, schlichte Stühle, Papierlampions. Nicht gerade neu, aber geschmackvoll. Hinter der großen u-förmigen Theke stand der Besitzer und bereitete Spieße und Bratfisch zu. Sandra und Gabriel setzten sich an einen Ecktisch.

Während sie auf ihre Bestellung warteten, geriet Sandra in Redelaune. Zum ersten Mal erzählte sie ihm von ihrem neuen Freund. Ulf arbeitete bei einer Reederei, war Schifffahrtskaufmann. In seiner Freizeit spielte er Fußball. Die beiden wollten im Sommer mit dem Wohnmobil durch den Südwesten der USA fahren.

Gabriel nickte, tat interessiert, war aber nicht wirklich bei der Sache. Stattdessen beobachtete er die Umgebung. Seine Sinne waren hellwach. Und zwar nicht seine kriminalistische Spürnase, sondern sein kulinarisches Gespür.

Vor ein paar Tagen hatte er angefangen, sich mit japanischer Küche zu beschäftigen, und war überrascht, wie vielseitig und interessant sie sein konnte. Dass er da aber auch erst jetzt draufkam! Noch vor zwei Wochen hatte er mit asiatischer Küche nichts anfangen können, aber so langsam entwickelte er sich zu einem leidenschaftlichen Bewunderer. Kaum eine Nation ging beim Zubereiten von Speisen mit so viel Sorgfalt und Akkuratesse vor. Nichts wurde dem Zufall überlassen. Jedes Gericht ein kleines Meisterwerk. Die Zutaten waren in aller Regel frisch und edel, wurden wenig gewürzt und möglichst natürlich belassen. Der Höhepunkt aber war das Arrangement der Speisen: Sie wurden aufwendig drapiert und dekoriert, sodass man sich fast schämte, sie zu essen. Und dann die Utensilien, die in der japanischen Küche zum Einsatz kamen – beeindruckend. Das galt vor allem für die Messer. Gabriel hatte sich in den zurückliegenden

Jahren selbst einige Kai-Klingen zugelegt. Um die zweihundert Euro das Stück. Aber sie waren jeden Cent wert.

Schade nur, dass seine neue Leidenschaft durch einen Umstand geschmälert wurde: Er mochte keinen rohen Fisch. Bei aller Liebe. Kochen hatte für ihn etwas mit Hitze zu tun. Die Dinge mussten gar sein.

An diesem Abend kam Gabriel trotzdem auf seine Kosten. Während Sandra das klassische Sushi aß – und offenbar auch mochte –, löffelte Gabriel erst frittierten Tofu mit geriebenem Rettich, aß dann marinierte Hühnerspieße und gönnte sich zur Hauptspeise einen Nabe-Eintopf. Japanische Hausmannskost, und das mitten in Hamburg! Ein Gedicht.

Sie schlossen die Mahlzeit mit grünem Tee ab, den Gabriel als zu bitter empfand. Aber er half beim Verdauen, immerhin. Und gesund sollte er angeblich auch noch sein. Mit Kalzium und Vitaminen.

Als sie fertig waren, sah er Sandra fragend an und wartete, bis sie ihm bestätigend zunickte. »Gut, schreiten wir zur Tat.«

Sandra zog das Foto des Toten aus ihrer Tasche und reichte es an Gabriel weiter. Der stand auf, ging zum Tresen, zeigte dem Ladeninhaber seinen Dienstausweis und hielt ihm dann das Bild unter die Nase. »Kennen Sie diesen Mann?«

Der Chef wischte sich die Hände an seiner Schürze ab und betrachtete es mit schief gelegtem Kopf. Er stieß zischende Laute aus, als koste ihn die Erinnerungsarbeit große Anstrengung. »Ich bin nicht sicher. Ja, ich glaube, ich habe diesen Mann schon mal gesehen.«

Der Chef rief nach seiner Frau, die an den Tischen bediente. Auch sie betrachtete das Bild, nickte und sagte: »Ja, dieser Mann ist vor einigen Tagen unser Gast gewesen. Ich erinnere mich, aber ich kann Ihnen nicht sagen, zum wem er gehörte. Die meisten unserer Kunden kennen wir. Stammgäste. Aber dieser Herr war neu. Er hat sich nicht vorgestellt.«

»Wissen Sie, wann er bei Ihnen gewesen ist?«

Das Ehepaar sah sich an, wechselte ein paar Worte auf Japanisch, und der Chef sagte: »Das müsste Donnerstag oder Freitag gewesen sein. Ja, ich denke Freitag. Worum geht es denn? Ist etwas passiert?«

Gabriel nahm das Foto zurück und betrachtete es noch einmal. Wollermann hatte gute Arbeit geleistet. Der Mann war blass, aber es war nicht unbedingt zu erkennen, dass er tot war. Gabriel beschloss, die Frage zu ignorieren. »Erlauben Sie, dass ich Ihren Gästen die Aufnahme zeige? Vielleicht kennt jemand den Mann.«

»Bitte sehr«, sagte der Chef.

Gabriel ging mit Sandra zu den hinteren Tischen, an denen japanischen Geschäftsleute beim Essen saßen. Niemand von ihnen konnte den Toten identifizieren.

Gabriel deutete auf eine Verbindungstür, die offenbar zu einem Hinterzimmer führte. Leise Musik war zu hören. Die Frau des Ladenbesitzers lächelte und sagte: »Unser Karaoke-Raum.«

»Darf ich?«

»Aber bitte.«

Gabriel öffnete die Tür. In dem kleinen Zimmer saßen vier Männer und drei Frauen, offensichtlich Geschäftsleute, und starrten auf einen Monitor, auf dem Liedtexte erschienen. Einer von ihnen hielt ein Mikrofon in der

Hand und sang mit deutlich angetrunkener Stimme eine Melodie, die in Gabriels Ohren wie ein Schlager klang. Die Luft war warm, rauchgeschwängert und roch nach Alkohol. Gabriel sah Sandra an, die gequält lächelte.

Als das Lied vorüber war, unterbrachen sie die Gruppe und baten um einen kurzen Moment der Aufmerksamkeit. Einer der Männer stand auf, sah Gabriel geringschätzig an und sagte in einem stark akzentuierten Deutsch: »Was wollen Sie?«

»Nur eine Auskunft. Wir wollen nicht lange stören.«

»Also?«

Gabriel war überrascht. Japaner galten als freundlich und hilfsbereit. Dieser hier schien eine Ausnahme zu sein. Er war tadellos gekleidet in einem seidig glänzenden Anzug mit Stehkragen. Sein Gesicht war kantig, attraktiv. Aber sein Ton? Unverschämt.

Gabriel reichte ihm das Bild. »Kennen Sie diesen Mann?«

Der Japaner warf einen flüchtigen Blick darauf. »Nein, tut mir leid.«

»Vielleicht die anderen Herrschaften?«

»Nein, wir kennen diesen Mann nicht«, wiederholte der Mann bestimmt.

»Vielleicht erlauben Sie Ihren Kollegen, das Foto selbst in Augenschein zu nehmen?«

Der Japaner verzog keine Miene. »Sicher.«

Die Männer und Frauen betrachteten das Bild mit ausdruckslosen Gesichtern und blickten dann hilfesuchend zu ihrem Wortführer, der neben Gabriel stand.

»Wie ich schon sagte, niemand kennt diesen Herrn«, erklärte der.

Gabriel nickte. »Nun, dann bedanke ich mich für die Auskunft.«

Sandra sah ihn irritiert an. »Meinst du nicht, wir sollten …«

»Nein, meine ich nicht.«

Gabriel deutete eine Verbeugung an und zog sie in den Speiseraum, wo sie sich noch einmal bei den Besitzern bedankten und sich dann verabschiedeten.

Draußen in der Kälte wirkte Gabriel nachdenklich. Er atmete die schneidende Winterluft ein, und sagte zu Sandra: »Notier doch mal die Nummernschilder der Wagen, die hier stehen. Sicher ist sicher.«

»Klar, mache ich. Aber kannst du mir erklären, was das gerade sollte? Ich meine, haben wir das nötig, uns so behandeln zu lassen?«

»Wie wurden wir denn behandelt?«

»Unverschämt.«

»Sei nicht so empfindlich.«

»Also hör mal!«, brauste Sandra auf.

Gabriel lächelte. »Ich widerspreche dir ja gar nicht. Du hast recht, die waren unfreundlich. Und das nur wegen eines Fotos. Interessant, nicht wahr?«

Dienstag

»Nishiyama Hidetoshi«, sagte Sandra, als Gabriel am Dienstagmorgen ihr gemeinsames Büro betrat.

»Klingt wie eines dieser Gerichte, die wir gestern gekostet haben.«

»Nicht ganz. So heißt unser Toter.«

Gabriel nickte ihr anerkennend zu und zog sich dann in aller Seelenruhe seinen Schal, den Mantel und die Handschuhe aus. »Also, wie war das noch mal?«, fragte er schließlich. »Mishi … Nishi … Tishi …?«

»Nishiyama Hidetoshi. Oder besser gesagt, umgekehrt.«

»Du sprichst in Rätseln, junge Kollegin.«

»Nishiyama ist der Nachname, aber der wird in Japan wohl zuerst genannt.«

»Und wie hast du seinen Namen rausbekommen?«

»Wir haben seine Brieftasche. Ist gestern Nachmittag von einem der Parkwächter gefunden worden. Am anderen Ende der Anlage. Ohne Geld, aber mit sämtlichen Karten und Ausweisen.«

Sie hielt zwei Plastiktüten in die Höhe. In der einen erkannte Gabriel allerlei Karten, Zettel, Briefmarken und kleinere Gegenstände. In der anderen steckte eine großformatige, lederne Brieftasche.

»Also doch ein Überfall? Der Mann geht spazieren, ist stockbesoffen, jemand erleichtert ihn um sein Geld, wendet dabei vielleicht Gewalt an, der Mann fällt, bleibt liegen und erfriert.«

»Zumindest wäre es naheliegend. Fragt sich nur, warum die Karten noch da sind.«

»Stimmt. Und warum die Leiche keinerlei Blessuren aufwies, jedenfalls dem Anschein nach. Was mich daran erinnert, dass ich den Schlafmützen im Labor und in der Gerichtsmedizin Beine machen muss. Wir brauchen Fakten.«

Gabriel wandte sich der Kaffeemaschine zu, die auf der

Fensterbank stand. Er zog die kleine Glaskanne aus der Haltevorrichtung, schnupperte daran und goss ihren Inhalt ins Waschbecken. Dann setzte er neuen Kaffee auf.

Sandra beobachtete ihn fassungslos. Sie räusperte sich und sagte: »Weißt du eigentlich, dass ich deine Frau verstehen kann?«

»Was? Wieso meine Frau? Ich habe doch gar keine mehr.«

»Eben. Ich kann verstehen, dass sie dich rausgeschmissen hat. Jedenfalls wenn du damals auch schon so warst.«

»Was hast du denn für ein Problem?«

»Wer, bitte schön, verhält sich so?«

»Wie denn?«

»Du schüttest den Kaffee, den ich gekocht habe, einfach weg. Ohne zu fragen.«

»Oh, das war Kaffee? Ich dachte, das war Wasser mit brauner Farbe.«

»Gott, Gabriel. Das ist nicht dein Ernst, oder?!«

Der Kommissar machte ein bedauerndes Gesicht. »Tut mir leid, Sandra, ich …«

»Na, immerhin.«

»Ich lebe einfach schon zu lange alleine. Da wird man so.«

»Alleine? Lass das nicht Mutter hören.« Sie lächelte.

»Die trinkt keinen Kaffee.«

»Obwohl es mich nicht wundern würde. Ihr teilt ja schließlich auch die Mahlzeiten.«

Gabriels Betroffenheit machte einer leisen Wut Platz. »Wer sagt das?«

»Alle. Man redet drüber. Kommissar Gabriel, der abends mit seinem Hund am gedeckten Tisch sitzt.«

»Mutter sitzt nicht am Tisch, sondern auf dem Boden, wie es sich für einen Hund gehört.«

»Na, dann ist ja alles in Ordnung.«

»Könnten wir jetzt zu den wichtigen Dingen zurückkehren?«

»Oh, ist da jemand beleidigt?«

»Nein. Egal. Also?«

Gabriel ließ sich ihr gegenüber auf seinen Schreibtischstuhl fallen. Sandra bemühte sich, nicht laut herauszuplatzen. Sie schenkte ihm einen warmherzigen Blick, der ihn sogleich versöhnte. Dann gab sie ihm einen kurzen Überblick über den Inhalt der Brieftasche: Verschiedene Kreditkarten, eine stattliche Sammlung fremder und eigener Visitenkarten, die Nishiyama als Mitarbeiter der Firma Shapio auswiesen. *Vice President* des Department of Compliance, so sein klangvoller Titel. Schließlich noch ein paar Zettel mit japanischen Notizen.

»Shapio? Die haben doch ein großes Werk hier in der Stadt«, sagte Gabriel. »Was machen die noch mal?«

»Alles Mögliche. Elektronik. Kameras, Uhren, MP3-Player. Die ganze Palette. Allerdings würde ich tippen, dass Nishiyama nicht hier in Hamburg angestellt war. Zumindest hat er eine japanische Wohnadresse. Und in seiner Brieftasche haben wir eine Plastikkarte vom Hotel Radisson gefunden. Du weißt schon, so ein Ding, mit dem man die Zimmertür öffnet.«

»Direkt neben Planten un Blomen«, stellte Gabriel fest. »Hätten wir auch selbst draufkommen können.«

»Hätten wir«, bestätigte Sandra.

»Also, wo fangen wir an?«, fragte Gabriel.

»Im Hotel?«

»Einverstanden.«

Eine halbe Stunde später betraten Gabriel und Sandra das SAS Radisson, das sich zwischen Dammtorbahnhof und Planten un Blomen befand. Das Hotelgebäude war eines der wenigen echten Hochhäuser in der Hansestadt und ragte siebenundzwanzig Stockwerke in die Höhe. Es war vor allem bei Messegästen beliebt, da sie das Messegelände vom Hotel aus über einen überdachten Weg erreichen konnten, der mitten durch den Park führte.

Während Gabriel die erst kürzlich renovierte Lobby in Augenschein nahm, brachte Sandra beim Empfang ihr Anliegen vor. Kurz darauf betraten sie Nishiyamas Zimmer im vierzehnten Stock.

Die Einrichtung war schlicht und in dunklen Farben gehalten. Ein akkurat gemachtes Doppelbett, ein schmaler Schreibtisch, ein Flachbildschirm. Auf dem Ablagefach vor dem Fernseher lag ein offener Koffer mit fein säuberlich gefalteter Wäsche. Insgesamt hatte Nishiyama sieben Garnituren dabei gehabt, bestehend aus Hemd, Unterhemd, Unterhose und Socken, wie Gabriel mit einem schnellen Blick feststellte. Auf dem Nachttisch lagen japanische Zeitungen und Zeitschriften sowie ein Terminkalender, der mit einem grün gemusterten Stoff bezogen war. Gabriel blätterte ihn durch und starrte fasziniert auf die winzig kleinen Schriftzeichen, mit denen Nishiyama seine Termine notiert hatte. Gabriel fragte sich, wie viel Mühe notwendig war, um eine solche Schrift zu erlernen.

Sandra begutachtete den Schrank in dem kleinen Vorzimmer und inspizierte das Badezimmer. Dann trat sie an das große, bodentiefe Fenster im Hauptraum. »Beeindruckende Aussicht. Man kann wirklich über die ganze Stadt schauen.«

»Toll«, sagte Gabriel.

»Nishiyama hätte übrigens schon gestern auschecken müssen. Hat mir der Concierge unten erzählt. Als er nicht aufgetaucht ist, hat das Hotel bei Shapio hier in Hamburg nachgefragt. Die Firma hat das Zimmer daraufhin verlängert. Angeblich weil sich Nishiyamas Reisepläne geändert hätten.«

Gabriel ließ die Information auf sich wirken. Dann fuhr er fort, das Zimmer zu untersuchen. Er nahm die Unterlagen in Augenschein, die auf dem Schreibtisch lagen: Broschüren, Briefe, Mappen, Notizzettel. Auf vielen der Papiere prangte das Shapio-Logo. In einer Mappe und in einem prall gefüllten Aktenordner fand er Unterlagen, die in erster Linie aus Zahlen bestanden. Dazwischen japanische Schriftzeichen, die ihm nichts sagten, sowie eingestreute englische Wörter. An einigen Stellen waren handschriftliche Notizen eingefügt. Fleißarbeit. Aber so waren sie halt, die Japaner.

Gabriel nahm ein braunes Kuvert in die Hand und zog ein Flugticket daraus hervor, das noch in klassischer Weise auf dünnem Papier mit mehreren Durchschlägen per Nadeldrucker gefertigt worden war. Demnach war Nishiyama vergangenen Montag in Hamburg eingetroffen und hätte gestern einen Flug nach Bratislava antreten sollen.

»Warte mal, Sandra. Was haben die Leute von Shapio gesagt? Nishi-Dingsbums' Reisepläne hätten sich geändert? Wir sollten prüfen, ob es eine Umbuchung gibt. Und wann sie gemacht wurde. Wenn wir nichts finden, wissen wir zumindest, dass hier jemand lügt. Und wir sollten der Firma einen Besuch abstatten.«

»Siehst du, lieber Wolf, wir sind ein perfektes Team. Ich wollte dir nämlich gerade genau dasselbe vorschlagen.«

Sie lächelte. Er lächelte zurück.

Die Firma Shapio residierte in einem modernen Gewerbegebiet im Norden der Hansestadt.

»Der Standort war früher mal das Marketing- und Vertriebszentrum und in dieser Funktion die Europa-Zentrale des Konzerns«, erläuterte Sandra auf der Fahrt. Shapio habe die Produktion in den zurückliegenden Jahren jedoch vollständig nach Osteuropa verlagert, vor allem in die Slowakei und nach Ungarn. Trotzdem sei Hamburg mit über dreihundert Mitarbeitern nach wie vor ein bedeutender Standort des Konzerns.

Gabriel nickte anerkennend. »Und woher weißt du das alles?«

Sandra, die am Steuer saß, lächelte. »Internet, Wolf. Dieses unsichtbare Netzwerk, das die ganze Welt verbindet. Mit einer Ausnahme: Wolf Gabriel in Hamburg.«

»Ich glaube, meine Tochter hat am Wochenende etwas ganz Ähnliches zu mir gesagt.«

»Könnte daran liegen, dass es stimmt.«

»Oder daran, dass ihr mich beide nicht kennt.«

Sandra warf ihm einen erstaunten Seitenblick zu, woraufhin er sie mit der Neuigkeit überraschte, dass er seit Neuestem Mitglied in einer Online-Koch-Community war.

»Willkommen im einundzwanzigsten Jahrhundert, Herr Gabriel!«, sagte Sandra lachend.

»Es ist unglaublich. Lauter Leute, die sich nicht kennen, sprechen über Rezepte. Da sind große Talente dabei, das merkt man. Mit einem zum Teil beeindruckenden Wissen. Ich musste mir einen Spitznamen zulegen. Das ist anscheinend so üblich«, erläuterte Gabriel.

»Du meinst einen Nick?«

»Wie auch immer. Ich nenne mich Sonntagsbraten28. Wie findest du das?«

»Hat die achtundzwanzig eine Bedeutung?«

»Nein, aber viele hängen Zahlen an ihre Spitznamen. Zum Beispiel Apfelschorle17. Oder Rinderroulade23. Zuerst wollte ich mich einfach nur Bocuse nennen. Aber das gab's schon.«

»Du hättest es mit Bocuse2 oder von mir aus mit Bocuse28 versuchen können.«

»Habe ich. Gab's aber auch schon. Bei Bocuse99 habe ich aufgegeben. Und mich eben für Sonntagsbraten28 entschieden.«

Das umzäunte Areal, auf dem die Firma Shapio residierte, umfasste mehrere große Hallen und Verwaltungsgebäude. An der Pforte zeigten sie ihre Dienstausweise, und Sandra parkte den Wagen auf einem Kundenparkplatz neben dem Haupteingang. Gabriel wartete, bis sie einen Blick in den kleinen Kosmetikspiegel hinter der Sonnenblende geworfen hatte und sich ein paarmal durch die Haare gefahren war. Sandra ist neunundzwanzig Jahre alt, dachte Gabriel, während er ihr zusah. Anne war kaum älter gewesen, als er sie kennengelernt hatte. Das war über zwanzig Jahre her.

In der Eingangshalle saßen zwei junge Frauen hinter

einem großen, geschwungenen Empfangstresen. Offenbar eine Deutsche und eine Japanerin, wobei die Japanerin gerade ein Telefonat in ihrer Muttersprache führte. Gabriel und Sandra zeigten ihre Dienstausweise, und der Kommissar sagte: »Wir würden gerne Ihren Chef sprechen.«

Die Empfangsdame lächelte unsicher: »Meinen Sie Herrn Sichel? Oder Herrn Mori?«

»Sie wissen nicht, wer Ihr Chef ist?«

Das genügte um die anfängliche Unsicherheit der Dame in Trotz zu verwandeln. Mit frostiger Stimme sagte sie: »Herr Sichel ist der Leiter der Niederlassung hier in Hamburg. Herr Mori nennt sich CEO Division Europe. Ich bin mir aber nicht sicher, ob er Zeit für Sie hat.«

»Hat er«, sagte Gabriel knapp.

Die Empfangsfrau warf einen Blick auf Sandra. Die lächelte kühl und sagte: »Und wenn nicht, werden wir Herrn Mori bitten, uns morgen früh um acht Uhr auf dem Präsidium zu besuchen. Und wir werden ihm sagen, dass er den Termin Ihnen zu verdanken hat.«

Spiel, Satz und Sieg. Die Empfangsfrau griff nach dem Telefon. »Darf ich fragen, worum es geht?«

»Nein, dürfen Sie nicht«, antwortete Gabriel.

Wenige Minuten später öffneten sich die Lifttüren in der Halle. Eine junge, geschäftsmäßig gekleidete Japanerin trat heraus, stellte sich als Frau Hasegawa vor und bat Gabriel und Sandra, ihr zu folgen. Der Fahrstuhl brachte sie in den zweiten Stock hinauf, wo sie einen langen Flur entlangschritten. Rechts und links konnten sie einen Blick in die Büros erhaschen, in denen zumeist drei oder vier Angestellte saßen. Deutsche und Japaner. Es wurde telefoniert, auf Computertastaturen eingehackt und Werbematerial begutachtet. Ganz am Ende des Flurs traten sie durch eine dunkel getäfelte Tür in ein Vorzimmer, das nicht besetzt war.

»Spricht Herr Mori Deutsch?«, erkundigte sich Sandra.

»Sie werden keine Probleme haben.« Frau Hasegawa klopfte an eine Tür und machte den Weg für Gabriel und Sandra frei.

Junichi Mori war ein etwa sechzigjähriger, schlanker, fast dürrer Mann mit dem roten Gesicht eines Alkoholikers. Nicht einmal unsympathisch, dachte Gabriel, als er ihm die Hand gab und den strengen Geruch von Nikotin einatmete, der Mori umgab. Kettenraucher, eindeutig. Dass es so etwas überhaupt noch gibt, dachte Gabriel mit einem Anflug von Nostalgie.

Dann meldete sich sein kriminalistischer Verstand und ermahnte ihn zur Aufmerksamkeit. Gabriel registrierte, dass Moris Gesicht angespannt war und dass er seine Hände nervös aneinanderrieb. Konnte an der Gier nach der nächsten Zigarette liegen. Oder daran, dass der Mann Angst hatte.

Nachdem sie sich mit Handschlag begrüßt hatten – Mori machte dabei eine kleine Verbeugung –, wies der Japaner auf einen kleinen Konferenztisch in der Ecke des Zimmers. Sie nahmen Platz. Frau Hasegawa erkundigte sich, ob die Besucher Kaffee oder Tee wünschten, verbeugte sich dann ebenfalls und verließ den Raum.

»Was kann ich für Sie tun, meine Herrschaften?«, fragte Mori. Er hatte einen starken Akzent, doch seine Grammatik war fehlerfrei.

»Wir sind wegen Herrn Nishiyama hier«, sagte Gabriel.

»Ich verstehe.«

Gabriel wartete, ob Mori noch eine Erklärung hinterher schieben würde, und fragte schließlich: »Wann haben Sie Herrn Nishiyama das letzte Mal gesehen?«

Mori schloss die Augen. Sein Gesicht wirkte konzentriert. Dann schüttelte er den Kopf und sagte: »Ich verstehe Ihre Frage nicht, Herr Kommissar.«

»Wenn Sie es wünschen, können wir Englisch sprechen.«

»Nein, nein«, sagte Mori. Er schien seine Nervosität zunehmend in den Griff zu bekommen. Mit fester Stimme sagte er: »Gestatten Sie, dass ich frage, warum Sie sich nach Herrn Nishiyama erkundigen? Ist etwas geschehen?«

»Woran denken Sie dabei?«

Der Japaner ließ sich nicht darauf ein. »An gar nichts, Herr Kommissar. Aber ich muss Ihnen mitteilen, dass wir Nishiyama seit dem Wochenende vermissen. Meine Assistentin wurde von seinem Hotel informiert, dass er nicht zum vereinbarten Termin ausgecheckt hat. Wir haben vorsorglich das Zimmer verlängert, wissen aber nicht, wo er sich zurzeit aufhält.«

Gabriel warf Sandra einen fragenden Blick zu. Die nickte unmerklich und sagte: »Herr Nishiyama ist tot, Herr Mori. Seine Leiche wurde am Sonntagmorgen unweit des Hotels gefunden.«

Gabriel und Sandra musterten den Mann mit der Intensität eines Nacktscanners, doch Mori hielt die Augen noch immer geschlossen. Seine Miene blieb regungslos. »Ich verstehe«, sagte er schlicht.

Gabriel hätte am liebsten laut gelacht. Von allen Reaktionen, die er im Laufe seiner Arbeit gesehen hatte, gehörte diese zweifellos zu den ungewöhnlichsten. »Also, Herr Mori, noch einmal: Wann haben Sie Herrn Nishiyama das letzte Mal gesehen?«

»Das war am Freitag letzter Woche, Herr Kommissar. Nishiyama hat den ganzen Tag im Büro nebenan gearbeitet. Abends sind wir gemeinsam essen gegangen.«

»Und dann haben Sie nichts mehr von ihm gehört?«

»So ist es.«

»Hat Sie das nicht gewundert?«

»Nun, Herr Nishiyama hatte sämtliche Aufgaben hier im Haus erledigt. Ich hätte mich über einen Anruf von ihm gefreut, aber es war andererseits nicht ungewöhnlich, dass er sich nicht mehr gemeldet hat.«

»Was genau waren die Aufgaben von Herrn Nishiyama?«, fragte Sandra.

»Ja«, antwortete Mori kryptisch.

Sandra blickte ihn abwartend an, aber als er nicht weitersprach, sagte sie: »Ich glaube, Sie verstehen meine Frage nicht. Also: Was genau waren die Aufgaben Ihres Kollegen? Warum ist er nach Hamburg gekommen?«

»Ich habe Sie verstanden, Frau Kommissarin. Ich muss nachdenken.«

»Bitte, nur zu.«

Mori saß stocksteif und mit kerzengerade aufgerichtetem Rücken da. Lediglich seine Hände machten weitere Reibebewegungen. Schließlich öffnete Mori die Augen, lachte nervös, hielt eine Packung Zigaretten empor und fragte: »Gestatten Sie?«

»Selbstverständlich«, erwiderte Gabriel.

»Wenn es sein muss«, sagte Sandra.

»Verzeihung, ich …«

»Nein, nein, nur zu«, sagte Sandra. »Und dann wäre es nett, wenn Sie meine Frage beantworten.«

Mori zündete sich eine Zigarette der Marke Mild Seven an und inhalierte tief. Dann machte er eine angedeutete Verbeugung, deren Bedeutung Gabriel nicht ganz klar wurde, und sagte: »Nishiyama hat lediglich Routineaufgaben wahrgenommen. Er hat die Europazentrale zweimal im Jahr besucht, einmal im Frühjahr und einmal im Dezember.«

»Und worin bestanden die Routineaufgaben, die er erledigt hat?«, fragte Gabriel.

»Ja«, sagte Mori erneut, und Gabriel fragte sich, ob Japaner möglicherweise immer erst einmal mit Ja antworteten. Mori nahm einen weiteren Zug und sagte: »Ich bin mir nicht sicher, ob ich Ihre Fragen ohne Rücksprache mit unserer Zentrale in Tokio beantworten kann.«

»Versuchen Sie es doch mal«, sagte Gabriel.

»Ich bin mir nicht sicher«, wiederholte der Japaner.

Sandra schaltete sich erneut in das Gespräch ein und sagte: »Wir wissen, dass Herr Nishiyama in Ihrer Compliance-Abteilung gearbeitet hat. Dementsprechend dürfte er wohl in diesem Bereich tätig gewesen sein?«

Gabriel, der sich nicht unbedingt für Wirtschaft interessierte, fühlte sich unwohl in seiner Haut. Er erinnerte sich an Nishiyamas Visitenkarte, die ihn als Vice President des Compliance Departement ausgewiesen hatte. Leider hatte er es versäumt, sich darüber zu informieren, was das eigentlich bedeutete. Sandra hingegen schien genau Bescheid zu wissen. Doch Gabriel war lange genug dabei, um seine Unwissenheit mit einem Ausdruck tiefer Weisheit zu kaschieren. Und er stellte zufrieden fest, dass genau das Mori mit einer gewissen Verunsicherung erfüllte.

»Ja, so ist es«, antwortete dieser schließlich auf Sandras Frage. »Aber wie ich schon sagte, es handelte sich um einen Routinebesuch. Mit Routineaufgaben. Er hat Unterlagen studiert, Mitarbeiter befragt, Geschäftspartner getroffen. Dürfte ich vielleicht fragen, welche Umstände zu Nishiyamas, äh, Ableben geführt haben?«

Sandra ging nicht darauf ein. »Gab es möglicherweise Umstände in Ihrer Firma, die das Compliance Departement betreffen würden? Ich meine, in jüngster Vergangenheit? Umstände, die dazu geführt haben, dass Herr Nishiyama eben doch mehr als Routineaufgaben zu erfüllen hatte?«

Mori zündete sich die nächste Zigarette an. »Nein, auf keinen Fall. Schließlich wäre ich darüber in Kenntnis gesetzt worden. Und ich kann Ihnen versichern, dass ich von nichts dergleichen gehört habe.«

»Wissen Sie zufällig, was Herr Nishiyama am vergangenen Wochenende geplant hatte? Sein Flug nach Bratislava sollte erst am Montag gehen, nicht wahr?«, fragte Gabriel.

Mori räusperte sich. »Es tut mir leid, Herr Kommissar, aber ich bin nicht informiert. Ich wäre Ihnen sehr dankbar, wenn Sie mir jetzt erklären könnten, was eigentlich passiert ist.«

Sandra setzte zu einer Antwort an, doch Gabriel fiel ihr ins Wort: »Wir gehen davon aus, dass Herr Nishiyama aufgrund der ungewöhnlichen Kälte in diesem Jahr verunglückt ist. Es scheint, als wäre er zuvor auf einer Feier gewesen. Sie verstehen …«

»Ein Unfall?«, frage Mori.

»Danach sieht es aus«, bestätigte der Kommissar.

»Sehr bedauerlich, das zu hören«, sagte Mori. »Verstehe ich Sie richtig, dass mein hochverehrter Kollege erfroren ist?«

»Das ist am wahrscheinlichsten. Alkohol dürfte eine Rolle dabei gespielt haben.«

Es war nicht zu übersehen, dass Mori erleichtert war. Er zündete sich eine dritte Zigarette an, doch diesmal schien er den Rauch fast mit einer gewissen Behaglichkeit ein- und wieder auszuatmen.

Gabriel und Sandra sprachen noch weitere dreißig Minuten mit Mori und baten ihn, dafür zu sorgen, dass Nishiyamas Angehörige in Japan über dessen Tod informiert würden. Anschließend ließen sie sich noch einige Produkte von Shapio vorführen.

Beim Abschied sagte Gabriel: »Sie werden Ihre Vorgesetzen in Tokio ja sicherlich über diese Sache in Kenntnis setzen. Bitte lassen Sie sich doch bei der Gelegenheit die Erlaubnis erteilen, uns umfassend über die Aufgaben von Herrn Nishiyama hier in Hamburg zu informieren. Sollten Sie das nicht tun, sind wir leider gezwungen, einen richterlichen Beschluss einzuholen, was sicherlich für erhebliche Störungen in Ihrem Betrieb sorgen würde.«

»Selbstverständlich, Herr Kommissar«, sagte Mori und deutete eine Verbeugung an. Inwieweit ihn Gabriels Drohung beeindruckt hatte, war ihm nicht anzusehen.

Frau Hasegawa brachte Sandra und Gabriel zurück ins Erdgeschoss, wo sie sich mit einer formvollendeten Verbeugung verabschiedete. Sie waren gerade dabei, das Gebäude zu verlassen, als Gabriel sich noch einmal umwandte. »Ach, Frau Hasegawa. Könnten Sie mir noch einen Gefallen tun?«

»Sehr gerne, Herr Kommissar«, lächelte die Japanerin.

»Übersetzen Sie mir doch bitte, was hier steht«, sagte Gabriel und zog Nishiyamas Terminkalender, den er im Hotel gefunden hatte, aus der Manteltasche. Er schlug ihn auf und legte einen Finger auf den vergangenen Samstag, wo für sechzehn Uhr eine Notiz eingetragen war.

Frau Hasegawa überflog den Eintrag, und es war offensichtlich, dass sie sich alles andere als wohl in ihrer Haut fühlte. »Nun, das ist ... also, es handelt sich offenbar um eine Verabredung von Herrn Nishiyama.«

»Ja, das habe ich vermutet«, sagte Gabriel mit väterlich nachsichtiger Stimme.

»Ich bedanke mich für Ihren Besuch, Herr Kommissar.« Sie machte Anstalten, sich umzudrehen und zum Lift zu gehen.

»Moment«, sagte Gabriel in strengerem Tonfall. »Sagen Sie mir doch bitte, was genau hier steht.«

»Selbstverständlich«, sagte Frau Hasegawa. Und rührte sich nicht.

Gabriel hielt das Notizbuch erneut in die Höhe. Die Japanerin presste die Lippen zusammen und sagte dann zögerlich: »Offenbar hat sich Herr Nishiyama mit einem Herren namens Takeda getroffen.«

»Handelt es sich um einen Shapio-Mitarbeiter?«

»Nein.«

»Aber Sie wissen, wer Herr Takeda ist?«

»Ich …«

Gabriel sah die hübsche Frau mit dem pechschwarzen, seidig schimmernden Haar an. Es war offensichtlich, dass sie ausgesprochen angespannt war und wahrscheinlich sogar Angst hatte.

»Was halten Sie davon, wenn Sie mir sagen, wo ich Herrn Takeda finde? Und ich werde dafür niemandem gegenüber erwähnen, dass Sie mir diesen kleinen Gefallen erwiesen haben?«

Die Japanerin lächelte gequält und blickte sich nach den beiden Empfangsdamen um, die beide mit Telefonaten beschäftigt waren. Sie trat näher an Sandra und Gabriel heran und sagte mit gedämpfter Stimme: »Ich werde Ihnen die Adresse von Herrn Takeda aufschreiben.«

Sobald sie das Firmengelände verlassen hatten, zeigte Gabriel Sandra den Zettel mit der Adresse. Eine Straße in den Elbvororten, eine Gegend, in der man vermögend war.

»Fahren wir dorthin?«, fragte Sandra.

»Selbstverständlich. Immerhin kann es sein, dass dieser Takeda der Letzte war, der Nishiyama lebend gesehen hat.«

»Wieso wollte Frau Hasegawa dir nicht sagen, wer dieser Herr Takeda ist?«, fragte Sandra.

»Ich habe nicht die geringste Ahnung«, sagte Gabriel.

»Hast du eine Vermutung?«

»Nicht mal das.«

Der Kommissar stieg in den Wagen, schloss die Augen

und richtete sich stocksteif im Beifahrersitz auf. Sandra nahm es lächelnd zur Kenntnis. »Was tust du da? Machst du Herrn Mori nach?«

»So ist es.«

»Und? Bequem?«

»Nein, nicht wirklich. Ich versuche herauszufinden, was in jemandem vorgeht, der so eine Körperhaltung hat. Steif wie ein Brett. Und die Augen geschlossen.«

»Und?«

»Ich weiß es nicht.« Gabriel ließ sich seufzend wieder nach hinten in den Sitz fallen. »Klär mich mal auf«, sagte er unvermittelt.

Sandra verstand, was er meinte, und hielt ihm in ihrer üblichen Lehrbuchmanier ein Kurzreferat über Compliance. Die Mitarbeiter dieser Abteilungen waren so etwas wie die Sittenwächter eines Unternehmens. Sie durchleuchteten Arbeitsabläufe auf Transparenz, Fairness, mögliche Vergehen, Korruption. Gerade Firmen mit großer Auslandsaktivität legten seit einigen Jahren Wert auf die Einhaltung entsprechender Richtlinien, um nicht Gefahr zu laufen, von einzelnen Märkten ausgeschlossen zu werden.

»So einfach also?«, fragte Gabriel. Er brauchte seine Vermutung nicht auszusprechen. Es war auch so klar, was er dachte: Nishiyama war einem unsauberen Vorgang bei Shapio auf der Spur gewesen, und die in den Skandal verwickelten Mitarbeiter hatten alles daran gesetzt, um ihn zu beseitigen.

»Möglich«, sagte Sandra. »Es war ja wohl offensichtlich, dass sogar Mori einen Mord hinter der Sache vermutet hatte. Und das, obwohl wir nichts dergleichen gesagt haben! Als du dann von einem Unfall gesprochen hast, hätte es mich nicht gewundert, wenn er uns ein Glas Sekt angeboten hätte. Die Erleichterung stand ihm ins Gesicht geschrieben.«

»Genau wie zuvor seine Angst. Auch wenn er sich reichlich Mühe gegeben hat, sie vor uns zu verstecken.«

»Weil er der Täter ist? Oder weil er sich um den guten Ruf seiner Firma sorgt?«

»Vielleicht beides?«

»Warum hast du ihm eigentlich nicht gesagt, was wirklich los ist?«

»Du meinst, dass wir Thallium am Tatort gefunden haben? Sagen wir mal so: Ich wollte Munition sparen, die wir später vielleicht noch brauchen. Abgesehen davon ist es immer noch möglich, dass Nishiyama wirklich erfroren ist.«

»Höchste Zeit, Klarheit darüber zu bekommen. Ich hoffe, die Gerichtsmedizin legt einen Zahn zu.«

Sandra lenkte den Wagen nach Rissen, einen Ortsteil hinter dem feinen Blankenese. Sie hatte das Navigationsgerät programmiert, und die elektronische Stimme wies sie noch vor der Ortseinfahrt an, die Schnellstraße zu verlassen. Sie schwenkten in Richtung Norden ein, wo sie durch kleine schneebedeckte Alleen fuhren. Rechts und links sahen sie großzügige Grundstücke, die von hohen Zäunen, Mauern und immergrünen Hecken umgeben waren. Dahinter erhoben sich herrschaftliche Häuser und moderne Architektenvillen. Am Straßenrand standen kleine Sportwagen und große, übermotorisierte SUVs, denen Gabriel am liebsten die Antennen abgeknickt hätte. Für Greenpeace spenden, aber einen Wagen fahren, der fast zwanzig Liter verbrauchte. So was gab es nur hier, in den Hamburger Elbvororten. Ob er neidisch war? Verdammt, ja, das war er.

Sandra parkte den Wagen zwischen zwei Alleebäumen, was bei Schnee und Eis gar nicht so einfach war. Sie und Gabriel stiegen aus und gingen einige Schritte zu der großen Toreinfahrt der Villa, in der sie Herrn Takeda anzutreffen hofften.

Neben dem weißen, hölzernen Tor, das die Zufahrt versperrte, befand sich eine kleinere Pforte für Fußgänger. In der aus Bruchsteinen gemauerten Einfassung entdeckten sie eine Klingel und eine Gegensprechanlage samt Kamera. Das war durchaus üblich in dieser Gegend, in der vor allem die Menschen wohnten, die Hamburg laut Statistik zu einer der reichsten Städte Europas machten.

Seltsamerweise stand nicht Takedas Name auf dem Klingelschild, sondern ein anderer, der in Gabriels Ohren ebenfalls japanisch klang: Sumigawa. Gabriel drückte auf die Klingel und wartete. Nichts geschah.

»Vermutlich ist er nicht da«, sagte Sandra.

»Anzunehmen. Wenn der gute Mann arbeitet, wird er um diese Uhrzeit wohl noch in seinem Büro hocken.«

»Du könntest Frau Hasegawa fragen, wo das ist.«

»Ich bezweifle, dass sie mir noch irgendetwas sagt. Sie hätte sich vorhin ja schon fast ins Höschen gemacht.«

Sandra sah Gabriel stirnrunzelnd an. »Nette Formulierung. Gebrauchst du die auch in Bezug auf Männer?«

»Männer tragen keine Höschen.«

»Sondern?«

Der Kommissar schüttelte unwirsch den Kopf, besann sich dann aber eines Besseren und lächelte. »Lass uns morgen wiederkommen.«

Bevor sie zum Wagen zurückgingen, liefen Sandra und Gabriel noch einige Schritte an dem schmiedeeisernen Zaun entlang, der das mindestens zweitausend Quadratmeter große Grundstück umgab. Auf der Innenseite verlief parallel eine dicht gewachsene, immergrüne Buchsbaumhecke, die die Sicht auf das Innere des Grundstücks versperrte. Erst am Ende, fast an der Grenze zum Nachbargrundstück, war die Hecke so löchrig, dass Gabriel einen Blick auf die imposante Villa werfen konnte. Die Spitzen der Giebel waren leicht emporgezogen und gaben dem Gebäude eine exotische Anmutung. Zum Garten hin sah er einen Teich, der von einem kleinen, künstlich gestalteten Bächlein gespeist wurde, dessen Lauf in der Kälte zu Eis erstarrt war. Dahinter stand eine Laube, die das exotische Flair noch verstärkte.

Gabriel schnalzte mit der Zunge. »Nicht schlecht, Herr Specht. Takeda scheint es gut zu gehen.«

»Oder Sumigawa.«

»Wir sollten mal im Computer nachgucken, ob wir irgendetwas zu dem Gebäude finden.«

»Du meinst, ich sollte.«

Gabriel zuckte mit den Schultern. »Ich wäre dir dankbar.« Er warf einen letzten Blick auf den akkurat gepflegten Garten und das beeindruckende Haus. Anne würde es gefallen, dachte er. Wenn er ihr so etwas hätte bieten können, wäre ihre Ehe vielleicht noch intakt. Vielleicht aber auch nicht. Geld wurde eindeutig überschätzt. Allerdings in erster Linie von Leuten, die genug davon hatten.

»Slips«, sagte Gabriel, als sie wieder im Wagen saßen. »Oder Shorts. Oder Briefs.«

»Wie bitte?«

»Na, anstatt Höschen.«

»Gott, Gabriel, das ist doch längst um die Ecke.«

Mittwoch

Früh am nächsten Morgen machten sich Gabriel und Sandra auf den Weg in die Gerichtsmedizin, wo sie Doktor Ingrid Hagena anzutreffen hofften. Gabriel schätzte ihre Arbeit, und er schätzte sie. Umgekehrt war es nicht anders, doch das änderte nichts daran, dass Ingrid gegenüber dem Kommissar oft eine etwas unwirsche Art an den Tag legte.

»Guten Morgen, Wolf«, donnerte ihre tiefe raue Stimme in den Raum. Sie selbst war nirgends zu sehen. »Dein Besuch bedeutet vermutlich, dass es dir mal wieder nicht schnell genug geht? Lass dir gesagt sein, dass dein Erscheinen hier nichts, aber auch gar nichts daran ändern wird.«

Gabriel und Sandra blickten sich suchend um, doch das Einzige, was sie entdecken konnten, war ein unsicherer junger Mediziner, dessen blutverschmierte Hände im Inneren einer Leiche steckten.

Gabriel zuckte mit den Schultern. »Guten Morgen, Ingrid. Verrat mir doch erst einmal, wo du steckst.«

In diesem Augenblick tauchte Frau Hagena hinter einem der Seziertische auf. In ihrer linken Hand hielt sie ein blutendes Organ, vermutlich eine Leber. »Tut mir leid, das war mir runtergefallen«, sagte sie.

Ihr Assistent unterdrückte ein Grinsen und machte eine entschuldigende Geste in Gabriels und Sandras Richtung, mit der er wohl zu verstehen geben wollte, dass er die Arbeitsauffassung von Doktor Hagena nicht teilte.

»Du hast den Nagel auf den Kopf getroffen, meine Liebe, ich habe es mal wieder eilig. Aber sei bitte nicht sauer, ich suche mir das schließlich nicht aus«, sagte Gabriel.

»Und ob du das tust! Benimm dich einfach wie jeder andere Beamte auch und entspann dich. Vor allem bei der Arbeit.«

»Deine Scherze waren auch schon mal besser. Im Übrigen bist du doch selbst ...«

»Das war kein Scherz, Wolf. Du nervst mich. Vor allem jetzt vor Weihnachten. Wenn das so weitergeht mit deinen Leichen, kann ich hier noch Heiligabend rumstehen und sezieren.«

»Kein Problem, dann besuche ich dich. Ich bringe ein warmes Essen und eine Flasche Rotwein mit, und wenn du drauf bestehst, singe ich sogar Weihnachtslieder für dich.«

»Klingt, als hättest du ein einsames Fest vor dir.«

»Autsch«, sagte Gabriel. »Das war eigentlich nur nett gemeint.«

»Tut mir leid.« Zum ersten Mal lächelte Frau Hagena.

Sandra, die die Szene schweigend beobachtet hatte, schüttelte nur den Kopf. Genau wie der junge Assistenzmediziner.

»Im Übrigen bin ich vielleicht allein, aber bestimmt nicht einsam. Ich bin schließlich Hundebesitzer.«

Doktor Hagena nickte versöhnlich. »Essen und Rotwein klingt ziemlich verführerisch. Es muss ja nicht unbedingt an Weihnachten sein. Und nicht unbedingt hier.«

Der Kommissar wandte sich an Sandra und sagte: »Damit hier kein falscher Eindruck entsteht: Ingrid ist verheiratet. Ihr Mann kann allerdings nicht kochen, soweit ich weiß. Ich befürchte, das ist das Einzige, was ich ihm voraus habe.«

Doktor Hagena trat an den hintersten Seziertisch und lupfte mit einer schwungvollen Bewegung das Leichentuch, das über dem Toten ausgebreitet war. Enttäuscht blickte Gabriel auf den nackten Leichnam: Nishiyamas Körper wies keine der typischen langen Narben auf, die auf eine Autopsie hätten schließen lassen.

»Ich will nichts hören, Wolf. Dein Japaner ist frühestens heute Nachmittag oder morgen früh dran. Falls ich mir nicht spontan freinehme, um Weihnachtsgeschenke zu besorgen.«

Gabriel kannte Doktor Hagena gut genug, um zu wissen, dass sie etwas in der Hinterhand hatte. Tatsächlich sagte sie gleich darauf: »Eines kann ich euch allerdings jetzt schon sagen: Das mit der Thallium-Vergiftung könnt ihr vergessen. Da reicht ein geübter Blick. Und eine Blutanalyse, die wir bereits gemacht haben.«

»Das heißt?«, fragte Gabriel.

»Dass dein Japaner ganz brav erfroren ist, was bei dem Alkoholgehalt auch nicht verwunderlich ist.«

»Wie viel?«

»Fast zwei Promille.«

Gabriel dachte an seine Wette mit Sager und Wollermann, sparte sich aber jeden Kommentar. »Bist du sicher?«, fragte er dann.

»Nein, ich habe nur geraten …« Doktor Hagenas Stimme triefte vor Spott, dann wurde sie wieder ernst: »Sieh dir seine Finger an, die Nase, die Lippen. Daran sind die Minusgrade draußen schuld. Ein Thallium-Toter sieht ganz anders aus. Ich kann euch gerne entsprechende Fotos zeigen.«

»Also ermitteln wir seit drei Tagen in einem Mordfall, den es gar nicht gegeben hat«, stellte Sandra fest.

Doktor Hagena, die die junge Kriminalkommissarin bisher geflissentlich übersehen hatte, wandte sich zum ersten Mal direkt an sie. Ihr Blick war voller Verachtung. »Wie man's nimmt. Einen astreinen Mord habt ihr in der Tat nicht. Aber einen eindeutigen Mordversuch.«

»Verschon uns bitte nicht mit Einzelheiten«, sagte Gabriel.

Doktor Hagena deutete auf eine verschlossene Plastikdose, die auf einer Ablage unter dem Obduktionstisch stand, und erklärte: »Die Kollegen von der Spurensicherung waren so nett und haben den Mageninhalt der Leiche bei uns abgeliefert. Thallium, aber das wisst ihr ja auch schon. Die Dosis hätte gereicht, um den Herrn aus Japan zu töten. Wenn er halt nicht zufällig vorher erfroren wäre.«

»Kannst du etwas über den Zeitpunkt der Vergiftung sagen?«, fragte Gabriel.

Doktor Hagena machte eine unbestimmte Bewegung mit dem Kopf. »Ich würde sagen, dass er nur wenige

Stunden vor seinem Tod vergiftet wurde. Rein theoretisch hätte der Alkohol ihm das Leben retten können. Er hat eine ordentliche Menge von dem Gift wieder ausgekotzt. Das meiste davon war noch nicht resorbiert. Aber für weitere Einzelheiten müsste ich noch ein paar Untersuchungen anstellen.«

»Das heißt, der Mordversuch wäre wahrscheinlich gescheitert?«

»Das kann ich euch erst sagen, wenn wir in ihn reingeschaut haben.«

»Wäre nett, wenn du das heute noch bewerkstelligen könntest, liebe Ingrid. Das steigert deine Chancen auf ein Essen mit Rotwein. Und darauf, dass ein Mörder das Weihnachtsfest hinter Gittern verbringt.«

Doktor Hagena sah Gabriel an und blies einen Kuss in die Luft. »Versprochen, Herr Kommissar. Vor allem, wenn ihr mich jetzt endlich in Ruhe arbeiten lasst.«

Nachdem Gabriel und Sandra in einer Stehbäckerei ein kurzes Frühstück zu sich genommen hatten, trennten sich ihre Wege. Sandra kehrte ins Präsidium zurück. Gabriel machte sich auf den Weg nach Rissen, um sein Glück erneut bei Takeda zu versuchen.

Der Kommissar fuhr mit seinem Privatwagen, einem weinroten VW Golf, dessen Vordersitze beige waren, während die Rückbank in einem haarigen Labradorschwarz glänzte. Mutters Stammplatz im Wagen. Anne hatte Gabriel oft darum gebeten, das Auto sauberer zu halten und Mutter im Kofferraum zu transportieren. Er wisse doch, wie allergisch sie auf Hundehaare sei, und die Kinder trügen die Haare permanent ins Haus!

Gabriel fragte sich, ob sie ihm irgendwann auch verbieten würde, dass die Kinder ihn zu Hause besuchten. Immerhin lagen ja auch dort Hundehaare herum. Oder vielleicht würde sie von ihm verlangen, dass er Mutter einschläfern ließ? Anne hasste die Hündin, wobei sich ihre Gefühle in Wahrheit natürlich nicht gegen das Tier richteten, sondern gegen seine Namensgeberin, Gabriels Mutter Heidemarie. Sie war vor sechs Jahren im Alter von neunundsiebzig gestorben, also lange nach seiner Scheidung. Dennoch gab Anne ihr bis heute eine Mitschuld am Scheitern ihrer Ehe. Vielleicht nicht einmal zu Unrecht, auch wenn Gabriel ihre Reaktion ein wenig übertrieben fand. Dennoch, er hatte sich zugegebenermaßen viel um seine Mutter gekümmert, sogar als sie längst in einem Heim gelebt hatte und in die Demenz entschwunden war. Und ja, Heidemarie hatte Anne nie leiden können und es ihre Schwiegertochter auch deutlich spüren lassen. Und ja, er, Gabriel, hatte es nie geschafft, wirklich Partei für seine Frau zu ergreifen. Weil das mit absoluter Sicherheit den Bruch zwischen ihm und seiner Mutter bedeutet hätte, etwas, wozu er nicht in der Lage gewesen wäre. Wie oft hatte er mit Anne darüber diskutiert, und wie oft hatte er sie gebeten, gelassen zu bleiben und über den Dingen zu stehen! Schließlich habe es keinen Sinn, sich dem Zorn einer alten, störrischen Frau entgegenzustellen. Anne hatte ihm recht gegeben, und sie hatten gemeinsam über Heidemaries Launen und Gemeinheiten gelacht. Gabriel war sich sicher gewesen, dass Anne das Ganze nicht allzu ernst nahm. Er hatte es so lange geglaubt, bis es zu spät gewesen war. Aber das gab Anne noch lange nicht das Recht, ihren Groll an einem unschuldigen Tier auszulassen!

Gabriel klingelte an der Pforte der Villa, und nur wenige Sekunden später meldete sich eine Männerstimme: »Hai. Donata desuka?«

Gabriel starrte verwirrt auf den Lautsprecher und sagte: »Wolf Gabriel, Kriminalpolizei. Ich möchte zu Herrn Takeda.«

Undeutlich hörte er Stimmen, dann erklang ein elektronisches Surren. Gabriel betrat das Grundstück und schloss die Pforte hinter sich. Als er den aus Bruchsteinen gelegten, leicht ansteigenden Weg zum Haupthaus entlangschritt, kam es ihm vor, als hätte er nicht nur fremden Grund, sondern auch ein fremdes Land betreten. Das großzügige, exotische Haus lag vor ihm wie eine Tempelanlage. Der schneebedeckte Garten mit dem Pavillon und den wolkenartig geschnittenen Kiefern wirkte ebenfalls fremdartig. Im Schnee entdeckte er ein paar Tierspuren, doch ansonsten war das glänzende Weiß unberührt. Ein schöner Ort, dachte Gabriel. Ein friedlicher Ort. Und ein gefährlicher Ort.

Ein drahtiger, junger Japaner mit langen Haaren, Gabriel schätzte ihn auf höchstens Mitte zwanzig, erwartete ihn an der Haustür. Er verbeugte sich und sagte: »Guten Tag, Herr Kommissar Gabriel. Treten Sie ein. Darf ich Ihren Mantel nehmen?«

Gabriel streckte lächelnd die Hand aus. »Herr Takeda?«

Der junge Japaner ignorierte Gabriels Geste, verbeugte sich erneut und sagte: »Herr Takeda erwartet Sie. Bitte legen Sie ab und folgen Sie mir.«

Nachdem der Jüngling Gabriels Mantel an eine Garderobe gehängt hatte, führte er den Kommissar durch einen Flur in den hinteren Teil des Hauses. Gabriel hatte inzwischen verstanden, dass es sich um einen Hausangestellten handelte. Ein *Diener*, dachte er, und hatte dieses Wort selten als so treffend empfunden.

Der junge Mann trat zur Seite und wies Gabriel den Weg in ein großes, mit wenigen westlichen Designermöbeln dekoriertes Wohnzimmer, dessen bodentiefe Panoramascheiben einen perfekten Ausblick auf den winterlichen Garten freigaben.

Er schloss die Tür hinter ihm, und Gabriel war allein. Zumindest dachte er das, bis ein schwarzer Sessel, der dem Garten zugewandt gewesen war, zu ihm herumschwang und sich ein Japaner daraus erhob.

Gabriel hatte Mühe, die Fassung zu bewahren. Ken Takeda war vielleicht Mitte dreißig. Er hatte ein hageres Gesicht, trug eine schmale, randlose Brille mit gelb getönten Gläsern und einen eng geschnittenen Anzug mit Stehkragen. Die kurzen schwarzen Haare waren mit Gel zu einer modischen Stachelfrisur geformt. Aber, und das war das Entscheidende, Gabriel sah den Mann nicht zum ersten Mal. Takeda war derjenige, der ihn im Karaokezimmer des Daruma so unfreundlich behandelt hatte – und der an jenem Abend so nachdrücklich behauptet hatte, Nishiyama nicht zu kennen.

Der Kommissar atmete tief durch und sagte mit stockender Stimme: »Ich denke, Sie sind mir eine Erklärung schuldig, Herr Takeda.«

Der Japaner lächelte und kam mit provozierend langsamen Schritten auf Gabriel zu, reichte ihm die Hand und sagte in flüssigem Deutsch, dessen Akzent stark an den von Mori erinnerte: »Ich vermute, Ihr Besuch hängt mit dem bedauerlichen Ableben von Herrn Nishiyama zusammen, Herr Kommissar?«

Gabriel unterdrückte seine Wut und sagte: »Sie haben also auch davon gehört, Herr Takeda?«

»Ja, ich wurde darüber informiert. Ein sehr bedauerliches Unglück.«

»Wer hat Sie angerufen? Herr Mori?«

Der Japaner lächelte und machte eine unbestimmte Kopfbewegung. »Ich wollte der Firma Shapio keine Unannehmlichkeiten bereiten. Darum habe ich gesagt, dass ich Herrn Nishiyama nicht kenne. Ich bitte vielmals um Entschuldigung, Herr Kommissar.«

»Sie haben *mir* dadurch ziemliche Unannehmlichkeiten bereitet«, sagte Gabriel trocken.

»Ich bedaure es aufrichtig und hoffe, dass Sie meine Entschuldigung akzeptieren.«

Gabriel hätte am liebsten laut herausgelacht. Die Situation war einfach zu bizarr.

Der Japaner wies mit der Hand auf eine Sitzgruppe, die im vorderen Teil des Zimmers vor der Panoramascheibe platziert war. »Setzen Sie sich, Herr Kommissar. Darf ich Ihnen etwas anbieten? Eine Tasse grünen Tee vielleicht?«

Gabriel studierte das Gesicht des Japaners, doch nichts deutete auf irgendwelche Hintergedanken hin. Schließlich nickte er. »Ja, warum nicht. Meine Exfrau trinkt gerne grünen Tee. Ich halte es eigentlich mehr mit Kaffee.«

»Sie können gerne einen Espresso oder Cappuccino haben. Shiro macht sehr guten Kaffee …«

»Nein, nein. Man sollte öfter mal was Neues ausprobieren«, entgegnete der Kommissar. »Shiro ist Ihr …«

»Assistent«, sagte Takeda.

Gabriel nahm auf einem der Sofas Platz und nickte anerkennend in Richtung Garten. Von hier aus konnte man den kleinen Teich und eine dahinterliegende Felsengruppe sehen, auf der ein zugefrorener Wasserfall im Sonnenlicht glitzerte.

»Sie besitzen ein wunderschönes Grundstück, Herr Takeda. Mir war nicht klar, dass Hamburg einen so exotischen Schatz besitzt.«

Takeda nickte lächelnd. »Leider bin ich nicht der Eigentümer dieses Hauses. Aber Sie haben recht, es ist etwas Besonderes, und ich genieße das Privileg, hier wohnen zu dürfen.«

Gabriel erinnerte sich an den Namen an der Klingel. »Ich vermute, das Anwesen gehört einer Familie Sumigawa?«

Takeda nickte, ließ Gabriel aber vergeblich auf weitere Erklärungen hoffen. Der Kommissar ärgerte sich, dass er sich seit seinem Besuch gestern nicht über die Hintergründe des Hauses informiert hatte.

Shiro, Takedas Assistent – oder Diener, erschien mit einem Tablett. Er kniete sich vor den niedrigen Couchtisch, füllte heißes Wasser in eine Teekanne, schwenkte sie einige Male hin und her und füllte dann zwei Becher mit dampfendem Tee. Zuletzt stellte er eine Schale mit Reiscrackern auf den Tisch und zog sich dann wortlos wieder zurück.

»Bitte, trinken Sie, Herr Kommissar«, forderte Takeda ihn auf.

»Bitte, nach Ihnen«, sagte Gabriel.

Der Japaner lächelte, nahm seinen Becher zur Hand, blies auf die dampfende Flüssigkeit und nahm einen großzügigen Schluck. Dann sagte er lächelnd: »Wie Sie sehen, müssen Sie sich keine Sorgen machen.«

»Wieso sollte ich auch?«

»Richtig, Herr Kommissar. Wieso sollten Sie?«

Gabriel folgte Takedas Beispiel und führte seine Tasse vorsichtig zum Mund. Er war überrascht von dem guten Geschmack des Tees, auch wenn dieser eine erstaunlich blasse Farbe aufwies. »Nishiyamas Terminkalender zufolge hatten Sie beide am Samstagnachmittag eine Verabredung, Herr Takeda.«

»Das ist korrekt, Herr Kommissar.«

»Worum ging es bei Ihrem Treffen?«

»Geschäftliche Angelegenheiten. Herr Nishiyama kommt zweimal im Jahr nach Hamburg, und es gibt immer eine Menge zu besprechen.«

»An einem Samstagnachmittag?«

»Selbstverständlich. In Japan steht das Geschäftliche stets an erster Stelle. Das mag Ihnen in Deutschland befremdlich erscheinen.«

»Ich bin Polizist und weiß sehr gut, was Sie meinen«, gab Gabriel unbeeindruckt zurück. »Um was für geschäftliche Angelegenheiten handelte es sich denn?«

»Es ging in erster Linie um die Firma Shapio. Herr Nishiyama hatte Fragen bezüglich einiger Aufträge, die ich für die Firma abgewickelt hatte.«

»Was genau tun Sie für Shapio?«

Takeda lächelte, deutete eine Verbeugung an und sagte: »Ich bin … wie sagt man … beratend tätig.«

»Auf welchen Feldern findet Ihre Beratung statt?«, fragte Gabriel und ärgerte sich darüber, dass seiner Stimme die aufkeimende Ungeduld nur allzu deutlich anzuhören war.

»Immobilien. Logistik. Inneneinrichtung. Personal.«

»Sie sind breit aufgestellt«, sagte Gabriel.

Takeda nickte. »Wir bemühen uns.«

»Wir?«

»Nun, ich selbst und andere.«

»Sind Sie ein Angestellter von Herrn Sumigawa, dem Besitzer des Hauses?«

»Ja, das könnte man so sagen. Und ich möchte noch einmal betonen, dass unsere Geschäftsbeziehungen zu Shapio ausgesprochen wichtig sind. Ich bitte daher nochmals um Nachsicht, dass ich bei unserem ersten Zusammentreffen nicht kooperiert habe.«

Gabriel ließ Takedas Worte auf sich wirken und beschloss dann, nicht weiter darauf einzugehen. »Arbeiten Sie von hier aus? Oder haben Sie einen weiteren Firmensitz in Hamburg?«, fragte er.

»Nein, nein, dieses Haus hier bietet genug Platz.«

»Beneidenswert. Eine schöne Umgebung zum Arbeiten.«

»Ja, ganz recht. Wie ich schon sagte, auch ich freue mich, hier sein zu können.«

»Wie lange waren Sie am Sonnabend mit Herrn Nishiyama zusammen?«

»Ich denke, bis etwa neunzehn Uhr.«

»Und dann?«

Takeda zuckte mit den Schultern. »Ich kann es Ihnen nicht sagen. Soweit ich weiß, hat Nishiyama sich noch einmal mit Mori getroffen. Nur die beiden. Sie haben zusammen die Universität besucht und sind vor vielen Jahren gemeinsam in die Shapio-Familie eingetreten. In Japan schätzen wir solche alten Verbindungen. Ich denke, Mori und Nishiyama wollten auf alte Zeiten anstoßen.«

»Wie es aussieht, haben sie mehr als einmal angestoßen. Hat Herr Nishiyama erwähnt, wohin er mit Herrn Mori gehen wollte?«

»Ich bin mir nicht sicher, Herr Kommissar. Ich meine, Nishiyama hatte erwähnt, dass er und Mori sich der deutschen Tradition widmen wollten. Das Lokal hieß Grönau, Grönbach, irgendetwas in der Art …«

»Gröninger?«, fragte Gabriel.

»Richtig. Gröninger.«

Gabriel sah hinaus in den Garten. Das Gröninger war ein traditionsreicher Hamburger Bierkeller, der vor allem bei Touristen beliebt war. Bodenständiges Essen, selbst gebrautes Bier. Die entscheidende Information bestand freilich darin, dass Mori gelogen hatte, zumindest wenn Takeda nicht seinerseits log. Von einem Treffen mit Nishiyama am Samstagabend hatte er nichts gesagt. Wenn das wirklich stimmte, wäre nicht Takeda der Letzte, der Nishiyama lebend gesehen hatte, sondern Mori.

»Kommen wir noch einmal auf Ihre geschäftliche Verbindung mit Shapio zurück. Soweit ich informiert bin, war Herr Nishiyama für die Überprüfung korrekter Geschäftsabläufe zuständig.«

»Das kann man so sagen«, bestätigte Takeda.

»Hatte er Grund dazu, mit Ihnen über diese Themen zu sprechen?«

»Ich verstehe nicht ganz«, sagte Takeda.

»Gab es geschäftliche Differenzen zwischen Ihnen und Nishiyama?«

»Was sollen das für Differenzen gewesen sein, Herr Kommissar?«

»Sagen Sie es mir.«

Takedas Gesicht blieb unbewegt, es zeigte keine Spur von schlechtem Gewissen, keine Angst.

»Ich kann Sie beruhigen, Herr Kommissar. Zwischen Herrn Nishiyama und mir gab es keinerlei Unstimmigkeiten. Es hätte keinen Anlass gegeben, um …«

»Um was?«, setzte Gabriel nach.

»Um in irgendeiner Weise einen Konflikt auszutragen, Herr Kommissar.«

»Das ist beruhigend, zu hören, Herr Takeda. Können Sie sich denn vorstellen, dass jemand anderes Konflikte mit Herrn Nishiyama gehabt haben könnte?«

Der Japaner sah Gabriel aufmerksam an und sagte: »Nein, nicht, dass ich wüsste. Herr Nishiyama war ein fairer und beliebter Mitarbeiter.«

»Offensichtlich nicht für jeden.«

»Ich verstehe nicht, Herr Kommissar.«

»Wir haben Anlass zu der Vermutung, dass Herr Nishiyama getötet worden ist. Verstehen Sie? Ich spreche von Mord, Herr Takeda.«

Wenn der Japaner überrascht war, ließ er es sich nicht anmerken. Mit gleichmütiger Stimme sagte er: »Also ist Herr Nishiyama nicht erfroren?«

»Hat Mori Ihnen das erzählt?«

»Möchten Sie noch Tee, Herr Kommissar?«

»Ich möchte eine Antwort.«

»Selbstverständlich«, erwiderte Takeda. Er erhob sich aus dem Sofa und trat an die Scheibe heran. Er hielt seinen Blick auf den Garten gerichtet und sagte: »Ich mag den Winter, Herr Kommissar. Der Schnee macht die Welt angenehm ruhig. Er bedeckt die Spuren der Geschäftigkeit und lässt uns innehalten.«

»Mein Beruf besteht darin, verdeckte Spuren wieder auszugraben. Ich bin sehr gut darin, Herr Takeda. Glauben Sie mir das.«

Der Japaner drehte sich zu Gabriel um und verbeugte sich lächelnd. »Davon bin ich überzeugt, Herr Kommissar.«

»Yakuza«, sagte Johannes mit seiner alten, knarzenden Stimme und zog seinen Springer auf D5. Er und Gabriel saßen im Alten Ritter und lieferten sich eine eher müde Partie. Es war Mittwochnachmittag, und anstatt ins Präsidium zurückzukehren, war Gabriel zu einem spontanen Besuch bei Johannes im Stift aufgetaucht. Die Aussicht auf ein frisch gezapftes Bier und eine Partie Schach hatte den Achtzigjährigen gerne auf seinen Mittagsschlaf verzichten lassen.

»Yakuza«, wiederholte Gabriel und schmeckte dem Wort nach wie einem feinen Rezept. »Glaubst du das?«

»Du nicht?«, fragte Johannes, der immerhin vierzig Jahre im Dienst der Kriminalpolizei gestanden hatte und dem in der Welt des Verbrechens nichts fremd war.

Gabriel zuckte mit den Schultern. Er genoss es, seinen alten Freund in dem Glauben zu lassen, er habe die Gefährdung seiner Dame nicht gesehen. Die Vorfreude würde Johannes unaufmerksam machen für Gabriels eigenes

Manöver. Er schob einen Bauern in die Linie und hoffte, Johannes würde den Köder schlucken.

»Der Mann hatte noch alle Finger. Und eine Tätowierung konnte ich auch nicht sehen«, erklärte Gabriel.

Natürlich war ihm der Gedanke mit der Yakuza bereits selbst gekommen. Gabriel wusste zwar nicht viel über die japanische Mafia, aber dass sich ihre Mitglieder nach einem Fehler selbst die kleinen Finger abhackten und ihre Körper über und über mit kunstvollen Tätowierungen bedeckt waren, war sogar ihm zu Ohren gekommen. Zugegeben, der Besuch bei Takeda war seltsam gewesen. Dennoch war er ein gebildeter und kultivierter Mann, den man sich nur schwer bei der Mafia vorstellen konnte. Andererseits sprach einiges für Johannes' Vermutung. Vor allem würde es erklären, warum Frau Hasegawa so ängstlich reagiert hatte, als sie auf Takeda zu sprechen gekommen waren.

»Für die Finger gibt es Prothesen«, gab Johannes zu bedenken. »Und das mit den Tätowierungen weißt du doch gar nicht. Ich meine, hast du ihn vielleicht nackt gesehen?«

»Natürlich nicht«, erklärte Gabriel.

»Eben. Und wenn ich es richtig verstanden habe, konnte dir der Mann weder erklären, was genau er eigentlich für diesen Mori macht, noch woher das Geld für die Villa kommt. Klingt eindeutig, wenn du mich fragst.«

Johannes schlug den Bauern, woraufhin Gabriel sofort zum Gegenangriff überging. Er wollte gerade Johannes' Springer mit seinem Turm schlagen, als er merkte, dass er beinahe zum Opfer seiner eigenen Intrige geworden wäre. Bewegte er den Turm, würde er sein Pferd preisgeben, und dann wäre sein König ohne Deckung. Johannes war mit seinen achtzig Jahren immer noch ein verdammt ernst zu nehmender Gegner.

Die Tatsache, dass er seinen alten Freund mit Einzelheiten über den Fall versorgte, erfüllte Gabriel einerseits mit einem schlechten Gewissen. Andererseits war es die einzige Rechtfertigung, während der Arbeitszeit im Alten Ritter zu sitzen, Bier zu trinken und Schach zu spielen. Zugegeben, es wäre dem Polizeipräsidenten schwer zu vermitteln, dass die Gespräche mit einem längst pensionierten Kollegen zur Lösung eines Falles beitrugen. Aber gelogen wäre es nicht.

»Wieso kennst du dich eigentlich so gut aus? Hattest du mal mit der Yakuza zu tun?«, erkundigte sich Gabriel.

Johannes schüttelte den Kopf. »Nur cineastisch. Robert Mitchum, Brian Keith. Ich erinnere mich noch dran, als wäre es gestern gewesen.«

»Dabei war es neunzehnhundertvierundsiebzig«, sagte Gabriel, der den Film irgendwann einmal im Fernsehen gesehen hatte.

»Und im Laufe der Zeit habe ich einiges gelesen. Überall, wo es japanische Firmen gibt, gibt es die japanische Mafia. Alles andere wäre ja auch verwunderlich. Jede Nation und jede Kultur hat ihre eigene Form von organisiertem Verbrechen hervorgebracht. Die Japaner sind keine Ausnahme.«

»Jede?«, fragte Gabriel skeptisch.

»Gott, ja, die Eskimos vielleicht nicht. Und die Yanomami wahrscheinlich auch nicht. Aber sonst …«

»Punkt für dich, Johannes.«

»Die Yakuza sind besonders faszinierend. Sie sind traditionsbewusst und sehen sich als Erben der Samurai und als Hüter der japanischen Kultur. So wie du mir diesen Takeda beschreibst, passt er voll ins Bild.«

Gabriel nickte gedankenverloren, obwohl er Johannes nicht unbedingt zustimmte. Aber irgendetwas an seiner Unterhaltung mit Takeda ließ ihm keine Ruhe. Er kam nur noch nicht drauf, was es war.

Gabriel setzte seine Springer auf F6, ein Offensivzug, der ihm gute Chancen auf den Sieg einräumte. Johannes warf einen leeren Blick auf das Spielfeld und sah dann zu Gabriel hoch. »Lass uns aufhören, es macht heute keinen Spaß.«

»Weil du gleich verlierst?«, lächelte der Kommissar.

»Weil du soeben verloren hast«, sagte Johannes und setzte seinen Läufer in Position. »Schach und matt.«

Donnerstag

»Ich weiß es!«, rief Sandra, als Gabriel am nächsten Morgen das gemeinsame Büro im Präsidium betrat.

»Du weißt was?«, fragte Gabriel. Er blickte Sandra mit unverhohlenem Missmut an. So viel gute Laune konnte er um diese Uhrzeit nicht ertragen. Schon gar nicht bei diesem Mistwetter.

Während er sich aus seinem nassen Mantel schälte, wurde ihm nach und nach bewusst, dass Sandra offenbar die ganze Nacht hier im Büro verbracht hatte. Sie saß in eine Decke gewickelt an ihrem Schreibtisch und hatte eine ganze Landschaft aus Papieren, Notizen, Post-its und

Fotos um sich herum drapiert. Ermittlungsarbeit. Während er, Gabriel, friedlich in seinem Bett gelegen hatte. Er fühlte sich alt. Sehr alt.

»Das Motiv, Wolf!«, rief Sandra voller Enthusiasmus. »Ich weiß jetzt, warum Nishiyama vergiftet worden ist!« Trotz der dunklen Ringe unter ihren Augen strahlte sie Gabriel triumphierend an. Er wusste, dass er sich jetzt eigentlich hätte freuen müssen. Tatsächlich aber spürte er nichts als eine bleierne Müdigkeit. Am liebsten hätte er auf dem Absatz kehrtgemacht und wäre wieder nach Hause gefahren, um sich unter seiner Decke zu vergraben.

Nicht nur Sandra, auch das Wetter machte ihm zu schaffen. Die Temperaturen waren gestiegen, und der Schnee der vergangenen Tage war in einen grauen Regen übergegangen. Die weißen Schneefelder, die die Stadt zuvor in eine glänzende Winterlandschaft verwandelt hatten, hatten sich in braune Matschberge verwandelt. Und dann war da gestern Abend das Telefonat mit Anne gewesen. Worum es gegangen war? Natürlich um Vorwürfe. Sie hatte sich darüber beschwert, dass er nicht auf die Idee gekommen sei, seine Kinder in der Vorweihnachtszeit über den Weihnachtsmarkt zu führen. Er habe mal wieder nur seinen Beruf im Kopf.

Gabriel hatte versprochen, Max und Lara noch in dieser Woche zu treffen. Die eigentliche Katastrophe aber war erst eingetreten, nachdem er frustriert von der verlorenen Schachpartie mit Johannes nach Hause gekommen war: sein Kalbsparfait. Sicher nicht einfach, aber auch keine wirkliche Herausforderung. Nicht für einen routinierten Koch wie ihn. Aber dann? Das Parfait schmeckte fade, die Röstkartoffeln waren angebrannt, und das Lauchgemüse ungenießbar. Selbst Mutter hatte gezögert, ihren Napf zu leeren.

Der Kommissar schüttelte sich wie ein nasser Hund, ging zur Kaffeemaschine, nahm die Kanne, roch daran und füllte tief seufzend seinen Becher. Dann nahm er sich zusammen und sagte mit fester Stimme: »Na dann schieß mal los.«

Sandra prustete. »Meine Recherchen interessieren dich ungefähr so viel wie die Lottozahlen von vor drei Wochen, oder?«

»Nein, nein. Ich bin wirklich gespannt. Ungelogen.«

»Dann pass mal gut auf«, sagte Sandra, holte tief Luft und begann zu reden.

Etwa anderthalb Stunden später wusste Gabriel, dass man kein Japanisch können musste, um japanische Unterlagen zu entschlüsseln. Sandra hatte die Papiere, die sie in Nishiyamas Hotelzimmer gefunden hatten, einer systematischen Analyse unterzogen. Da sie die exotischen Schriftzeichen nicht lesen konnte, hatte sie sie einfach wie das Muster eines Chiffrier-Rätsels betrachtet und zu decodieren versucht. Sie hatte gleiche Zeichen in verschiedenen Papieren gefunden und in einen Zusammenhang gesetzt. Hilfreich war dabei, dass die meisten Unterlagen Zahlen enthielten – und die konnte sie lesen, da die Japaner wie die Europäer arabische Ziffern benutzten. Der dritte Schlüssel waren Nishiyamas Randnotizen gewesen, die Sandra ganz von selbst auf die richtige Spur geführt hatten.

Zur Verdeutlichung breitete sie mehrere Seiten vor Gabriel aus und deutete mit dem Finger auf Zahlen,

Summen und Buchungsposten, die sie mit Pfeilen verbunden hatte. Dann sagte sie: »Wenn du mich fragst, ist die Sache völlig eindeutig. Hier auf dem linken Zettel siehst du eine Art Auslieferungsliste des Shapio-Werks in Esztergom in Ungarn. Laut Internet werden dort DVD-Rekorder und elektronische Komponenten hergestellt. Und hier ist eine weitere Liste, die mit der Ortsmarke des Werkes in der Nähe von Prag versehen ist. Es werden die gleichen Produkte aufgeführt. Und hier ist eine dritte Liste, die das Zentrallager in Hamburg repräsentiert. Zum Glück sind die geografischen Bezeichnungen überall in unserer Schrift festgehalten. Nishiyama muss die Zahlen in akribischer Kleinarbeit verglichen haben. Und was ist das Ergebnis?«

»Sag du es mir«, antwortete Gabriel.

»Es ist manipuliert. Ich blicke zwar nicht genau durch, aber das wird sich klären, sobald wir eine richtige Übersetzung des Materials haben und sich die Kollegen vom Wirtschaftsdezernat durch die Büros von Shapio gewühlt haben. Für mich steht allerdings jetzt schon fest, dass hier in großem Umfang elektronische Komponenten unterschlagen worden sind. Die Waren werden in Esztergom ausgeliefert, kommen aber weder in Hamburg noch in Prag an. Und jetzt halt dich fest, Wolf. Ich hab gestern Abend noch mit den Kollegen vom BKA und der Zollfahndung gesprochen.«

»Spann mich nicht auf die Folter, Sandra«, sagte Gabriel.

»Shapio ist seit Längerem im Visier der Zollfahndung wegen Verletzung der Ausfuhrkontrollgesetze. Die Kollegen wollten mir zuerst keine Details verraten, aber anscheinend ist es so, dass elektronische Steuereinheiten über Russland in Pakistan landen und dort in Rüstungsbetrieben verarbeitet werden.«

Gabriel pfiff anerkennend durch die Zähne. »Ja, das dürfte wohl reichen, um jemanden aus dem Weg zu schaffen.«

»Ganz genau.«

»Also wissen wir jetzt, wie, wann und warum es passiert ist. Nur noch nicht ...«

»... wer es getan hat«, ergänzte Sandra.

In diesem Augenblick klingelte das Telefon auf Gabriels Schreibtisch. Der Kommissar hob ab und lauschte in den Hörer, in dem eine aufgeregte Frauenstimme zu hören war. Immer wieder nickte er, sagte, dass kein Grund zur Sorge bestünde, und dass er sich um die Sache kümmern werde. Dann legte er auf und sah zu Sandra hinüber, die ihn erwartungsvoll anstarrte.

»Das war Frau Hasegawa, die Assistentin von Mori. Ihr Chef ist heute Morgen nicht in der Firma erschienen und reagiert nicht auf ihre Anrufe. Das sei völlig untypisch für ihn, und sie macht sich große Sorgen. Sie hat mir seine Privatadresse gegeben.«

»Und?«

»Wir sollten mal nach dem Rechten sehen«, sagte Gabriel.

Junichi Mori lag zusammengekrümmt in einer großen Blutlache auf dem Fußboden seines Wohnzimmers. Die Wände waren über und über mit Blutspritzern besprenkelt, und sogar an der Zimmerdecke waren Spuren zu sehen. Mori musste mit aufgeschlitzter Aorta durchs Zimmer getaumelt sein, während das Blut aus ihm herausgeschossen war.

Mit leichtem Stöhnen – sein Knie machte mal wieder Probleme – hockte sich Gabriel neben den Japaner und legte zwei Finger auf dessen Halsschlagader. Eigentlich überflüssig. Aber Vorschrift. Wie zu erwarten fühlte er keinen Puls.

Gabriel blickte zu der kreidebleichen Sandra hoch und sagte: »Tot.«

Nachdem sie bei ihrem Eintreffen mehrfach an der Tür geklingelt und geklopft hatten, waren Gabriel und Sandra um das Halstenbeker Mietshaus herumgegangen. Mori wohnte im Erdgeschoss, und so war Sandra auf den Balkon geklettert, um einen Blick durch das Fenster zu werfen. Ihr Aufschrei hatte Gabriel genug gesagt. Er war zum Haupteingang gerannt, hatte sich von einem Nachbarn die Tür öffnen lassen und Moris Wohnungstür mit einem Schulterstoß aufgebrochen. Dann hatte er die Balkontür von innen geöffnet und die kreidebleiche Sandra hereingelassen. Eine schlaflose Nacht und eine blutige Leiche waren auch für die junge, nervenstarke Frau zu viel.

Gabriel legte einen Arm um seine Mitarbeiterin, die immer noch zitternd neben ihm stand. »Gewöhn dich besser dran. So etwas wirst du noch öfter sehen.«

»So etwas? Sicher?«, fragte Sandra mit dünner Stimme.

Gabriel zuckte mit den Schultern. »Zugegeben. Das ist extrem.«

Der Tote lag in einer Art Embryonalstellung auf dem Boden, während seine Hände um den Griff des langen Messers geschlossen waren, das knapp unterhalb des Solar Plexus in seinem Körper steckte. Die Stellung seiner

Hände verriet, dass Mori nicht versucht hatte, die Klinge hinauszuziehen, sondern sie im Gegenteil tiefer in sich hineingebohrt hatte. An dem noch sichtbaren Stück des Griffs erkannte Gabriel ein Firmenlogo, ein einzelnes japanisches Schriftzeichen. Mori hatte ein Kai-Messer im Körper stecken. Welche Verschwendung.

»Harakiri, würde ich sagen«, meinte Gabriel knapp.

»So sieht's aus«, bestätigte Sandra.

»Sehr klassisch. Japaner halt. Die machen das so.« Es kam Gabriel wie ein makabrer Zufall vor, dass Johannes ihm gestern noch voller Begeisterung vom japanischen Kult der Selbstentleibung erzählt hatte. Die Japaner selbst sagten dazu nicht Harakiri, sondern Seppuku, nach der rituellen Selbsttötung der Samurai. Um freiwillig aus dem Leben zu scheiden, stießen sie sich ein Kurzschwert, das sogenannte Wakizashi, in den Bauch und zogen es dann senkrecht nach oben, wodurch sie sich die Aorta zerschnitten. Klassischerweise stand ihnen dabei ein Sekundant zur Seite, der sie enthauptete, sobald der Schmerz zu groß wurde. Der Anlass zum Seppuku war für einen Samurai oft der Verlust seiner Ehre, zum Beispiel wenn er sich in einer Schlacht feige verhalten hatte. Es konnte aber schon genügen, dass ein Feudalherr starb, denn damit mussten automatisch auch seine Vasallen aus dem Leben scheiden.

Gabriel betrachtete den Toten und dachte, dass Mori ganz offensichtlich keinen Sekundanten gehabt hatte. Er war verblutet.

Gabriel setzte die zitternde Sandra auf eine blutfreie Ecke des Sofas und ging dann in die Küche, um nach irgendetwas Stärkendem Ausschau zu halten.

Im Kühlschrank fand er eine verzierte Glasflasche. Auf der Rückseite klebte ein kleines, deutschsprachiges Etikett: Pflaumenschnaps. Gabriel nahm ein Glas aus dem Schrank, füllte es bis zum Rand, kehrte zu Sandra zurück und sagte: »Trink.«

»Und du?«

»Ich genehmige mir auch einen.«

Gabriel trank direkt aus der Flasche. Dann setzte er sich neben Sandra auf das Sofa und stieß einen tiefen Seufzer aus. Offensichtlich hatte sich auch die letzte noch offene Frage ihres Falles geklärt. Die nach dem Täter.

Als Sandra ihr Glas geleert hatte, zeigte der Kommissar ihr den Zettel, den er soeben auf dem Küchentisch gefunden hatte und den er mit spitzen Fingern an einer Ecke emporhielt. Ein Abschiedsbrief, der freundlicherweise zweisprachig gehalten war. Während der obere Teil mit japanischen Zeichen beschrieben war, fanden sich darunter einige holprig formulierte deutsche Sätze. Mori gestand sowohl sein Vergehen gegenüber seiner Firma ein – die Unterschlagung und Veräußerung von elektronischen Bauteilen im Wert mehrerer Millionen Euro –, wie auch seine Schuld am Tod von Hidetoshi Nishiyama. Er habe den Mann vergiftet, nachdem dieser seinen Machenschaften auf die Schliche gekommen war.

»Sieht aus, als wäre der Fall gelöst«, sagte Sandra matt.

»Ja, so sieht es aus«, bestätigte Gabriel.

In diesem Moment hörten sie die Kollegen der Spurensicherung, die gegen die aufgebrochene Wohnungstür klopften. »Kommt rein, Leute. Aber macht euch auf etwas gefasst«, rief Gabriel ihnen zu.

Kurz darauf betraten Wollermann und Sager den Raum. Wollermann schnalzte mit der Zunge und sagte: »Gott, was für eine Schweinerei. Dabei dachte ich immer, die Japaner seien so reinlich.«

»Wieso Schweinerei? Für mich sieht das eher aus wie moderne Kunst«, entgegnete Sager. »Also meiner Frau würde das gefallen. Jedenfalls, wenn sie nicht wüsste, dass es Blut ist.«

»Kannst die Tapete ja ablösen und ihr zum Geburtstag schenken«, meinte Wollermann.

»Gute Idee, Klaus. Aber ich befürchte, dass das irgendwann anfängt zu schimmeln und zu stinken.«

Sandra zog lautstark ihre laufende Nase hoch und sagte: »Ihr seid widerlich.«

Wollermann grinste. »Berufskrankheit.«

»Geh nach Hause, Sandra«, sagte Gabriel.

»Genau das habe ich vor. Mich siehst du frühestens am Montag wieder.«

Gabriel lächelte ihr zu. »Du hast gute Arbeit geleistet, Frau Kollegin. Respekt.«

Aber das hörte Sandra schon nicht mehr. Sie hatte das Zimmer bereits verlassen.

Gabriel blieb auf dem Sofa sitzen und sah den Kollegen von der Spurensicherung bei der Arbeit zu. Dann sagte er: »Ach ja, sucht danach mal die Wohnung durch. Wäre ganz praktisch, wenn ihr etwas findet, das nach Thallium aussieht. Dann könnte ich die Akte zumachen.«

Für einen Moment hielt Gabriel inne und warf einen skeptischen Blick auf die Flasche mit dem Pflaumenschnaps. »Ach, Unsinn«, sagte er dann zu sich selbst und nahm einen weiteren tiefen Schluck.

Gabriel verbrachte den gesamten Freitag mit Papierkram. Der übliche Nachhall einer erfolgreichen Ermittlung. Er hasste es. Aber er wusste auch, dass er nicht drumherum kommen würde. Also saß er gottergeben am Schreibtisch, fluchte, seufzte, trank zu viel Kaffee und verfasste währenddessen einen ausführlichen Bericht über die Ermittlungen in Sachen Nishiyama und Mori. Erst ein Mord, der gar keiner war, dann ein Mörder, der sich selbst richtete. Eigentlich wunderbar, dachte der Kommissar, während er mit gebeugtem Rücken und seinem über Jahrzehnte eingeschliffenen Zweifingersystem auf die Computertastatur einhackte.

Der Einzige, der enttäuscht sein würde, war Johannes, dachte Gabriel. Seine schöne Theorie mit der Yakuza hatte sich als Hirngespinst entpuppt. Keine Mafia, keine abgehackten Finger, keine Tätowierungen. Stattdessen ein schwerwiegendes Wirtschaftsdelikt und ein Mordversuch zur Vertuschung. Routine. Weltweit. Auch in Japan.

Seltsam war nur, dass das Opfer ausgerechnet am Abend der Tat erfroren war. Andernfalls hätte Nishiyama Hamburg pünktlich verlassen und wäre in Ungarn oder Japan an einer Vergiftung gestorben, die vielleicht niemand als Verbrechen erkannt hätte.

Gegen vierzehn Uhr klickte Gabriel auf das Druckersymbol auf seinem Bildschirm, und kurz darauf spuckte das Gerät elf mehr oder weniger fehlerfrei beschriebene Seiten aus. Der Kommissar nahm die Papiere, steckte sie mit einer Büroklammer zusammen und legte sie in einen Hefter, den er in einer Schreibtischschublade verschwinden ließ. Es reichte vollauf, wenn er den Bericht am

Montag in die Hauspost gab. Jetzt war erst einmal Wochenende!

Gabriel ließ seinen Blick über den Schreibtisch wandern und nickte zufrieden. Er zog seinen Mantel über, löschte das Licht und verließ das Büro. Es war Viertel vor drei, und er hatte Zeit genug, um bequem zum Treffpunkt zu fahren, den er mit Lara und Max vereinbart hatte. Auf dem Programm stand ein gemeinsamer Bummel über den Weihnachtsmarkt. Anschließend würde er einkaufen gehen, um schließlich einen gemütlichen Abend in der Küche zu verbringen. Nichts Aufwendiges. Vielleicht Risotto mit Fisch. Mutter liebte Risotto. Und er selbst fand es auch nicht übel.

Samstag

Am nächsten Morgen lag Gabriel im Bett und war unzufrieden. Er dachte an ein Gespräch, das er vor längerer Zeit mit Johannes geführt hatte und in dem es darum gegangen war, ob man gegen sich selbst Schach spielen konnte. Seine eigene These lautete, dass es nicht ging, da der Gegner – also man selbst – ja immer die geheimsten Gedanken und damit sämtliche Finten kannte. Johannes hatte ihm einerseits recht gegeben, dann aber eine interessante Variante ins Spiel gebracht: Man müsse zwischen den Zügen so viel Zeit vergehen lassen, dass man sich irgendwann nicht mehr daran erinnerte, was man vorgehabt hatte. Eine Eigenpartie Schach könne sich also gut und gerne über ein halbes oder sogar ein ganzes Jahr hinziehen.

Gabriel richtete sich auf und stopfte sich sein Kopfkissen in den Rücken. Es kam selten vor, dass er mit dem Umstand haderte, alleine zu leben. Jetzt war einer dieser Momente. Er hätte gerne eine Frau an seiner Seite gehabt, die ihn vom Grübeln ablenkte. Und wer war stattdessen da? Mutter. Wie üblich lag sie eingerollt am Fußende des Bettes und gab grunzende Geräusche von sich.

»Na, Mutter, es wird Zeit für ein Frühstück, oder?«

Der Hund hob den Kopf und sah sein Herrchen erwartungsvoll an. Gabriel lächelte. Aber es war kein fröhliches Lächeln. Er konnte sich selbst eben keine Falle stellen. Weil er seine Gedanken nicht vor sich verbergen konnte. Und darum würde dies kein entspannter, fauler Samstag werden. Einmal Bulle, immer Bulle.

Es war alles viel zu glatt gelaufen. Das war der Punkt. Erst der tote Nishiyama, dann das Thallium, dann der Komponentenschmuggel und zu guter Letzt fanden sie Mori mit einem Abschiedsbrief, in dem er sich auf der ganzen Linie für schuldig erklärte. Aus, vorbei, alle Fragen beantwortet. Der Mörder war überführt und hatte sich für alle Zeiten selbst gestraft. Eine wahre Mori-Tat, dachte Gabriel und war stolz auf sein Wortspiel.

Trotzdem. Gabriels Instinkt sagte ihm, dass Mori einfach nicht der Mörder sein konnte, und daran änderte auch die Tatsache nichts, dass Wollermann gestern das Thallium sowie eindeutige Hinweise auf Moris Verstrickung in die Schmuggelaffäre gefunden hatte. Unterlagen, Briefe, Dokumente aus Pakistan.

Gabriel wusste, dass er etwas übersah. Aber was? Natürlich, es gab einige offensichtliche Ungereimtheiten.

Da war zum Beispiel die Tatsache, dass Mori und Nishiyama alte Freunde waren und sich seit Ewigkeiten kannten. Brachte man sich da gegenseitig um? Am Samstagabend waren die beiden noch im Gröninger essen gewesen. Deutsche Küche. Sandra hatte die Angabe überprüft, und sie stimmte. Man konnte sich in dem Lokal an zwei japanische Herren erinnern, die ausgelassen gespeist und getrunken hatten. Vor allem getrunken. Und dann ein Mord? War Mori so kaltblütig? Es passte nicht.

Gabriel gönnte sich noch eine weitere halbe Stunde im Bett. Dann warf er die Decke zurück, setzte sich auf und sagte: »Was meinst du, Mutter? Wollen wir einen Ausflug machen?«

Die Hündin sprang schwanzwedelnd vom Bett und reckte sich. Gabriel zog sich schnell an und verließ die Wohnung.

»Guten Tag, Herr Shiro. Ich würde gerne noch einmal mit Herrn Takeda sprechen. Ist er da?«, fragte Gabriel in die Gegensprechanlage, als er vor der Villa in Rissen stand.

Auf eine Antwort wartete er vergeblich, doch kurz darauf ertönte der Summer, und die Pforte sprang auf. Auch hier im Garten war der Schnee weitgehend geschmolzen oder hatte sich in bräunliche Matschreste verwandelt. Tauwetter. Trauriges Wetter. Der Dreck der Welt trat wieder zutage.

An der Haustür folgte das übliche Ritual: Shiro nahm ihm mit einer Verbeugung den Mantel ab und wies ihm dann schweigend den Weg in die Räumlichkeiten.

Als Gabriel in das große Wohnzimmer mit den bodentiefen Panoramascheiben trat, glaubte er an eine Erscheinung: Am anderen Ende des Raums stand eine zierliche Frau in einem rot, weiß und blau geblümten Kimono und einem ebenso farbenfrohen Obi-Gürtel. Ihre seidig glänzenden Haare waren mit allerlei Nadeln und Klammern zu einer kunstvollen Frisur arrangiert. Eine Geisha, dachte Gabriel, auch wenn ihr Gesicht nicht ganz weiß, sondern nur dezent geschminkt war.

Es dauerte einen Moment, bis Gabriel erkannte, wen er da vor sich hatte. Es war Noriko Hasegawa, Moris Assistentin.

Gabriels Gedanken ratterten wie sperrige Murmeln durch seine Gehirnwindungen. »Sie kennen Herrn Takeda?«, war schließlich das Einzige, was er hervorbrachte.

Die Antwort kam von unerwarteter Seite. Wie schon bei seinem ersten Besuch, schwenkte ein großer Ledersessel herum, aus dem sich Ken Takeda erhob. Gabriel verdrehte die Augen. Dieses Spielchen wurde langsam albern.

Takeda kam mit ausgestreckter Hand auf Gabriel zu und lächelte: »Selbstverständlich kennen Frau Hasegawa und ich uns, Herr Kommissar. In Hamburg leben nicht allzu viele Japaner, und schließlich sind wir beide für Shapio tätig. Frau Hasegawa und ich sind, nun ja, befreundet.«

Gabriel nickte. Das machte Sinn. Er erinnerte sich an Frau Hasegawas seltsamen Blick, als sie den Eintrag in Nishiyamas Kalender gesehen hatte. Die junge Frau hatte Angst gehabt, ihren Freund in die Mordaffäre mit hineinzuziehen.

»Ich habe eigentlich nur eine einzige Frage, Herr Takeda. Haben Sie und Herr Nishiyama am vergangenen Sonnabend Tee getrunken?«

»Eine ungewöhnliche Frage.«

»Das mag sein.«

»Aber Sie haben recht, Herr Kommissar. Ja, ich und Nishiyama haben Tee getrunken.«

Gabriel kramte einen Zettel aus seiner Tasche, warf einen Blick darauf und fragte: »Handelte es sich dabei um Matcha-Tee?«

Takeda nickte erneut und lächelte gelassen. »Das ist korrekt, Herr Kommissar. Wie jeden Sonnabend war Frau Hasegawa auch letzte Woche bei mir zu Besuch. Sie war so freundlich, für Herrn Nishiyama und mich eine Teezeremonie durchzuführen. Kommen Sie, ich zeige es Ihnen.«

Er wechselte ein paar japanische Sätze mit Frau Hasegawa, die erst allmählich aus ihrer Erstarrung erwachte. Den Kommissar wunderte es nicht. Immerhin hatte er sie bei einer Lüge ertappt, denn auch sie war entgegen ihrer eigenen Aussage am vergangenen Wochenende mit Nishiyama zusammen gewesen.

Noriko Hasegawa bemerkte den prüfenden Blick des Kommissars und rang sich ein Lächeln ab. Dann deutete sie eine Verbeugung an und ging mit kleinen Trippelschritten einen Flur entlang, an dessen Ende sich eine japanische Schiebetür aus bunt bedrucktem Papier befand. Sie drehte sich um und sagte zu Gabriel, der ihr gefolgt war: »Bitte, treten Sie ein, Herr Kommissar. Und wenn Sie sich freundlicherweise die Schuhe ausziehen würden …«

Gabriel sah sie verdutzt an. »Die Schuhe?«

»Sie werden sehen.«

Frau Hasegawa öffnete die Schiebetür, und Gabriel blickte in einen kleinen Raum, der mit Strohmatten ausgelegt war. An der hinteren Wand hing ein Rollbild mit einer kargen Tuschezeichnung. Davor stand eine Blumenvase mit einem Kiefernzweig. Der Raum war unmöbliert, nur in einer Ecke entdeckte er einen eisernen Wasserkessel.

Gabriel trat auf Socken in den Raum, Frau Hasegawa und Herr Takeda folgten ihm. Während Frau Hasegawa sich an dem Wasserkessel zu schaffen machte und ihn mithilfe eines kleinen Kohlenfeuers erhitzte, wies ihm Takeda einen Platz auf dem Boden zu. Gabriel ließ sich ächzend nieder und sah bewundernd auf Takeda, der sich in einer geschmeidigen Bewegung neben ihm auf die Knie sinken ließ. Gabriel versuchte ebenfalls zu knien, verzog aber sofort schmerzverzerrt das Gesicht. »Mein Knie, Herr Takeda. Mein Knie. Das kann ich unmöglich.«

Der Japaner sah ihn mitfühlend an. »Machen Sie sich keine Gedanken, Herr Kommissar. Versuchen Sie es mit dem Schneidersitz. Frau Hasegawa wird eine kurze Teezeremonie für Sie durchführen. Genießen Sie es, sie ist eine große Meisterin ihrer Kunst.«

Nachdem Frau Hasegawa alle nötigen Vorbereitungen getroffen hatte, verließ sie noch einmal den Raum. Gabriel wollte die Gunst der Stunde nutzen und auf Mori zu sprechen kommen, doch Takeda schüttelte den Kopf. »Später, Herr Kommissar, später. Die Teezeremonie ist ein Ritual der Stille und des Friedens. Danach können wir über die betrüblichen Seiten des Lebens sprechen, doch jetzt lassen Sie uns einige Minuten der Harmonie und Gastfreundschaft genießen.«

Gabriel nickte gedankenverloren. Ken Takeda war ebenso kultiviert wie rätselhaft. Wie gerne hätte sich Gabriel einfach auf ihn gestürzt und ihm das Hemd von der Brust gerissen. Aber selbst wenn der Japaner tätowiert gewesen wäre – was hätte es schon bewiesen?

Frau Hasegawa kehrte zurück und stellte eine Teeschale, einen Bambusbesen sowie eine kleine Lackdose vor den Wasserkessel. Kniend und mit andächtigen Bewegungen begann sie ihre Zeremonie. Sie schüttete heißes Wasser in die Teeschale, schwenkte sie für einen Moment hin und her, leerte sie wieder und säuberte sie mit einem weißen Leinentuch. Dann füllte sie grün schimmerndes Teepulver in die Schale, goss aus einer hölzernen Kelle heißes Wasser hinzu und rührte den Tee mithilfe des Bambusbesens schaumig. Sofort breitete sich ein bitteres, intensives Tee-Aroma im Raum aus. Ob man Thallium riechen konnte? Gabriel wusste es nicht. Aber er nahm sich fest vor, die Schale nicht aus den Augen zu lassen.

Frau Hasegawa stellte die Schale in die Mitte des Raumes und nickte dem Kommissar zu. »Bitte, stehen Sie auf, nehmen Sie den Tee und kehren Sie dann an Ihren Platz zurück. Ihnen als unserem Ehrengast gebührt die erste Schale«, erläuterte sie.

Gabriel nickte und erhob sich schnaufend. Er durchmaß mit zwei Schritten den Raum, hob die dampfende Teeschale auf und setzte sich wieder an seinen Platz neben Takeda. »Und jetzt darf ich trinken?«, fragte der Kommissar.

»So ist es. Sie ziehen die Schale einfach zu sich heran,

stellen sie dann erneut auf die Strohmatte und verbeugen sich vor Frau Hasegawa als Zeichen Ihrer Dankbarkeit. Dann nehmen Sie die Schale zur Hand und drehen sie ein Stück im Uhrzeigersinn, bevor Sie trinken.«

Der Kommissar nickte und schloss kurz die Augen. Irgendetwas in ihm versuchte ihn aufzurütteln. Was es war, konnte er nicht sagen. Instinkt. Gefühl. Intuition.

»Zeigen Sie mir doch bitte, wie man korrekt trinkt, Herr Takeda«, sagte der Kommissar lächelnd.

»Das mache ich gerne«, sagte Takeda. Er zog die Schale zu sich heran, stellte sie zwischen sich und den Kommissar, verbeugte sich und sagte: »Osaki ni.«

Frau Hasegawa, die gerade noch ruhig und konzentriert dagesessen hatte, schnalzte mit der Zunge. Sie sagte etwas auf Japanisch und wandte sich dann an Gabriel: »Aber nein, Herr Kommissar. Sie sind unser Gast, und Sie trinken als Erster. Ich bestehe darauf.«

»Ich weiß Ihre Höflichkeit zu schätzen, Frau Hasegawa. Aber ich bin ein wissbegieriger Mensch und möchte bei Herrn Takeda sehen, wie man das Ritual korrekt vollzieht.«

»Aber nein, dem Ehrengast steht der erste Tee zu.«

»Ach, ich bin da nicht so förmlich. Also bitte, Herr Takeda. Greifen Sie zu.«

Der Japaner verbeugte sich, griff nach der Teeschale und stellte sie wieder vor sich hin. Er legte die Hände auf den Boden, verbeugte sich erneut vor Frau Hasegawa und sagte: »Chodai itashimasu.«

Er deutete eine weitere Verbeugung in Gabriels Richtung an und setzte sich die Schale an die Lippen. Als er den ersten Schluck nehmen wollte, hob Frau Hasegawa die Hand und rief Takeda einige hektische Sätze auf Japanisch zu.

Takeda schüttelte verständnislos den Kopf und setzte gerade wieder zum Trinken an, als sie ihn mit einer eindringlichen Warnung stoppte. Takeda antwortete etwas, das Gabriel nicht verstand. Zwischen den beiden entspann sich eine lautstarke Diskussion, die Gabriel – und offenbar auch Takeda – mit zunehmendem Befremden erfüllte. Gabriel griff unterdessen nach der Teeschale und stellte sie außer Reichweite.

Takeda wandte sich ihm zu und sagte: »Es tut mir sehr leid, Herr Kommissar. Ich verstehe nicht, was in Frau Hasegawa gefahren ist …«

»Ich dagegen verstehe es sehr wohl, Herr Takeda. Lassen Sie es mich so ausdrücken: Grüner Tee mag in der Regel sehr wohlschmeckend und gesund sein, aber dieser hier ist es vermutlich nicht. Im Gegenteil, ich wage die Prognose, dass er ausgesprochen tödlich ist.«

In diesem Augenblick passierten mehrere Dinge gleichzeitig: Frau Hasegawa sprang in einer geschmeidigen Bewegung auf die Füße, zog eine lange Haarnadel aus ihrer kunstvoll arrangierten Frisur und war mit einem Satz bei Gabriel. Es war offensichtlich, dass sie darauf aus war, ihm die spitze Nadel in die Kehle zu rammen. Gabriel rollte sich instinktiv zur Seite, doch die Japanerin ließ nicht ab von ihm. Im gleichen Moment flog die große Schiebetür aus dem Rahmen, und Sandra Berger stürmte ins Zimmer, dicht gefolgt von zwei uniformierten Polizisten.

Die Beamten richteten ihre Waffen auf Frau Hasegawa, die wie gelähmt in ihrem Kampf innehielt. Mit lauter Stimme rief Sandra: »Yuri Murata, Sie sind wegen

Mordes an Junichi Mori sowie wegen versuchten Mordes an Hidetoshi Nishiyama verhaftet! Und nicht zu vergessen wegen versuchten Mordes an Kriminalhauptkommissar Wolf Gabriel!«

Die Japanerin starrte erst Sandra, dann den Kommissar fassungslos an. Sie nickte, und jede Kraft schien aus ihrem Körper zu weichen. Dann aber richtete sie die lange Haarnadel in einer blitzschnellen Bewegung gegen sich selbst und versuchte sie sich in die Brust zu rammen. Einer der Polizisten kam ihr zuvor und sicherte die Japanerin mit einem Judogriff. Japanische Kampfkunst für deutsche Beamte. Beruhigend, dachte Gabriel. Dann nickte er Sandra und seinen Kollegen zu und sagte: »Ich denke, ihr solltet die Schuhe ausziehen. Aus Höflichkeit.«

An diesem Abend musste Mutter ausnahmsweise dort essen, wo Hunde üblicherweise Fressen bekommen. In der Küche. Im Wohnzimmer hatte Gabriel eine festliche und von Kerzen beschienene Tafel für sich und Sandra gedeckt. Als Vorspeise gab es Feldsalat mit Schafskäse, als ersten Gang Lachs an Trüffel-Kartoffelgratin und schließlich ein mit Rosmarin und einem Hauch Knoblauch gewürztes Lammkarree. Zum Fisch servierte Gabriel einen trockenen Moselwein und zum Fleisch einen spanischen Shiraz.

Als Aperitif stießen Sandra und der Kommissar mit einem Glas Prosecco an. Gabriel machte sich zwar nicht viel daraus, doch er wusste, dass seine Kollegin sehr für diese Modegetränke zu haben war. Und immerhin hatte sie für ihn ein Date mit ihrem Freund abgesagt. Das wusste Gabriel zu schätzen.

Nachdem sie Platz genommen hatten, geschah etwas, womit Gabriel gerechnet hatte: Sandra hielt sich nicht an ihre Vereinbarung und begann, über den Fall zu sprechen. Sie probierte den Salat, lächelte verzückt und sagte dann: »So leid es mir tut, Wolf, aber ich muss es einfach wissen: Wie bist du darauf gekommen, dass Frau Hasegawa die Täterin ist? Und dass sie eine falsche Identität angenommen hat?«

»Ich hatte keinen Dunst. Ich dachte immer noch, Takeda sei der Täter. Bis … na ja, bis sie ihm verboten hat, meinen Tee zu trinken. Das heißt, nein, geahnt habe ich es eigentlich schon in dem Moment, in dem ich das Haus betrat und sie in Takedas Wohnzimmer gesehen habe. Aber egal. Mich würde viel mehr interessieren, woher du das alles wusstest! Und was zu deinem rettenden Auftritt in letzter Sekunde geführt hat!«

Einen Teil der Antwort kannte Gabriel bereits. Denn unmittelbar nachdem sie die Japanerin verhaftet hatten, hatte Sandra ihm das Fax gezeigt, das sie am frühen Morgen aus Tokio erhalten hatte. Darauf war ein Foto von Frau Hasegawa alias Yuri Murata zu sehen, das sie als Mitglied einer international agierenden Yakuza-Vereinigung auswies.

Sandra zuckte mit den Schultern. »Mir ging es genau wie dir, Wolf. Ich konnte das mit Mori nicht glauben. Es war zu einfach, zu glatt. Also habe ich die Informationen vom BKA und vom Zoll an die Kollegen in Tokio weitergeleitet und ganz informell um Amtshilfe gebeten. Schließlich wusste ich ja, dass man dort nichts von einer Fünftagewoche hält und folglich auch am Samstag jemand vor Ort sein musste, der mir helfen konnte. Und so war es auch. Sie haben das Fax geschickt, und ich habe Frau Hasegawa sofort erkannt. Danach habe ich versucht, dich anzurufen, aber ohne Erfolg. Nun, inzwischen kenne ich dich ja ein wenig, lieber Wolf. Ich war mir sicher, dass dir die Sache auch keine Ruhe gelassen hat. Also bin ich mit den Kollegen nach Rissen rausgefahren, wo wir deinen Wagen gesehen haben. Shiro, der Diener von Takeda, wollte uns zuerst nicht hereinlassen. Da wusste ich dann, dass Gefahr in Verzug ist.«

Sie hatten Shiro gestern ebenfalls verhaftet, da er ganz offensichtlich mit Murata unter einer Decke steckte und ebenfalls zu den Yakuza gehörte. Takeda dagegen war völlig ahnungslos. Ein fleißiger und kulturinteressierter Japaner, der, ohne es zu wissen, für eine Tarnfirma der Mafia tätig gewesen war.

»Und? Was lernen wir daraus?«, fragte Sandra.

Gabriel zuckte mit den Schultern und sagte: »Ich fürchte, das spielt keine Rolle, meine Liebe. Wichtiger wäre es, dass die Menschen dort draußen etwas lernen. Aber das tun sie nicht. Mein Gefühl sagt mir, dass wir vor Weihnachten noch mehr zu tun bekommen …«

»Meinst du wirklich?«

Gabriel rollte mit den Augen. »Ja, das tue ich. Morgen ist der vierte Advent. Mal sehen, was er für uns bereithält.« Seufzend erhob er sich und ging in die Küche, um das Lamm aus dem Ofen zu holen und auf drei Tellern zu verteilen. Zwei davon trug er zurück ins Wohnzimmer. Den dritten stellte er in einer feierlichen Geste auf den Küchenfußboden, wo ihn Mutter binnen weniger Sekunden verputzte.

Vierter Advent

REGULA VENSKE

Dünnes Eis

Sie war nicht weit gekommen, er hatte sie fast erreicht. Im nächsten Moment würde er nach ihr greifen. Sie registrierte es, als ginge es sie gar nichts mehr an. Schaute sich selbst beim Laufen zu. Als ob es eine andere Person wäre, die da um ihr Leben rannte und eine Blutspur im Schnee hinterließ. Und als würde alles Schreckliche, das gleich folgen sollte, gar nicht sie persönlich betreffen. Ihr Körper funktionierte ganz einfach. Wie auf Autopilot. Ihr Hirn hatte Adrenalin ausgeschüttet. Hatte ihrer Hand den Befehl, den Beutel fallen zu lassen, erteilt, und ihren Beinen den Auftrag zu laufen. Zu laufen, zu laufen, zu laufen. Und ihre Beine hatten gehorcht. Gehorchten noch immer. Und liefen. Sein Keuchen dicht hinter ihr. In der erhobenen Hand hielt er das Messer. Von der Klinge tropfte Blut in den Schnee, ihr Blut, und wenn er sie erreicht hatte, würde er sie packen, das wusste sie. Sie zu Fall bringen, sich über sie beugen. Oder würde er es gleich im Stehen erledigen, sie an sich pressen, das Messer an ihrer Kehle?

Atmen, atmen … Unmöglich, es war so schwer! Winterluft loderte in ihrem Inneren, ihr Herz spielte verrückt. Dennoch lief sie weiter. Wollte einen Haken schlagen, hielt sich ein wenig nach rechts, passte einen Moment nicht auf. Geriet ins Rutschen, fing sich wieder. Lief weiter, doch da führte der Weg schon einen steilen

Abhang hinunter. Als sie erkannte, dass sich vor ihr im Dunkeln der See erstreckte, war es zu spät. Er begriff es eher als sie, bremste ab. Vielleicht hatte sie noch eine Chance. Ohne innezuhalten lief sie weiter, stürmte aufs Eis. Strauchelte. Stürzte. Die Kälte zerschnitt ihr die Lungenflügel. Im nächsten Moment brach sie ein.

I

Mit offenen Augen lag Wolfgang Gabriel in seinem Bett und schaute in die Dunkelheit. »Schaute die Dunkelheit«, hätte er gesagt, wenn ihn jemand gefragt hätte. Aber des Nachts fragte niemand nach ihm. Er lebte seit Langem allein.

Gabriel war hellwach. Er hatte sich vor dem Zubettgehen alle Mühe gegeben, abzuschalten und zu entspannen, nachdem seine Kollegin Sandra und er am Tag zuvor Yuri Murata verhaftet hatten. In kleinen, nicht nummerierten Schlucken, die den Kenner nicht gänzlich leugneten, hatte er am Abend im Alleingang die Flasche Bordeaux geleert, die sein Freund Johannes ihm geschenkt hatte, und sich dabei drei alte Hamburg-Tatort-Filme mit Charles Brauer und Manfred Krug reingezogen. Zwar hatte er auch diese Folgen schon unzählige Male gesehen, sich aber dennoch nicht an die Auflösung erinnern können. Vermutlich weil er die letzten Male immer vor dem Fernseher eingeschlafen war.

Auch diesmal hatten ihm die Krimis das Gefühl einer gewissen Bettschwere vermittelt – den Rotwein nicht zu vergessen. Aber der Schlaf hatte ihn dennoch gemieden. Und nun hatte er sich einmal zu oft von der einen auf die andere Seite gewälzt. Er knipste das Leselämpchen am Kopfende des Bettes an und schälte sich aus der warmen Decke, blieb aber noch einen Moment auf der Bettkante sitzen.

Mutter lag zur Abwechslung auf dem Flickenteppich vor seinem Bett, alle viere von sich gestreckt, der Inbegriff von Frieden und Wohlbefinden. Sie sah aus, als träumte sie von einem appetitlichen, fetten Kaninchen. Sie würde ihm sicher verzeihen, wenn er sie gleich weckte. Würde ihm anstandslos in jede erdenkliche Kälte und Dunkelheit folgen. Toleranz und Loyalität waren die Tugenden, die wirklich zählten, so viel hatte Gabriel von ihr gelernt. Liebe, Hingabe, Verständnis folgten dann schon von selbst. Waren vielleicht überhaupt nur untaugliche Synonyme. Warum wollten Frauen das nur nicht begreifen?

Gabriel schlüpfte in seine Pantoffeln und langte nach dem Bademantel, der in Reichweite über einer Stuhllehne lag. Auf seine Loyalität hatte Anne stets bauen können. Aber das hatte ihr nicht genügt. Leidenschaft, so hieß das Zauberwort, das sie sich auf die Fahnen geschrieben hatte. Hitchcock hätte es einen MacGuffin genannt. Das, was sich in einem Action-Thriller alle Beteiligten gegenseitig abjagen wollten. Nur tat man gut daran, eine Ehe nicht mit einem Action-Thriller zu verwechseln.

Mit einem großen Schritt stieg er über Mutter hinweg, wobei er aus Versehen auf ihr Lieblingsspielzeug trat: einen Gummiknochen in Gestalt der englischen Königin. Langsam schlich er in die Küche. Ob er sich noch ein Bier genehmigen sollte? Aber auch damit würde es ihm nicht gelingen, jetzt noch einzuschlafen. Seinen Kindern hätte er eine heiße Milch mit Honig gemacht. Keine schlechte Idee. Wann fingen Männer eigentlich an, die guten alten Hausmittelchen zu verachten? Einer der vielen Vorteile des Älterwerdens war, dass er sich die eine oder andere Wohltat inzwischen wieder gönnen konnte, ohne sich gleich wie ein Pantoffelheld vorzukommen.

Er öffnete den Kühlschrank und stellte fest, dass nicht mehr genügend Milch in der angebrochenen Tüte war. Bier hatte er auch keines mehr. Es war Sonntag, der vierte Advent, und nach dem opulenten Abendessen mit Sandra hatte er nicht mal mehr die allernötigsten Lebensmittel im Kühlschrank. Missmutig starrte er auf sein Küchenregal: nur Tee, der schon seit Ewigkeiten hier herumlag. Marokkanische Minze, Darjeeling First Flush, Kamillen- und Lindenblüten. Roibusch mit Vanillegeschmack. Ein Päckchen in kitschig silberner Folie, das ihm eine Kollegin von der Sitte geschenkt hatte. Das hatte er doch schon lange entsorgen wollen? Mit schnellem Griff zog Gabriel die Packung aus dem Regal und warf sie in den Mülleimer. Was für eine Schnapsidee von dieser Monika Herbst, ihm parfümierten Tee zu schenken! Selbst wenn er an einer Affäre mit ihr interessiert gewesen wäre – was nicht der Fall gewesen war –, spätestens damit hätte sie ihn in die Flucht geschlagen.

Vielleicht wäre es eine gute Idee, bis Heiligabend noch ein paar Fastentage einzulegen? Die Kalorien, die er in der Adventszeit zu sich genommen hatte, würden jedem normalen Menschen bis zum Ende des Jahres reichen.

Bei diesem Gedanken überfiel ihn ein Hungergefühl, das ihn vollends wach machte. Er würde spazieren gehen, an Schlaf war sowieso nicht mehr zu denken.

Zwanzig Minuten später liefen Herr und Hund an der Alster entlang. Nicht direkt am Ufer, sondern auf dem Fahrradweg, den sie mit niemandem teilen mussten. Bei diesem Wetter jagte kein vernünftiger Mensch seinen Hund vor die Tür. Nur ein paar letzte Taxis waren noch unterwegs, in denen übermüdete Fahrer ihrer wohlverdienten Morgenruhe entgegenrutschten.

Nach wochenlanger Kälte hatte Tauwetter eingesetzt. Eine Weile hielt Gabriel sich tapfer und schritt stur durch den Matsch. Hinter der Hartwicusbrücke am Schwanenwik wechselte er auf die andere Straßenseite. Auf Höhe des Literaturhauses wollte er beinahe aufgeben. Seine Schuhe waren durchweicht, die Socken nass, seine Füße fast erfroren. Zeit, umzukehren, die Pfützen waren einfach zu tief. Warum nicht nach rechts in den Uhlenhorster Weg abbiegen und dann über die Papenhuder Straße wieder zurück nach St. Georg laufen? Vielleicht hatte er Glück und erwischte an der Mundsburger Brücke einen Bus. Seinen Sportsgeist hatte er wirklich ausreichend bewiesen.

Während er noch überlegte, hatten sich seine Füße schon selbstständig gemacht und waren weitergelaufen. Er überquerte erneut die Fahrbahn, ließ die Herbert-Weichmann-Straße rechts liegen und bog in die Schöne Aussicht ein. Er wusste selbst nicht, warum. An der Weihnachtsdekoration konnte es nicht liegen, die hielt sich in diesem Jahr sehr in Grenzen. Nicht weil eine neue Bescheidenheit oder gar Frömmigkeit in den feinen hanseatischen Kreisen eingekehrt wäre, sondern weil niemand Gefahr laufen wollte, durch besonders aufwendigen Lichterschmuck die Aufmerksamkeit der BUFF zu erregen. Der Feldzug der Bunten Feierfront gegen alles, was nach Meinung der tonangebenden Aktivisten unnötig Strom verbrauchte oder sonst wie umweltschädlich war, wurde zunehmend militanter. Nur wenige Bewohner hatten es daher gewagt, eine Lichterkette um ihre Balkonbrüstung oder die Tannen im Garten zu winden. Und die wenigen, die man sah, erstrahlten in kalten Blautönen, manche auch in Giftgrün. Anheimelnde warme Goldtöne waren offenbar aus der Mode gekommen. So wirkten die Villen, die in vornehmer Entfernung zur Straße inmitten großer Gärten lagen und selbst bei Tageslicht oftmals abweisend und steril erschienen, in der Dunkelheit beinahe bedrohlich. Um nichts in der Welt hätte Gabriel seine gemütliche kleine Wohnung in St. Georg gegen einen dieser Kästen eintauschen mögen.

Er mochte weitere ein-, zweihundert Meter zurückgelegt haben, als er seltsame Schwingungen in der Nachtruhe witterte. Hatte ihn sein Instinkt also doch nicht getäuscht! Da vorn machten sich ein paar obskure Gestalten an einer Hecke zu schaffen, die den Garten eines Anwesens vom Bürgersteig trennte. Waren es etwa BUFF-Aktivisten, die er hier in flagranti erwischte?

Auch der Hund war stehen geblieben und schien zu lauschen. »Brav, Mutter, brav.« Gabriel wollte sie tätscheln und an die Leine nehmen, als sich ihr Körper plötzlich anspannte und sie im nächsten Moment davonjagte. Wie der Blitz verschwand sie in der Einfahrt hinter der Hecke. Gabriel hörte jemanden fluchen, gleich darauf jaulte Mutter erbärmlich auf. Einen auch nur annähernd vergleichbar schrecklichen Laut hatte der Kommissar nicht mehr gehört, seit seine Tochter vor zehn Jahren auf dem Spielplatz vom Klettergerüst gestürzt war. Er sprintete in die Richtung, aus der die Geräusche kamen.

»Mutter!«

Ganz in seiner Nähe ertönte höhnisches Gelächter, dann spürte er einen Schlag auf dem Kopf, und es wurde dunkel um ihn.

Als Gabriel wieder zu sich kam, hatten sich die kalten blauen Lämpchen vom Balkongeländer gelöst und kreisten vor seinen Augen. Eine warme Zunge leckte über seine Finger, eine kalte Hand tätschelte ihm die Wangen.

»Hallihallo?«

Ein Gesicht beugte sich über ihn. Zwei Gesichter. Drei. Kreisten im Takt mit den blauen Lichtern. Verschwammen wieder in einem.

»Hallohallöchen, hören Sie mich?«

Er wünschte, es wäre nicht der Fall gewesen. Vielleicht konnte er dieser grässlichen Stimme entrinnen, indem er sie übertönte. Überstöhnte, genauer gesagt. Er versuchte sich aufzurichten. »Mutter!«

»Ganz ruhig, mein Lieber. Mein Name ist Müller-Thurgau, und Sie sind bei mir in den besten Händen.«

Die Frau hatte ungewöhnlich große Zähne, die in der Dunkelheit blitzen.

»Genau genommen bin ich Frau Doktor Müller-Thurgau. Sie haben sich eine klitzekleine Platzwunde am Hinterköpfchen eingebrockt, aber keine Sorge, ist alles noch dran.«

»Ich … wo ist …?«

Er biss sich auf die Lippen. Sosehr sein Kopf auch schmerzte, wusste er doch, dass sich eine Schlagzeile à la »Kriminalhauptkommissar verlangt nach seiner Mutter« nicht gut machen würde.

»Schön gefeiert gestern Abend? Na ja, passiert jedem mal.«

Er wollte protestieren, das Missverständnis klarstellen. »Jemand hat …«, begann er, aber das Sprechen fiel ihm so verdammt schwer, dass er nur resigniert den Kopf schüttelte. Was er besser hätte sein lassen sollen.

»Mein Hund …« Es dauerte eine Weile, bis es ihm gelang, die beiden Worte zu artikulieren. Im selben Augenblick wurde er sich ihrer Nähe bewusst. Das konnte nur Mutter sein, die ihm die ganze Zeit über die Finger schleckte. Gutes Tier. Er wollte ihre Kehle kraulen, ihr in die Augen sehen …

»Sie meinen wohl Ihren bunten Osterhasen da?«

Endlich brachte er es fertig, den Kopf zu heben. Direkt vor sich sah er einen treuherzigen Blick, wie ihn nur Hunde hatten. Nur *ein* Hund, genauer gesagt. Aber was war mit Mutter passiert? Sie war rot und grün gescheckt und hatte überall goldene Sprenkel und Tupfen. Wenn er diese Halunken erwischte … Und dann wurde es wieder dunkel um ihn.

Als er das nächste Mal aus seiner Bewusstlosigkeit auftauchte, wurde er gerade auf einer Trage aus einem Krankenwagen gehievt. Daher also das blaue, flackernde Licht – es war ein Blaulicht und keine Weihnachtsdeko.

»Na, Alter, wieder bei uns?«, fragte ein dicker, junger

Mann mit Oberlippenbart. Schien ihn ebenfalls für besoffen zu halten. Schwach hob Gabriel die Hand zum Gruß und wollte sich gerade nach seinem Hund erkundigen, als sich der Bursche schon wieder abgewandt hatte und mit seinem Kollegen flachste. Der Kommissar fügte sich in sein Schicksal. Natürlich gab es spannendere Fälle in St. Georg als ihn. Dringlichere Notfälle mit interessanteren Verletzungen, die Vorrang hatten.

In der Notaufnahme des Krankenhauses tobte das pralle Leben. Seine Liege wurde durch zwei Wandschirme von denen seiner Nachbarn abgeschirmt, dennoch bekam er ziemlich genau mit, was sich dahinter abspielte: Der Mann zu seiner Linken war offenbar beim Überqueren einer Straße ausgerutscht. Drei Männer brauchte es, um ihm die Stiefel von den Füßen zu ziehen. Dem Stöhnen nach zu urteilen, bereitete ihm das unerträgliche Schmerzen. Gabriel war kurz davor, sich den Pflegern als zusätzliche Verstärkung anzubieten.

»Ogottogott«, hörte er seinen Bettnachbarn jammern. Und: »Menschenskinder!« Dann wieder: »Ogottogott!«

»Aber Herr Kötter, dies ist doch das gesunde Bein! Wie lange haben Sie den Stiefel denn schon nicht mehr ausgezogen?«

Gabriel schloss die Augen und versuchte, an etwas Schönes zu denken.

Anderthalb Stunden später hatte man ihn am Hinterkopf genäht und mit Fragen zu seinem Versicherungsstatus genervt. Und zu allem Überfluss bestand die freundliche Schwester, die sich um ihn gekümmert hatte, nun auch noch darauf, ihn zu weiteren Untersuchungen in die Röntgenabteilung zu schicken. Doch Gabriel dachte gar nicht daran, ihr zu gehorchen. Er wollte nach Hause. Nach dem Rechten sehen, Mutter versorgen … Angeblich hatte der Krankenhauspförtner den Hund in seine Obhut genommen. Gabriel konnte sich sogar vorstellen, zu frühstücken, Gehirnerschütterung hin oder her. So schlecht fühlte er sich doch gar nicht. Später am Tag würde er sich vielleicht mit Johannes auf eine Schachpartie treffen. Wenn er erst wieder im Archiv bei seinen Akten saß, konnte er sich immer noch von all den Strapazen der letzten Tage und Wochen ausruhen.

»Waren Sie schon mal in neurologischer Behandlung? Neigen Sie zu epileptischen Anfällen?«

Gabriel tat, als hätte er die Frage nicht gehört, und packte seine Siebensachen zusammen. Er wollte gerade gehen, als sich sein Handy meldete. Für einen Augenblick fiel er auf seinen eigenen Klingelton herein. Nach »Unforgiven« von Metallica hatte sein Sohn das Handy letztens mit Hundegebell gefüttert. Für einen Moment dachte er tatsächlich, die treue Mutter hätte sich durch all die Krankenhausgerüche zu ihm durchgeschnuppert.

»Chef?«

Es war Sandra. Ihre leicht patzig klingende Stimme versetzte ihm einen Stich. Im Kopf, nicht im Herzen.

»Na endlich! Ich versuche schon seit Stunden, dich zu erreichen!«

Mischte sich da etwa ein Anflug von Besorgnis in ihren Vorwurf? Und war es vernünftig, dass er sich wie ein Kind darüber freute?

»Ich hatte … ich bin gerade …«

Sie fiel ihm ins Wort: »Es gibt Arbeit, Chef. Reine Routine, aber die Abteilung liegt immer noch flach. Beziehungsweise schon wieder. Sterben offenbar alle gerade an der Pest, wenn ich das richtig verstanden habe.«

Na logisch, erst fraßen diese Trottel verdorbenen Thunfisch, und dann holten sie sich auch noch einen Schnupfen. Was war dagegen schon eine harmlose kleine Gehirnerschütterung? Er griff nach seiner Lederjacke und schenkte der Krankenschwester sein schönstes Lächeln.

»Aber der neurologische Befund, Herr Gabriel!«

»Beim nächsten Mal.«

Eine Viertelstunde später fand sich der Kommissar erneut am Alsterufer wieder, an der Feenteichbrücke, ganz in der Nähe der Stelle, an der man ihn am frühen Morgen niedergestreckt hatte, und starrte auf eine Leiche. Notgedrungen, denn dies war die einzige Möglichkeit, dem intensiven Blick von Frau Doktor Müller-Thurgau auszuweichen, die ihn mit den Worten »Hallöchen, Popöchen« begrüßt hatte und direkt vor ihm stand.

»Ich hab es Ihrer … äh … Mitarbeiterin schon erklärt, das ist mehr ein Fall für den Priester als für die Kripo. Die Kleine ist ins Wasser gegangen«, sagte sie ungeduldig.

»Welches Wasser? Bis vorgestern war hier alles zugefroren.«

»Na, dann meinetwegen ins Eis. Wo ist der Unterschied? Ich sag ja immer: dumm, dummer, Liebeskummer.«

»Woher wollen Sie wissen, dass sie Liebeskummer hatte? Kannten Sie die Tote?«

»Nö, aber deswegen bringen sie sich doch alle um.

Oder sind Sie schon mal auf ein originelleres Motiv gestoßen?«

Unter anderen Umständen hätte Gabriel vielleicht ähnlich gedacht. Jetzt aber ärgerte er sich über diese Frau, die zu vorschnellen Urteilen neigte und immer noch glaubte, er habe am Vorabend einen über den Durst getrunken. Denn genau das hatte sie lauthals heraus posaunt, als er vorhin aus dem Taxi gestiegen und an den Einsatzort gekommen war. Sicher hatte Sandra den Spruch ebenfalls gehört, auch wenn sie ein wenig abseits gestanden und Telefonate geführt hatte.

»Ob es wirklich Suizid war, lassen Sie mal meine Sorge sein. Sie sind doch keine Rechtsmedizinerin?«

»Kinderärztin. Deshalb find ich diese Notdienste ja immer so spannend! Mal was anderes als Bauchweh und Neurodermitis.«

Na prima. So was in der Art hatte er sich schon gedacht. Aber vielleicht würde es ihm gelingen, sie auf die höfliche Tour loszuwerden. »Schauen Sie mal da, das könnten Abwehrspuren sein. Was, wenn jemand sie bedroht hat?« Gabriel deutete auf die linke Hand der Leiche, die leicht abgewinkelt mit dem Handteller nach oben auf dem Boden lag. Man brauchte wirklich keine Gehirnerschütterung, um sich beim Anblick der aufgequollenen und verschrumpelten Haut an den Fingerbeeren und der Handinnenfläche – Waschhautbildung nannten die Rechtsmediziner dieses Phänomen – etwas kodderig zu fühlen.

»Die Schrammen da?«

Frau Müller-Thurgau kramte in ihrer Handtasche und zog ein Päckchen Zigaretten heraus.

»Hab ich natürlich auch gesehen. Hat sie an beiden Händen. Ist ja logisch, als sie tatsächlich eingebrochen war, wollte sie vermutlich doch nicht sterben. Haben Sie Feuer?«

Gabriel verneinte.

»Die meinen es doch nie wirklich ernst, diese dummen Dinger. Wenn sie merken, wie kalt das Wasser ist, und dass leider gerade kein Märchenprinz vorbeikommt, um sie zu retten, dann versuchen sie natürlich, da wieder rauszuklettern. Tja, dabei bricht einem leicht mal ein Fingernägelchen ab.«

Sie steckte die Zigarette zurück in die Schachtel und ließ sie wieder in ihrer Handtasche verschwinden.

»Und so ein Eisrand bricht natürlich immer weiter ab. Aber hallöchen, was meinen Sie, wie scharf diese Zacken sind?!«

Wo sie recht hat, hat sie recht, dachte Gabriel widerwillig. Beinahe erschien ihm Mord als die gnädigere Variante. Laut sagte er: »Das werden die Rechtsmediziner schon klären. Und Sie dürfen jetzt wieder zurückkehren zu Ihren Windpockenträgern, Frau Doktor.«

»Wo ist eigentlich Ihr hübscher Hund geblieben?«

Sie schenkte ihm ein großmütiges Lächeln. Ich verstehe mich auf trotzige Jungen, lautete die Botschaft. Sandra, die ihr Telefonat beendet hatte und zu ihnen trat, wurde ähnlich huldvoll begrüßt: »Na, konnten Sie schon was in Erfahrung bringen, Kindchen?«

Sandra schenkte ihr keine Beachtung. »Morgen, Chef. Wieder unter den Lebenden?«

Auch wenn Sandra ihn von dem Zwang erlöste, sich weiter mit Frau Doktor Müller-Thurgau abgeben zu müssen, fand Gabriel die muntere Frische seiner Assistentin schwer erträglich. Außerdem sah sie seltsam aus. Irgendetwas war anders als sonst.

»Bei der Toten könnte es sich um Nadine Pütz handeln.« Sandra sprach lauter als nötig. »Vermisst seit dem … Moment.« Sie blätterte in ihren Notizen. »Vermisst gemeldet wurde sie am siebten Dezember. Zuletzt gesehen hat man sie am dritten, da war sie noch auf einer Weihnachtsfeier im NRV. Dem Neuen Regatta Verein, weißt du, gleich da drüben, bei der Moschee …«

»Das heißt Norddeutscher Regatta Verein, und ich kenne ihn«, erwiderte Gabriel. Nicht, dass er je Gelegenheit gehabt hätte, bei einer Feier dort gewesen zu sein. Das war feinstes hanseatisches Hamburg, nicht seine Welt. Und Sandras auch nicht, wie man leicht merkte.

»Seitdem hat es kein Lebenszeichen mehr von ihr gegeben. Und es scheint sie praktisch auch niemand vermisst zu haben.«

Die Ärztin, die noch immer keine Anstalten machte, sich zurückzuziehen, warf Gabriel einen triumphierenden Blick zu. »Einsamkeit, Liebeskummer, Selbstmord«, schien sie sagen zu wollen. »Ein klarer Fall«.

Wahrscheinlich hatte sie damit sogar recht. Aber genau das wurmte ihn, und deshalb hätte er sie gern in die Schranken gewiesen. Wenn ihm nur nicht so speiübel gewesen wäre! Auf keinen Fall wollte er sich jetzt hier übergeben. Sie würden es allesamt falsch interpretieren. Sandra wusste ja noch nicht einmal, dass er eine Gehirnerschütterung hatte. Man würde es auf seinen vermeintlichen Kater schieben – oder, noch schlimmer, den Anblick der Leiche.

Er atmete tief ein und beugte sich zu der Toten hinunter. Wenn es wirklich Nadine Pütz war, so hatte sie sich, von der Waschhaut mal abgesehen, erstaunlich gut gehalten. Es stimmte also, Eis konservierte. Bislang hatte er das nur theoretisch gewusst. Es musste sich um eine hübsche junge Frau gehandelt haben, mit langen dunklen Haaren, die sich ihrer Wirkung auf Männer bewusst gewesen war, denn sie trug einen knallroten Hosenanzug aus Leder, ein extravagantes, wahrscheinlich sündhaft teures Stück. Definitiv kein Mauerblümchen. Wen hatte sie damit verführen wollen? Und eine solche junge Frau sollte angeblich niemand vermissen? Das passte nicht. Und was auch nicht ins Bild passte, waren die derben Winterstiefel, die man normalerweise nicht zu so schicken Abendanzügen trug. Erst recht nicht, wenn man ins Wasser gehen wollte. Immerhin hatte diese Frau, was das Schuhwerk betraf, praktisch gedacht. Alle Achtung!

»Wer hat sie vermisst gemeldet?« Vorsichtig richtete Gabriel sich wieder auf.

»Ihr Chef. Und sonst niemand, das ist ja das Seltsame. Am siebten Dezember, das war ein Mittwoch, nachdem sie drei Tage nicht im Büro erschienen war und sich auch nicht abgemeldet hatte.«

»Und diese Weihnachtsfeier im NRV, woher weiß man überhaupt davon, wenn sich sonst niemand gemeldet hat? Die war doch sicher privat?«

»Nicht ganz.«

Täuschte er sich oder hatte Sandra tatsächlich grüne und lilafarbene Streifen im Haar? Und warum konnte sie eigentlich nicht ruhig stehen bleiben? Sie schwankte so seltsam hin und her.

»Eine private Feier ihres Chefs.«

Oder war es gar nicht Sandra, die schwankte, sondern er selbst? Wenn er seiner Kollegin nur nicht vor die Füße kippte – oder zum zweiten Mal binnen weniger Stunden ein Fall für Frau Doktor Müller-Thurgau wurde!

Sandra fragte leise: »Ist was, Chef?«, aber das hörte Gabriel schon nicht mehr.

»Walking on thin ice/I'm paying the price/For throwing the dice in the air …«

Wenn diese Mutti nur besser singen könnte! Ist vielleicht Teil meiner Selbstbestrafung, dass ich sie im Moment andauernd höre, tagaus und tagein. Nadi mochte die Stimme. Sie verstand nicht viel von Musik, und singen konnte sie erst recht nicht. Aber Geschmack hatte sie. John und Yoko, das perfekte Paar, das war es, was sie faszinierte. Und das waren wir doch auch. Wären es weiterhin gewesen. Perfekt. Für einander bestimmt. Eines der großen Liebespaare der Weltgeschichte. Hat sie selber gesagt! Aber dann plötzlich – ich kann's nicht verstehen. Der totale Schock. Ihr spöttisches Lachen. Mensch, Nadi, wieso? Das hast du doch selbst nicht glauben können, was du mir da alles erzählt hast! Wie konntest du dich und mich so verspotten?

»I gave you my knife/you gave me my life …«

Könnte ich mir nur meine Ohren verstopfen. Meine Poren verstopfen. Mein Herz.

Es hält mich nichts mehr in meiner Bude. Jede Nacht schleich ich mich zu dir. Krieche unter deine Decke, wühl mich in deinen Duft. Und dreh den Lautsprecher lauter. »Ai-ai-ai-ai …«

Es stimmt, was man immer hört. Den Mörder zieht es an den Ort seines Verbrechens zurück. Kann nicht mehr zählen, wie oft ich in den letzten zwei Wochen um die Alster gewankt bin. Wie ein Gespenst. Wer mich sieht, weicht mir freiwillig aus. Und dabei singe ich vor mich hin … Nein, Quatsch, es singt in mir … Nein, Nadi ist es, du bist es, die kreischt. Wie diese Yoko Ono. »Like a gush of wind in my hair …«

Und immer denk ich, ich würde dich sehen, deinen Arm, der da rausragt. Auch wenn andere Leute vielleicht meinen, es wäre ein Ast.

Ich glaube, ich werde verrückt. Oder bin es schon längst. Du hast gewonnen, Nadi, okay, ich geb mich geschlagen! Hörst du, ich folge dir! Oder zieh dich da wieder heraus. Kannst du mich hören? »Why must we learn it the hard way … And play the game of life with your heart?« Verdammt, Nadi, so antworte mir doch, bitte!!! Und hör mit diesem »Ai-ai-ai« auf …

2

Auf Sandra war Verlass. Sie hatte Gabriel aus den Fängen dieser Ärztin gerettet und mithilfe zweier Passanten in ihren gelben Smart verfrachtet. Während sie in flottem Tempo Richtung St. Georg steuerte, hing er schlaff im Beifahrersitz und wartete darauf, dass die Welt aufhörte, sich um ihn herum zu drehen. Es reichte, dass sie sich überhaupt drehte.

»Du musst dich erst mal ausschlafen. Ich regele das hier so lange allein. Die Tote ist zur äußeren Leichenschau in die Rechtsmedizin gebracht worden. Wenn ich den Chef von Nadine Pütz erreiche, kann der sie vielleicht heute Nachmittag schon identifizieren. Und wenn es wirklich sie ist, über die wir hier reden, dann kann der Totenschein ausgestellt werden.«

Als Antwort erklang nur ein Brummeln, das wie »Mutter abholen« klang. Gabriel zuckte zusammen. Hatte er wirklich laut gesprochen?

»Klar«, sagte Sandra. »Die Mutter werde ich auch verständigen. Oder wer immer der nächste Anverwandte ist. Reine Routine, ist ja easy.«

»Die Hände«, sagte Gabriel schwach. »Ich will wissen, was mit ihren Händen ist.«

Sandra grinste ihn an. »Wäre natürlich zu schön, um wahr zu sein, wenn sich dieser angebliche Freitod doch als Mord herausstellen sollte! Das würden wir dieser Dame dann aber schön aufs Butterbrot schmieren.«

Für einen Moment ließ sie das Lenkrad los. Eine Unsitte, die sie sich dringend abgewöhnen musste. Noch dazu bei diesen Straßenverhältnissen. Hatte so ein Smart eigentlich Winterreifen?

»Dass du dich mit diesem Auto überhaupt auf die Straße traust …«

»Wär's dir vielleicht lieber, ich hätte dich bei Doktor Hallöchen gelassen? Die ist ja wirklich unerträglich.«

Ein Segen, jetzt guckte sie wieder geradeaus.

Nur noch ein paar Tage bis Heiligabend, dachte Gabriel. Er hatte eine Gehirnerschütterung und immer noch nichts zu essen im Haus. Ganz zu schweigen von Weihnachtsgeschenken. Hoffte er allen Ernstes auf einen Mordfall, bloß um die Meinung einer Frau zu widerlegen, die ihn nicht im Mindesten interessierte? Er lehnte sich zurück, so gut es in Sandras winzigem Auto ging. Wenn er ehrlich war, hoffte er vor allem auf einen Mordfall, weil er es so gerne hörte, wenn Sandra von *wir* sprach. Dieses *wir* würde er vermissen, wenn er erst wieder über seinen Akten säße.

»Mein Hund ist noch im Krankenhaus«, sagte er. »Kannst du ... könnten wir da anhalten, um sie abzuholen?«

»Klar, Chef. Kein Problem.«

Wie aufs Stichwort trat sie aufs Bremspedal, sodass der Matsch am Straßenrand bis zu den Fenstern hoch spritzte. Als der Wagen ins Rutschen kam, steuerte sie lässig gegen und bog in die nächste freie Parklücke ein.

War es wirklich erst knapp vier Wochen her, dass Kriminalrat Becker sie einander vorgestellt hatte? Inzwischen war sie ihm so vertraut, als würden sie sich schon seit Ewigkeiten kennen. Die Bewährungsproben der letzten Wochen hatten sie zusammengeschweißt. Dass ein solcher Teamgeist mit einer Frau überhaupt möglich war! Und noch dazu mit einer so blutjungen!

»Soll ich mit reinkommen?«

»Danke, geht schon wieder.«

Er musste nur zusehen, dass er aus diesem Auto rauskam, ohne mit seinem Verband am Autodach anzustoßen. Die Matschpfütze auf der Straße war nicht das Problem, nasser konnten seine Füße sowieso nicht mehr werden. Aber für eine weitere Beule am Kopf reichte sein Humor heute nicht aus.

Am frühen Sonntagnachmittag wachte Gabriel auf, weil sein Handy bellte. Er fuhr hoch. Das Attentat auf Mutter! Hatte er es nur geträumt, oder war das wirklich passiert? Seine Kopfschmerzen jedenfalls waren real.

Draußen war es schon dunkel. Bis er den Lichtschalter gefunden und sich zu seiner Lederjacke vorgearbeitet hatte, in deren rechter Außentasche das Handy immer noch steckte, war es verstummt.

Anne! Verdammt. Waren sie nicht für heute verabredet gewesen? Um gemeinsam zu einem Weihnachtskonzert zu gehen, bei dem Lara ein Solo auf der Querflöte spielte, oder so was in der Richtung? Er wusste es nicht mehr. Wasser auf Annes Mühlen. Leider war es ja nicht das erste Mal, dass er es versäumte, seinen Vaterpflichten nachzukommen. Aber immerhin konnte er diesmal mit einer besseren Ausrede aufwarten als sonst. Und das Schöne war, diese Ausrede würde wahrscheinlich sogar noch über die Feiertage gelten. Bis so eine Gehirnerschütterung abklang, dauerte es ja bekanntlich eine gewisse Zeit.

Erneutes Hundegebell. Er drückte den Anruf weg und stellte das Handy auf lautlos. Erst einmal musste er sich um Mutter kümmern. »Gutes Tier. Die haben dich ganz schön zugerichtet, diese fiesen BUFF-Aktivisten, was?«

Das schöne dunkle Fell der Hündin war mit roten und grünen Farbklecksen übersät, zwischen denen zartviolette und goldene Muster prangten. Sollten wohl Weihnachtssterne sein. An einigen Stellen waren die Linien verschmiert. Der nette Mann an der Krankenhauspforte hatte versucht, die Farbe mit Alkohol zu entfernen, seine Bemühungen aber bald wieder eingestellt.

Gabriel kraulte Mutters Kopf, spielte mit ihrer Schnauze und sagte in einer quäksigen Schmusestimme: »Hallo, hallöchen, du stinkst nach Alkohol, Mudda. Hast du diesen Weihnachtsterroristen wenigstens ins Bein gebissen?«

Sie gab ein leises Fiepen von sich, was er als Ja deutete.

»Gutes Mädchen. Gute, gute Mudda.«

Jedem anderen in seiner Situation würde er dazu raten, Anzeige gegen unbekannt zu erstatten. Farbanschläge auf Häuser, weil einem die Weihnachtsdekoration aus irgendwelchen abstrusen ideologischen Gründen nicht gefiel, waren das eine. Körperverletzung aber war eine andere Sache. Zweifache Körperverletzung sogar. Auch wenn der Farbanschlag auf seinen Hund rein juristisch wohl nur eine Sachbeschädigung darstellen würde.

Nach kurzem Nachdenken wählte er Sandras Nummer, um zu hören, ob sie in der Zwischenzeit etwas herausgefunden hatte. Außerdem wollte er sie bitten, mit ihm zum Tatort zu fahren – womit er nicht den Fundort der Leiche meinte, sondern die Stätte seiner ganz persönlichen Demütigung. Er wollte noch einmal mit eigenen Augen sehen, wo – und vielleicht wobei – Mutter und er diese Leute überrascht hatten. Vielleicht wären die Kopfschmerzen leichter zu ertragen, wenn er wüsste, dass es ihm gelungen war, einen Anschlag der BUFF-Aktivisten wenigstens teilweise zu verhindern.

Auf der Fahrt zur Schönen Aussicht fasste Sandra zusammen, was ihre letzten Recherchen ergeben hatten. Sie hatte den Inhaber der Firma erreicht, bei der Nadine Pütz seit knapp einem halben Jahr gearbeitet hatte, und er hatte die Tote eindeutig identifiziert. Alexander Gutjahr – »*Der* Gutjahr, hast du schon mal von ihm gehört? Ist anscheinend beinahe so etwas wie ein Promi« – wohnte ausgerechnet an der Schönen Aussicht an der Außenalster.

»Also, wenn du mich fragst, Chef, da war was zwischen den beiden. Angeblich ein rein platonisches Verhältnis, aber wer's glaubt, wird selig. Der war total aufgewühlt. Das war mehr als nur ein …«, sie ließ das Lenkrad los und wedelte mit den Fingern, um Gänsefüßchen anzudeuten, »… harmonisches Betriebsklima.«

In ihren Haaren prangten ein paar grüne und lilafarbene Strähnen. Schon wieder, dachte Gabriel genervt. Fast wie bei ihrer ersten Begegnung. Wenn er Sandra nicht inzwischen so lieb gewonnen hätte, hätte er sich einen Spaß daraus gemacht, sie wegen ihrer Frisur anzupflaumen. Fast hätte man meinen können, sie sei in denselben Farbtopf gefallen wie Mutter. Aber Gabriel schwieg und beschränkte sich darauf, die Straße und das Lenkrad im Blick zu behalten, während Sandra ihn mit immer neuen Informationen bombardierte.

Nachdem die Identität der Leiche festgestellt war, war es ein Leichtes für sie gewesen, die Adresse von Nadine Pütz ausfindig zu machen. Die junge Frau hatte beim Falkenried in Eppendorf gewohnt: »In so einer XXL-Wohngemeinschaft, an die fünfzig Leute in einem Haus, und jeder hat ein kleines Kabuff, das fünfhundert Euro kostet. Keine schlechte Rendite.«

Da Sandra keinen Schlüssel zu Nadines Zimmer gehabt hatte, hatte sie die Tür unter Zuhilfenahme ihrer EC-Karte geöffnet. »War nicht weiter schwer. Natürlich hätte ich im Haus herumfragen können, ob jemand einen Schlüssel hat, aber … Na ja, ich hab das dann doch lieber selbst in die Hand genommen. Als ich drin war, hatte ich natürlich gehofft, so was wie einen Abschiedsbrief zu finden.«

Immer wenn sie anfängt herumzudrucksen, fährt sie Schlangenlinien, dachte Gabriel. Er stützte sich, so gut es ging, am Armaturenbrett ab.

»Ich meine, so ein Freitod ist für die Mutter doch eine traurige Sache … Ich hoffe, das geht in Ordnung, Chef? Also, das mit der EC-Karte?«

Gabriel antwortete nicht, sondern dachte über die Verwendung des Wörtchens Freitod nach, das Sandra offenbar gern benutzte. In der Zwischenzeit klärte sie ihn darüber auf, dass sie im Zimmer der Toten leider auf nichts gestoßen war, das ihr in irgendeiner Weise aufschlussreich erschien. Keine ungewöhnlichen Hinweise, keine besondere Erkenntnis – außer der, dass Nadine Pütz sich für teuren Schmuck und schicke Klamotten interessiert hatte.

Plötzlich erwachte Gabriel aus seiner Grübelei. »Da vorn, die Einfahrt«, entfuhr es ihm. »Halt mal da an.« Genau hier hatte man ihn zusammengeschlagen.

Sandra trat auf die Bremse und würgte den Motor ab. »Das ist ja ein Ding«, sagte sie. »Nummer sechsundzwanzig. Dieser Gutjahr wohnt quasi direkt gegenüber vom Auffindungsort der Leiche. Also wenn du mich fragst, Chef, kann das kein Zufall sein. Die ist mit Absicht vor seiner Haustür ins Wasser gegangen.«

»Statten wir ihm doch einen kleinen Besuch ab«, schlug Gabriel vor. »Und fühlen dem Herrn ein bisschen auf den Zahn.« Er musste Sandra ja nicht auf die Nase binden, dass es ihm in erster Linie darum ging, etwas über seinen eigenen Überfall herauszufinden.

Sie ließen den Smart vor der Einfahrt stehen und durchquerten den Garten. Die Eingangstür war mit ähnlich bunten Kringeln und Sternen verziert wie Mutters Fell. Im Licht der Lampe, die bei ihrem Näherkommen über der Tür aufleuchtete, sah Gabriel, dass es sich mit der Fassade genauso verhielt. Jemand hatte im Stil einer Kinderzeichnung einen grünen Tannenzweig auf die Hauswand gesprüht, aus dem eine rote Kerze in die Höhe ragte. Anstatt der auf Kinderzeichnungen oft auftauchenden Pünktchen, die Kerzenschein andeuten sollten, stand »Buntes Fest!« in einem Halbkreis über der Flamme. Ein freundlicher Wunsch? Oder doch eine Art Drohung?

Alexander Gutjahr öffnete ihnen persönlich, ein gut gefülltes Whiskyglas in der Hand.

»Sie schon wieder«, sagte er, als er Sandra erblickte. »Was für ein schrecklicher Tag.« Nachdem er Gabriel zugenickt hatte, korrigierte er sich: »Pardon, ich meine natürlich nicht Sie persönlich. Aber erst am Morgen diese Verbrecher, die mein Haus verschandelt haben, und dann diese traurige …«

Er führte den Satz nicht zu Ende, sondern nahm Sandras wattierte Winterjacke entgegen und hängte sie sorgfältig auf einen Bügel. Eine Ehre, die diesem Kleidungsstück sicher nicht allzu oft widerfuhr.

Gabriel kam es vor, als ob Gutjahrs unausgesprochener Satz noch einen Moment im Raum nachschwang. Er brach das Schweigen erst, als der Hausherr die Tür zu einem größeren Zimmer öffnete, das von der ebenfalls geräumigen Eingangshalle abging: »Haben Sie die Leute gesehen, die sich heute Morgen an Ihrem Haus zu schaffen gemacht haben?« Noch während er die Worte aussprach, überlegte Gabriel, was das wohl für ein Zimmer war, in das sie gerade geführt wurden. Die Bezeichnung »Wohnzimmer« schien nicht ganz passend. Dafür war es hier zu steril. Es gab keine Bücher, nicht das kleinste bisschen Unordnung, nichts, was dem Raum auch nur einen Hauch Atmosphäre verliehen hätte. Stattdessen viel Chrom, Glas und schwarzes Leder. Ein überdimensionierter Plasmabildschirm und eine ebenfalls überdimensionale Hausbar ließen keinen Zweifel daran, wozu der Raum, der die Größe eines Tanzsaals hatte, in erster Linie genutzt wurde. Das einzige Zugeständnis an so etwas wie Gemütlichkeit war ein Adventskranz aus künstlichem Tannengrün, der in einer schwarzen Schale auf einem gläsernen Couchtisch ruhte. Die vier kugelförmigen Kerzen waren giftgrün, offenbar die Modefarbe dieser Saison. Obwohl heute der vierte Advent war, waren bislang nur zwei von ihnen angezündet worden. Anscheinend war die Welt im Hause Gutjahr am zweiten Advent noch in Ordnung gewesen.

»Nicht wirklich«, sagte Gutjahr. »Außer, dass wir aus dem Schlaf gerissen wurden, weil plötzlich ein Mordstrubel vor unserem Haus herrschte. O pardon!« Er ließ die Eiswürfel in seinem Glas kreisen, bevor er sich einen kräftigen Schluck genehmigte. »Ich wollte sagen, weil da einige Umtriebigkeit vor dem Haus herrschte. Krankenwagen mit Blaulicht und allen Schikanen. Irgend so ein armer Teufel muss im Gebüsch gelegen haben.«

Unwillkürlich fasste sich Gabriel an den Kopf, der ihn bei diesen Worten gleich doppelt schmerzte. »Dann waren Sie derjenige, der den Notarzt gerufen hat?« Für einen Moment überkam ihn so etwas wie Dankbarkeit für sein Gegenüber.

»Nein«, sagte Gutjahr in einem Tonfall, als sei es eine Zumutung, ihm dergleichen zu unterstellen. »Keine Ahnung, wer der barmherzige Samariter war. Hat mich, ehrlich gesagt, auch nicht weiter interessiert. Es waren ja genug Leute da, die sich um diesen Typen gekümmert haben.«

Die Dankbarkeit verschwand so schnell, wie sie gekommen war. »Hören Sie mal, jemand wurde auf Ihrem Grundstück zusammengeschlagen!«, erregte sich Gabriel. »Und da haben Sie nichts unternommen?«

Sandra warf ihm einen erstaunten Blick zu. Man konnte förmlich sehen, wie es in ihrem Kopf ratterte. Bislang hatte sie ja nur Frau Doktor Müller-Thurgaus Geschichte gehört, nach der ein angetrunkener Hauptkommissar beim Morgenspaziergang an der Alster ausgerutscht war. In diesem Moment zählte sie offenbar eins und eins zusammen.

»Mein Grundstück, das können Sie laut sagen!«, erwiderte Gutjahr ärgerlich. »Und dieses Pack hat sich bemüßigt gefühlt, die Lichtgirlanden zu zerschneiden und unsere Fassade zu beschmieren! Was denken Sie wohl, wie bei uns heute Morgen die Stimmung war! Meine Frau war völlig fertig mit den Nerven.« Er leerte sein Glas und sprang auf. »Aber das ist ja alles nichts im Vergleich zu … Nehmen Sie auch einen?« Ohne eine Antwort abzuwarten, trat er an die Hausbar und griff nach einem Shaker, der dort neben einem beeindruckenden Sortiment an Flaschen stand. »Whisky Sour, meine Spezialität.«

»Nein, danke.« Sandra hatte im selben Moment wie Gabriel geantwortet, der einem Gläschen allerdings nicht abgeneigt war. Er war genau in der richtigen Stimmung, um einen gepflegten Whisky als Arzneimittel gegen Gehirnerschütterung zu betrachten.

Gutjahr warf eine Handvoll Eiswürfel in den Shaker und gab Zitronensaft und Zuckersirup dazu. »Ich bin nicht so der Glühweintyp, wissen Sie. Blended oder Bourbon?«

»Dasselbe wie Sie«, sagte Gabriel diplomatisch.

»Also Scotch.« Gutjahr griff nach einer Flasche. »Dieser Sorte bin ich seit meiner Schulzeit treu geblieben.«

Gabriel unterdrückte ein Grinsen. Dass er so etwas heute noch erleben durfte! Gutjahrs Whisky war eindeutig im Niedrigpreissegment angesiedelt. Waren da nicht irgendwelche Zusatzstoffe drin, denen sich der satte Farbton verdankte? Doch, genau, Karamell! Vor einiger Zeit hatte er einen Artikel darüber gelesen.

»Wenn das Fräulein ...«, Gutjahr schaute Sandra abschätzig an, während er mit dem Shaker hantierte, »... vielleicht lieber ein Glas Wein möchte, kann ich gerne welchen besorgen. Oder eine Mangoschorle? Die mochte Nadine immer so gerne.«

Sandra lehnte dankend ab. Gabriel wartete, bis der Hausherr die Gläser gefüllt hatte, bevor er die nächste Frage stellte. »War Nadine Pütz öfter ... bei Ihnen zu Hause?«

»Ich weiß, was Sie denken«, sagte Gutjahr und deutete mit seinem Glas auf Sandra. »Ich habe es ihr schon heute Mittag angesehen. Aber es ist nicht so, wie Sie denken. Zum Wohl, auf Nadine.«

Das Glas, das er Gabriel reichte, war leicht klebrig. Sandra schaute demonstrativ zur Seite, als der Kommissar zum Trinken ansetze. Es war ihr mehr als deutlich anzusehen, was sie von seinem Verhalten hielt.

»Was denken wir denn?«, fragte Gabriel.

»Was ist das hier, ein Verhör?«, konterte Gutjahr. »Ich meine, Sie stehen vor meiner Tür und platzen mir nichts dir nichts in mein Haus... Was wollen Sie von mir?«

»Uns ein Bild machen«, sagte Gabriel. »Nicht so sehr von Ihnen, als vielmehr von Frau Pütz. Und diesen BUFF-Leuten.«

»Was denken Sie, hat das eine mit dem anderen zu tun?« Alexander Gutjahr lümmelte sich wieder auf sein Sofa.

Gabriel antwortete nicht.

»Warum erzählen Sie uns nicht ein bisschen was über Ihre Mitarbeiterin?«, ergriff Sandra das Wort. »Bislang wissen wir nur, dass sie Mangoschorle mochte.«

»Ach Quatsch, Sie wissen viel mehr«, meinte Gutjahr. »Sie haben sie doch gesehen. Selbst in diesem scheußlichen Keller in der Gerichtsmedizin ist sie noch die Schönste von allen. Meine Frau selbstverständlich ausgenommen, aber die lebt ja glücklicherweise noch. Komm her, setz dich zu uns, Uschi.«

Seine Frau war lautlos in den Raum getreten, doch Gutjahr machte keinerlei Anstalten aufzustehen oder sich auch nur gerade hinzusetzen.

»Dies ist Fräulein Berger, von der ich dir ja schon erzählt habe. Und Kommissar ...«

»Hauptkommissar Gabriel.« Gabriel versuchte eine höfliche Geste, musste aber feststellen, dass es keine gute Idee war, sich auch nur andeutungsweise von seinem Platz zu erheben. Er spürte jede Erschütterung im Kopf. Inzwischen war der Zeitpunkt, an dem er Sandra mit ihrem Dienstgrad hätte vorstellen können, verstrichen.

Aber sie würde sich für das *Fräulein* schon noch revanchieren.

Frau Gutjahr ließ sich, wenngleich in einigem Abstand, neben ihrem Mann auf dem Ledersofa nieder. Ein ähnlicher Typ wie Nadine Pütz, dachte Gabriel. Lange dunkle Lockenmähne, schlank, attraktiv. »Rassig«, wie man so schön sagte. Nur etwa dreißig Jahre älter.

»Wir sprachen gerade über Nadine«, erklärte Gutjahr.

Seine Frau nickte. Ihr Gesicht blieb vollkommen ausdruckslos.

»Da ist etwas, das Sie wissen sollten«, sagte Gutjahr. »Meine Frau und ich wollten Nadine adoptieren.«

Gabriel hatte mit vielem gerechnet, aber damit nicht.

»Wir haben uns immer eine Tochter gewünscht«, fuhr Gutjahr fort. »Und Nadine ... Sie war ungemein tüchtig. Hatte echte Führungsqualitäten. In ein paar Jahren hätte sie den Laden alleine schmeißen können. Wir hätten gewusst, was aus all dem hier wird, wenn wir einmal abtreten.« Wieder deutete er mit einer ausladenden Geste in den Raum, diesmal schwappten ein paar Tropfen Whisky über den Rand seines Glases. »Könnte einem glatt das Sterben erleichtern, wissen Sie. Und natürlich war sie uns auch sehr sympathisch. Nicht wahr, Uschi, wir hatten sie schon richtig lieb gewonnen, unsere Nadine?«

Gabriel brauchte gar nicht aufzusehen, um zu wissen, dass Frau Gutjahr wieder nickte.

»Und sie hatte umgekehrt auch zu uns Zuneigung gefasst. Sie müssen wissen, sie hatte eine ziemlich schwierige Kindheit. Vater hat sich nicht gekümmert, Mutter war auch keine Hilfe. Wie es halt so läuft im Leben. Ganz enorm, was das Mädel aus sich gemacht hat.« Er trank einen Schluck und verbesserte sich: »Aus sich gemacht *hatte*, muss ich wohl sagen.«

Frau Gutjahr stemmte sich aus dem Sofa. »Entschuldigt mich.«

Sie schien leicht zu schwanken, und als sie sich in die Haare fasste, sah es aus, als wollte sie sich daran festhalten. »Das ist mir jetzt alles zu viel. Morgen stehe ich wieder …«

Sie schwankte nicht nur, auch ihre Worte schienen zu verschwimmen. »… zur Ver-fffügung« sagte sie, als sie schon auf der Türschwelle stand. Allerdings klang es eher wie »Ver-fffühtung«.

»Ich komm gleich nach, Muschi«, rief Gutjahr ihr hinterher. Er war nach vorne auf die Sofakante gerutscht, bereit, jeden Moment aufzuspringen und seine Frau aufzufangen.

»Entschuldigen Sie bitte«, sagte er und wandte sich an Gabriel. »Die Ärmste ist im Moment nicht sie selbst.«

Gabriel ging nicht darauf ein, sondern fragte stattdessen: »Wieso wollten Sie Nadine adoptieren, wenn deren Eltern noch leben?« Er wandte sich an Sandra: »Du hattest doch vorhin irgendetwas über Nadines Mutter gesagt, oder?« Normalerweise hätte Gabriel eine solche Frage nicht vor Gutjahr gestellt. Aber es war ihm wichtig, Sandra in das Gespräch mit einzubeziehen. Sie knabberte gerade betont gelangweilt an ihrem Fingernagel.

»Ja doch, die Mutter lebt. Ich habe sie allerdings noch nicht erreicht.«

»Nehmen Sie das mit der Adoption nicht so wörtlich.« Gutjahr lehnte sich wieder in seinem Sofa zurück. »Juristisch wäre das wohl nicht zu machen gewesen, aber wir hätten schon Mittel und Wege gefunden. Ich hatte da etwa an eine Schenkung gedacht. Die Mutter lebt übrigens auf Teneriffa. Eine unangenehme Person. Völlig verantwortungslos.«

»Sie kennen sie persönlich?«

»Nur aus Nadines Erzählungen, aber die reichen mir völlig. Hat das Kind erst zur Großmutter abgeschoben, damit sie sich selbst verwirklichen konnte, und es dann später nachgeholt in so eine … Aussteigerkommune.«

Er sah aus, als wolle er das Wort in sein Glas spucken. »Sobald Nadine volljährig war, hat sie sich abgesetzt.«

»Ich habe eine Nachricht auf der Mailbox von Frau Pütz hinterlassen«, sagte Sandra.

»Seien Sie doch so lieb und richten Sie der Dame etwas von mir aus«, sagte Gutjahr, und es war ihm anzumerken, dass er es gewohnt war, Befehle zu erteilen. »Meine Frau und ich möchten uns um die Trauerfeier kümmern. Ich komme für alle Unkosten auf. Nicht, dass sie denkt, sie könne Nadine auf die billige Tour entsorgen.«

»Das regeln Sie am besten persönlich mit ihr.« Was andere konnten, konnte Gabriel schon lange. »Aber wir brauchen noch etwas von Ihnen, und zwar eine Gästeliste mit den Namen aller Personen, die auf Ihrer Feier waren. War sonst noch jemand aus der Firma dabei?«

»Nein, niemand, es war rein privat, wie ich Ihrer Assistentin schon sagte.« Gutjahr erhob sich. »Moment, bin gleich wieder da.«

Gabriel stand ebenfalls auf. »Ich würde gern mal Ihre Toilette …«

»Folgen Sie mir unauffällig. Die dritte Tür auf der rechten Seite.«

Im Laufe seines Lebens hatte Gabriel schon viele Badezimmer und Gäste-WCs aufgesucht, aber auf diesen Anblick war er nicht vorbereitet. Als er eintrat, fühlte er sich schier geblendet, so hell strahlte es ihm von den Fliesen und Armaturen entgegen. Der Raum sah aus, als würde sich im nächsten Moment Meister Proper aus der Toilettenschüssel schwingen. Gabriel schloss die Augen. An diese gleißende Makellosigkeit musste man sich erst mal gewöhnen. Um sich Linderung zu verschaffen, schob er den Vorhang über dem Waschbecken zur Seite, hinter dem sich, wenn er Glück hatte, ein Fenster verbarg. Er hatte richtig vermutet. Aber seltsam, auch hinter dem geriffelten Glas leuchtete es hell. Eigentlich sollte sich dort an der Rückseite des Hauses ein Garten befinden. Gepflegter Rasen, Tannen, Stille, wohltuende Dunkelheit … Gabriel riss das Fenster auf – und staunte. Im Garten vor ihm leuchteten silberne, goldene und weiße Lichter, die zusammen … nein, keinen Weihnachtsstern, sondern vielmehr eine Art Supernova ergaben. Vielleicht stellten sich manche Leute ja so den Himmel vor. Ihm kam es vor, als sähe er direkt in die Hölle. Er tankte einen Zug der würzigen Abendluft und schloss dann hastig das Fenster.

Im Wohnzimmer wartete Alexander Gutjahr mit einem frischen Whisky Sour und einer Kopie der Gästeliste auf ihn. Gabriel nahm das Glas und sagte beiläufig: »Schöne Festtagsbeleuchtung, die Sie da heimlich hinten in Ihrem Garten haben.«

Gutjahr lachte, ein bitteres, unfreies Lachen. »Heimlich, das haben Sie schön gesagt. Diese Ökospinner! Seit Anfang Oktober flattern mir ständig Drohbriefe ins Haus,

Ende November habe ich aufgehört, sie zu zählen.« Er spülte seinen Ärger mit einem Schluck Whisky Sour herunter. »Hätten Sie eher was gegen diese Leute unternommen, dann wäre Nadine vielleicht noch am Leben.«

»Sie meinen, die BUFF hat etwas mit dem Tod Ihrer Mitarbeiterin zu tun?«

»Das haben Sie doch gerade selbst angedeutet! Aber es liegt ja auch wirklich auf der Hand. Erst setzt man mich massiv unter Druck und bedroht mich und meine Frau, und dann wird Nadine ermordet. Und zwar ausgerechnet an dem Abend, an dem ich öffentlich verkünde, dass ich sie zu meiner Nachfolgerin und Erbin machen will. Wäre das nicht gewesen … O Gott, es ist meine Schuld! Ich habe sie da mit reingerissen!«

Er beugte sich nach vorne und vergrub die Hände in seinem Gesicht. Eine so theatralische Geste steht ihm nicht, dachte Gabriel.

Auch auf Sandra machte die Pose keinen Eindruck. »Aber das sind doch Spinner, das haben sie doch selbst gesagt! Völlig harmlos.«

Gabriel bedachte sie mit einem missbilligenden Kopfschütteln. Die Strafe für ihre unbedachte Äußerung folgte auf dem Fuß: »Harmlos!«, schnaubte Gutjahr. »Interessant!« Nach wie vor weigerte er sich hartnäckig, Sandra Beachtung zu schenken, und fixierte stattdessen Gabriel. »Ich werde es meinem Freund, dem Innensenator, ausrichten. Wie Sie sehen, steht er auch auf der Gästeliste. Es interessiert ihn immer zu hören, was …«, erstmals blickte er zu Sandra hinüber, wobei er die Augen zusammenkniff, »… die kleinen Chargen in seinem Laden so denken.«

»Wir gehen selbstverständlich sämtlichen Hinweisen und Spuren nach.« Gabriel merkte selbst, wie schwach seine Entschuldigung klang, doch zu mehr war er heute Abend beim besten Willen nicht fähig, auch wenn er sich noch so sehr am Riemen riss. Wie hatte er sich nur dazu hinreißen lassen können, den Whisky zu trinken? Auch an dem zweiten Glas hatte er mehr als nur genippt. Sicher würde es Gutjahr nicht versäumen, den Innensenator auch darüber in Kenntnis zu setzen. Wahrscheinlich hatte er ihn mit dem Drink von Anfang an auf die Probe stellen wollen. Zuzutrauen wäre es ihm.

»Was Nadine Pütz angeht …«, Sandra klang eine Spur zu eifrig, aber da sie Gabriel nicht anschaute, konnte er sie nicht bremsen, »… so steht ja noch gar nicht fest, dass es Mord war.«

Gabriel stöhnte. Hätte sie doch den Mund gehalten! Er erhob sich hastig und sagte: »Besten Dank, dass Sie sich die Zeit genommen haben, Herr Gutjahr.« Und dann überwand er sich: »Sehr bekömmlich, Ihr Whisky Sour. Ich trinke ja sonst nicht im Dienst. War ein verdammter Ausnahmetag heute.«

»Das können Sie laut sagen.« Gutjahr schien sich wieder zu fangen und rang sich sogar ein Lächeln ab. »Eigentlich liebe ich Weihnachten. Das Leuchten in den Augen der Kinder. Den Lichterglanz.«

Und die Millionen, die du mit deinen blinkenden Girlanden gescheffelt hast, ergänzte Gabriel im Stillen.

»Aber dieses Jahr ist verflucht.« In einer jähen Bewegung kippte Gutjahr sein Glas über dem Adventskranz aus. »Was für ein verdammter vierter Advent!«

»Was wollten wir da eigentlich noch?«, fragte Sandra, sobald sie wieder im Auto saßen. »Ich hatte nicht den Eindruck, als glaubtest du wirklich an Mord.« Kaum hatte sie den Satz beendet, biss sie sich auf die Zunge. Seit Gabriel sie vor einiger Zeit mit dem Politikerzitat »Glauben kannst du in der Kirche« zusammengestaucht hatte, versuchte sie, auf ihre Wortwahl zu achten. »Pardon. Ich meine, es sah nicht so aus, als hättest du die Gutjahrs im Verdacht, etwas mit Nadines Tod zu tun zu haben.«

»Reine Beschäftigungstherapie«, sagte Gabriel. »Irgendwie muss man diese dunklen Wintertage ja rumkriegen. Und halt das Lenkrad fest, Mädchen.«

Sandra lachte. »Wenn du mich fragst, hast du die ganze Prozedur nur deshalb so lange rausgezögert, damit wir uns noch nicht trennen müssen.«

Wäre sie zwanzig Jahre älter, würde ich sie noch auf einen Absacker mit raufbitten, dachte Gabriel. Aber sie hatte sich bestimmt an diese durchtrainierten Typen gewöhnt, die ewig im Fitnessstudio rumhingen. Mit denen konnte er nicht konkurrieren. Außerdem hatte sie seit Kurzem einen Freund.

»Ich kann da im Moment noch kein Motiv erkennen«, sagte er. »Aber interessant, dass Gutjahr anscheinend auch nicht von Selbstmord ausgeht.«

»Stimmt. Und ein Mörder würde doch wahrscheinlich alles tun, um uns davon zu überzeugen, dass es Selbstmord war, oder?«

»Schon möglich. Übrigens wüsste ich gern mehr über diese BUFF. Gibt es irgendeinen Anhaltspunkt, wer genau hinter den Anschlägen steckt?«

»Die Bunte Feierfront ist ein Zusammenschluss ganz

unterschiedlicher Grüppchen und Gruppierungen, Chef. Einige kommen aus der Anti-Atom-Bewegung, weil dieser ganze Weihnachtszauber natürlich wahnsinnig viel Strom frisst. Und dann gibt es noch eine breite Palette anderer ökologisch orientierter Gruppen. Ich meine, Lametta und Lichterketten sind nicht gerade umweltfreundliche Produkte. Und meistens weder fair produziert noch fair gehandelt.«

Sie klingt so engagiert, als wäre sie selbst dabei, dachte Gabriel. Das würde die bunten Strähnen in ihrem Haar erklären.

»Und Vegetarier machen natürlich auch mit. Hast du mal gesehen, wie brutal Weihnachtsgänse gemästet werden? Das ist echt nicht mehr feierlich. Ich kann die Empörung verstehen. Okay, da sind sicher auch ein paar Spinner dabei. Sprayer. Steinewerfer. Aber deswegen wird man doch nicht gleich zum Mörder.«

Nein, nein, alles völlig harmlos, dachte Gabriel grimmig. Sie geben nur friedlichen Leuten, die zufällig gerade vorbeispazieren, eins auf die Rübe und verunstalten ihre Hunde. Laut sagte er: »Such mir doch mal alles raus, was wir über die haben. Morgen schauen wir uns das dann genauer an. Ach, und …« Er zögerte. Es war ihm peinlich, Sandra darum zu bitten, bei seiner Exfrau anzurufen. Aber irgendwie musste er seine Abwesenheit schließlich erklären.

Sandra fackelte nicht lange. Anstandslos ließ sie ihr Auto in einer Einfahrt stehen, da vor Gabriels Haustür wie üblich kein Parkplatz frei war, und stiefelte mit ihm in seine Wohnung. Am Telefon stellte sie sich, ohne mit der Wimper zu zucken, als »Schwester Sandra« vor. Ihr

Ton war freundlich, aber bestimmt, als sie einen schönen Gruß von Wolf Gabriel ausrichtete. Herr Gabriel bedauere zutiefst, das Konzert seiner Tochter versäumt zu haben, aber er habe sich eine Kopfverletzung zugezogen und sei eben erst aus dem Koma erwacht.

Durch Gabriels Grinsen angespornt, improvisierte Sandra munter weiter: Frau Gabriel möge sich bitte keine Sorgen machen. Der Herr Hauptkommissar sei ja von robuster Natur, er scherze schon wieder mit dem Pflegepersonal, und sein Zustand sei den Umständen entsprechend stabil. Endlich legte sie auf. Und dann verabschiedete sie sich, ohne dass Gabriel in den Genuss weiterer krankenpflegerischer Maßnahmen kam.

»Ai-ai-ai-ai …«

Sie haben dich gefunden, Nadine. Von Weitem sahst du aus, als wärst du noch am Leben. Kannst du sprechen, Nadine? Und wenn du es könntest, würdest du diesem Bullen meinen Namen verraten? Würdest du mich ans Messer liefern?

Die alte Nadine hätte eiskalt ihr Ding durchgezogen. Aber vielleicht hast du dort, wo du in der Zwischenzeit warst, was gelernt? Das Wesen von Freundschaft vielleicht? Oder … Gnade?

Ach, Nadi, gäbe es eine Gerechtigkeit, so wärst du aufgestanden, anstatt da so kalt liegen zu bleiben. Wärst zu mir gekommen, hättest mir über die Stirn gestrichen. In die Augen gesehen. Und dann hättest du mir gesagt, dass du mir verzeihst. Wir hätten von vorn angefangen.

Aber eins hättest auch du heute lustig gefunden: Als dieser Bulle mit dem Kopfverband einfach umkippte und der jungen Frau, mit der er sich gerade unterhielt, direkt vor die Füße sackte. Die Frau, ich schätze mal seine Assistentin, hat ihn aufgefangen. Und auch meinen Blick hat sie aufgefangen, das geistesgegenwärtige Biest. Die hat's echt drauf, diese Kleine, und so hatte ausgerechnet ich die Ehre, den Bullen in ihr gelbes Auto zu verfrachten. Gemeinsam mit dem Penner, der neben mir stand. Also bin ich noch etwas näher an dich rangekommen, Nadine, aber da hatten sie dein Gesicht schon mit einem Tuch abgedeckt. Und so war uns kein Blick des Abschieds vergönnt. Übrigens, die Alte hat keinen Finger gerührt, ist doch irgendwie typisch! Aber dieses kleine Biest mit dem Smart. Echt schade um sie. Die kämpft auf der falschen Seite.

3

Den Montag verschlief Gabriel mehr oder weniger. Er hatte sich im Präsidium abgemeldet und Sandra gebeten, bei Gelegenheit etwas zu essen vorbeizubringen. Für ihn und den Hund. Dass die junge Frau allen Ernstes dachte, sie könne ihn mit einer Dose Eierravioli glücklich machen, amüsierte ihn. Kein Problem, er hatte sowieso keinen Hunger. Dass die arme Mutter sich mit Fertigfutter begnügen musste, war allerdings weniger erfreulich. Aber schließlich war dies ein Notfall. Sein Kopf schmerzte, als würde er gleich zerspringen.

Am Dienstagmorgen wurde Gabriel durch hartnäckiges Klingeln geweckt. Es war Sandra, die bereits oben vor seiner Tür stand. Sie trug eine Mandarinenkiste, in der sich eine Brötchentüte, zwei Plastikbecher mit Kaffee, eine Tageszeitung und ein Tütchen Marzipankartoffeln befanden. Unter den Arm hatte sie einen Aktenordner geklemmt. Netter Versuch, dachte Gabriel, aber leider fehlte das Vorspiel. Früher pflegte man erst die Nacht miteinander zu verbringen und dann gemeinsam zu frühstücken. Tja, er war nicht nur krank, er wurde auch alt.

»Ich hab dich noch bis Mittag abgemeldet, Chef«, erklärte sie. »Bis dahin wissen wir hoffentlich mehr aus der Rechtsmedizin, und du kannst dir überlegen, wie du das mit deiner Krankschreibung handhaben möchtest.«

Gabriel starrte sie an. Wovon redete sie?

»Es ist nämlich genauso, wie du vermutet hattest. An den Händen der Toten sind Abwehrspuren, und deshalb wird sie nach der äußeren Leichenschau jetzt auch noch obduziert.« Sie sah ihn bewundernd an. So einen Blick hatte Anne ihm nicht mal bei ihrer Hochzeit geschenkt. Gabriel fühlte sich schlagartig gesünder. Und jünger.

»Wenn Nadine Pütz trotzdem freiwillig aufs Eis gegangen sein sollte, kannst du getrost weiter deine Gehirnerschütterung auskurieren. Laut Wikipedia soll man bei einem Schädel-Hirn-Trauma sogar achtundvierzig Stunden zur Beobachtung im Krankenhaus bleiben.«

Sie schob sich an ihm vorbei und marschierte in die Küche. Gabriel sah zu, wie sie ihre Einkäufe auf die Herdplatte fallen ließ, während sie munter weiterplauderte.

»Mit den Kollegen vom Staatsschutz habe ich übrigens gestern noch gesprochen. Hab dir eine Kopie des BUFF-Dossiers mitgebracht. Du wirst es nicht glauben, wer da alles mitmischt.« Sie wedelte mit der Akte, die sie unter dem Arm getragen hatte. »Damit kannst du in den nächsten Tagen deine Zeit totschlagen.«

Gabriel lachte und verschwand im Bad. Als er es eine Viertelstunde später verließ, roch es nach angebranntem Kaffee. In die Rauchschwaden mischte sich würziges Zimtaroma. In seinem Kopf dröhnte wieder der Presslufthammer.

Sandra saß am gedeckten Frühstückstisch und pustete in ihren Kaffeebecher. »Tut mir leid, aber ich wollte den Kaffee noch mal aufwärmen und konnte deine Mikrowelle nicht finden.«

Kein Wunder, er besaß ja auch keine.

»Der Topf ist leider im Eimer.« Ihr Blick wanderte zum Müll. Die Aussage schien wörtlich gemeint. »Aber der Kaffee ist durchaus genießbar. Oder soll ich dir lieber einen Tee aufbrühen?«

Gabriel folgte ihrem Blick und sah, dass Monika Herbsts silbernes Roibuschpäckchen wie durch Zauberhand wieder in seinem Regal stand. Offenbar hatte Sandra die Packung im Abfalleimer bemerkt und wieder hervorgeangelt.

»Nein danke, den kannst du behalten.«

»Nee, echt jetzt?«

»Klar. Wenn ich es doch sage. Schenk ich dir.«

Sie sprang polternd auf, was ihm eine neuerliche Schmerzattacke bescherte, ergriff das Päckchen und stopfte es in die Brusttasche ihrer Winterjacke, die über der Stuhllehne hing. »Das nehm ich meinem Freund mit. Der steht auf Rotbusch.«

Sie errötete leicht, und zum ersten Mal dämmerte es Gabriel, dass auch Monika ihr Geschenk damals leicht anzüglich gemeint haben könnte. Na großartig, dachte er. Wenigstens einem Menschen hatte er einen Weihnachtswunsch erfüllt. Eine gute Tat, die doppelt zählen musste, denn Sandras unbekannter Freund und Rotbuschliebhaber wurde ihm immer unsympathischer.

Während Gabriel von seinem Brötchen abbiss, nahm er sich das *Hamburger Abendblatt* vor. Sandra hatte ihm die Ausgabe vom Vortag mitgebracht. Im Lokalteil stach ihm auf der ersten Seite ein Bericht über »die Schöne Tote vom Alsterufer« ins Auge, aufgemacht mit einem großen Foto, das Frau Doktor Müller-Thurgau in selbstzufriedener Pose vor einer Trauerweide zeigte. »Kein Mann ist es wert, sich seinetwegen umzubringen«, wurde sie zitiert. Er faltete die Zeitung zusammen, schob seinen Teller mit dem Brötchen zur Seite und verkniff sich den Satz »Bitte, bring mich wieder ins Bett.« Stattdessen schlug er Sandra vor, wie gewohnt ins Büro zu fahren.

Auf dem Weg nach Alsterdorf überlegte er es sich anders. Eigentlich zog es ihn nicht in den fremden Dienstraum, den seine Kollegen bei dem Versuch, sich wohnlich einzurichten, komplett verunstaltet hatten. Mit Abscheu dachte Gabriel an das billige Adventsgesteck, das vermutlich von keinem Geringeren als Gutjahr aus China importiert worden war. Und dann dieser grässliche selbst gebastelte Kalender, ein Gemeinschaftswerk von Grubers pubertierenden Kindern. Für Dezember hatten sie ihrem Vater den Anblick dreier Polizeihostessen gegönnt, die halb nackt vor einem Parkscheinautomaten posierten. Das Foto, das sie offenbar aus einem Männermagazin ausgeschnitten hatten, war mit weihnachtlichen Glitzersternchen beklebt. Von nicht zu überbietender Geschmacklosigkeit waren auch die Aufkleber an Grubers Computer und auf seinem Mousepad: Pinguine in allen erdenklichen Lebenslagen, Enten mit Sprechblasen vor dem Schnabel – »Shut the duck up« – und die zurzeit offenbar recht populären »geilen Schnecken«. Nicht gerade das, was seinem schmerzenden Kopf jetzt Linderung verschaffen konnte.

»Fahren wir doch lieber in die Rechtsmedizin«, hörte er sich sagen. »Vielleicht haben wir Glück und können die Hagena abfangen. Die BUFF-Akte studieren wir später.« Dreimal *wir* in drei Sätzen. Von Satz zu Satz fühlte er sich gesünder.

Doktor Ingrid Hagena, die Kollegin aus der Gerichtsmedizin, war eine Frau ganz nach Gabriels Geschmack, denn sie redete grundsätzlich nicht um den heißen Brei herum. Kaum standen sie ihr im Kellervorraum des Instituts gegenüber, kassierte Sandra auch schon die erste Rüge: »Wieso haben Sie sich gestern nicht bei mir gemeldet? Ich habe mir die Finger platt gedrückt bei dem Versuch, Sie zu erreichen! Und du …«, sie wandte sich an Gabriel, »… denkst, du kannst eine ruhige Christbaumkugel schieben und andere für dich arbeiten lassen, ja?« Sie schnappte nach Luft, schloss die Augen und schien innerlich bis zehn zu zählen, bevor sie in milderem Ton fortfuhr. »Okay, lassen wir das. Also, eure Tote hier: Könnte Mord gewesen sein. Sie ist ertrunken, aber vorher wurde sie mit einem Messer bedroht. Was wissen wir über die Frau?«

»Bitte, ich muss mich setzen«, sagte Gabriel. Offenbar war er doch nicht so fit, wie er sich eben noch eingebildet hatte.

»Gehen wir in mein Büro«, sagte Doktor Hagena, die auf einen Blick erkannte, was mit ihrem Kollegen los war. Sie hakte Gabriel unter und befahl Sandra, es ihr gleichzutun. Gemeinsam führten sie ihn in Richtung Fahrstuhl, dessen Türen sich kurz bevor sie ihn erreichten schlossen. Während sie darauf warteten, dass der Fahrstuhl wiederkam, redete Doktor Hagena weiter auf Gabriel ein: »Kräftige Waschhautbildung …«, er sah mehr, wie sich ihre Lippen bewegten, als dass er die einzelnen Silben hörte. »Oberhaut, Haare und Nägel lösen sich erleichtert ab. Aktive Abwehrspuren an beiden Handinnenflächen. Scharfe Gewalt … Obduktionsergebnis … Todesursache …«

»Könnten die Kratzer nicht bei dem Versuch, sich aus dem Eis zu befreien, entstanden sein?«, fragte Sandra.

Endlich kehrte der Fahrstuhl mit einem Klingeln zurück. Die Kabinentür öffnete sich, und Doktor Hagena schob Gabriel hinein. Sie wandte sich an Sandra: »Ich sagte, scharfe Gewalt. Im Gegensatz zur halbscharfen Gewalt bei Kratzern. Bei Kratzern wäre nur die Oberhaut verletzt, die unteren Schichten und auch die sogenannten Gewebsbrücken blieben stehen. In unserem Fall sind aber keine Gewebsbrücken geblieben.«

Na fein, jetzt redeten sie schon über seinen Kopf hinweg, vermutlich würden sie nicht einmal merken, wenn er gleich aus dem Fahrstuhl kippte.

»… einschneidige Stichverletzungen mit spitzem Wundwinkel. Schnitt quer durch die ganze Hand … Fingerarterien zerschnitten … in die Klinge hineingefasst … muss heftig geblutet haben …«

Wie lange dauerte es denn noch, bis dieses vorsintflutliche Gerät endlich den zweiten Stock erreichte? Gabriel spürte, wie Übelkeit in ihm aufstieg.

»… nach einem scharfen Messer suchen. Einem sehr scharfen Messer. Und wie steht es mit ihrer Handtasche? So eine Frau geht doch am Abend nicht ohne ihr Täschchen aus dem Haus. Oder ohne Mantel. Sicher hat der Herr Hauptkommissar schon den Befehl erteilt, das Ufer abzusuchen?«

Gabriel bekam gerade noch mit, wie Sandra etwas von »Ausübung im Dienst« und »Schädelhirnerschütterung« faselte. Oder hatte er sich verhört?

»Damit ist nicht zu spaßen.« Doktor Hagena baute sich vor Gabriel auf. »Der Schwindel kann im Rahmen des postkommotionellen Syndroms noch mehrere Wochen andauern.«

Er kämpfte weiter gegen die Übelkeit an.

»Selbst in minderschweren Fällen … drei bis sieben Tage. Stress ist Gift bei so was … Lieber Kommissar, hörst du mich?« Sie tätschelte leichte seine Wangen und erhob ihre Stimme. »Du brauchst viel Ruhe. Lärm und Stress unbedingt vermeiden. Und kein Fernsehen, natürlich.«

Als der Fahrstuhl mit einem Ruck zum Stehen kam, würgte ihr Gabriel sein Frühstück vor die Füße. Zum Glück hatte er nicht viel zu sich genommen.

Nachdem er sich eine halbe Stunde auf Doktor Hagenas Feldbett ausgeruht hatte – in anstrengenden Zeiten pflegte sie im Institut zu übernachten –, fühlte er sich wieder besser. Sandra hatte sich zwischenzeitlich die BUFF-Akte vorgenommen und eine erstaunliche Entdeckung gemacht: Zweimal war darin von einem gewissen Oliver Gutjahr die Rede. Er schien einer der führenden Köpfe der Organisation zu sein und hatte bei mehreren Verlautbarungen der Bunten Feierfront als Verantwortlicher im Sinne des Presserechts unterzeichnet. Natürlich konnte die Namensgleichheit ein Zufall sein, aber das war eher unwahrscheinlich. Gutjahr war schließlich kein so geläufiger Name. Gabriel bat Ingrid Hagena um eine Schmerztablette, bemühte sich um ein Lächeln und machte sich dann auf den Weg nach Eimsbüttel. Sandra hatte er gebeten, ihn eine Stunde später dort abzuholen und sich zwischenzeitlich darum zu kümmern, dass das Alsterufer nach der Handtasche, etwaigen weiteren Kleidungsstücken des Opfers und einer möglichen Tatwaffe abgesucht würde.

Oliver Gutjahr wohnte in einem schicken Loft in der Margaretenstraße. Er war seiner Mutter wie aus dem Gesicht geschnitten, sodass sich die Frage, in welcher Beziehung er zu den Gutjahrs aus Uhlenhorst stand, beinahe erübrigte. Gabriel stellte sie trotzdem.

»Man sucht sich seine Eltern nicht aus«, lautete Olivers unverblümte Antwort. »Von einer Beziehung würde ich momentan freilich nicht sprechen. Ist mein alter Herr endlich verhaftet worden? Oder nein, sagen Sie nichts«, er führte Gabriel in eine offene Wohnküche amerikanischen Stils und bot ihm einen Stuhl an. »Doch nicht etwa ermordet?«

Wie üblich antwortete Gabriel mit einer Gegenfrage. »Kennen Sie Nadine Pütz?«

Oliver zögerte. »Möglich. Ich kenne viele Leute.« Er

räumte einen Stuhl für sich frei. »Und viele kennen mich. Warum fragen Sie?«

»Wo und wann könnten Nadine und Sie sich denn begegnet sein?«

Oliver Gutjahr, Gabriel schätzte ihn auf höchstens Anfang dreißig, zuckte mit den Schultern. »Keine Ahnung. Muss man diese Nadine denn kennen?«

»Ihr Vater hielt große Stücke auf sie.«

»Ein Grund mehr, mich nicht für die Frau zu interessieren.«

»Sie sind aktiv in der BUFF?«

Oliver, der sich – ganz der Vater – auf seinem Stuhl herumgelümmelt hatte, richtete sich auf. »Wie kommen Sie darauf?«

»Also ja. Was sagt Ihr Vater zu Ihrem Engagement?«

»Keine Ahnung. Sollte mich das interessieren?«

»Na ja, immerhin ruinieren Sie sein Geschäft.«

»Warum fragen Sie eigentlich, wenn Sie das alles schon wissen?«

»Weil ich es gerne zweimal höre.«

Oliver überlegte. »Okay, was soll's, natürlich kenne ich Nadine. Eine unserer besten Leute.«

Mit diesem Bekenntnis hatte Gabriel nicht gerechnet. Er gab sich Mühe, sich seine Verblüffung nicht anmerken zu lassen.

»Wann ist sie … der Organisation beigetreten?«

»Hören Sie, seien Sie doch so gut und fragen Sie Ihre Kollegen vom Staatsschutz. Die wissen das besser als ich.« Oliver Gutjahr schaute auf seine polierten Fingernägel. Was für ein blasierter Kerl! Auch wenn er das Aussehen von seiner Mutter geerbt hatte, die Arroganz kam eindeutig vom Vater. Schwer erträglich. Zumal ohne Whisky.

»Wieso dachten Sie eigentlich, man könne Ihren Vater verhaftet haben? Müsste es nicht eher umgekehrt sein? Was Sie und Ihre Freunde von der BUFF so alles treiben, sind schließlich keine Kavaliersdelikte.«

»Ach, machen Sie sich mal keine Sorgen um meinen Vater, den plagt auch nicht die geringste Sorge um mich. Im Übrigen wüsste ich nicht, dass es hierzulande verboten ist, philosophische Abhandlungen zu verfassen. Die ökonomische und ökologische Weihnachtsverpestung der herrschenden …«

»Die können Sie sich an den Hut stecken«, unterbrach ihn Gabriel. »Ich rede hier von Ihren Aktionen.«

»Wirklich kriminell sind nur die, gegen die sich unser Protest richtet. Insofern hätten Sie schon recht, wenn Sie sich um meinen Vater kümmern wollten. Was ist dagegen schon so eine kleine Farbspielerei …«

»Sachbeschädigung«, warf Gabriel ein.

»… oder die gelegentliche Entsorgung von Luftverpestern …«

»Autobrandstiftung!«

»Süß«, sagte Oliver Gutjahr. »Aber mit solchen Aktionen habe ich nichts am Hut.« Er lehnte sich zurück und zündete sich eine Zigarette an. »Hören Sie auf mit diesen Gestapo-Methoden. Das ist doch Gesinnungsterror, mit dem linke Medien kriminalisiert werden sollen.«

»Hut ab, ein echter Berufsrevolutionär.« Gabriel konnte sich den Sarkasmus nicht verkneifen.

»Ich nutze lediglich mein Erbe, um Gegenöffentlichkeit herzustellen.«

»Welches Erbe? Ihre Eltern leben doch noch. Und seinen Laden wollte Ihr Vater Nadine Pütz hinterlassen.« Gabriel hätte sich ohrfeigen können. Er war nicht gerade ein leuchtendes Beispiel für Verhörtechnik. Nur gut, dass Sandra ihn nicht hören konnte.

»Süß«, wiederholte Oliver. »Sie haben so putzige kleinbürgerliche Vorstellungen. Aber Sie können wahrscheinlich nichts dafür. Ich hingegen«, er ließ seine Zigarette in den Kaffeebecher fallen, »habe für mein Leben ausgesorgt. Der Rest interessiert mich nicht mehr. Wieso sagen Sie übrigens *wollte*? Hat mein Alter seine Meinung bezüglich Nadine geändert?«

Gabriel ignorierte die Frage.

»Geld interessiert einen doch eigentlich immer?«

»Ja, wenn man's nicht hat.« Gutjahr stellte seinen Becher direkt vor Gabriel ab. »Aber ich habe mir meinen Anteil auszahlen lassen und ihn gewinnbringend angelegt.« Oliver tat, als dächte er nach, aber Gabriel war sich sicher, dass der Mann genau wusste, was er preisgeben wollte. Er mochte ein smarter Bursche sein, aber er war ein schlechter Schauspieler.

»Ach, was soll's, Sie finden es ja doch heraus: Unter anderem gehört mir das Wohnhaus, in dem auch Nadine wohnt. Ich vermiete meine Apartments fast ausschließlich an Gleichgesinnte. Macht einfach mehr Spaß …«, er leckte sich über die Fingerspitzen und fuhr sich mit der Hand durchs Haar, »… beim gemeinsamen Feiern. Und nun müssen Sie mich bitte entschuldigen, ich habe einen Termin. Schade übrigens, dass Sie nicht so eine hübsche junge Assistentin mitgebracht haben, wie man das von Ihren Kollegen aus dem Fernsehen kennt. Die hätte ich glatt gefragt, ob sie nicht mitkommen will.«

Dass hätte gerade noch gefehlt, dass dieser Kerl vor Sandra den Charmebolzen mimt, dachte Gabriel. Der Typ war einfach zum Kotzen. Wie der Vater, so der Sohn.

»Nadine Pütz ist tot«, sagte Gabriel. »Lesen Sie keine Zeitung?«

Oliver Gutjahr blickte ihn verständnislos an. »Aber das geht doch nicht!«, rief er. »Sparen Sie sich Ihre schlechten Witze!« Dann brach er in ein hysterisches Gelächter aus, fluchte und lachte abwechselnd und rang vergeblich um Fassung. War das echt, oder war an ihm doch ein Schauspieler verloren gegangen?

Gabriel wartete ab, bis sich das Lachen legte. »Wo waren Sie am Abend des dritten Dezember?«, fragte er dann. »Ihr Vater hatte da eine Feier im NRV, aber Sie stehen nicht auf der Gästeliste?«

»Verstehe«, flüsterte Oliver. »Und jetzt verdächtigen Sie mich. Keine Ahnung, was ich an dem Abend gemacht habe.« Er sprang auf. »Entschuldigen Sie mich bitte, ich muss weg. Am Falkenried wird ja nun ein Apartment frei.«

Gabriel erhob sich ebenfalls. »Sie hören wieder von mir.«

»Sehr verbunden, Herr Kommissar.« Oliver deutete einen altmodischen Diener an, warf Gabriel einen lauernden Blick zu und holte dann zum Gegenschlag aus. »Sagen Sie, was haben Sie eigentlich mit Ihrem Kopf gemacht? Glatteis?«

Arschloch, dachte Gabriel. Er schenkte dem jungen

Mann ein müdes Lächeln und wandte sich ab. Statt zum Fahrstuhl ging er versehentlich in Richtung Treppe.

»Das ist überhaupt die Idee«, resümierte Gabriel, als er wieder neben Sandra im Auto saß. »Du ermittelst undercover. Könntest dich als eine Freundin von Nadine Pütz ausgeben. Spiel dem Burschen ruhig vor, dass sein ganzes BUFF-Gequatsche dich überzeugt.«

»Vielleicht tut es das ja auch? Und wenn nicht sein Gequatsche, dann vielleicht sein Großgrundbesitz?«

»Armes Mädchen.« Gabriel lächelte. »Für einen Gutjahr bringst du nicht genug Geld mit. Dieses Pack hat einfach nur eine große Klappe. Nach außen tun sie rasend sozial. Aber am Ende bleiben sie doch gern unter sich.«

»Ein Motiv hätte er«, sagte Sandra, während sie ausparkte und Gabriel noch einmal zu dem Loft hinaufsah. Oliver Gutjahr stand am Fenster und zog sich diskret zurück, als ihre Blicke sich trafen. Ob er Sandra gesehen hatte? Sie durfte sich auf keinen Fall mit ihrem gelben Smart bei ihm blicken lassen.

»Geld kann man schließlich nie genug haben«, fuhr sie fort. »Und wenn dieser Oliver dreimal das Gegenteil behauptet. Je reicher, desto geiler. Trotzdem, ich tippe auf den Alten. Allein schon, weil er seinen eigenen Sohn angeschwärzt hat. Widerlich. Oder es war die Frau.«

Sandra ist zu impulsiv, dachte Gabriel. Von Frau Doktor Müller-Thurgaus Selbstmordtheorie hatte sie sich am Anfang auch gleich überzeugen lassen. Doch er behielt den Gedanken für sich. Irgendetwas in ihm sträubte sich, die Gutjahrs zu verdächtigen. Aber warum? Weil ihm ein politisches Motiv lieber gewesen wäre als immer dieselbe private Scheiße? Nach wie vor wäre er bereit, eine Flasche Rotwein auf die BUFF-Spur zu verwetten.

»In Oliver Gutjahr laufen alle privaten und politischen Motive zusammen«, sagte er. »Deshalb macht es Sinn, wenn du ihn im Auge behältst. Übrigens hat er etwas Komisches gesagt: Er würde seine Apartments nur an Gleichgesinnte vermieten. Und Nadine Pütz sei eine der besten BUFF-Leute gewesen.«

»Könnte Alexander Gutjahr sie dort einquartiert haben, um seinen Sohn auszuspionieren?«

»Möglich.«

»Vielleicht hat sie Oliver was vorgespielt, und er ist dahintergekommen?«

»Möglich.«

Sandra steigerte sich immer mehr in ihre Begeisterung hinein: »Oder sie hatte in Wahrheit was mit Oliver, und der hat sie zu seinem Vater geschickt, um ihn auszuspionieren, und dann ist der Alte dahintergekommen?«

Gabriel nickte. Auch möglich.

»Oder nein! Die Mutter steckt hinter allem!«, rief Sandra und ließ mal wieder das Lenkrad los. »Nadine war für sie nur Mittel zum Zweck, um Vater und Sohn zu versöhnen. Und dann ist was schiefgelaufen.«

»Schau nach vorn«, sagte Gabriel.

Sandra schwieg eine Weile, dann sagte sie zögernd: »Duuu … Ich muss dir was beichten.«

Sie schaute stur geradeaus, während sie ihm gestand, dass sie bereits auf eigene Faust begonnen hatte, ein paar verdächtige BUFF-Aktivisten unter die Lupe zu nehmen.

»Es hat mir leid getan, als du am Sonntag so elend ausgesehen hast … Auch das mit deinem Hund, Chef. Ich wollte herausfinden, wer dir das angetan hat. Ich meine, wir sind nicht zur Polizei gegangen, um Däumchen zu drehen, oder?«

Sie hatte einen Trotz in der Stimme, der ihn rührte.

»Das Problem ist, ihr jungen Leute habt zu viele Fernsehkrimis gesehen«, sagte er. »Solche Alleingänge bringen doch nichts.«

Sie schwieg, aber er wusste, was sie dachte. Dass gerade er sich nicht über Alleingänge zu echauffieren brauchte…

»Okay«, lenkte er ein. »Du hast gute Arbeit geleistet. Das wolltest du doch hören, oder? Aber ab jetzt werde ich vorher über deine Aktionen informiert.«

Sandra setzte ihn vor Oliver Gutjahrs XXL-Wohnheim an der Ecke Falkenried und Straßenbahnring ab. Gabriel hatte gar nicht gewusst, dass es diesen Straßenbahnring überhaupt gab. Früher, so erklärte ihm Sandra, hatten sich hier, an der Grenze zwischen Eppendorf und Eimsbüttel, die Fahrzeugwerke Falkenried befunden, die für den Bau und die Instandsetzung der Hamburger Straßenbahnen verantwortlich gewesen waren. Olivers Wohnheim entpuppte sich als ein schön renoviertes, großes Eckhaus, das einmal die alte Schaffnerei beherbergt hatte.

Als Gabriel das Wohnheim betrat, sah er sofort die Poster, die an etlichen Türen angebracht waren und zeigten, dass sich die Bewohner mit den Zielen der BUFF identifizierten. Auf einem Plakat sah man eine Lichterkette, die in eine Zündschnur überging. Die Lunte brannte. Überschrift: »Es weihnachtet sehr«. Ein anderes zeigte einen der beiden Gauner aus den Kevin-Filmen mit versengten Haaren: »Knecht Ruprecht allein zu Haus«.

Eigentlich unglaublich, dass man diesen Leuten noch nicht Einhalt geboten hatte! Da mussten erst Sandra und er kommen. Was hatten die Kollegen vom Staatsschutz eigentlich die ganze Zeit über getrieben? Alexander Gutjahr hatte schon recht gehabt mit seiner Kritik, dachte Gabriel, wenngleich widerwillig.

Ihm gefiel die Vorstellung, dass Sandra gerade seiner Spur folgte, während er sich, sobald er hier fertig war, die Gutjahrs vorknöpfen und Sandras Herz-Schmerz-Theorien überprüfen würde. Bevor sie sich von ihm verabschiedete, hatte sie noch ein paar weitere wilde Hypothesen geäußert: »Wetten, Nadine Pütz hatte doch mehr als nur eine Vater-Tochter-Beziehung zu Alexander Gutjahr?«

Täuschte er sich oder hatte ein wenig Sehnsucht in Sandras Stimme mitgeschwungen?

»Und Frau Gutjahr war eifersüchtig oder fürchtete um ihren Unterhalt. Oder aber, die Pütz hat einen früheren Freund für einen der beiden Gutjahrs sitzen gelassen, ob Senior oder Junior, wird sich noch zeigen. Und der ist ausgerastet vor Eifersucht.«

Dem Kommissar schwirrte der Kopf. Ein wenig Ruhe in Nadine Pütz' Zimmer konnte nicht schaden.

Die Tür zu ihrem Apartment war angelehnt und nicht versiegelt. War offenbar nie versiegelt gewesen. Sandra, Sandra! Dieser ganze Fall war von Anfang an schiefgelaufen. Gabriel schleppte sich in das Zimmer und setzte sich auf die Bettkante. Er sollte sich wirklich krankschreiben lassen. Das hatte doch alles überhaupt keinen Sinn! Aber erst musste er noch denjenigen finden, der ihm diese Schmach bereitet hatte. Und Nadines Mörder, den natürlich auch. Er ließ sich in die Kissen sinken, die nach einer fremden Frau rochen, und schloss die Augen. Ein etwas herber Geruch. Tabak, dachte er. Und Schokolade.

Hinter seinen Lidern tanzten gelbe und rote Lichter. Er bedeckte sein Gesicht mit beiden Händen. Endlich Dunkelheit. Endlich Ruhe. Für kurze Zeit dämmerte er in einem angenehmen Zustand zwischen Wachen und Schlafen. Vor seinem inneren Auge erschien eine graue Eisfläche. Eine schattenhafte Gestalt hielt eine Frau mit langen dunklen Haaren und einem roten Hosenanzug in einem erbarmungslosen Klammergriff umschlungen. Sie zerrte die junge Frau übers Eis und zwang sie hinab in ein Loch, das sich vor ihnen auftat. Nein, falsch, der Schatten hatte es selbst ins Eis gehackt, als er plötzlich einen Eispickel in der Hand hielt. Die Frau wehrte sich, wollte auf der Eisfläche bleiben, doch vergeblich. Der dunkle Schatten stieß sie hinab. Sie kämpfte, schrie um ihr Leben und versuchte immer wieder, sich hochzuziehen. Doch der Schatten zielte mit dem Eispickel nach ihren Händen. Immer, wenn sie kurz davor war, sich aus ihrem Gefängnis zu befreien, wusste er es zu verhindern.

So hätte es gewesen sein können, dachte Gabriel. Und dann: Nein, so war es nicht. Vermutlich war der Täter nicht so planmäßig vorgegangen. Man hackte doch nicht ein Loch ins Eis, um später jemanden darin zu entsorgen. Oder doch?

Gabriel schnupperte, öffnete die Augen. In den Kissen hing noch ein anderer Duft. Blut? Nein, dachte er. Aber Schweiß. Die Pütz hatte hier mit Sicherheit einen männlichen Besucher empfangen.

Er richtete sich auf und schaute sich im Zimmer um. Wohn- und Arbeitsraum in einem. Eine kleine Küchenzeile, wenig benutzt. Alles war extrem ordentlich. Wer immer die junge Frau gewesen war, sie hatte selbst in ihren eigenen vier Wänden nicht viel von sich preisgegeben. Im Unterschied zu den anderen jungen Leuten im Haus, die schon an der Tür ihre Gesinnung kundtaten. Hier verriet kein einziges Bild etwas über Nadines Vorlieben oder Interessen. Bis auf einen geschmackvollen persischen Kelimteppich war alles nackt und kahl. Auch wenn Nadine Pütz erst vor einem halben Jahr nach Hamburg gezogen war, hätte sie sich in der Zwischenzeit doch etwas wohnlicher einrichten können.

Gabriel öffnete die Schublade der kleinen Kommode, die neben dem Bett stand. Sie war vollkommen leer. Plötzlich war er hellwach. Er hörte Sandras Stimme. »Vorliebe für teuren Schmuck und schicke Klamotten …« Wo würde eine junge Frau ihre Perlen und Ringe aufbewahren, wenn nicht in der Schublade ihres Nachttischs? Es war an der Zeit, sich das Zimmer gründlich vorzunehmen.

Eine Weile arbeitete Gabriel systematisch vor sich hin. Wenn Sandra hier am Sonntag wirklich noch Schmuckstücke gefunden hatte, dann waren sie heute nicht mehr da, so viel stand fest. Weder in den Ablagefächern auf dem Schreibtisch, noch im Schrank, nicht in der Unterwäsche und auch nicht zwischen den Pullovern und

Strümpfen. Gabriel ging dazu über, sämtliche Jacken- und Hosentaschen sowie Blazer und Kostüme zu überprüfen. Die junge Frau hatte eine erstaunliche Anzahl davon besessen und offenbar noch mehr Schuhe in allen möglichen – oder unmöglichen – Formen und Farben. Er hob jede Stiefelette einzeln hoch, schüttelte sie, drehte sie um, schüttelte wieder … Nirgends fiel ein Klunker heraus. Es gab keinen Zweifel, irgendjemand war vor ihm hier gewesen.

Aus den Augenwinkeln nahm er eine Bewegung an der Tür wahr. Er spürte es mehr, als dass er es sah, und drehte sich abrupt um. »Hallo, halt! Warten Sie, bleiben Sie stehen!«

Der junge Mann hatte unauffällig verschwinden wollen, aber als Gabriel im Flur hinter ihm herrief, machte er kehrt und kam wieder zurück.

»Hauptkommissar Gabriel. Mit wem habe ich das Vergnügen?«

Ein Name, gebrummelt, schwer zu verstehen.

»Tomatenketchup?«

»Tom Kretzschmer.«

»Sie kannten Nadine Pütz?«

Der andere blickte zu Boden und nickte.

»Setzen wir uns doch«, sagte Gabriel.

Sie gingen ins Zimmer. Gabriel ließ sich wieder auf der Bettkante nieder, Tom Kretzschmer zog den Schreibtischsitz zu sich heran. Es handelte sich um eines dieser seltsamen Gebilde ohne Lehne, die angeblich den Rücken schonten. Gabriel hätte nicht gewusst, wie herum er darauf hätte Platz nehmen sollen. »Wie gut kannten Sie Frau Pütz?«

»Überhaupt nicht.«

»Sie sind nur allgemein neugierig und spionieren gern an fremden Türen?«

»Nein. Überhaupt nicht.«

»Und bei welcher Frage wären Sie bereit, es einmal mit Ja zu probieren?«

»Ich, also …«

Tom Kretzschmer steckte ganz offensichtlich in der Bredouille. Er schien etwas sagen zu wollen, wusste aber nicht, wie er es anfangen sollte. Endlich rang er sich ein paar unverständliche Worte ab, die Gabriel *peu à peu* in zusammenhängende Sätze brachte.

»Nadine soll tot sein. Stimmt das?«, fragte Kretzschmer schließlich.

»Woher haben Sie diese Information?«

Kretzschmer wich seinem Blick aus, indem er zur Tür hinüber schielte.

»Auf dem Flur aufgeschnappt?«

Der junge Mann nickte. »Soll angeblich heute in der Zeitung stehen.« Er schnaubte verächtlich. »Springer-Presse.«

Dass heutzutage immer noch junge Leute nachwuchsen, die die alten Parolen nachkauten! Besser Springer-Presse als Springer-Stiefel, dachte Gabriel, behielt seine Weisheit aber für sich. Die Stiefel, die Kretzschmer trug, hatten zweifarbig melierte Schnürsenkel.

»Wohnen Sie auch hier im Haus?«

Bejahendes Kopfnicken, wenn auch zögerlich.

»Nadine Pütz ist tot, Sie haben richtig gehört, und zwar schon seit über zwei Wochen. Und wollen Sie wissen, worüber ich mich wundere? Dass niemand hier im

Haus es für nötig gehalten hat, sie als vermisst zu melden. Was für eine Nachbarschaft ist das hier eigentlich? Sie sind doch alle so engagiert und sozial?«

Schweigen. Vermutlich würde gleich einer der üblichen Sprüche folgen. Von wegen man wolle nichts mit den Bullen zu tun haben oder etwas in der Preislage. Gabriel wartete ab. Schweigen war immer noch die Disziplin, die er am besten beherrschte.

Wider Erwarten antwortete Tom Kretzschmer schließlich in einem vollständigen und durchaus verständlichen Satz. »Wir haben gedacht, sie wäre schon in die Weihnachtsferien gefahren. Nach Teneriffa, zu ihrer Mutter.«

Na bitte, ging doch. »Wer ist *wir*?«, fragte Gabriel.

»Wir hier. Ich. Meine Freunde.«

»Ihre Freunde von der Bunten Feierfront, wollen Sie sagen?«

Kretzschmer räusperte sich. Dann brach es aus ihm heraus: »So einer läuft man doch nicht noch hinterher! Die hat mich nur benutzt!«

Gabriel war nicht überrascht. Der Junge hat ein liebes, aufrichtiges Gesicht, dachte er.

»Deshalb stimmt auch, was ich vorhin gesagt habe«, fuhr Kretzschmer fort. »Ich kannte Nadine überhaupt nicht, auch wenn …«

»Auch wenn … Sie mal ein bisschen verliebt in sie waren?«

»Quatsch.«

»Liebe statt Krieg mit ihr gemacht haben?«

Tom Kretzschmer schwieg.

»Also eine Liebesbeziehung«, stellte Gabriel fest.

»Quatsch«, wiederholte Kretzschmer, aber es klang nicht allzu überzeugend.

»Sagen Sie, haben Sie was mit dem Anschlag auf die Villa der Gutjahrs zu tun?«

»Wichser«, nuschelte Tom Kretzschmer.

»Wie bitte?«

»Gutjahr ist ein Wichser«, sagte Tom Kretzschmer. »Allein, dass er auf diese … diese … reingefallen ist, verrät ja schon alles.« Ein wildes Lächeln glitt über sein Gesicht. »Eine Verräterin, das war sie! Jawohl! Hey, guter Filmtitel, oder? ›Die Verräterin und der Wichser‹.«

»Nur um das klarzustellen: Sprechen Sie von Alexander oder von Oliver Gutjahr?«

Tom Kretzschmer guckte ihn irritiert an. »Von beiden«, sagte er dann.

Gabriel tat, als habe er keine weiteren Fragen, und erhob sich. Umständlich kramte er eine seiner zerknitterten Visitenkarten aus seiner Brusttasche hervor. »Sagen Sie …«, er überreichte Tom Kretzschmer die Karte, nachdem der sich ebenfalls aus seinem Sitz bequemt hatte. »Besaß Frau Pütz eigentlich irgendwelchen Schmuck? Sind Sie deshalb zurückgekommen, um sich etwas davon wiederzuholen? Vielleicht ein Geschenk, das Sie ihr gemacht haben?«

»Sehe ich so aus, als könnte ich mir teure Geschenke leisten?«

»Nein«, sagte Gabriel. Er konnte sich nicht helfen, er hatte diesen Burschen mitsamt seiner spröden, trotzigen Art ins Herz geschlossen.

»Und was treiben Sie sonst so?«, fragte er. »Abgesehen von bunten Weihnachtsaktionen?«

Früher hätte er den jungen Mann für einen Studenten gehalten, aber heutzutage hatten Studenten für Protestaktionen ja keine Zeit mehr.

»Ambulante Altenpflege«, antwortete Tom Kretzschmer. »Halbtags.«

Auch er hatte jetzt eine Visitenkarte in der Hand. »Hier, bitte. Falls Sie uns mal brauchen sollten …«

»Wir sehen uns«, sagte Gabriel und geleitete Kretzschmer hinaus, als wäre er der Hausherr.

Nach Uhlenhorst fuhr Gabriel mit dem Bus. Auf dem Weg zur Haltestelle telefonierte er mit Sandra, die ihrerseits zu einem »konspirativen Treffen« unterwegs war, wie sie es ironisch nannte. Auch mit Oliver Gutjahr hatte sie inzwischen Kontakt aufgenommen.

»Du, Chef, der hat mich am Telefon total angeflirtet. Von wegen, hübsche Weihnachtsengel könnten sie jederzeit gebrauchen und so.«

»Pass auf dich auf, Mädchen.«

»Aber immer doch, Chef.«

Endlich kam Bewegung in die Sache. Mal sehen, was Frau Gutjahr zu alledem zu sagen hatte. Vorausgesetzt, sie stand heute wirklich für ein Gespräch »zur Verfügung«, wie sie am Sonntagabend verkündet hatte.

Gabriel traf sie beim Mittagessen an ihrem Küchentresen an, so man es denn als Mittagessen bezeichnen konnte, was sie da vor sich auf dem Teller hatte. Frau Gutjahr hatte sich eine Fleischwurst aufgeschnitten und die Scheiben in einem dekorativen Kreis auf ihrem Teller drapiert. Sie beträufelte die Scheiben mit künstlichen Aromen aus diversen Flaschen und Tuben: Remoulade,

Bar-B-Que, Maggi, Worcester, Ketchup, Sardellenpaste. Das Resultat sah aus wie ein Tapetenmuster aus den Sechzigerjahren.

»Ich liebe es deftig, schnell und pikant. Wollen Sie mir Gesellschaft leisten?«

»Nein, danke, ich habe schon gegessen.«

»Ach, Entschuldigung, ich vergaß, Sie sind im Dienst und verdächtigen mich natürlich.«

»Habe ich denn Anlass dazu?«

Sie lachte. »Sie haben eine Leiche. Und Sie haben einen Chef, der Ihnen im Nacken sitzt. Und noch dazu einen Polizeidirektor und einen Innensenator, denen an ihrer Statistik gelegen ist und die diese unselige Geschichte noch dieses Jahr zu den Akten legen wollen. Da ist Ihnen doch jeder recht, der daherkommt, selbst eine Unschuldsperson wie ich.« Sie drückte auf eine der Tuben, wobei etwas Kräutermayonnaise auf ihre hellblaue Bluse spritzte. Gabriel bemerkte das NRV-Emblem, das in Weiß und Silber auf ihre linke Armmanschette gestickt war. Es passte sehr gut zum klassisch-hanseatischen Outfit von Frau Gutjahr, bei dem auch die Perlenkette und der obligatorische Schal aus reiner Seide nicht fehlten.

»Nadines Tod scheint Ihnen nicht sehr nahe zu gehen«, bemerkte er. »Dabei hätten Sie sie beinahe adoptiert.«

»Das war mehr die Idee meines Mannes. Er hat sich immer eine Tochter gewünscht, wissen Sie.«

»Sie nicht?«

»Doch, schon. Einen Sohn oder eine Tochter, egal.«

Während sie sprach, aß sie mit sichtlichem Appetit weiter. Gabriel versuchte, eine halbwegs bequeme Position auf dem schalenförmigen Hocker zu finden, den Frau Gutjahr ihm zugewiesen hatte. Warum mussten diese hypermodern gestylten Möbel nur immer so unbequem sein?

»Hauptsache gesund, so denken wir Mütter. Aber es hat nicht sollen sein, ich hatte zwei Fehlgeburten. Damals habe ich getrauert, das können Sie mir glauben. Aber wie Sie sehen, lebe ich noch, und das ist es, was für mich zählt. Ich brauche keine Ersatztochter.«

»Ihr Mann hat bei unserem Gespräch am Sonntag den Eindruck erweckt, als hätten sie gar keine Kinder. Und Sie reden auch nicht viel anders. Aber was ist mit Oliver?«

»Ich spreche von einem Geschwisterchen für Oliver. Das wäre schön gewesen.«

Sie schob sich ein weiteres Stück Wurst in den Mund. »Was meinen Mann angeht, er tut nur so, als sei Oliver für ihn gestorben. Er oder ich, so ticken Männer eben. ›Die Geburt des Sohnes ist der Tod des Vaters‹, den Spruch kennen Sie doch sicher?«

»Er tut nur so … aber in Wahrheit besteht da doch noch eine Verbindung, wollen Sie sagen?«

»Ich gebe die Hoffnung nicht auf. Letztlich ist Blut immer noch dicker als Wasser, oder nicht?«

Das Stichwort schien sie an die Thermoskanne zu erinnern, die auf dem Tresen stand. Gabriel, der Tee oder Kaffee erwartet hatte, sah zu seiner Verwunderung, wie sich Frau Gutjahr einen Becher Wasser einschenkte. Sie bot Gabriel ein Glas an. »Ayurvedisch. Lauwarm, rechtsdrehend, wissen Sie. Das Beste, was Sie sich gönnen können.«

Am Sonntagabend hatte sie den Eindruck erweckt, als sei sie Härteres gewohnt, dachte Gabriel. Und diese Fleischwurst war auch nicht gerade ayurvedische Kost.

»Gab es einen Anlass für das Zerwürfnis?«, fragte er. »Und wusste Ihr Sohn von den Plänen mit Nadine Pütz?«

»Alexander und Oliver sind sich verdammt ähnlich«, sagte Frau Gutjahr. »Was sie machen, das machen sie gründlich. Ich meine, Olivers Kampf gegen das bisschen Weihnachtsdekoration, das ist doch absurd. Anstatt sich ein echtes politisches Ziel zu suchen, hat er seine Wut auf einen Nebenschauplatz verlegt. Bunte Feierfront, ich bitte Sie! Wer will denn allen Ernstes gegen Weihnachten kämpfen?«

Unter anderen Umständen wäre ich dabei gewesen, dachte Gabriel. Wenn sich diese Rüpel nicht so daneben benommen hätten.

»Halten Sie es für möglich, dass Nadine Pütz ... mit der BUFF sympathisierte?«

Frau Gutjahr lachte. »Der Witz ist gut.« Sie schob ihren Teller zur Seite und spülte sich den Mund mit einem letzten Schluck Wasser. »Aber Sie müssen nicht alles glauben, was Oliver Ihnen erzählt. Wissen Sie, Oliver ist ein Künstler, sehr eigenwillig. Von Politik versteht er eigentlich gar nichts.«

Gabriel konnte sich eine Bemerkung nicht verkneifen: »Entschuldigen Sie, müssten Sie den Mund nicht andersherum spülen? Ich meine, was soll das bringen, wenn man rechtsdrehendes Wasser linksherum ...«

Sie stutzte, fing sich aber gleich wieder. »Der Satz hätte von meinem Sohn kommen können. Köstlich.«

Gabriel schaute ihr zu, wie sie das Geschirr zusammenräumte und es in die Spüle stellte. Wie sorgfältig sie sich die Hände wusch. Als wäre er gar nicht anwesend. Plötzlich ergriff sie eine Tube, aus der sie eine weiße Paste herauspresste und auf den Rücken der linken Hand verteilte. Frau Gutjahr pflegte sich doch nicht etwa mit Remouladensauce?

»Es könnte natürlich sein, dass mein Mann Nadine in Olivers Haus eingeschleust hat, um etwas über geplante BUFF-Aktionen in Erfahrung zu bringen. Das würde ich nicht ausschließen. Sie war wirklich sehr tüchtig.«

Sie rieb ihre Handrücken aneinander, und Gabriel wunderte sich über den Gleichmut, den sie ausstrahlte. Hatte Alexander Gutjahr nicht vorgestern gesagt, seine Frau sei völlig fertig mit den Nerven? Ob sie unter dem Einfluss irgendwelcher Psychopharmaka stand?

»Manchmal war ich schon etwas eifersüchtig.« Sie schaute ihn freimütig an. »Das gebe ich zu. Falls es das ist, was Sie hören wollen. Aber nicht darauf, dass Nadine so aussah wie ich vor dreißig Jahren, oder weil ich mir irgendwelche erotischen Dinge zwischen ihr und meinem Mann ausgemalt hätte. Ich habe mich nur geärgert, dass sie so viel cleverer war als ich.«

Gabriel dachte an die Worte von Tom Kretzschmer. »Die geborene Verräterin …« Wahrscheinlich hatte der Bursche recht gehabt mit seiner Einschätzung. Traurig, das Ganze. Er rutschte von seinem Sitz herunter und unterdrückte den Seufzer, den er dabei gern ausgestoßen hätte. »Hat Ihr Mann Nadine gelegentlich Schmuck geschenkt?«

Frau Gutjahr warf die Tube in den Kühlschrank zurück und knallte die Tür etwas zu schwungvoll zu, sodass sie wieder aufsprang. »Nicht, dass ich wüsste. Ich habe eigentlich immer nur Modeschmuck an ihr …« Sie verstummte. Wahrscheinlich dachte sie dasselbe wie er. Was sie an Nadine gesehen hatte, musste nicht unbedingt das sein, was die junge Frau außerhalb des Hauses Gutjahr getragen hatte.

»Ihr Mann äußerte am Sonntag den Verdacht, die BUFF könne etwas mit Nadines Tod zu tun haben. Indirekt hat er Ihren Sohn beschuldigt. Teilen Sie seine Meinung?«

»Um Himmels willen, das nehmen Sie doch wohl nicht ernst! Was für den Sohn gilt, trifft erst recht auf den Vater zu. Das dürfen Sie auf keinen Fall glauben …«

Im nächsten Moment wurde Gabriel von einem grellen Licht geblendet. Im Hintergarten der Gutjahrs war die versteckte Weihnachtsbeleuchtung aufgeflammt.

»Schon so spät!«, rief Frau Gutjahr. »Fünfzehn Uhr! Ich muss los. Hab eine Verabredung im Atlantic. Kann ich Sie ein Stück mitnehmen?«

»Gern«, sagte Gabriel. Während Uschi Gutjahr ein Taxi rief, unternahm er den halbherzigen Versuch, sich im Präsidium abzumelden.

Im Präsidium ging niemand ans Telefon. Sandra war außer Haus, und die Büros, an deren Durchwahl er sich erinnern konnte, immer noch verwaist. Nicht weiter schlimm, er würde sich einen ruhigen Nachmittag machen, dachte Gabriel. Etwas Leckeres für Mutter und sich kochen. Und dann endlich Johannes aufsuchen, um den aktuellen Fall mit seinem alten Freund zu besprechen. Vielleicht brächte dieser ihn auf eine Idee, wie er weiter vorgehen konnte.

Nach einer ausgiebigen Einkaufstour stand Gabriel in der Küche, klopfte Fleisch, schälte Knoblauch und schnippelte Möhren. Während er ein kleines Kräuterbouquet band, besprach er die Weltlage mit Mutter. Dann nahm er sich kurz Zeit, um die Wohnung aufzuräumen und schließlich, während das *Bœuf en daube Provençale* in der Bratröhre schmorte und sich ein köstlicher Duft in der Wohnung verbreitete, gönnte er sich ein Schaumbad. Mutter, die ihm zunächst im Bad Gesellschaft leistete, trollte sich irgendwann und bezog Position vor dem Herd. Gabriel war das nur recht. Solange sie dort Wache hielt, würde nichts anbrennen. Armes Tier. Tapferes Tier. Ohne zu murren ertrug sie ihre Weihnachtsverzierung, und seit zwei Tagen hatte sie praktisch nur Fast Food bekommen. Höchste Zeit, ihr wenigstens mal wieder gesunde Hausmannskost aufzutischen.

Nachdem er ausgiebig gebadet und zwei Schmerztabletten eingeworfen hatte, blieb er eine Weile in seinen Bademantel gehüllt auf dem Sofa sitzen und hielt Zwiesprache mit der Dämmerung. Von der Straße fiel nur wenig Licht in sein Zimmer, gerade noch ausreichend, um einzelne Umrisse zu erkennen. Ob Sandra inzwischen die Mutter von Nadine Pütz erreicht hatte? Wusste man eigentlich, ob und wann die Frau aus Teneriffa anreisen würde? Hatte Sandra ihm etwas darüber erzählt? Er konnte sich nicht erinnern. Ein schrecklicher Zustand. So musste man sich fühlen, wenn man alt wurde und dement.

Sein Handy, das noch auf dem Küchentisch lag, klingelte. Gabriel knipste die Leselampe neben dem Sofa an und schlurfte in die Küche hinüber, doch das Handy war bereits verstummt, ehe er drangehen konnte. Er rief die Anruferliste auf. Sandra. Es bestanden also tatsächlich telepathische Schwingungen zwischen ihnen! Noch bevor er sie seinerseits zurückgerufen hatte, klingelte sein Handy erneut. Wieder Sandra! Doch seine Freude verwandelte sich im nächsten Moment in Bestürzung. Ihre Stimme klang gepresst. »Chef, ich bin hier in der Höhle des Löwen. Wir müssen unbedingt …«

Der Anruf brach ab, sie hatte die Verbindung beendet. Was hatte das zu bedeuten? Warum hatte sie den Satz nicht zu Ende gesprochen? Und warum meldete sie sich nicht noch einmal? Am liebsten hätte er auf der Stelle ihre Nummer gewählt, aber da er keine Ahnung hatte, wo sich Sandra befand, blieb ihm nichts anderes übrig als abzuwarten. Er lief zurück ins Wohnzimmer und knipste das Licht wieder aus. Was hatte sie mit der *Höhle des Löwen* gemeint? Was, wenn ihr etwas zustieße? Verdammt noch mal, dieses Mädchen trieb ihn noch in den Wahnsinn!

Die meditative Stimmung war verflogen, außerdem war das *Bœuf en daube* in Kürze gar. Er steckte das Handy in die Tasche seines Bademantels, zog den Gürtel fester um die Taille und stapfte in die Küche. Abwesend deckte er den Tisch für sich und den Hund, wobei er sich Mühe gab, durch die Dunkelheit des Winterabends weitere telepathische Schwingungen zu Sandra auszusenden. Bevor er sich zum Essen hinsetzte, rief er Johannes an und sagte ihre Verabredung erneut ab, ohne einen Grund zu nennen.

»So schlimm?«, fragte der Alte.

»Schlimmer«, antwortete Gabriel.

Alles im Arsch. Wäre ich bloß nicht zur Action *gegangen. Ich wollte ja tatsächlich zunächst nicht hingehen, hatte mich abgemeldet.* For good. *Aber dann kamen Tom und Yogi vorbei und haben mich wieder bequatscht. »Mensch, Leo, nur noch die paar Male, dann ist sowieso Weihnachten und der ganze Spuk vorbei …« So auf der Schiene. Und ich dachte: Okay, was soll's, mach ich's halt noch einmal, nur ein einziges Mal. Für Nadi. Damit sie eine schöne Beerdigung kriegt. Vielleicht kann ich ihrer Alten die Kohle ja anonym spenden. Und wer läuft mir da übern Weg? Mit wärmster Empfehlung von unserem Vorsitzenden? Die kleine Kripotante, die mich natürlich sofort wiedererkannt hat! Und ich sie auch, auch wenn wir beide so taten, als wären wir uns noch nie im Leben begegnet. Hat sich unter Pseudonym bei uns eingeschleust. Als Buchhändlerin. Sie sagte, sie würde tagsüber viele bunte Bücher verkaufen und hätte abends noch Kapazitäten frei. Das ist doch total dämlich, hält die uns für bescheuert? Natürlich hatte sie mich sofort auf dem Kieker, kennt man ja aus den Fernsehkrimis. Wer beim Auffinden der Leiche zuschaut, der ist der Mörder. Verfickte Scheiße, das Ganze. Ich hab das alles ja überhaupt nicht gewollt. Aber wer wird mir das glauben? Dieses kleine Biest hat sich mir doch quasi von selbst an den Hals geworfen. Aber was stell ich jetzt bloß mit ihr an? Sag du es mir, Nadi, bitte! Wie stelle ich diese Polizeimieze kalt?*

4

In der Nacht von Dienstag auf Mittwoch fand Gabriel keine Ruhe. Er wartete auf Nachricht von Sandra und wusste nicht, wie er ihr Schweigen interpretieren sollte. Wäre sie ein Mann gewesen, einer der Partner, mit denen er früher im Team ermittelt hatte, hätte er sich wahrscheinlich mehr geärgert als gesorgt. Aber Sandra war noch so jung, sie hätte fast seine Tochter sein können. Und er war es, der sie losgeschickt hatte. Er war verantwortlich, wenn ihr etwas passierte. Unter normalen Umständen hätte er längst alle Hebel in Bewegung gesetzt. Hätte einen Großeinsatz organisiert, um sie zu suchen. Aber wo? Und mit wem? Die Kollegen lagen ja alle flach. Und seine Anhaltspunkte waren einfach zu vage. Wenn er sich jetzt auch noch in Schwierigkeiten brachte, wäre keinem geholfen. Nein, es war das Beste, sich in Geduld und Gottvertrauen zu üben. Nicht gerade seine stärksten Talente.

Wenn er doch nur etwas fitter gewesen wäre! Dann wäre er selbst noch mal losgezogen und hätte ein paar Leuten einen nächtlichen Besuch abgestattet. Aber er fühlte sich immer noch angeschlagen. Nicht richtig er selbst.

In regelmäßigen Abständen wählte er Oliver Gutjahrs Telefonnummer. Endlich, gegen Mitternacht, erreichte er ihn. Der junge Mann gab an, gerade erst von einer Redaktionssitzung heimgekehrt zu sein.

»Ich dachte, jetzt geht Ihre Nacht erst richtig los. Mit einem kleinen Streifzug um die Häuserblocks?«

»Ich fühle mich direkt geschmeichelt, Herr Kommissar, aber zu viel der Ehre. Ich bin bloß ein harmloser Schreibtischtäter. Ich hab die Kohle. Und den Kopf. Da mache ich mir meine Händchen doch nicht mit unbezahlten Malerarbeiten schmutzig.«

Gabriel hätte diesen arroganten Schnösel gerne gewarnt. Wenn Sie meiner Assistentin auch nur ein Haar krümmen … Aber damit hätte er sich nur lächerlich gemacht. Ich muss dorthin, dachte Gabriel. Und später noch einmal: Ich muss dorthin. Er ließ sich auf sein Sofa sinken und fühlte nichts als Kopfschmerzen, Schwindel und Panik.

Am Mittwochmorgen gegen fünf Uhr stupste Mutter ihn an. Leckte seine Hand, schmiegte sich an seine Wade. Sah ihn mit diesem typischen Mutterblick an: »Lange genug geschlafen!«

Gabriel quälte sich ins Bad und hielt sein Gesicht von beiden Seiten unter die eiskalte Dusche. Schleppte sich zurück ins Wohnzimmer, um sein Handy zu checken. Immer noch keine Nachricht von Sandra. Er rief ihre Festnetznummer an. Ließ das Telefon lange läuten. Sandra war nicht zu Hause.

Jetzt reichte es! Er würde ins Präsidium fahren und dort auf sie warten. Und wenn sie bis fünf nach neun nicht da war, würde er auf der Stelle den Befehl erteilen, ihr Handy zu orten. Verdammt, wieso war ihm das nicht schon viel früher eingefallen? Er tickte doch nicht ganz richtig! Falls Sandra wirklich etwas zugestoßen war, war es jetzt fast schon zu spät! Und wehe, dachte Gabriel, wehe es ging ihr blendend, und er machte sich hier wegen nichts und wieder nichts verrückt!

Ein paar Minuten später hatte er sich frische Socken und ein neues Hemd übergezogen und ein sauberes Taschentuch sowie seine Dienstwaffe eingesteckt. Nur der Verband um seinen Kopf war noch der alte und verlieh ihm eine leicht angeschmuddelte Aura. Darunter juckte es fürchterlich.

»Komm, Mutter. Heute bleibst du nicht allein zu Haus. Wer weiß, ob ich dich nicht noch brauche …«

Auf der untersten Treppenstufe im Hausflur lag die Zeitung, die einem Nachbarn gehörte. Die anklagende Schlagzeile stach Gabriel sofort ins Auge: »Schöne Tote vom Alsterufer: War es Mord?« Das Foto darunter zeigte die abgedeckte Leiche und im Vordergrund Sandra beim Telefonieren. Verdammt. Falls es ihr gelungen war, sich undercover bei den BUFF-Leuten einzuschleichen, war sie spätestens jetzt aufgeflogen. Warum hatten diese dämlichen Journalisten nicht wieder die Müller-Thurgau ins Bild genommen?

Auf den Fluren im Präsidium herrschte Totenstille, nur aus Beckers Zimmer drang leise Radiomusik. Um diese Uhrzeit?, wunderte sich Gabriel. Aber das traf sich gut, denn so konnte er mit dem Kriminalrat in Ruhe die Lage besprechen. Täuschte er sich, oder lag wirklich ein schwacher Duft nach Eukalyptus und Kampfer in der Luft, der sich verstärkte, je mehr er sich Beckers Büro näherte?

Gabriel bedeutete Mutter, vor der Tür zu warten, und klopfte an. Der Kriminalrat saß hinter seinem Schreibtisch und lutschte an einem Eis in drei Farben, rot, orange und weiß. Um den Hals hatte er einen dicken Wollschal geschlungen. »Na endlich!«, knurrte er, als er Gabriel erblickte.

Dies war nicht die Art von Begrüßung, die Gabriel sich vorgestellt hatte. Aber wahrscheinlich klang Becker nur deshalb so ruppig, weil er quasi keine Stimme mehr hatte. Mit dem abgelutschten Eisstil zeigte der Kriminalrat auf seinen Hals und sagte: »Mandelentzündung.«

Gabriel nickte und tippte sich an den Kopf. »Gehirnerschütterung.«

Beckers Mitgefühl hielt sich in Grenzen, er war zu sehr mit seinem eigenen Leiden beschäftigt. Während Gabriel noch überlegte, wie er Becker am geschicktesten verklickern konnte, dass er sich Sorgen um Sandra machte, unterbrach dieser seine Gedanken: »Da hat jemand für Sie angerufen. Wenn ich es recht verstanden habe, ging es um eine Handtasche.« Der Kriminalrat deutete mit den Händen eine rechteckige Form an, bevor er ein Zettelchen aus seinen Papieren hervorkramte und es zu Gabriel hinüberschob. »Schicken Sie die kleine Kommissariatsanwärterin hin.«

Gabriel nahm den Zettel und trat den Rückzug an. Wenn das hier schiefging, bedeutete das gewaltigen Ärger. Andererseits: Wenn das hier schiefging, wäre der Ärger mit Becker noch seine geringste Sorge. Und was hatte einer wie er schon zu befürchten? Schließlich war er bereits vom Dienst suspendiert.

Er musste unbedingt herausfinden, was mit Sandra passiert war. Und er würde mit Oliver Gutjahr beginnen. Die verdammte Handtasche konnte warten.

Kurz bevor er Beckers Zimmer verließ, hörte er ihn noch etwas krächzen. Es klang wie: »Ich halte große

Stücke auf Sie, Gabriel. Sie wissen, Sie sind mein bester Mann.«

Gabriel tippte sich noch einmal an den Kopf, diesmal, als würde er salutieren. Du Spinner, dachte er. Ich bin nicht dein bester Mann, ich bin dein einziger.

Die Frau am Telefon klang ebenfalls stark erkältet. Gabriel versuchte, sich mittels Autosuggestion gegen alle Arten von Bazillen und Keimen zu wappnen, während er den vierten Stock eines Altbaus am Mühlenkamp erklomm. Ein Gutes brachten diese ganzen Krankheitsbefunde immerhin mit sich: Je mehr die Menschen um ihn herum litten, desto gesunder fühlte er sich.

Liane Kröger war eine Frau undefinierbaren Alters, wahrscheinlich jünger, als es den Anschein hatte, aber ein wenig verlebt. In ihrem derzeitigen Zustand wirkte sie nahezu jämmerlich. Sie begrüßte ihn mit einem dicken Halswickel, in Pyjama und Hausschuhen, und bat ihn in ihr Schlafzimmer, um dort gleich wieder ins Bett zu kriechen. Auf ihren Hausschuhen prangten die Gesichter von Ernie und Bert aus der Sesamstraße. Als Liane Kröger sie nebeneinander auf dem Bettvorleger abgestellt hatte, sah es aus, als würden sie sich unterhalten. Es wird einem wirklich etwas geboten in diesem Beruf, dachte Gabriel.

»In diesen Tagen soll ja wieder mal der Weltuntergang stattfinden.« Liane Kröger sank in ihr Kissen. »Anscheinend beginnt er mit einem Schnupfen.«

»Rum hilft …«, sagte Gabriel. Auch wenn man nicht über Mutters Nase verfügte, war der intensive Geruch, der den Raum durchdrang, leicht zu identifizieren.

»Altes Hausmittel, ich muss Heiligabend wieder fit sein. Ich singe im Chor.«

Gabriel wartete ab. Immer wieder interessant, wie die Leute um den heißen Brei herumredeten, bevor sie mit ihrem eigentlichen Anliegen herausrückten.

»Also, wie soll ich sagen … das Ganze ist mir schrecklich peinlich, Herr Kommissar«, sagte Frau Kröger schließlich zögernd.

Er kam ihr nicht zu Hilfe. Da musste sie durch, wie der Hamburger sagte.

»Sagen Sie, Sie als Polizist … glauben Sie an ausgleichende Gerechtigkeit?«

Aha, sehr geschickt. Gabriel ließ einen Moment verstreichen, bevor er antwortete. »Kommt ganz darauf an.«

»Ich schon.« Liane Kröger schloss die Augen. »Wäre jedenfalls superschön, wenn es so etwas gäbe.«

Er wettete mit sich selbst, dass sie nicht mit dem Ausgleich anfangen würde, sondern mit der Ungerechtigkeit, die ihr angeblich widerfahren war.

»Sie müssen wissen: Bei mir wurde eingebrochen. Ausgerechnet am ersten Advent.«

Gewonnen.

»Das war total seltsam …« Ihre Stimme wurde immer leiser, als wollte sie ihn dazu animieren, sein Ohr an ihre Lippen zu pressen. Aber beim besten Willen, er würde keinen Zentimeter näher an sie heranrücken. Gabriel verharrte aufrecht auf dem Hocker, den sie ihm angeboten hatte. Vorsichtshalber schloss er die Augen. Nicht er wollte etwas von ihr, sie wollte etwas von ihm. Je eher sie das begriff, desto besser.

Es dauerte eine ganze Weile, bis sie weitersprach. »Jemand muss gewusst haben, dass ich nicht zu Hause bin.« Dann machte sie wieder eine Pause.

Allmählich wurde Gabriel das Ganze zu dumm. »Hören Sie, ich ermittle in einem Mordfall, ich habe keine Zeit für so was. Das alles haben Sie doch sicher längst bei meinen Kollegen vom Einbruchsdezernat zu Protokoll gegeben.«

Sie schniefte. »Ich hab die Sache nicht angezeigt.«

Ach, daher wehte der Wind.

»Ich hatte Geld in der Schublade liegen ... Deshalb sag ich ja, es muss jemand gewesen sein, der davon gewusst hat. Sowohl, dass hier Geld war, meine ich, als auch, dass ich nicht zu Hause sein würde.«

»Schwarzgeld«, stellte Gabriel fest.

Liane Kröger musste husten.

»Ich verstehe. Und wie kommt nun Ihre superschöne ausgleichende Gerechtigkeit zum Zug?«

»Am zweiten Advent ... habe ich ... was gefunden. Etwas, das ich dringend brauchen kann. Durch den Einbruch habe ich zurzeit einen kleinen Liquiditätsengpass.« Sie richtete sich auf und stützte sich auf ihren Ellenbogen. »Deshalb kam mir dies hier wie ein Geschenk des Himmels vor.«

Sie ruderte mit dem Arm unter ihrem Bett herum und förderte nebst allerlei Staubflusen einen unförmigen Beutel zutage. Ermattet sank sie in die Kissen zurück, wobei sie ihre Beute trotzig an sich gepresst hielt. Offenbar brauchte sie noch einen Moment, um von ihrem Himmelsgeschenk Abschied zu nehmen. Endlich streckte sie Gabriel den Beutel entgegen.

»Es sind Schuhe. *Die* Schuhe für meinen Weihnachtsauftritt. Und für die Silvesterparty.«

Gabriel nahm ihr den Beutel ab. Er war aus schwarzem Leder, ein Kompromiss zwischen Rucksack und Handtasche, wie praktisch veranlagte Frauen über vierzig sie gern auf türkischen Basaren erwarben. Bei Bedarf ließ sich der Trageriemen mittels eines Reißverschlusses in zwei Rucksackriemen verwandeln. Bei seinem letzten Türkei-Aufenthalt hatte Gabriel einen solchen Sack als Mitbringsel für Lara erstanden. Fünfzehn Euro, inklusive aufgestanztem Designerlogo – ein echtes Schnäppchen! Doch seine Tochter hatte das »alberne Teil«, wie sie es verächtlich nannte, in die Ecke ihres Zimmers gepfeffert und für den Rest des Abends geschmollt, weil Gabriel ihr nicht die ersehnten Ohrringe mitgebracht hatte. Soweit er wusste, trug Anne den Beutel jetzt auf. Wenn der Sack auch nicht seinem Bild von Nadine Pütz entsprach, die roten Stilettos passten. Gabriel wollte sie gerade herausziehen, als er die beiden großen Schnitte im Leder des Rucksacks bemerkte. Da hatte sich wohl jemand mit dem Schuhbeutel in der Hand gegen ein scharfes Messer verteidigt. Doktor Hagena würde ihre Freude daran haben.

»Genau meine Größe! Die passen wie angegossen!« Liane Kröger warb um Verständnis. »Ich nehme an, sie gehörten der schönen Toten.« Ihre Stimme bebte. Gabriel antwortete nicht, sondern zog die Stilettos aus dem Beutel.

»Ich hab halt gedacht, es trifft keinen Armen. Wer so was verliert … Ich konnte es ja nicht wissen. Aber Schuhe, die einer Toten gehört haben …« Sie schüttelte sich.

Gabriel hielt in der Bewegung inne. Was war das? Unter den Schuhen lag noch etwas. Gabriel griff in den Beutel und zog einen handlichen Seitenschneider mit rotem Isoliergriff hervor, wie man ihn zum Durchschneiden von Drähten und Kabeln benutzte. Liane Kröger stieß einen überraschten Laut aus, fing sich aber rasch.

»Ihrer?«, fragte Gabriel.

Sie schüttelte den Kopf. »Was … was ist das?«

Ganz schlechter Versuch. Warum mussten die Leute, mit denen er zu tun hatte, nur immer so miserable Schauspieler sein?

»Jedenfalls kein Schuhlöffel«, sagte er.

Sie verzog den Mund zu einem Lächeln, wich seinem Blick aber weiterhin aus.

»Sagen Sie …«, er hielt einen Moment inne, um seiner anschließenden Frage mehr Nachdruck zu verleihen. »Sie mischen nicht zufällig selbst aktiv bei den Bunten Feierfrontlern mit?«

»Was hat die BUFF mit den roten Schuhen zu tun?«

»Ich weiß es noch nicht, aber ich werde es herausfinden. Also?«

»Okay, vielleicht bin ich da mal mitgegangen. Was denken Sie wohl, wo ich mir den Schnupfen geholt hab?« Ihr Tonfall war dermaßen vorwurfsvoll, als wäre Gabriel an ihrer Erkältung schuld.

Bei der ausgleichenden Gerechtigkeit, dachte Gabriel. Laut sagte er: »Also doch Ihr Seitenschneider?«

Liane Kröger schüttelte den Kopf.

»Sie kannten Nadine Pütz.« Es war eher eine Frage als eine Feststellung. Liane Kröger versuchte nicht einmal mehr zu leugnen.

»Ich hatte doch keine Ahnung ... So viel Kontakt hatte ich ja auch nicht mit ihr. Warum konnte sie nur so was Dummes machen?«

»Was machen?«

»Na, ins Wasser gehen! Ich verstehe das nicht, sie war doch immer total gut drauf. Konnte jeden rumkriegen, den sie nur wollte. Während wir die Drecksarbeit machen durften ...«

»Wer ist wir?«

Sie biss die Lippen aufeinander. »Na ja, so ein paar Leute eben. Aber Nadine ... die hat immer so getan, als ob sie was Besseres wäre.«

»Hat sie einer anderen den Freund ausgespannt? Ihnen vielleicht?«

»Wie spät ist es eigentlich?« Frau Kröger richtete sich jäh auf. »Entschuldigung, ich muss dringend meine Pillen ...« Sie wühlte in ihrer kleinen Sammlung von Arzneimittelschachteln, die verstreut am Fußende des Bettes lagen, drückte zwei grüne Dragees aus einer Folie und spülte sie mit einem Getränk aus einem Steingutbecher herunter. Gabriel hätte wetten mögen, dass es sich bei der bernsteinfarbenen Flüssigkeit um kalten Rumgrog handelte.

»Entschuldigung, was wollten Sie wissen? Ach so, Freund ausgespannt ... nein, eigentlich nicht. Sie flirtete, manipulierte. Ob Männlein oder Weiblein, egal. Aber sie hat immer den Eindruck vermittelt, als ob da im Hintergrund was Festes wäre. Ich weiß aber nichts Näheres, sie ließ sich nicht in die Karten schauen.«

»Wer könnte denn etwas Näheres wissen?«

»Keine Ahnung.« Liane Krögers Interesse schien plötzlich geweckt. »Glauben Sie denn, dass Nadine … dass sie ermordet wurde?«

»Eine beste Freundin? Oder ein Freund?«

»Sie hat eine Weile mit Tom herumgehangen. Tom Kretzschmer. Aber das hat nichts bedeutet.« Liane Kröger überlegte. »Ein totales Rätsel. Sie stand immer im Mittelpunkt, aber wenn man genauer überlegt, weiß man eigentlich gar nichts über sie.«

»War Frau Pütz an dem Abend, als bei Ihnen eingebrochen wurde, bei Ihnen?«

Liane Kröger schien überrascht. »Ja, tatsächlich, das war sie. Seltsam, dass Sie das fragen. Ich erinnere mich, dass ich mich an jenem Abend sehr über sie geärgert habe. Sie konnte ziemlich herablassend sein.«

Gabriel nickte. Genau das hätte er auch angenommen.

»Ich hatte ihr erzählt, dass ich in unseren neuen Chorleiter verliebt sei, und sie sagte, ich gehöre zu den Idioten, die das, was ihnen wichtig sei, auf der Zunge trügen.«

»Im Unterschied zu anderen, die es im Herzen tragen, verstehe.«

»Das habe ich auch gesagt. Und dann hat sie gelacht und gemeint, das Beste sei, so was am Arsch zu tragen.«

»Was hat sie damit gemeint?«

»Keine Ahnung.« Liane Krögers Stimme versagte, und ihre Wangen glühten. Man sah ihr an, wie sehr das Gespräch sie anstrengte.

»Okay«, sagte Gabriel. »Sagen Sie mir nur noch, wo Sie den Beutel gefunden haben, dann sind Sie mich los.« Er wusste auch bereits, was sie antworten würde.

»Unweit des Norddeutschen Regatta Vereins, in südlicher Richtung, also Richtung Feenteichbrücke.«

Gabriel erhob sich und nestelte eines seiner zerknitterten Visitenkärtchen aus der Jackentasche. »Danke, Sie haben mir wirklich geholfen. Und gute Besserung.«

»Ihnen auch«, sagte sie.

»Kann ich brauchen.«

Liane Kröger lächelte. »Vor Weihnachten geht der Teufel auf Stelzen. Sagte meine Großmutter immer.«

»Dieser Teufel ging nicht auf Stelzen, sondern hatte einen Farbeimer dabei, um für buntes Weihnachtsfeeling zu sorgen.«

»Oh.«

»Schonen Sie sich. Und melden Sie sich, wenn Ihnen noch was einfällt.«

»Ich mochte sie nicht. Trotzdem schrecklich, dieses Ende.« Sie schloss die Augen und schlief schon fast, als Gabriel das Haus verließ. Nette Frau, eigentlich, dachte er. Er war fast versucht gewesen, sie ordentlich zuzudecken. Im Hinausgehen hatte er das Gefühl gehabt, Ernie und Bert würden ihm nachblicken und hinter seinem Rücken über ihn tuscheln.

Draußen hatte mal wieder ein leichter Schneegriesel eingesetzt. Die Menschen, die den Mühlenkamp entlanghasteten, sahen genervt aus. In anderen Jahren hätte man ein paar Schneeflocken um diese Jahreszeit als freudige Vorboten begrüßt, die Hoffnung auf weiße Weihnachten machten. In diesem Jahr aber hatte es schon viel zu viel Schnee in Hamburg gegeben. Mit Mutter dicht an seiner Seite, die brav im Treppenhaus auf ihn gewartet hatte, blieb Gabriel auf der noch überdachten Treppe vor dem Haus stehen und zückte sein Handy.

»Hagena?«

»Grüß dich, hier ist …« Er räusperte sich.

»Kommissar! Wie schön! Was gibt's?«

»Nadine Pütz … sag mal, hatte die irgendwo eine Tätowierung?«

Am anderen Ende Lachen. »Wetten, dass du die gerne mal sehen würdest?«

»Was ist es denn?«

»Frag lieber mal, wo.«

»Am Arsch«, hatte Nadine Pütz zu Liane Kröger gesagt. So unverblümt wollte er sich gegenüber Doktor Hagena jedoch nicht ausdrücken, auch wenn sie von allen Frauen sicher diejenige war, die sich am wenigsten daran störte, wenn man die Dinge beim Namen nannte.

»Steißbein?«, fragte er.

»Bisschen tiefer, lieber Kommissar. Mittenmang auf der linken Arschbacke.«

»Ein Männername?«

»Nein, ein Sternzeichen. Ein schöner, stolzer Löwe.«

»Ist Löwe im Februar?«

Wenn er sich richtig erinnerte, war Nadine Pütz' Geburtstag der fünfzehnte Zweite gewesen.

»Februar wäre Wassermann. Löwe ist im August. Bin selber einer.«

Das erklärte vermutlich manches. »Ich danke dir.«

»Da nicht für.«

Gabriel hielt das Handy noch einen Moment in der Hand, bevor er es wieder in seiner Jackentasche verschwinden ließ. Er hatte kurz mit dem Gedanken gespielt, Sandras Nummer zu wählen. Es war zwanzig vor elf. Und immer noch keine Nachricht von ihr. *In der*

Höhle des Löwen ... Auf Hagenbecks Tierpark hatte sie wohl kaum angespielt. Aber vielleicht hatte sie den Satz trotzdem nicht nur im übertragenen Sinne gemeint? Ein Sternzeichen ... Oder ... ein Umweltschützer, der sich für bedrohte Löwen engagierte?

Statt, wie geplant, mit Oliver Gutjahr weiterzumachen, würde er noch einmal in den Straßenbahnring fahren. Diese XXL-WG barg mit Sicherheit noch die eine oder andere Antwort auf seine Fragen. An welchen Aktionen war Nadine Pütz beteiligt gewesen? Und warum? Und wofür hatte sie am Abend der Gutjahr'schen Weihnachtsfeier einen Seitenschneider gebraucht? »Was meinst du, Mutter?«

Der Hund fiepte freundlich und wedelte mit dem Schwanz.

Wenn er Glück hatte, lief ihm in der Wohngemeinschaft jemand über den Weg, der Sandra gestern gesehen hatte und dem ein Hinweis auf den Verlauf ihrer Recherchen zu entlocken war.

Ohne auf Pfützen und Eismatsch zu achten, schritt Gabriel in schnellem Tempo den Mühlenkamp entlang. Er würde das nächste freie Taxi stoppen. Zunächst aber würde er bei Feinkost Lindner etwas zu essen kaufen. Ein Brötchen und eine Bulette für sich, ein Paar Wiener Würstchen für Mutter. Sie mussten sich beide dringend stärken. Wer wusste schon, was dieser Tag noch für sie in petto hielt?

Wieder musste die arme Mutter draußen warten, während Gabriel langsam in der Warteschlange aufrückte. Die Kunden vor ihm erledigten schon ihre Großeinkäufe fürs Weihnachtsfest, so hatte er Zeit, seinen Einkauf um ein paar Leckereien aufzustocken. Schwarze Schokolade mit Chili und Kardamom, beste Nervennahrung. Eine Tüte Zimtsterne, er war dieses Jahr nicht zum Backen gekommen. Und dann fiel sein Blick auf einen sorgsam arrangierten Stapel handlicher Päckchen in Silberfolie, die mit roten Schleifen umwickelt waren. Roibuschtee mit Vanillegeschmack. Dieselbe Sorte, die er von Monika Herbst geschenkt bekommen und an Sandra weitergereicht hatte. War das wirklich erst gestern früh gewesen?

Ohne nachzudenken griff Gabriel nach einem der silbernen Päckchen und legte es in sein Einkaufskörbchen.

»Da haben Sie aber eine gute Wahl getroffen«, sagte die Frau an der Kasse, als er endlich an der Reihe war.

Weit und breit war kein Taxi zu sehen. Gabriel bog in den Poelchaukamp ein und kaute an seiner Bulette. Mist, warum hatte er nichts zu trinken gekauft? Hinter einer beschlagenen Schaufensterscheibe sah er die Umrisse eines Paares, das an einem Stehtisch stand. Hatten sie Sektgläser in der Hand? Ein italienischer Imbiss, auch gut. Diese Viertelstunde würde er sich gönnen, um hier etwas zu trinken. Er stopfte sich den Rest seiner Bulette in den Mund und betrat den Laden. Als er das Scheppern der Türglocke hörte, überkam ihn so etwas wie Verachtung: Von Anfang an hatte er in diesem Fall so gut wie alles vermasselt. Und nun machte er einen auf Brunetti, der auf dem Weg zu einer Verhaftung schnell noch einen Espresso trank! Wenigstens wusste der fiktive Commissario immer ganz genau, wen er zu verhaften hatte. Ganz im Gegensatz zu ihm.

Gabriel bestellte ein halbes Glas Rotwein und bat um einen Napf Wasser für Mutter. Seine Gehirnerschütterung war noch immer nicht vollständig abgeklungen. Und Sandra! Was tat er hier? Er zwang sich, den Wein langsam und bedächtig zu trinken, wie Medizin. Sandra in der Höhle des Löwen. Ich finde dich, dachte er. Und dann will ich mit dir gemeinsam einen Roibuschtee trinken.

Es war fast zwölf Uhr, als ein mürrischer Taxifahrer Herrn und Hund am Lehmweg Ecke Falkenried absetzte. Das kurze Stück bis zum Straßenbahnring wollte Gabriel zu Fuß laufen. Vielleicht kam ihm dabei eine zündende Idee! Noch immer hatte er nicht die leiseste Ahnung, wie er weiter vorgehen sollte. Er wartete auf eine Eingebung, einen Wink. Den berühmten Kollegen namens Kommissar Zufall. Hatten vielleicht doch Alexander oder Oliver Gutjahr ihre Hände im Spiel? Uschi Gutjahr? Lächerlich. Tom Kretzschmer? Der erst recht nicht. Ach, es war ein Elend, er stand nach wie vor am Anfang seiner Ermittlungen, musste noch einmal von vorn beginnen.

Also langsam, Schritt für Schritt. Nadine Pütz. Tüchtige Mitarbeiterin, Assistentin der Geschäftsleitung, die selbst das Zeug zur Geschäftsführerin hatte. Eine Macherin. Ehrgeizig. Erfolgreich. Sportlich. Schick, dabei durchaus pragmatisch. Zog bei schlechtem Wetter derbe, gefütterte Stiefel mit Profilsohle an, in denen man nicht so leicht ausrutschte. Trug bei einer Weihnachtsfeier einen Schuhbeutel samt isoliertem Seitenschneider mit sich herum. Verdrehte Männern den Kopf, schien selbst aber unbeteiligt zu bleiben. Sie war ein cooler Typ, verfolgte ihre eigenen Interessen. Aber welche? Gute Werke für die BUFF doch wohl eher nicht, oder?

Er hatte Glück: Gleichzeitig mit ihm näherte sich eine junge Frau, die sich schwer an ihren Weihnachtseinkäufen abschleppte, dem Wohnhaus. Sie stocherte unbeholfen mit dem Schlüssel am Türschloss herum, während sie einen großen Topf mit einem Tannenbaum sowie diverse Tüten gegen die Tür stemmte.

»Darf ich …« Gabriel nahm ihr den Schlüssel ab und hielt die Tür für sie auf.

»Sie kommen wie gerufen.« Anstatt sich zu bedanken, belud sie ihn mit ihren Einkäufen. »Mir fallen die Arme ab. Bin vom Eppendorfer Baum bis hierher zu Fuß gegangen. Warum tut man sich das bloß jedes Jahr wieder an?«

Auf diese Frage konnte ihr der Kommissar keine Antwort geben. Stattdessen trug er Tüten und Tanne hoch in den dritten Stock. Es war nur ein kleines Bäumchen, aber die Erde im Topf wog mit jeder Treppenstufe schwerer. Als sie vor der Zimmertür der jungen Frau angelangt waren, nutzte er die Gelegenheit und fragte sie nach Nadine Pütz. Kannte sie nicht, aber der Beschreibung nach hatte sie die Frau ein- oder zweimal auf der Treppe gesehen. Und ein Mann, der sich für wilde Tiere interessierte, etwa für vom Aussterben bedrohte Löwen?

»Jetzt veräppeln Sie mich aber, oder?«

Die Sternzeichen ihrer Nachbarn? Auch da musste sie leider passen. »Was Sie alles wissen wollen! Gibt's dafür Geld?«

Gabriel setzte die Einkäufe auf der Küchenzeile ihres Apartments ab und verabschiedete sich.

»Warten Sie!« Sie ergriff ein Backblech, das zum Abkühlen auf der Herdplatte gestanden hatte, und bot ihm eines der darauf liegenden Plätzchen an. Sie hatten eine interessante rötliche Maserung.

»Roibuschkekse, ein superleckeres Rezept, glaube ich. Habe ich heute Morgen ausprobiert.«

Gabriel bediente sich, verzichtete aber auf einen zweiten Keks und strich sich über den Bauch. Bis Weihnachten wolle er noch zwei Pfund abnehmen. Die Frau nickte verständnisvoll. Als sie die Tür hinter ihm schloss, wusste er, dass er sie glücklich gemacht hatte. Ein Bulle mit Figurproblemen und absurden Fragen bot genug Gesprächsstoff bis Jahresende.

Er schlenderte die Flure entlang und studierte dabei die Poster und Aufkleber an den Türen. Nirgends ein Hinweis auf einen Löwen. Dafür jede Menge Luntenleger und Weihnachtsgirlandenhasser. Als er Nadine Pütz' Apartment in der ersten Etage erreichte, war ihm der Raum in seiner kühlen Anmutung fast vertraut. Gabriel steuerte auf das Bett zu und machte es sich darauf bequem. Mutter streckte sich auf dem kleinen Perserteppich aus.

»Ai-ai-ai-ai …«

Ob ich Mama anrufen soll? Ob sie bereit wäre, mir noch mal zu helfen? Aber was soll ich ihr sagen? Ich weiß doch selbst nicht, wie das alles gekommen ist. Scheiße, Nadine, du hast alles kaputt gemacht! Hast mich im Stich gelassen. Und unsere Liebe auch. Warum, Nadi? »Ai …« Und jetzt liegt diese Polizeischlampe da unten im Fahrradkeller, und ich weiß nicht, wohin mit ihr. Sie musste ja unbedingt noch auf ein Bier mitkommen! Dabei hatte ich gar kein Bier mehr im Haus. Aber darum ging es auch gar nicht, sie und ich wussten ja, dass das nur ein Spiel war, das zwischen uns lief. Ich musste herausfinden, wie viel sie wusste, deshalb hab ich sie mitgenommen. Und sie hat mir auf den Zahn fühlen wollen. Hat sich allen Ernstes eingebildet, dass ich mich verplappern würde – »Ach bitte, Frau Polizistin, es tut mir so leid, ich will's auch nicht wieder tun« – und dass sie mich dann festnehmen könnte. So eine dumme Tussi! Wollte die Heldin spielen. Hat einen albernen Jiu-Jitsu-Trick an mir ausprobiert. Selbstverteidigung für kleine Mädchen. Und ich … plötzlich hatte ich Nadis Messer in der Hand. Weiß auch nicht, woher das plötzlich kam. »Ai-ai-ai-ai … I gave you my knife, you gave me my life …« Ihr Glück, dass sie diese dicke Jacke anhatte. Scheußliches Teil, wattiert, ohne Stil. Nadi hätte so was niemals getragen. Die Daunen haben den Stoß abgefangen. Wirbelten in der Gegend herum. Sonst säße ich jetzt hier und könnte schon darüber nachdenken, was ich mit der Leiche anfange. Stattdessen hab ich's noch vor mir, scheiße, dass ich die Kleine erst noch aus dem Verkehr ziehen muss!

Es sei denn, Mama würde mir helfen.

Mama hatte was gegen Nadine … Vielleicht kann sie verstehen, warum Nadi sterben musste? Vielleicht ist sie gar nicht so böse auf mich? Und vielleicht müsste ich dann keine rohe Gewalt anwenden? Ich meine, Mama hat doch sicher die richtigen Medikamente und Spritzen im Schrank?

Ich hab keinen Bock mehr, Scheiße, was soll ich nur machen? Es war schon schrecklich genug, sie zu knebeln. Überhaupt, dieser Faustkampf, Mann gegen Frau, so einer bin ich doch gar nicht. Ihr den Rest zu geben, das bring ich momentan nicht. Aber im Fahrradkeller ist sie erst einmal sicher. Bei diesem Sauwetter, da fährt niemand Rad, nicht mal unsere Freunde, die bunten Feierfrontspinner. Da unten wird sie so schnell niemand entdecken. Ich muss also nichts überstürzen. Kann überlegen, wozu Nadi mir raten würde. Mensch, Nadi, wir waren ein super Team, du und ich. Perfekt waren wir. Danach kann in meinem Leben sowieso nichts mehr kommen. Ob ich nun einen Menschen auf dem Gewissen hab oder zwei … Da kann mir nicht mal mehr Mama helfen. Für mich gibt's keine Rettung, und für diese Polizeitante auch nicht. Das Einzige, was noch geht im Moment, ist dieser Musik zuzuhören. »Walking on thin ice, I'm paying the price … Ai-ai … Why must we learn it the hard way?«

5

Gabriel kam wieder zu sich, weil sein Hund leise fiepte. Es klang wie »*ai-ai-ai* …« Als er einigermaßen klar denken konnte, merkte er, dass die Töne nicht von seinem Hund kamen, sondern von der anderen Seite des Flurs. »*Ai-ai-ai-ai* …« Da schien jemand seinen Kummer in dieser unsäglichen Katzenmusik ertränken zu müssen.

Gabriel rappelte sich hoch, blieb einen Moment auf der Bettkante sitzen und kraulte den Hund hinter den Ohren. »Jai-jai-jai, Mutter … Lass uns mal nachschauen, wer da so neben der Spur ist.«

Leise verließ er das Zimmer, ging den Flur entlang und blieb drei Türen weiter stehen. Mutter hielt genau wie er die Ohren gespitzt; vorbildlich, stumm. Das Geschrei-ei-ei war lauter geworden. Er erinnerte sich dunkel, die Melodie schon mal gehört zu haben. Es gab nur eine, die so mutig und konsequent nicht singen konnte:

Yoko Ono. Und das Stück stammte, wenn er sich richtig erinnerte, aus ihrer letzten Zeit mit John Lennon. Anne hatte die Platte damals eine Zeit lang gerne gehört, im Prinzip wäre das schon ein Grund für die Scheidung gewesen. Seine Grundsatzkritik – dieses Weibsstück hatte immerhin die Beatles auseinander gebracht! – hatte sie einfach nicht gelten lassen. Im nächsten Moment erstarrte Gabriel. Der Titel des Songs war ihm wieder eingefallen. »Walking on thin ice.« Und richtig, da ging der Beat auch schon wieder von vorne los. Jemand hatte seinen MP3-Player auf Wiederholung programmiert. »Walking on thin ice, I'm paying the price …«

Gabriel presste sein Ohr an die Tür. Sein Blick fiel auf das handgeschriebene Namensschild. »Leo Müller«. Einer der wenigen Kandidaten hier im Haus, die kein politisches Statement aufgehängt hatten. Leo. Der Löwe. Die Höhle des Löwen?

Er trat einen Schritt zurück, zog seine Pistole und entsicherte sie. Sein Körper hatte auf Autopilot geschaltet. Sein Atem ging ruhig, gleichmäßig, tief. Sein Rücken hatte sich gestreckt, er stand aufgerichtet, als wäre er größer geworden. Flüchtig kam ihm der Gedanke, einen Einsatz zu organisieren. Aber wen sollte er zu Hilfe rufen? Waren doch alle krank, diese Muttersöhnchen.

Und dann ging alles ganz schnell. Er schrie: »Aufmachen, Polizei!«, und warf sich gegen die Tür. Mutter bellte und stürzte sich auf den Mann, der vor ihnen auf dem Bett lag. Gabriel hielt dem Burschen seine Pistole vor die Nase und befahl ihm, sich hinzuknien. Er legte ihm Handschellen an und band ihn an die blubbernde Heizung. So machte man das. Im Hintergrund kreischte

Yoko Ono »I knew a girl who tried to walk across the lake, 'cause it was winter when all this was ice …« Der Bursche sah aus, als hätte er sich am liebsten die Ohren zugehalten. Aber das konnte er ja nun nicht mehr.

Da Gabriel nicht wusste, wo man die Musik leiser stellen konnte und sich nicht die Blöße geben wollte, den jungen Mann nach dem richtigen Knopf zu fragen, ließ er sie in voller Lautstärke weiterlaufen. Ob sein Kopf schmerzte oder nicht, spielte jetzt sowieso keine Rolle mehr. Er zog sich einen Stuhl heran und baute sich in strategisch günstiger Position auf seinem Anklagesitz auf. »Und? Wo ist sie?«

Der Mann, wahrscheinlich Leo Müller, schwieg.

Gabriel hielt die Pistole locker auf ihn gerichtet. »Ich habe Zeit«, sagte er, während er gleichzeitig dachte: Was für ein dummer Satz! Wer weiß, wie viel Zeit Sandra noch hat!

»Aber bitte, ganz, wie Sie wollen. Schweigen wir also über Musik. Sie kannten auch ein Mädchen, das versucht hat, übers Eis zu laufen, nicht wahr? Die schöne, wagemutige Nadine.«

Mit seiner Formulierung hatte er ins Schwarze getroffen, er konnte sehen, wie sich Leo Müller in seiner unbequemen Haltung wand.

»›That's a hell of a thing to do, you know …‹ Oder habe ich den Text falsch verstanden?«

Schweigen. Gabriel musterte sein Gegenüber. Leo Müller war schätzungsweise um die dreißig. Unter anderen Umständen hätte er ihn für einen gut aussehenden jungen Mann gehalten. Jetzt aber sah er alt und krank aus, wie ein Gespenst. Als hätte er seit der Nacht, in der Nadine

Pütz sterben musste, nicht mehr geschlafen. Und sich auch nicht mehr gewaschen. Sein dunkelgrüner Pullover, der nach edlem Kaschmir aussah, hatte löchrige Stellen, darunter schimmerte ein graues T-Shirt hervor. Lief er immer so zerlumpt herum, oder hatte ihm Sandra beim Versuch, sich zu verteidigen, den Pullover zerrissen?

»Was haben Sie mit meiner Kollegin gemacht?«

Leo Müller presste die Lippen zusammen. Seine Empfindungen standen ihm deutlich ins Gesicht geschrieben. Trotz, Verachtung, Genugtuung. Und Angst. Erst jetzt bemerkte Gabriel die Kampfspuren im Zimmer. Die leeren Keks- und Zigarettenpackungen sowie die gammeligen Fertigpuddingbecher mochten Leo Müllers Unordnung geschuldet sein, aber die herumfliegenden Federn und Flusen waren ungewöhnlich, genauso wie die silberglänzenden Perlen, die unter das Bett und den Heizkörper gekullert waren. Ob freiwillig oder unfreiwillig, jemand hatte eine Perlenkette zerrissen. Gabriel beugte sich unter das Bett, wobei er seinen Gefangenen im Blick behielt und klaubte ein paar Perlen vom Boden. Leo Müller starrte vor sich hin.

»Schöner Schmuck«, bemerkte Gabriel, während er die Perlen in seiner Hosentasche verstaute. »Das Richtige für Nadine.«

Müller zog den Rotz hoch. Genau mein Mann, dachte Gabriel. Dich krieg ich schon noch weich. Gib mir drei Stunden. Dann kannst du nicht mehr.

Mutter hatte ihre Hab-Acht-Stellung ebenfalls aufgegeben und begann, unter dem Bett herumzuschnüffeln. Sie kroch durchs Zimmer, die Nase dicht am Boden, als hätte sie Witterung aufgenommen. Schließlich kam sie zu Gabriel zurück, stupste ihn an, lief wieder ins Zimmer zurück und begann laut zu bellen. Gabriels Blick folgte ihr. Was hatte sie nur? Außer, dass hier mal ordentlich gefegt oder staubgesaugt werden musste, konnte er nichts entdecken. Doch halt, da, unter den Staub- und Daunenflusen erkannte er die zarten rötlichen Spitzen, die langsam anfingen, ihm auf die Nerven zu gehen. Roibuschtee. Er zog das Teepäckchen, das er am Mühlenkamp erstanden hatte, aus seiner Jackentasche, öffnete den Verschluss und hielt Mutter die Packung hin. Sie kam sofort herbei und schnupperte daran. »Guter Hund! Such! Wo ist Sandra?!«

Mutter lief aufgeregt im Zimmer herum, verharrte hier und da und blieb schließlich vor der Tür stehen. Dabei jaulte sie fast wie Yoko Ono, nur schöner. Dieser Hund war nicht nur intelligent, er war auch musikalisch. Gabriel vergewisserte sich, dass Leo Müller sicher an die Heizung gefesselt und die Heizung rüttelfest in der Wand verankert war. Er schloss die aufgebrochene Tür so gut es ging und folgte Mutter hinaus auf den Flur.

Später hätte Gabriel nicht mehr sagen können, ob sein Hund der Teespur gefolgt war und er seinem Hund, oder ob es ihn einfach nur selbst die Flure entlangtrieb und die Treppen hinunter bis in den Keller, weil das die logische Konsequenz aus all seinen Erlebnissen war. Aber es war ja auch völlig egal. Jedenfalls fand er sich in einem weiß getünchten Vorraum wieder, von dem diverse Türen und Verschläge abgingen. In der Mitte des Raumes waren, vom Neonlicht angestrahlt, ein paar Krümel Roibusch zu sehen.

Gabriel konnte sich nicht länger beherrschen. »Sandra!«, rief er.

Keine Antwort. Was hatte dieser Bursche mit ihr gemacht? Gabriel drehte sich einmal um die eigene Achse. Er fasste das erstbeste Türschloss ins Auge, legte an ... dann ließ er die Waffe sinken. Es nützte nichts. In seiner Sig Sauer waren acht Patronen. Und hier gab es neun Türen. Selbst, wenn es so einfach gewesen wäre wie im Fernsehen, wo die Helden mit einem einzigen Schuss ein Türschloss zerfetzten, er hätte nicht alle Türen aufschießen können.

Der Reihe nach hämmerte Gabriel an sämtliche Türen. »Sandra!« Er horchte und hämmerte erneut. Warum musste dieses Roibuschhäufchen aber auch genau in der Mitte des Raums liegen und nirgendwo hinführen! »Such, Mutter! Such!«

Aber sosehr sich der Hund auch bemühte, Sandras Spur verlor sich auf dem geweißten Boden. Noch einmal nahm der Kommissar Anlauf und hämmerte wie besessen an alle Türen. »Sandra! Saaaandra!«

Sein Blick irrte suchend umher. Er brauchte ein Eisen, irgendetwas, womit er die Türen aufstemmen konnte. Halt! In so einem Haus musste es doch einen Hausmeister geben!

Er befahl dem Hund, im Keller zu bleiben, und stürmte die Treppe hinauf. Es gab keine Pförtnerloge, nur ein schwarzes Brett neben dem Eingang. Sicher enthielt es irgendwo die Information, die er suchte, aber ihm war schwindelig, er war außer Atem und konnte jetzt unmöglich all dieses Kleingedruckte studieren. Die Frau mit den Roibuschkeksen fiel ihm ein. Verdammt, hoffentlich war sie noch zu Hause! Gabriel stürmte los und klopfte an ihre Tür. Tatsächlich, ein Weihnachtswunder, sie hatte es sich mit einem Krimi auf dem Sofa gemütlich gemacht und schien sich über den Einbruch des richtigen Lebens in ihre Keksidylle zu freuen.

»Wo haben Sie den Roibuschtee her? Was sind das für Räume im Keller?«

»Waschküche, Müllcontainer, Fahrradkeller … Warum wollen Sie das wissen?«

Als sie seinen Dienstausweis sah, glitt ein Strahlen über ihr Gesicht. Endlich ein bisschen Action! Anstandslos schnappte sie sich ihre Schlüssel und stieg mit ihm in den Keller hinunter. Auf dem Weg erzählte sie, dass sie das angebrochene Teepäckchen am Morgen gefunden hatte, als sie ihren Müll runterbrachte.

»Muss jemand vor mir verloren haben. Ich hasse diese Leute, die sogar zu faul sind, sich einfach nur zu bücken. Deshalb hab ich es behalten. Natürlich überlegt man, ob es vielleicht verschmutzt sein könnte, aber bei zweihundert Grad im Backofen wird doch allerhand abgetötet, meinen Sie nicht?«

Die Stichworte »Müll« und »abgetötet« klangen nicht gerade vertrauenerweckend in Gabriels Ohren. Doch Leo Müller hätte Sandra nie im Leben zu den Mülltonnen schleifen können. Zu viel Betrieb. Und auch in der Waschküche hätte er damit rechnen müssen, dass der eine oder andere Hausbewohner vor dem Fest noch einmal seine Klamotten wusch.

»Fangen Sie mit dem Radkeller an!«, sagte Gabriel abrupt.

Die Keksfrau gehorchte und schloss auf. Mutter hatte

sich an ihren Beinen vorbeigedrängelt und lief voran, während Gabriel nach einem Lichtschalter suchte. Schon bevor das Licht aufflammte, hörte Gabriel sie laut bellen. Und dann sah er Sandra zusammengekrümmt hinter einem Fahrradanhänger auf dem Steinfußboden liegen. Sie hatte einen Knebel im Mund und war an Händen und Füßen gefesselt. Ihre Haare waren blutverklebt, auch auf dem Fußboden waren Blutspritzer. Gabriel schob die Keksfrau zur Seite, der nichts Besseres einfiel, als zu schreien und die Hände vor den Mund zu pressen, und lief zu Sandra hinüber. Sie zitterte am ganzen Körper, schien aber bei Bewusstsein zu sein. Als Gabriel neben ihr niederkniete, blinzelte sie ins Licht und hob kaum merklich den Kopf.

»Dieses Schwein!« Gabriel löste die Fesseln und den Knebel – der Mistkerl hatte einen ollen Wimpel verwendet – und zog seine Jacke aus, um sie über Sandras Schultern zu legen. Vorher aber holte er sein Handy aus der Tasche und rief den Notarztwagen.

Eine knappe Stunde später stieß Gabriel den jungen Mann vor sich her in Beckers Büro. Der Kriminalrat hörte immer noch Radio und signalisierte ihm mit erhobener Hand zu schweigen. Gerade lief der Verkehrsfunk, Streckensperrungen auf diversen Autobahnen. Ach ja, Becker wollte zum Fest verreisen. Endlich waren auch die Hinweise der Deutschen Bahn über mögliche Streiks an den Feiertagen gesendet, und Gabriel konnte seine frohe Botschaft verkünden.

»Hier ist unser Mann.«

Siedend heiß wurde ihm bewusst, dass er Müllers Motiv nicht kannte. Und auch über den Tathergang konnte er seinem Chef noch nichts Genaues sagen. Ein ziemlich peinlicher Anfängerfehler, wie Gabriel zugeben musste. Aber als er Sandra am Boden des Fahrradkellers gefunden hatte, war sein einziger Gedanke gewesen, diesen Mistkerl zur Rechenschaft zu ziehen. Die Perlen, die Bunte Feierfront, ein Mädchen, das übers Eis laufen wollte … Irgendwie hing schon alles zusammen! »Wenn Sie sich um den Haftbefehl kümmern könnten, ich muss nach Kommissariatsanwärterin Berger sehen.« Gabriel räusperte sich. »Sie wurde im Einsatz verletzt.«

Becker stand auf und kam mit ausgestreckten Händen auf ihn zu. »Mein bestes Team. Mein bester Mann. Ich hab es doch immer gewusst. Und Sie, junger Mann …«

»Leo Müller«, soufflierte Gabriel.

»Leo Müller, Sie sind verhaftet.«

»Fangen wir mit Widerstand gegen die Staatsgewalt an. Und Körperverletzung«, fügte Gabriel hastig hinzu. »Den Rest kriegen wir später.«

Noch schwieg Leo Müller, aber es würde nicht mehr lange dauern, und dann würde er reden.

Sandra lag im UKE in einem Zweierzimmer und schlief. Man hatte sie an einen Glucosetropf gehängt. Sie sei leicht unterkühlt, aber es sei nicht lebensgefährlich, versicherte die Krankenschwester. Auch die Kopfverletzung sei nicht weiter gravierend. Der Verband, den man ihr verpasst hatte, ähnelte dem von Gabriel, nur dass ihrer sauberer war.

Schade, dass sie nicht wach war. Wie gern hätte er jetzt mit ihr über den glücklichen Ausgang gelacht. Und sich ausgetauscht über das, was in den letzten Tagen und Stunden passiert war. Zum Beispiel darüber, dass dem Notarztwagen ausgerechnet Frau Doktor Müller-Thurgau entstiegen war. Erst als Sandra hineingeschoben wurde und er mit Leo Müller in den Streifenwagen hatte einsteigen wollen, war ihm die Namensgleichheit aufgefallen.

»Kennen Sie den jungen Mann eigentlich?«, hatte er die Müller-Thurgau gefragt, und sie hatte mit schneidender Stimme und für jeden Umstehenden deutlich hörbar geantwortet: »Nein, diesen Burschen kenne ich nicht.«

Leo Müller hatte ihr als Antwort vor die Füße gespuckt.

Frau Doktor Müller-Thurgau war nicht zurückgewichen. »So etwas würde mein Jungchen nie machen.«

Gabriel wachte noch eine Weile an Sandras Bett, wobei er abwechselnd die Bettdecke um sie herum feststeckte oder darüberstrich.

Erst als die Dame im Nebenbett sagte: »So einen netten Vater hätte ich auch gern gehabt«, machte er sich aus dem Staub.

Noch drei Tage bis Heiligabend! Und praktisch nichts zu tun außer ausruhen und Weihnachtsgeschenke einkaufen. Sich bei Anne melden, Lara zu ihrem Konzerterfolg gratulieren und der Familie versichern, dass die Gans für den ersten Feiertag schon seit Langem vorbestellt sei. Dann durch Hamburg eilen und auf den letzten Drücker eine Gans auftreiben. Vor allem aber Sandra im Krankenhaus besuchen und den Fall mit Kriminalrat Becker besprechen. Und endlich auch Johannes davon berichten.

Am Abend vor dem Vierundzwanzigsten saßen sie endlich einmal wieder bei einem gepflegten Bier im Alten Ritter und spielten eine Partie Schach.

Wie Gabriel richtig vermutet hatte, hatte Leo Müller kurz nach seiner Verhaftung ausgepackt. Nadine und er waren Partner à la Bonnie und Clyde gewesen. Sie hatten die Gruppe der Bunten Feierfront nur benutzt, um im Schatten der Nacht in die umliegenden Häuser oder Wohnungen einzusteigen, wo sie alles klauten, was ihnen zwischen die Finger kam. Oftmals lag in diesen neureichen Villen das Schwarzgeld in den Schubladen herum, was den Vorteil mit sich brachte, dass die Bestohlenen den Einbruch nicht einmal meldeten. Mancher Schmuck wurde auch erst nach Wochen vermisst, daher war nie jemand darauf gekommen, dass zwischen den vermehrten Einbruchsdelikten und den Aktionen der BUFF ein Zusammenhang bestehen könnte. Dieser Punkt war Becker aus Gründen der Statistik besonders wichtig.

Auch bei den Angehörigen der BUFF waren Leo und Nadine hin und wieder eingestiegen. Sie hatten ja praktischerweise immer gewusst, wann die Bewohner nicht zu Hause sein würden.

Nadine Pütz war eine zielstrebige junge Frau gewesen. Sie hatte Tom Kretzschmer benutzt, um sich bei der Bunten Feierfront einzuschleichen. Leo Müller hatte sie gebraucht, um mit seiner Hilfe an Geld sowie exklusive Kleider und Schmuckstücke zu kommen. Und sie hatte das alles ohne mit der Wimper zu zucken für ein neues Leben unter Alexander Gutjahrs Protektion dreingeben wollen.

»Wird spannend werden für die Juristen«, sagte Johannes zwischen zwei Zügen.

Das hatte Gabriel auch schon gedacht. Leo Müller hatte Nadine mit dem Messer bedroht, und sie war aufs Eis gelaufen. War das versuchter Totschlag? Mord? Körperverletzung mit Todesfolge? Nötigung? Leo Müller selbst behauptete steif und fest, den Tod seiner Freundin nicht gewollt zu haben.

»Wetten, seine Mutter wird für eine gute Verteidigung sorgen?«, sagte Johannes.

»Besonders, wenn sie selbst vor Gericht auftritt«, stimmte Gabriel zu. »Übrigens hatte die Müller-Thurgau in letzter Zeit nur deshalb Nachtschichten übernommen, weil sie misstrauisch geworden war. Sie hat gehofft, ihrem Sohn bei ihren Einsätzen zu begegnen und Schlimmeres verhindern zu können.«

»Mütter …« Johannes schüttelte den Kopf. »Und was ist jetzt mit der kleinen Kommissariatsanwärterin und dir?«

Gabriel zuckte mit den Schultern und vermied es, seinem Freund in die Augen zu schauen. Dann setzte er ihn schachmatt. Endlich mal wieder ein Sieg!

Als Sandra am frühen Nachmittag des Heiligen Abends vor Gabriels Tür stand, war sie munter wie eh und je. Um den Kopf trug sie zwar noch einen Verband, aber nur, so sagte sie, damit man ihre ollen Haare nicht sähe, die Farbe wüchse leider heraus. Endlich konnte Gabriel ihr das Päckchen Tee überreichen, das er für sie gekauft hatte.

»Roibusch, garantiert lebensrettend. Solltest du im Dienst immer bei dir führen.«

Und dann stellte er sie vor die Alternative: Tee oder Champagner? Sie entschied sich, wie erhofft, für die zweite Variante. Er hatte extra Champagner Rosé besorgt, um beim Farbton zu bleiben. Während sie sich noch zuprosteten, klingelte es an der Tür. Es war Tom Kretzschmer, der sich entschuldigen wollte.

»Das mit Ihrer Gehirnerschütterung tut mir echt leid, ehrlich, ich wollte Sie nicht so hart treffen.«

Gabriel bot auch ihm ein Glas Champagner an. Schließlich war Weihnachten. Also hatte Tom ihm den Schlag auf den Schädel verpasst. Eigentlich schade. Er wäre in dieser Angelegenheit lieber weiter auf Leo Müller sauer gewesen.

Es klingelte erneut: Uschi Gutjahr wollte ihm frohe Weihnachten wünschen. Sie hatte schon jetzt allerhand gute Vorsätze zum neuen Jahr gefasst und Mann und Sohn vor ein Ultimatum gestellt. »Wenn ihr euch bis Silvester nicht versöhnt habt, sind wir geschiedene Leute.«

Sie wolle eine Galerie eröffnen, erzählte sie stolz. Und sich dabei die tüchtige Nadine zum Vorbild nehmen.

»Nehmen Sie sich lieber die tüchtige Sandra zum Vorbild«, riet Gabriel und amüsierte sich über den kritischen Blick, mit dem Uschi Gutjahr die violette Haarsträhne bedachte, die sich unter Sandras Verband hervorringelte.

Dann war es Zeit, in die Nikolaikirche zu fahren, in der Liane Kröger im Oratorium sang. Was Anne in so vielen Ehejahren nicht gelungen war, hatte Sandra mit einer einzigen kleinen Frage fertiggebracht: »Da gehen wir doch hin?« Auch wenn es ungerecht war, so war nun einmal das Leben. Zuerst hatte Sandra ihren dummen Freund gefragt, der dankend abgewunken hatte. Selber schuld. Und deshalb würde nun also Gabriel neben ihr sitzen und mit Kennermiene gemeinsam mit ihr der Musik lauschen und sich anschließend noch einmal persönlich bei Liane Kröger für ihre hilfreiche Zeugenaussage bedanken.

Sehr zufrieden mit sich und der Welt ließ sich Gabriel von Sandra in ihrem Mini-Auto mit Dreizylinder-Turbomotor durch das weihnachtliche Hamburg kutschieren. Hinter den Fenstern erstrahlten die geschmückten Weihnachtsbäume im festlichen Lichterglanz, und voller Vorfreude dachte er an das, was der Abend noch bringen würde. Er würde Sandra eine kleine Kette schenken, an der vier Perlen hingen. Zur Erinnerung an einen aufregenden Advent. Und an Leo Müller.

Anscheinend hatte er ein Glas Champagner mehr getrunken, als ratsam gewesen wäre. Als er aus Sandras Smart aussteigen wollte, legte er zu viel jugendlichen Elan an den Tag und stieß sich den Kopf. Er ging sofort zu Boden und schlug dabei auf dem Bürgersteig auf. Erst im Krankenwagen kam Gabriel wieder zu sich. Den Rest der Weihnachtsfeiertage verbrachte er mit einem Eisbeutel im Bett.